제주 삼촌들에게 들어보는

집과 마을 이야기

제주 삼촌들에게 들어보는

집과 마을 이야기

양성필

밥북

2012년 『신화와 건축공간』이라는 이름으로 책을 펴낸 지 9년의 시간이 흘렀다. 시간이 이렇게 많이 흘렀으니, 더 많은 생각들과 자료들이 쌓였을 법도 한데 사실은 그러하지 못하다. 건축설계를 직업으로 한다는 핑계도 없지는 않지만 그래도 전문가라는 입장에서 제주지역의 건축현상으로서의 집을 정리해보고 싶다는 소박한 생각이 이렇게도 실천하기 어려운 것이었는가 반성을 하게 된다.

여전히 정리되지도 않고 불명확함이 가득한 세계이지만 또한 그렇기 때문에 제주의 살림집에 관한 이야기는 내게는 신비로운 과제이다. 일단은 제주의 살림집에 대한 전반적인 정리를 해보겠다는 바람은 접어두기로 했다. 그것은 그 바람 자체가 생각보다 소박하지 않은 것임을 이제야 알기 시작하였고 모든 것은 완성된 결과보다는 중간과정이 더 중요할 수 있겠다는 생각이 들었기 때문이다. 정리가 덜 된 과정을 드러내는 것은 그다음의 새로운 과정을 위해서 필요한 절차라는 것도 깨달았다. 때문에 부족한 대로 글을 정리해보자고 마음먹은 것은 특별한 이유나 계기가 있어서가 아니라 이미 지나가버린 시간들이 필자의 게으름을 나무라고 있기 때문이었다.

처음 『신화와 건축공간』 이름으로 책을 냈을 때는 그 깊이를 알 수 없는 신화에 천착하는 것을 그만두고 필자의 본업인 건축을 중심으로 관심사를 옮겨보자는 생각이 바탕에 있었다. 하지만 그 후에도 제주신화가 가져다주는 공간적 영감들에 대해서 그냥 떨쳐놓고 제주건축을 이야기하기는 어렵다는 것을 느끼고는 하였다. 이번에도 제주신화 중에 문전본풀이와 관련하여서는 건축인으로서의 관점을 추가하여 서술하여 보았다.

한때는 건축에 관한 이야기들을 제주라는 지역에 한정된 것으로 제한할 필요가 있는가 하는 생각도 있었다. 제주라는 지역을 배경으로 하고는 있지만 건축이라는 관심사에서는 지역이라는 공간적 배경을 굳이 강조할 이유가 없다는 생각이었다. 하지만 결국에는 필자가 말하려는 건축공간이라는 것이 제주라는 지역적 한계를 전제로 한 것이기 때문에 이야기 전개가 가능한 것임도 분명하다. 아마 훌륭한 독자라고 한다면 제주지역에 한정된 필자의 건축공간에 대한 이야기를 자신의 지역에서도 어떻게 작용하는지 공간적 번역을 통해 이해가 가능하리라고 여겨진다.

건축공간을 탐구하는 방식은 필자의 경우 당연히 현장 실측을 기본으로 하지만 주로 거주자와 인터뷰하는 방법이다. 이는 민속학과 인류학의 연구방법을 접할 기회가 있었던 탓도 있었고 실제 현장에서의 인터뷰를 통해서 얻을 수 있었던 많은 정보들 중에는 시각적인 방법으로는 얻을 수 없는 내용들이 많았기 때문이다.

건축의 비평이나 연구들이 사용자의 반응이나 체험을 수집하지 않고 연구자 자신만의 체험 그리고 사진과 도면을 포함한 시각적인 자료에만 의존한다면 그것은 건축이라는 현상의 극히 일부만을 관찰하고 있다고 할 수 있다. 그것은 마치 1000년 전의 토기를 발견하고는 그 그릇의 모양이나 크기와 제작방법만을 분석한 후에 당시에 음식을 어떻게 요리하였는지를 추론하는 것과 비슷하다. 그것은 가능할 수도 있지만 상당히 쉽지 않은 작업이다. 1000년 전의 유물이야 어쩔 수 없다지만 100년 전 정도에 사용된 유물이야 생활문화의 추적을 병행하는 것이 훨씬 쉽고 용이한 방법이다.

건축에서도 거주자가 없는 경우에는 시각적인 자료를 잘 추출하여 추론하는 과정을 거쳐야 하는 것은 당연하다. 하지만 만약 아직 누군가가 살고 있는 집을 연구한다면 그 거주자야말로 집의 정체를 가장 정확하게 알려줄 수 있는 가늠자임을 놓치지 말아야 할 것이다. 그것은 건축이라는 사물이 가진 속성 자체가 그러하다. 신화라는 문학적 자료가 보여주는 건축공간이 있듯이 사람의 마음속에는 놀랍도록 섬세한 감성이 드러내 주는 건축공간이라는 것이 있을 것이다. 그래서 제주의 건축공간을 이야기하기 위해서 중간중간마다 실제의 인터뷰 자료들을 마치 도면을 보여주듯이 넣어보려고 했다. 아마 제주어의 표기에 문제가 있을 수는 있지만 그들의 목소리를 통해서 듣는 공간에 대한 이야기는 또 다른 흥미로운 시각을 보여줄 것이다.

이 글은 현장에서 수집된 데이터를 기본으로 하고는 있지만 개인적인 사견이 없을 수는 없다. 또한 식견이 부족한 탓에 부분을 보고 전체를 잘못 판단하는 오류가 없다고 장담할 수도 없다. 여전히 전체를 통찰하는 것은 어렵고 불가능한 일이다. 부족한 부분에 대하여는 누군가가 질타하고 메워주실 것으로 간절히 기대해 본다.

아키제주에서

양성필

01

제주 마을의
변천과 생활문화

01 제주 마을의 변천과 생활문화

1. 제주의 마을

제주의 오래되고 정감 있는 마을길을 걷다 보면, 이렇게 사람들이 마을을 이루어 살게 된 것이 언제부터일까 궁금해진다. 그리고 어떻게 해서 이러한 모습으로 우리 주변의 마을들이 생겨난 것인지도 궁금해진다. 4대강을 중심으로 고대문명이 발생하였다는 거창한 도시이론을 적용할 수 없는 것이 우리의 마을이라는 것이고, 이미 청동기시대의 주거군락지가 있었음을 유적으로 확인할 수 있었지만, 역사의 변방에 있었던 제주의 마을이 어떤 식으로 만들어졌고 어떤 삶의 모습을 마을에서 볼 수 있는지를 자세히 기록한 문서를 찾아보는 것은 불가능한 일이다.

한 마을의 형성과 변천을 어떻게 이해할 것인가. 마을이 그 자리에 성립된 것이 언제인지 그 시작을 밝히는 것은 쉬운 일이 아니다. 아무리 기록을 뒤지고, 나이 드신 어른들의 말에 귀를 기울인다고 해도 어느 날 갑자기 날을 정해서 이곳에 마을을 만들자고 작정하고 만드는 것이 아니기 때문에 특정 마을이 언제부터 그 자리에 있었다고 단정 짓는 것은 쉬운 일이 아니다. 또한 어느 지역에서 선사시대의 유적지가 발견되었다고 해서 선사시대부터 계속해서 그곳에 마을이 있어 왔다고 할 수도 없는 일이다. 마을의 역사를 시간적 흐름에 따라서, 언제 시작해서 언제 끝이 난다는 식으로 배열해보려는 시도는 어쩌면 무모한 짓이다.

이 글에서는 제주 마을을 이해함에 있어서 절대적인 시간을 중심으로 마을의 변화를 보려고 하기보다는 마을 공간의 변화를 전후 관계 정도만을 따져보는 수준에서 살펴려고 한다. 시간의 흐름을 따라서 마을을 보려는 시도를 포기한다는 의미가 아니다. 반대로 변방의 작은 마을을 살펴볼 때 시간의 흐름을 따라 배열하는 일렬종대 식의 역사서술방식이 마을의 형성과 변화를 설명하는 데는 더 적절한 서술방식이 아닐 수 있음을 고려한 것이다. 필자는 생활문화를 중심으로 마을 공간의 구성과 변화를 살펴보고, 상관관계를 보려고 한다. 여기서 시간적 변화라는 것은 역사라는 거창한 단어를 쓰기에는 아주 미미한 것으로 여겨질 수 있다. 하지만 여기서 서술하는 시골마을의 미미한 변화가 제주의 수많은 마을의 보편적 상황까지 설명할 수 있는 단초들을 제공하고 있다면 그것은 결코 단순한 변화가 아니다.

전통적 마을 공간의 물적物的 자료들이 무엇이 어떻게 산재되어 있는가 하는 조사중심의 연구는 국내에서도 많은 연구사례들이 있어 왔다. 하지만, 사람이 만들어낸 어떤 구조물이든 만들어지게 된 배경에는 생활문화적인 요인이 있기 마련이다. 간단한 예가 기氣가 허한 곳에 거욱대를 세웠다는 등의 사례이다. 이는 거욱대의 위치가 마을 공간에 대한 관념적 합의를 주민들이 하였다는 의미이며 이는 마을공간의 구조를 반영하고 있다는 의미이다. 거욱대의 위치를 통해 마을공간구조와의 관념적 관계를 토대로 설명될 수 있다면 마을 공간구조를 이해하는 데 중요한 단서를 제공하게 된 것이다.

마을 공간 내의 주요한 물적자료를 토대로 마을공간구조를 이해하는 방법으로는 1959년 MIT공대 교수인 캐빈린치의 연구를 사례로 들 수 있다. 그는 보스톤을 대상으로 연구하여 랜드마크Landmark, 영역Districts, 결절점Nodes, 경계Edges, 길Paths이라는 다섯 가지의 요소로 도시공간을 사람들이 어떻게 인지하는가를 설명하려 하였다.[1] 그의 연구는 지금의 복잡한 도시를 설명하

---

1   Kevin Lynch, 『The Image of the City』, The M.I.T. Press, 1960.

기에는 적절치 않다는 비판에도 불구하고 전통적인 마을의 공간구조를 이해하는 방법으로 시사하는 바가 있다. 특히 그의 접근 방법은 단순한 물적 환경 세트의 관찰에 의존하는 것이 아니라 거주자의 스케치를 분석하는 방법으로 접근하여 도시를 개념화하여 인지하는 방식을 이해하려 하였다는 점에서 의미가 있다. 즉, 도시의 요소를 시각적이고 물리적인 요소를 직접 분석하려는 것이 아니라 사람들이 그것을 어떻게 인지하고 받아들이는가 하는 점에 초점을 맞춘 연구였다는 점이다. 필자에게도 사람들이 마을 공간을 이해함에 있어서, 실제공간과 인지하고 있는 공간의 차이를 이해하는 것은 매우 중요하다.

C.N. 슐츠는 유럽의 전통마을의 공간을 영역과 중심, 그리고 중심으로 향한 길을 갖는다는 도식으로 설명하였다.[2] 이러한 도식을 통해 그는 인간은 거주하는 장소에 의미를 부여하면서 자신의 세계를 구축한다는 설명을 한다. 인간은 의미가 없었던 공간에 거주하게 되면서 공간에 의미를 부여하고 의미 부여함을 통해서 자신의 세계를 장소에 투영시켜 생활세계를 구축한다고 한다. 그의 현상학적 공간해석의 방법을 따르면 제주 마을 공간에 등장하는 거욱대나 비석거리라는 것들도 의도적으로 의미 있는 장소를 만들어가는 태도로 설명할 수 있다. 또한 자연스럽게 형성된 폭나무 아래 쉼터도 전통마을 공간에서 빼놓을 수 없는 의미 있는 장소가 된다는 것으로 설명할 수 있다. 하지만 그의 설명은 장소의 소중함을 일깨우는데 기여를 하였지만 구체적인 의미가 무엇인지를 섬세하게 밝혀내고 문화적인 차이를 사람들이 어떻게 구체화하고 있는지를 설명하는 데에는 어려움이 있다. 제주도 마을의 모든 폭낭알이라는 쉼터가 모두 같은 방식으로 이루어지는 것이 아니며, 그런 세세한 차이를 섬세하게 설명하기 위해서는 다른 방식의 깊이 있는 접근이 요구된다. 이를테면 하도리 마을의 폭낭알은 마을길이 만

---

2   C.N.슐츠, 이재훈 역, 『거주의 개념』, 태림문화사, 1991.

나는 교차지점에 있어서 마을 공동공간으로서의 역할을 하는 반면, 덕수리의 폭낭은 예닐곱 호가 공유하는 먼올레의 입구에 있어서 작은 커뮤니티 공간을 이루고 있다. 물리적으로는 같은 것이지만 내용적으로는 다른 것이며 이를 확대하면 두 마을의 삶의 방식이 어떻게 다른지를 설명할 수도 있을 것이다.

마을 공간을 이해함에 있어서 또 하나의 중요한 방식은 네트워크 혹은 연결망을 통해 설명하는 방법이다. 집과 건축물은 도시에서 하나의 구성요소이며 개별적인 생활공간을 가진 독립적인 요소라고 할 수 있다. 이 개별적인 공간을 연결해주고 있는 것이 길이라는 연결망이다. 이 길의 연결방식이 마을의 성격을 설명하는 중요한 요소로 이해되는 것은 도시설계에서는 기본적인 분석도구이다.[3] 도시설계에서 흔히 방사형 도시, 격자형 도시, 환상형 도시라고 하는 구분은 이러한 가로체계를 특징적으로 설명하는 것이다. 단순히 길의 형태만으로 마을의 특징을 규정할 수는 없겠지만 길의 형태가 또한 마을의 중요한 특징을 드러낸다는 것은 무시하기 어려운 사실이다. 길을 통해서 마을의 변화를 이해하려는 시도도 이 글에서 하고자 한다.

이 이외에도,[4] 도시의 공적영역과 사적영역을 구분하여 도시의 공간을 표현한 도지圖地, Figure & Groung이론[5] 등 도시 혹은 마을공간을 이해하고 해석하기 위한 다양한 방법들이 제시되어왔다. 이러한 이론들은 제주의 전통마을 공간을 이해하기 위한 방법적 도구로도 이용될 수 있다.

도시를 설명하기 위한 방법이 이렇게 다양하게 시도되는 것은 그만큼 사람들이 모여서 이룬 도시 혹은 마을이라는 것이 매우 복합적인 유기체와 같은 것이기 때문일 것이다. 하지만 대개의 이러한 일련의 방법들도 여전히 물

---

3   Roger Trancik, 진경돈 외1 역, 『도시공간 디자인의 이론, 역사, 방법론』, 집문사, 1992, pp.106-112.
4   알도로시의 도시공간의 유형학적 해석방법 알도로시, 오명근 역, 『도시의 건축』, 동녘, 2003.
5   Roger Trancik, 앞의 책, pp.98-106.

적 세트를 시각적인 관찰에 의존하고 관찰된 내용들을 개념적 유추를 통해 설명하려 한다는 한계를 벗어나기는 어렵다. 그것은 대개의 연구들이 거주자의 생활문화를 직접적으로 조사하는 방식으로는 이루어지지 않았음을 의미하기도 한다. 생활문화로서의 마을공간을 탐구하기 위해서는 민속학적, 인류학적, 사회학적 접근방법이 요구되는 이유이다.

생활문화라는 것을 직접적으로 관찰하기는 쉽지 않다. 특히 시각정보에 의존한 방법으로는 조사의 한계는 분명하다. 예를 들어 어느 마을의 물통[6]을 눈으로 직접 보았다고 하여도 그 물통에서 물을 어떻게 뜨고 어떤 용도로 사용하였는지를 구체적으로 알기는 어려운 일이다. 물론 한 달 내내 그 곁을 지킬 수 있다면 다소 직접 관찰이 가능하겠지만 그것도 현재 여전히 이용되고 있는 물통에서나 가능한 일이다. 그 때문에 지금은 사용되지 않는 물통을 관찰하면서 과거의 생활문화를 거슬러 추적하고 현재와 미래를 가늠하기 위해서 시각정보에 의존하는 것만으로는 분명한 한계에 부딪히게 된다. 따라서 사라져버린 생활문화를 이해하는 최소한의 방법으로 적절한 인터뷰를 병행해야 하는 것이다. 실제로 인터뷰는 눈으로는 관찰할 수 없는 많은 정보를 끄집어내는 방법이라 할 수 있다.

인터뷰와 더불어 마을공간을 이해하는 방법으로 지명地名에 주목하지 않을 수 없다. 특히 이 글에서 관심을 가지고 있는 것은 자연마을을 구분하기 위해 이름을 붙이는 방식이 어떻게 이루어지는가 하는 점이다. 이는 실제의 물리적인 공간과 인지된 생활세계로서의 장소가 어떻게 다른가를 이해하는 데 중요한 단서를 주고 있다. 이름을 붙이는 것은 그 자체로 매우 중요한 행위이다. 무엇이든 사물에 이름을 붙일 때는 가장 중요하고 인상적인 특징으로 이름을 붙인다. 지명이라는 것도 아무 의미 없이 붙이는 것이 아니라 그

---

6 제주도에서는 용천수를 이용하는 시설과 우물을 '물통' 혹은 '통물'이라고 하며, 본고에서는 우물을 물통이라는 용어로 사용하였다.

곳의 지리적 특징을 가장 잘 나타내는 것으로 붙이게 되는 것이다. 본고의 대상지로 선정한 '연대마을'의 경우 마을 내에 '연대'라는 시설물이 있고 그것이 인상적이기 때문에 그러한 이름이 붙은 것이다. 연대마을이라는 이름을 들었음에도 그 마을에 연대가 없었다고 한다면 사람들은 결국 그 이름을 잊어버리게 될 것이다. '청와대'라는 이름이 붙었다면 그 집의 기와색깔은 청색인 것이다. 그런데 남쪽에 있는 동네 이름이 섯동네라면 어떨까? 신산리 섯동네는 신산리의 남쪽에 있는데 이름이 섯동네이다. 남쪽을 서쪽으로 이해하는 것 그것이 물리적인 공간과 거주자들이 인지하고 있는 장소의 차이를 보여주는 것이다. 마을공간을 개념화하여 이해하는 방식을 보여주는 것으로 동네 이름은 생활문화로서의 공간을 이해하는 데 매우 중요하다.

필자는 제주도의 마을 공간구조를 생활문화의 관점에서 이해하기 위해서 네 개의 마을을 선정하였다. 마을 선정의 특별한 수치적 기준은 없지만 제주의 동/서/남/북의 네 방위에 위치하면서 규모는 그리 크지 않은 마을들이다. 가급적 제주를 한 바퀴 돌아서 만들어져 있는 일주도로에 접해있는 마을을 선정하였다. 이는 제각기 다른 위치에 있지만 공통으로 비교할 수 있는 소재를 가졌으면 하는 생각에 의한 것이다.

필자가 가장 경계하는 것은 일반화의 오류이다. 비슷해 보이는 마을의 구조가 실제로는 전혀 다른 이유로 출발 된 것일 수도 있으며, 전혀 다른 형태를 가지고 있는 마을이 알고 보면 같은 이유를 배경으로 하고 있을 수도 있다. 제주도는 전국의 규모에서 보면 작은 섬에 불과하지만 전 지역이 동일한 문화공동체를 이루고 있는 것은 결코 아니다. 예를 들어 제주사람이라면 동네마다 제사 지내는 방법이 다르다는 것은 경험적으로 알고 있다. 이는 단순히 집안 내력에 의한 차이가 아니라 지역적인 문화 차이라고 할 수도 있다. 이창기의 조사에 의하면 제주의 동남부지역은 제사를 장남이 모시는 것이 보편화 돼 있는 반면 제주의 북서부를 중심으로는 제사를 형제가 분할하여 지내는 것이 사회적 관행이라고 한다.[7] 이는 제주도라는 하나의 지역에서도 각기 다른 환경과 다른 문화권을 형성하고 살고 있음을 입증하는 하나의 사례라고 할 수 있다. 필자가 확인한 바로도 제주의 서부지역과 동부지역에서 소위 조왕에게 올린다는 부엌 제사상의 형태가 전혀 다른 형식으로 이루어지고 있는 것을 보았다. 그렇게 보면 마을의 입지를 정하고 마을의 공간구성을 이해하는 방법 역시 하나의 문화적 행위이며, 그러므로 지역마다 다른 형태로 이루어지는 것은 매우 당연하다고 충분히 예측할 수 있는 일이다. 우리가 제주도를 작은 섬이라고 생각하고 미리 일반화를 시도한다면 결코 제주도라는 거대한 섬 안의 다양한 모습을 이해할 수 없을 것이다.

이 글에서는 이러한 가정을 바탕으로 마을의 공간구조가 지역마다 다른 이유와 배경을 가지고 형성되고 있음을 전제하고 접근하였다. 물론 이 정도의 관찰로 복합적이고 다양한 제주마을의 특성을 쉽게 이해할 수 있으리라 기대하지는 않는다. 다만 제주도와 같은 작은 지역 내에서도 섬세하게 차이를 따져가는 비교문화적인 방법의 가능성을 확인할 수는 있을 것이다. 이렇게 해서 선정된 네 개의 마을은 구좌읍 한동리, 성산읍 신산리, 안덕면 감산리, 제주시 외도2동 연대마을이다.

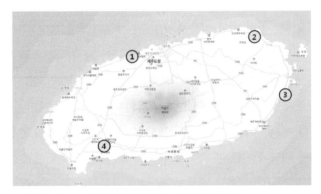

조사대상 마을: ① 연대마을 ② 한동리 ③ 신산리 ④ 감산리

---

7 현용준, 『제주도 사람들의 삶』, 민속원, 2009, 218쪽.

선정된 네 개의 마을은 방위별로 다른 지역의 마을이기도 하지만 마을의 형태 역시 제각기 다른 특징을 보이고 있다. 한동리는 제주도의 북동부 해안에서부터 중산간지역에 이르러 분포되어 종방향으로 형성된 형태를 하고 있다. 반면 제주시의 서쪽에 위치한 외도2동 연대마을은 해안을 따라 횡방향으로 형성된 마을이다. 물론 두 마을이 일주도로에 접해 있는 마을이지만 연대마을은 일주도로의 아래 해안선을 따라 바다 방향으로만 마을이 형성된 반면 한동리는 해안에서 중산간에 걸쳐서 일주도로의 위아래로 마을이 길게 펼쳐져 있는 마을이다. 남동부지역의 마을인 신산리는 해안을 따라 마을이 형성되었으면서도 한편으로는 내지 방향으로도 성장하여 마을의 성장방향이 사방으로 고르게 이루어진 마을이다. 세 개의 마을은 해안을 끼고 있다는 공통된 특징을 가지면서도 성장방향은 제각기 다른 형태로 이루어져 있다. 앞의 세 개 마을과는 달리 감산리는 해안에서 떨어진 중산간 마을이다. 감산리는 해안을 끼지는 않았지만 창고천이라는 하천을 따라서 횡방향으로 형성되었다.

이렇게 마을형성이 제각기 다른 모습을 가지고 성장한 마을을 어떤 잣대를 가지고 비교하고 설명할 수 있을지 난감한 것도 사실이다. 단순히 일주도로에 면해있다는 것과 제주도에 있는 오래된 마을이라는 이유만으로 동일한 잣대로 마을의 성장을 설명할 수는 없을 것이다. 하지만 아무리 다른 형태를 가진 마을이라고 하더라도 공통적인 것은 삶이 유익한 방향으로 마을이 형성되었을 것이라는 점이며 이는 인간 본성에 충실한 방향이었을 것이라는 점이다.

삶에 충실하기 위해 제주인들이 기본적으로 고민하였던 두 가지의 자연요소가 있었는데, 그것은 바람과 물이다. 바람과 물은 풍수지리風水地理 이론에서도 마을의 입지를 고려하는 중요한 요인으로 여겨진다. 풍수라는 말 자체가 방풍득수防風得水의 의미를 가지고 있는 것이며 이는 좋은 마을의 입지를 위해서 물과 바람을 이해하는 것이 중요함을 단적으로 보여주는 용어이다. 좋은 마을의 입지를 보여주는 산국도山國圖의 형상이 바람을 막고 물을 끌어들이는 기본적인 형태를 그린 것임은 이미 상식에 불과하다. 하지만 그 상식을 구체적인 사실로 확인하는 것은 그리 쉬운 작업이 아니며, 또한 여기서 풍수적인 이론과 빗대어서 바람과 물을 고찰하려는 것도 아니다. 바람과 물은 그러한 전통적 이론을 끌어들이지 않더라도 사람의 삶을 위한 기본적인 환경요인이라는 것 또한 상식이다. 게다가 제주도의 바람이라는 것은 이미 제주의 환경적 특징이라는 것을 누구나 거론하고 있지 않은가. 이미 누구나 알고 있는 상식, 삶의 탐구는 그러한 상식에서 출발해야 한다.

제주의 집에 대한 수 많은 연구서들은 제주의 민가가 바람의 영향을 극복하기 위한 합리적인 선택을 다양하게 해 왔음을 이미 밝혀놓았다. 바람을 고려한 낮은 초가형태, 횡력에 강한 2고주7량二高柱七樑의 복잡한 구조, 굴렁진[8] 택지, 바람구멍이 숭숭한 돌담, 구부러진 올레길 등 제주민가의 구성요소들은 바람을 극복하기 위한 합리적인 선택의 결과임을 보여주고 있다. 하지만 이와 달리 마을공간을 설명하면서 제주사람들이 바람의 영향을 어떻게 이해하여 왔는지를 보여주는 연구사례는 접하기가 어렵다. 왜 마을공간을 바람의 영향으로 설명하기 어려운가? 제주에 바람은 똑 같이 불어오는데 왜 마을은 제각기 다른 모습일까? 그것이 일관성 있는 설명을 어렵게 하는 중요한 이유가 된다.

제주에서의 바람에 대한 감각적인 이해는 바다를 터전으로 하는 해녀들이야말로 절실하게 느끼고 있을 것이다. 맨몸으로 자연과 맞서왔던 그들은 온몸으로 자연을 이해하고 있다. 문화관광해설사회에서 행원리 해녀들을 통해 조사한 바에 의하면 바람이 부는 각 방위별로 바람의 이름이 달랐다.[9] 하지만 바람이 불어오는 방향만으로 바람의 이름을 정하기 어려움은 현지

8　제주에서는 지형이 낮은 형상을 굴렁지다고 한다.
9　제주특별자치도 문화관광해설사회, 『구좌읍의 갯담과 불턱』, 도서출판 각, 2009, 218쪽.

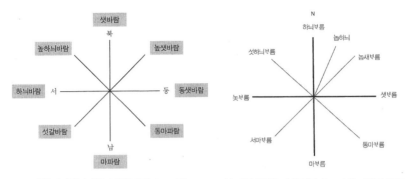

문화관광해설사회가 행원리에서 조사한
바람의 이름

김오진이 건입동과 화북에서 조사한 바람의 이름

조사에서 금세 드러난다.

김오진은 건입동에서 조사를 하였고[10] 문화관광해설사회는 구좌에서 조사를 하였는데, 두 개의 조사결과는 바람의 이름을 방향만으로 규정하기 어렵다는 것을 바로 알 수 있다. 예를 들어서 건입동에서는 동풍을 샛바람이라 하고, 구좌에서는 북풍을 샛바람이라고 하였다. 또 건입동에서는 북풍을 하늬바람이라 하고 구좌에서는 서풍을 하늬바람이라고 하였다. 이는 바람을 단순히 방향으로 구분하기보다는 바람이 부는 시기와 바람의 성격 등을 지역별로 달리 이해해야 한다는 점을 의미하며 동일해 보이는 자연환경이어도 지역별로 다르게 이해된다는 것을 의미한다. 이러한 감각적 차이는 마을의 입지를 판단하는데 다른 결과를 만드는 이유가 되었을 것이다.

제주의 물 사정을 드러내는 재미있는 이야기로 '고종달'의 전설이 있다. 내용은 중국에서 온 고종달이 제주의 동쪽 지명인 종달이라는 이름이 자기 이름과 같다는 데에 격분하여 그 일대의 수맥을 잘라버렸는데, 이러한 이유로 조천으로 시작해서 성산을 지나 표선에 이르는 지역에서는 용천수가 없

---

10 김오진, 「조선시대 이상기후와 관련된 제주민의 해양활동」, 송성대 외 12인, 『제주지리론』 한국학술정보, 2010, 221쪽.

게 되었다는 이야기이다.[11] 황당한 이야기이지만 그 속에는 얼마간의 진실이 들어있다. 이는 제주의 동부지역에는 물이 흐르는 하천이 귀할 뿐 아니라 해안을 제외하면 용천수가 거의 없는 탓이다. 이러한 이유는 제주 동부지역에서 인위적인 우물을 개척하게 되는 이유도 되었으며, 집집마다 지붕의 빗물을 받아 식수로 활용하는 물통이 만들어지는 이유도 되었다. 육지부에서 '우물'이라고 하는 식수를 얻는 시설을 제주에서는 대개 '물통'이라고 부르는데 우물과 달리 제주에서 부르는 물통이라는 말에는 용천수처럼 땅에서 솟는 샘물과 빗물이 고여서 된 봉천수 그리고 인공적으로 땅을 파서 만든 우물과 같은 것을 통칭하여 부른다. 물통을 조성하여 식수를 얻는 관행을 살펴보면 제주의 동부지역에 있는 마을에서 식수를 구하는 것이 얼마나 어렵고 중요했는지 실감하게 된다. 마을의 구조와 관련해서도 이러한 물 사정의 차이 역시 제주의 동부지역과 서부지역의 마을입지와 마을공간에 대한 차이가 생겨나는 배경으로 작용한다. 이러한 구체적인 사례는 한동리와 감산리의 비교를 통해서 확인될 것이다.

물과 바람이라는 두 가지의 테마는 제주인들이 마을의 입지 즉, 거주공간을 선택하는 데 중요한 고려 대상이었으며 역으로 보자면 이 두 가지 요인은 마을의 공간구조를 이해하고 설명하는 데 유용한 정보를 제공하고 있다. 물론 네 마을의 사례와 고찰을 통해 두 가지의 영향을 성공적으로 설명할 수 있다고 해도 그것으로 제주마을의 보편적인 상황으로 확대 해석하는 것은 불가능하다. 다만 이러한 논의가 앞으로 제주 마을공간을 이해하기 위한 매우 초보적인 접근으로 유용한 하나의 방법론으로 이해되었으면 한다.

---

11 김영돈, 현용준, 현길언, 『제주설화집성(1)』, 제주대학교탐라문화연구소, 2003, 387-389쪽.

2. 한동리

한동리는 제주시에서 해안을 따라 동쪽으로 31km 정도의 거리에 위치한 마을이다. 한동리는 크게는 해안에 면한 알동네와 중산간의 웃동네로 구분될 수 있다. 한동리 알동네는 동쪽으로는 평대리 서동과 접하고 서쪽으로는 행원리 동동과 접해 있는 해안마을이다. 반면 한동리 웃동네는 해안에서 멀리 떨어진 중산간에 위치해 있다. 한동리 마을 전체적인 형태는 바닷가 해변에서부터 내지 방향으로 1.6km 정도 이어지는 종방향으로 구성된 모습을 보여준다. 이 때문에 한동리의 생산양식은 어업과 농업을 병행하는 반농반어의 형태를 하고 있다. 이러한 모습은 인근의 김녕리, 평대리, 세화리, 하도리도 마찬가지이다.

하지만 반농반어라는 것이 해안에 인접한 알동네는 수산업을 하고 중산간인 웃동네는 농업을 한다는 의미가 아니다. 웃동네에서도 대부분의 여성들은 해녀 물질을 하였으며, 관리하는 바다도 따로 소유하고 있다. 마찬가지로 알동네에서도 농사일을 하고 있으며 차후 논의하겠지만, 계룡동이라는 해안동네가 생겨난 것도 농사짓기에 유리한 여건을 위해서라는 주장도 있다. 해안마을은 어업에 종사하고 중산간 마을은 농업에 종사할 것이라는 일반화된 상식으로 접근해서는 안 된다는 것이다. 즉 반농반어라는 것이 한동리를 웃동네와 알동네로 구분 짓는 이유가 될 수 없으며, 그것은 한동리 전체 마을의 생활양식으로 보아야 할 것이다. 어쩌면 그러한 생활형태가 한동리가 두 개의 마을로 나뉘지 않은 이유일 수도 있다.

한동리의 옛 이름은 '궤ᄆᆞᆯ, 궤ᄆᆞ슬'이며, 마을사람들 중에는 '괴이리'라는 이름으로 알고 있는 이들도 많았다. 괴이리라는 지명은 "탐라방영총람"과 "증보탐라지"에 기록된 한자표기에 나타나며 18세기 말의 제주읍지와 1987년 제작된 '제주삼읍전도'에는 '괴리'라고 나타난다. 저마다 한자표기는 다르지만 '괴이리' 혹은 '괴리'라는 발음이 한동리의 옛 지명이었음은 이해할 수 있는 부분이다.[12] 지금의 한동리라는 마을 이름은 1904년 "삼군호구가간 총책"에서 한동漢東이라는 지명으로 확인할 수 있다.[13] 따라서 한동이라는 이름은 20세기 초반부터 사용된 것으로 여겨진다. 일반적으로는 한동은 한라산의 동쪽에 있는 마을이라는 의미로 붙여졌다고 알려져 있으나[14] 근거가 명확지는 않다.

지금의 한동리 알동네는 섯동네와 계룡동으로 구분되며, 웃동네는 동카름, 섯동네, 갈목동네, 모살동네, 방추굴, 개판마루 등의 다양한 지명과 동네 이름으로 나뉜다. 조금만 거슬러 올라가 한동리의 옛 지명을 돌아보자. 1919 년 조선총독부에 의해 제작된 한동리의 지도에는 신전동, 하동, 방축동으로 지명이 표기되어있다.[15] 하동은 물론 지금의 알동네를 한자로 표기한 것이다. 방축동은 지금의 방추굴이라는 지명으로 어렵지 않게 확인할 수 있다. 지금 현장에서 확인할 수 없는 지명은 신전동이라는 마을 이름이다. 오창명에 의하면 신전新田은 '새왓동네'의 한자표기이며, 새왓은 '띠밭'의 뜻이라고 한다.[16]

1919년 조선총독부에 의해 제작된 지도, 계룡동이 신전동으로 표기되어있다

---

12 오창명, 『제주도 마을이름의 종합적연구』, 제주대학교출판부, 2007, 292-293쪽 참조.

13 오창명, 앞의 책, 292-294쪽.

14 두산백과.

15 제주도민속자연사박물관, 『제주의 옛지도』, 1996, 120쪽; 이하 여기에 제시된 고지도는 이 책에서 인용함.

16 오창명, 앞의 책, p.295.

일본의 옛 지도에서 신전동의 위치를 보면 지금의 계룡동이 위치한 지경으로 보인다. 계룡동 일대의 옛 지명이 '넙은 테역'[17]이었다고 하는데 이는 넓은 잔디밭이라는 뜻이다. 테역과 새는 종류가 다른 식물이긴 하지만 경관적으로 볼 때 잔디와 풀이 어우러져 있었던 지경을 '새왓'이라고도 불렸고, 한자로 의미를 변용하여 전혀 의미가 다른 신전新田이라고 했을 듯하다. 이런 식의 한자 차용의 사례는 서귀포항 앞에 있는 섬에 띠새가 많다고 해서 '새섬'이라고 불렸고 한자로는 '초도草島'라고 썼던 것을 일본인들이 한자로 차용할 때에 '조도鳥島'라고 바꾸어 쓴 것과 비슷한 태도이다. 어릴 적 이런 지명의 유래를 모르고 그 섬에 무슨 새가 많았던가 하고 궁금했던 필자는 그 섬의 특징을 이해하는데 상당히 혼란스러웠던 적이 있다. 새왓동네의 지명이 신전동이 아니라 차라리 계룡동이 된 것은 얼마나 다행인가.

내친김에 새왓동네 혹은 넙은테역이라는 지명이 계룡동으로 바뀌었다면 그 이유에 대해서도 잠깐 숙고해 볼 필요가 있다. 이러한 지명의 변화가 일어났다는 것을 단순히 이름이 바뀌었다고 이해하는 것으로 끝날 일이 아니다. 한동리에 면한 바다밭의 이름은 '개렝이', '비릿질', '서왈'로 나뉜다.[18] 이 중에 지금의 계룡동 앞바다의 이름이 '개렝이'이다. 마찬가지로 섯동네의 바다 이름은 비릿질이라고 하는데 역시 섯동네의 해안지경을 비릿질 동네라고 부른다. 비릿질보다 더 서쪽에 있는 바다가 웃동네가 관리하는 '서왈'이라 불리는 지경이다. 계룡동이라는 마을 이름은 비릿질동네와 마찬가지로 '개렝이'라는 바다밭 이름에서 따온 것이다.

여기서 주목할 것은 마을 이름이 바뀌었다는 것은 그 마을의 특징이 바뀌었다는 것을 의미하기도 한다. 새가 많이 자라는 지경이라는 의미의 새왓동네라는 이름은 그 마을의 특징을 땅에서 찾은 것이라 할 수 있다. 반면

---

17 『구좌읍지』, 구좌읍, 2000, 612쪽.
18 제주특별자치도 문화관광해설사회,『구좌읍의 갯담과 불턱』,도서출판 각, 2009, 108쪽.

계룡동은 전술한 바와 같이 바다의 이름에서 유래하여 붙인 것이다. 이러한 이름의 변화는 실제로 단순하게 생각할 수 없는 사건이다. 이는 이 마을 사람들의 생업의 형태가 초기에는 바다와 관계없이 이해되었다가 나중에 와서야 바다와 관련된 마을로 인지되었다는 것이다. 즉, 해안마을로 보이는 계룡동도 처음에는 수산업이 아닌 농사가 주 수입이었는데 점차 바닷일 위주로 생업활동의 변화가 일어난 것으로 이해될 수 있다. 농업에서의 수산업으로의 생업의 변화와 관련해서 계룡동에 대한 이야기는 방추굴과 관련해서 다시 거론할 것이다. 주목하고자 하는 것은 민중의 삶에서 의미 있는 미시사의 서술이라는 것이 어떤 형태로 가능할 것인지를 생각해볼 수 있는 사례가 아닐까 한다. 수렵사회에서 농경사회로 생활양식이 변한다는 거대한 주류역사의 방향과 다르게 작은 마을에서 주목할 수 있는 작은 떨림과 같은 변화 속에서는 농업사회에서 수산업사회로 생산수단이 변화하는 또 다른 이야기들이 도출될 수 있는 것이다.

마을 이름에 붙여진 의미를 생각해보고 그것을 토대로 마을의 공간구조를 설명하는 근거를 마련해보는 것은 공간에 대한 사고의 범위를 확장해가는 흥미로운 작업이다. 필자는 국문학을 전공하지 않았기 때문에 지명의 어원을 따라가는 전문적인 접근을 하는 것은 너무나도 어렵고 불가능한 일이다. 따라서 아주 단순하고 상식적인 생각을 바탕으로 표면적인 것만 볼 수밖에 없다. 그래도 그 표면적인 것만으로도 한번 생각해보자. 혹시 생각지 못했던 공간에 대한 착상이 지명 속에서 드러날지 모른다.

필자가 주목한 것은 마을 이름을 붙이는 방식이었다. 제주의 마을에서는 지명이 해안에서 한라산의 방향으로 위/아래를 구분하면서 이름을 붙이는 경우를 적지 않게 볼 수 있다. 한동리를 지나서 동쪽으로 가면 해안마을 하도리와 그 위 중산간 마을인 상도리의 구분이 그렇고, 애월읍의 하가리와 상가리, 하귀와 상귀라는 마을의 관계 또한 그러하다. 한동리 안에서 윗동네와 알동네로 구분 짓는 관계도 이러한 위/아래로 구분하는 점에서는 똑

같다. 한라산방향을 위쪽, 바다 방향을 아래쪽으로 놓고 지명을 붙이는 것은 산과 바다라는 방향일 수도 있고 지형의 높고 낮음을 기준으로 한 것일 수도 있다. 제주에서는 그 조건이 일치하기 때문이다. 마을의 공간을 '위/알'로 구분하여 지명을 붙이는 것으로 무엇을 관찰할 수 있는지 살펴보자.

'하-리'와 '상-리'처럼 마을 이름 자체를 구분하는 것과 달리 웃동네와 알동네라는 것은 한마을 안에서 자생적인 동네 이름을 구분 지은 방식이라 할 수 있다. 어쩌면 '상-/하-'로 구분된 마을도 처음에는 '웃동네/알동네'에서 시작하여 별개의 마을로 분리된 것으로 볼 수 있을 것이다. 짐작하다시피 이렇게 마을 지명이 상/하의 구분으로 나뉘는 경우는 마을의 형태가 해안에서 내지 방향으로 발달하였을 경우의 구분이다. 동네 이름을 '웃동네/알동네'로 구분하고 마을 이름을 '상-리/하-리'로 구분하는 것은 제주인들이 마을공간을 지각할 때 바다와 한라산이라는 두 개의 거대한 경관 요인을 예로부터 중시했기 때문이다. 다시 신산리에서 구체적으로 논의를 진행하겠지만 제주의 지명이 '상-/하-'로 구분되는 방식이 어떻게 분포되어 있는지를 한번 짚어보면 제주의 마을 이름 속에 마을의 성장방향의 특징을 확인할 수 있다.

한동리의 '웃동네/알동네'가 더욱 마을 구조가 커져가면서도 '상-리/하-리'로 나누어지지 않았다는 것은 두 가지의 의미로 생각해 볼 수 있다. 하나는 별개의 마을로 인지될 만큼 충분히 성장하지 않았다고 볼 수 있다. 이는 인구유입이 더 활발해져서 마을이 더 커졌다면 점차 생활공간이 다른 두 개의 마을이 될 수도 있었을 텐데 그만큼 성장하지는 않았다는 것이다. 다른 하나는 마을이 별개로 보일 만큼 외형적으로 성장하였는데도 별개의 마을로 분화되지 않았다면 마을규모의 확장에도 불구하고 생활환경으로는 하나의 공동체를 계속적으로 유지하고 있다는 것이다.

한동리의 경우는 웃동네와 알동네의 사이로 일주도로가 지나가기 때문에 경계 구분이 명확히 발생할 뿐만 아니라, 지형적으로도 웃동네와 알동네 사이에는 급한 경사를 이루고 있어서 마을이 분화되기에 적합한 조건을 갖추고 있다. 그런데도 웃동네와 알동네가 다른 두 개의 마을로 나뉘지 않은 것은 아직 충분히 마을이 성장하지 못해서일까? 필자가 마을을 둘러본 느낌으로는 규모 면으로는 두 개의 마을로 나누어지기에 충분한 규모와 조건을 갖추고 있어 보였다. 그럼에도 불구하고 한동리가 두 개의 행정마을로 나뉘지 않고 하나의 마을로 유지되고 있는 것은 물리적 공간을 극복해서 서로의 관계가 이어져야만 하는 필연적인 끈이 있다는 의미로 여겨진다. 그 필연적 끈이 무엇이었을까. 필자는 그 필연적인 끈을 물에서 찾아보려고 하였다.

웃동네 물통 위치와 섯동네 새동물 위치　　　한동리 물통 표석

　　지금은 메워지고 없지만 한동리 웃동네의 노인회관의 옆에는 일제강점기에 팠던 우물이 있었다. 깊이는 약 열두 발 정도였다고 한다. 그게 사실이라면 18미터 정도 되는 깊이인데 장비가 없던 시절에는 대단한 공사였을 것이다. 그 자리에 세워진 조그마한 인공물통 표석에는 이러한 과거사가 잘 기록되어 있다. 표석에 의하면 지금 노인회관 옆에 있었던 물통은 한동리 웃동네의 유일한 식수원이었으며, 1935년 5월에 이 물통을 완공하기 전에는 허벅을 지고 1킬로미터 떨어진 바닷가 용천수로 물을 길으러 다녔다고 적혀있다.

웃동네가 가구 수가 많어. 다 물질 허지. 웃동네 사람들이 알동네 와그네 물 질어당 먹고, 쇠 물 맥이고. 〈중략〉 물 이름 큰통, 바능알, 큰통물. 여기는 움베기통. 움베기통은 땅 알로 물이 솟아. 큰통물은 먹지 안허고. 서답허고. 움베기통은 길어다 먹어나서. 〈중략〉 웃동네 살멍 웃동네 물이 어섯주. 게난 학교 이엄에 물이 시어나서. 둥글럭허게 세멘허곡 해연. 물 길엉 먹곡. 경행 길어당 먹당 그 위에 통파네. 통파도 물이 아니나난. 열두 발 통을 파서. 경행 통파네 먹음 시작허나네 여기 물을 아니 먹어서. 〈중략〉 학교 옆에가 '새통물'¹⁹이 싯고. 영헌 바닥에 논²⁰이 이서. 논. 논이 시나네 거기 물을 소가 와네 맥이고... 비 많이 오민 물 골르고... 학교 헌 디, 거기 나룩 해나서.²¹ 〈중략〉 나룩허는 사람은 막 부자라사. 몇 가구 안되. 〈중략〉 저 삼 조합²²에도 논이 있었주. 물 골른다. 나룩은 안 허여. [(웃동네 우물 판 게) 삼촌 어릴 때면 일제시대 때인가요?] 응.

웃동네에 가구 수가 많아. 다 해녀활동을 했지. 웃동네 사람들이 아래동네 와서 물 길어다 먹고, 소 물 먹이고. 〈중략〉 물 이름은 큰통, 바능알, 큰통물. 여기는 움베기통. 움베기통은 땅 아래로 물이 솟아. 큰통물은 먹지 않고. 빨래하고. 움베기통은 길어다 먹었지. 〈중략〉 웃동네 살았는데 웃동네엔 물이 없었지. 하지만 학교 근처에 물이 있었어. 둥그렇게 시멘트를 하였지. 물 길어서 먹고. 그렇게 길어다 먹다가 그 위에 통을 팠어. 통 파도 물이 안 나오니. 열두 발 통을 팠어. 그렇게 해서 통 파서 먹기 시작하니 여기 물을 안 먹었어. 〈중략〉 학교 옆에 '새통물'이 있고. 이런 바닥에 논이 있어. 논. 논이 있으니 거기 물을 소가 와서 먹고… 비 많이 오면 물 고이고… 학교 있는 데, 거기 벼 했었고. 〈중략〉 벼 하는 사람은 막 부자였어. 몇 가구 안 돼. 〈중략〉 저 삼 조합에도 논이 있었지. 물 고인 데. 벼는 안 해. [(웃동네 우물 판 게) 삼촌 어릴 때면 일제시대 때인가요?] 응.

───── 임○○(여, 1925년생, 한동리 알동네 섯동)

19 발음을 적은 것이므로 정확지는 않다. 주로 소에게 물을 먹이는 물통이라는 의미일 가능성이 있다.
20 여기서의 '논'은 농사짓는 논을 말하는 것이 아니라, 물이 고여 있는 못을 논이라고 불렀다. 벼농사를 짓는 논과는 다른 것이다.
21 섯동네에서 나룩(벼)을 재배했었는지에 대해서는 그렇지 않다는 의견도 있으며 단정할 수 없다. 여기서는 식수를 얻는 관행을 중심으로 글을 전개하고 있다.
22 3조합은 지금의 계룡동 지경을 말한다.

임〇〇 할머니는 웃동네에서 태어나 알동네로 시집오게 되었다. 기록과 비교하면 임을생 할머니가 10살 때에 우물을 팠으니 그 기억이 어느 정도는 정확할 것이다. 할머니의 기억에 의하면 평상시의 웃동네 사람들은 해안 용천수까지 가 물을 길어 온 것이 아니라 한동초등학교 근처의 봉천수에 의존하였으며, 봉천수의 물이 여의치 않았을 때 어쩔 수 없이 해안가에까지 물을 뜨러 왔던 것으로 여겨진다. 어찌 되었건 한동초등학교도 역시 신작로의 아래에 있는 알동네의 지경이어서 웃동네 사람들이 식수를 구하기 위해서는 알동네로 부지런히 언덕길을 오르락내리락 했던 것은 사실이었다. 섯동네에 있었던 '새통물'은 웃동네를 알동네와 하나의 생활권으로 묶어주는 역할을 했던 것이다.

섯동네와 웃동네의 식수원이었던 논동산과 새통물 일대의 현재

식수원을 중심으로 생각해본다면 분명 한동리 웃동네는 알동네에 비해 마을을 이루기에 아주 불편하기 그지없는 곳이다. 물론 지금이야 수돗물이 공급되어 식수로 인한 불편이 없지만 식수 공급이 불편했던 웃동네에 예전부터 더 많은 사람들이 마을을 이루고 살았던 이유는 무엇일까? 이는 한동리뿐만이 아니라 제주 동부지역의 중산간 마을들에 똑같이 던질 수 있는 질문이다. 한동리의 처음 설촌의 위치는 바닷가 인근의 알동네가 아닌 중산간인 웃동네로 알려져 있다. 마을회관에서 만난 박〇〇씨1941년생는 한동리의 설촌 지경을 웃굴왓이라고 하는데 이는 지금 한동리 웃동네보다도 더 위쪽에 있는 곳이다. 단순한 믿음인지 실제로 그러한 것인지 입증할 길은 없지만 설촌 위치를 해안이 아닌 중산간으로 지목하는 마을이 이곳 말고도 적지 않다는 점도 주목할 필요가 있다.

한동리 웃동네가 발달한 이유를 이해하기 더욱 힘들게 하는 것은 식수원이 없다는 점뿐만이 아니다. 한동리에는 물질을 업으로 하는 해녀가 무척 많았다. 알동네뿐 아니라 웃동네에도 대부분의 여성들은 물질을 하였다고 한다. 웃동네의 바다는 '서알'이라고 해서 섯동네의 비릿질보다 서쪽에 위치한 바다가 웃동네의 바다이다. 많은 중산간 마을이 물질을 천시해서 바다밭을 포기하고 인근 해안마을에 바다를 내주는 경우가 적지 않음에도 불구하고 한동리 웃동네는 바다와 친숙한 삶을 살아온 마을이었다.

한동 노인정에서 해안까지는 직선거리로 1.1킬로미터이고 해산물을 수확해서 돌아오는 길은 높은 경사로로 이루어져 있는 그냥 걸어서도 다니기가 힘든 길이다. 누구라도 매일같이 물질을 하다 보면, 중산간 마을을 버리고 해안으로 거주지를 옮기고 싶은 생각을 할 게 당연한 상황이다. 그럼에도 불구하고, 춤항

한동리 바다밭 이름

에 물을 받아 마시고 봉천수에 의존하는 중산간마을의 불편함을 버리지 않았던 이유가 무엇일까. 게다가 어렵게 3년에 걸쳐 15발 깊이의 우물을 파면서까지 말이다. 아직도 필자는 그 답을 명료하게 제시할 수 없다.

저 없는 동안에 와서 보니까. 외지생활을 좀 많이 했는데, 와서 보니까. 그렇게 했드라고요. 방추굴 사람들이 내려가서 사는 사람들이 있는 거 같애요. [아, 그러면 그게 막 오래전 이야기가 아니네요.] 예. 막 오래전 이야기가 아니우다. [그러면, 선생님이 타지에 가기 전에 계룡동에는 사람이 없었나요?] 아니, 있었지마는 그렇게 많지 않은 것 같애요. 〈중략〉 왜 내려갔는지는 모르겠어요. [거기서 어업이라도 하면 좀 나을 듯해서 그런 것 아닌가요?] 글쎄, 그래도 한동이리고 하면, 주로 농사에, 밭농사에 의존하는데, 밭작물, 당근하고 유채, 요런 거에 특용작물에 의존하는데, 거

기 바닷가서 그런 거. (이해할 수 없다는 듯이 말함.)

저 없는 동안에 와서 보니까. 외지생활을 좀 많이 했는데, 와서 보니까. 그렇게 했드라고요. 방추굴 사람들이 내려가서 사는 사람들이 있는 거 같아요. [아, 그러면 그게 막 오래전 이야기가 아니네요.] 예. 막 오래전 이야기가 아닙니다. [그러면, 선생님이 타지에 가기 전에 계룡동에는 사람이 없었나요?] 아니, 있었지만 그렇게 많지 않은 것 같아요. 〈중략〉 왜 내려갔는지는 모르겠어요. [거기서 어업이라도 하면 좀 나을 듯해서 그런 것 아닌가요?] 글쎄, 그래도 한동이라고 하면, 주로 농사에, 밭농사에 의존하는데, 밭작물, 당근하고 유채, 요런 것에 특용작물에 의존하는데, 거기 바닷가서 그런 거. (이해할 수 없다는 듯이 말함.)

─── 김○○(여, 1953년생, 한동리) 2013년 08월 31일 채록

김○○씨에 의하면 한동리 웃동네의 기본적인 생업수단은 농사짓는 것이었다. 아무래도 해풍의 영향으로 작물이 잘 자라지 않는 해안가보다는 농경생활을 선택한 조선시대의 제주인들은 마을의 입지를 해안이 아닌 중산간을 선택한 경우가 적지 않았다. 농사를 짓기 위해서 삶의 터전은 중산간을 선택하고 식수를 구하러 해안가로 분주한 걸음을 하였던 생활이 한동리 웃동네를 선택한 이유였을까. 그렇다면 웃동네에서 알동네 해변으로 연결되어 있는 길은 설촌 역사만큼이나 오래된 길이라고 할 수 있다. 그리고 보면 한동리 사람들이 물질을 많이 하였다고는 하나 가까운 월정리나 김녕리에 비해서 해안마을과 포구의 발달이 미약해 보인다.

한동리에서 해안마을과 중산간 마을의 관계를 이해할 수 있는 흥미로운 사건이 있다. 앞서 언급하기도 하였지만, 한동리 웃동네의 방추굴과 알동네의 계룡동과 연관되어 전해지는 이야기이다. 한동리 웃동네에는 방추굴이라는 동네가 있다. 1919년 총독부에서 제작된 지도에 의하면 방축동防築洞이라고 기록되어 있다. 웃동네의 동쪽 편에 위치한 이 동네에는 지금은 한 채의 집도 남아있지 않은 사라진 동네이다. 1910년부터 방추굴 사람들이 식수 및 생활

의 편의를 위해 하나둘씩 마을을 떠나 웃상동과 계룡동으로 이주해갔다는 이야기가 있다.[23] 위성사진을 보면 한동리 계룡동이 한동리보다 평대리에 더 지리적으로 가깝지만 한동리에 속해 있는 것도 이러한 과거사가 어느 정도 진실을 말하고 있기 때문일 것이다. 박〇〇씨[24]는 방추굴 사람들이 해안으로 옮겨가 계룡동 마을을 이루게 된 원인이 물 때문일 가능성이 가장 크다고 하였다. 본래 방추굴 사람들은 지금의 동부수산이 있는 곳에 있는 봉천수를 길어먹었는데 점차 식수를 해결하기 위해 용천수가 많은 지금의 계룡동으로 옮겨갔다는 것이다. 방추굴 사람들이 터전을 계룡동으로 옮긴 이유에 대해서는 이견들이 많기 때문에 필자는 무엇으로든 단정하지는 않겠다.

방추굴과 계룡동, 아래는 방추굴의 현재 모습

위와는 달리 물질을 위해서, 혹은 어업을 하기 위해서 바닷가로 터전을 옮긴다는 것을 김〇〇씨는 도저히 이해할 수 없다고 하였다. 왜냐하면 한동리의 주 생업은 바닷일에 있지 않고 농사일에 있는데 바닷일을 하려고 거주지

---

23 북제주군, 『북제주군 지명총람』, 91쪽.
24 남, 1941년생.

를 옮길 리가 없다는 것이었다. 이와 같은 견해를 보인 이가 또 있었다. 고ㅇㅇ[25]씨 역시 방추굴 사람들이 해안으로 삶의 터전을 옮기게 된 것은 어업활동을 하기 위한 것이 아니라 방추굴의 토질이 좋아서 값이 싼 해안으로 터전을 옮기고 집터를 농지로 활용했다고 하였다. 방추굴 사람들이 터전을 해안으로 옮기고서 농사지으러 오갔다는 것이었다. 필자는 웃동네의 방추굴 사람들이 해안의 계룡동으로 터전을 옮긴 이유가 용천수가 있어서 아닐까 하였으나 아무도 식수를 삶의 터전을 옮기게 된 직접적인 배경이라고 하지는 않았다.

> 그것이 우리가 낳기 직전⋯ 옛날 방추굴이엔 헌 디 살았는데, 거기 살단 어르신들이 전부 내려온 거예요. [이유가 무얼까요?] 나도 건 자세히 모르겠는데, 그 당시 여기 전부 모래동산이었어요. 요즘 다 알지마는 먹을 거 없고 허니까. 바다에서 멸이 많이 올랐어요. 멸. 메리치. 멸이 많이 올라오니까. 그런 것들 잡앙 먹기도 하고. 밭에 거름도 쓰고, 그렇게 허면서, 허다 보니까 일로 많이 내려왔어요. 해초 행 먹고. [물 때문에 내려오지는 않았나요?] 물 때문은 아니에요. 거기서 물은 일주도로 있지요. 거기 물통이 있었어요.

> 그것이 우리가 낳기 직전⋯ 옛날 방추굴이라고 하는 데서 살았는데, 거기 살다가 어르신들이 전부 내려온 거예요. [이유가 무얼까요?] 나도 그건 자세히 모르겠는데, 그 당시 여기 전부 모래동산이었어요. 요즘 다 알지만 먹을 것 없고 하니까. 바다에서 멸치가 많이 올라왔어요. 멸. 메리치. 멸치가 많이 올라오니까. 그런 것들 잡아서 먹기도 하고. 밭에 거름도 쓰고, 그렇게 하면서, 하다 보니까 이리로 많이 내려왔어요. 해초 해서 먹고. [물 때문에 내려오지는 않았나요?] 물 때문은 아니에요. 거기서 물은 일주도로에 있지요. 거기 물통이 있었어요.

───── 오ㅇㅇ(남, 1936년생, 계룡동) 2013년 08월 31일 채록

주민들조차도 의견이 분분한 방추굴 사람들이 해안으로 내려온 이유를

───────────────

25 한동, 남, 1937년생. 방추굴 인근 모살동네에 거주.

현재로써는 상상에 의존할 수밖에 없다. 일단 식수가 원인이 아니었다고 한다면 방 추 굴이 생활의 터전으로 매우 좋지 않은 또 다른 환경이 있었을 것으로 생각해 볼 수 있다. 그들의 삶을 어렵게 한 것으로 바람이라는 난적을 생각해 볼 수 있다. 북제주군 지의 기록에 의하면 한동리는 매해 북서풍의 영향으로 마을 전체가 피해를 보고 있다고 하였다.[26] 이는 한동리뿐만 아니라, 해변에 모래사장이 펼쳐져 있는 인근의 평대리, 세화리 그리고 월정리가 다 그러했다. 제주의 위성사진을 보면 월정리와 김녕리 해변에서 남동방향으로 길게 밝은 면이 이어져 있는 것을 보게 된다. 확대해서 보면, 모래밭이 보여주는 색상임을 알 수 있다. 바람의 방향으로 긴 세월 날리면서 대지를 덮어버린 모래밭의 모습이다. 제주에서 바람의 방향을 이처럼 적나라하게 보여주는 경관이 없다. 여기에서 월정리 바닷가에서 이어지는 모래밭의 범위가 한동리를 뒤덮고 있음을 볼 수 있다. 한동리에 불어온 모래바람은 한동리 바닷가가 아닌 월정리 바닷가에서 불려온 것이다.

평대리와 한동리의 위성사진을 보면 바람 방향을 따라 모래밭이 펼쳐진 것을 볼 수 있다

---

26 『북제주군지』, 2006. p.221.

방추굴[27]과 인접한 동네의 이름이 '모살동네'이다. 그 이름은 모래바람이 많이 불고 토질이 모래였기 때문에 붙은 이름이다. 모살동네와 인접한 방추굴 역시 모래바람에 시달려야 했다. 방추굴 사람들이 이사를 하게 된 배경에는 이러한 모래바람도 한몫을 했을 것이다. 식수문제도 이를 부추겼을 것이며 농사를 짓기 위해 멜 잡이를 하고 해초를 구해 거름을 하였던 농법도 한몫을 했을 것이다. 이 농법에 대해서는 또 농사 전문가의 의견이 필요하다. 마을의 변화를 이해하기에 필자가 역부족으로 느낄 수밖에 없는 것이 정보를 해석하기 위해 요구되는 지식이 매우 복합적이라는 것이다. 한 동네의 성쇠를 한 가지 원인만으로 설명하려는 것 자체가 욕심일 것이다.

김○○와 오○○씨의 의견을 종합하여 보면 한동리 사람들이 중산간에 마을의 입지를 정한 것도 농사를 짓기 위해서이고 방추굴 사람들이 해안으로 삶의 터전을 옮겨간 것도 농사를 짓기 위해서라고 할 수 있다. 아이러니하지만 같은 동네에서 같은 이유로 다른 정주지를 선택한 것이다. 점차 바다에 의한 생업의 의존도가 높아지면서 그 지경의 넙은태역이라는 지명도 바다밭 이름인 개랭이에서 따온 계룡동으로 변한 것이 아닐까.

3. 신산리

제주의 마을을 돌아보면서 내내 필자를 궁금하게 하였던 것은 제주사람들이 가지고 있던 공간지각에 대한 개념이었다. 본래 서귀포에서 자란 필자는 제주시에서 살게 되면서 곧잘 동서남북을 헷갈리곤 했다. 그것은 한라산과 바다라는 지형조건이 머릿속에 방위개념으로 각인되어있는 탓이었다. 서귀포에서 각인된 방위는 한라산은 북쪽에 있는 것이며 바다는 남쪽에 있

---

27 표기에 따라서 방축동, 방죽골, 방죽굴 등이 있으며, 편의상 인터뷰상의 발음을 따라서 방추굴로 표기함.

는 것이라는 아주 단순한 이미지였다. 그것은 단순하기에 더욱 강력한 것이기도 했다. 무의식의 깊은 곳에 자리 잡은 그 조건은 쉽사리 수정되지 않는다. 제주시에서 사는 내내 필자는 한라산이 남쪽에 있다는 것을 인정하는데 매우 애를 먹었다. 이러한 방위개념은 삶의 공간을 지각하는데 큰 영향을 주게 된다. 신산리에서는 그러한 공간지각에 대한 이야기를 많이 거론하게 될 듯하다.

신산리는 제주도의 남동부지역의 바닷가에 면한 해안마을이다. 신산리의 바다는 거의 동쪽 방향으로 놓여있고, 북쪽으로는 온평, 남쪽으로는 삼달리와 접해있으며, 서쪽으로는 중산간 마을인 난산리와 인접해 있다. 지형으로 보면, 서쪽에서 동쪽으로 경사가 기울어진 형태이며 한라산은 마을의 서쪽 방향에 있게 된다.

 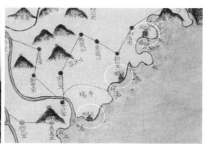

가마기통. 과거 해안초소로 사용하던 시설물   신산리에 말등포연대가 표시된 정의군 지도(1872년)

신산리의 옛 이름은 '그등개〉그등애'라고 하며 남사록과 한라장촉 등에 한자로는 '말등포未等浦'라고 기록되어 있다. 지금의 신산리라는 지명은 18세기 후반에 바뀐 것이다.[28] 이름의 의미를 확대해석해서 말등未等이 끝등=그등의 한자표기인지 단정할 수 없지만 현재 온평리에 있는 말등포 연대가 정의군 지도에서는 신산에 그려져 있다는 점은 주의 깊게 볼 필요가 있다. 고지

---

28 오창명, 앞의 책, 685-686쪽.

도에는 신산리 아래의 말등포 해안에 말등포연대가 있는 것으로 되어있으며 오히려 지금 말등포연대가 있는 온평에는 연대가 그려져 있지 않다. 지도에는 천미연대와 협자연대 사이에 말등포연대 한기가 있을 뿐이므로 연대가 온평에 있다고 하여도 기록을 근거로 할 때 이름을 붙일 수 있는 것은 말등포연대 하나뿐이다.

> 연디. 허물어진지 오래실꺼우다. 그때 무사엔 허민. 그때 연디 신 건디, 폭도들 따문에 성을 막 싸아수게. 그때 그 돌들 다 해당 싸아수다게. [그 연대 있었던 장소가 뭐라고요?] 가마기통. 온펭리에 연대 이수다. 장수목. 옛날부터 이서수다. 온펭리 연디 이서 지금도.
>
> 연대. 허물어진 지 오래되었을 겁니다. 그때 왜 그랬냐고 물으면. 그때 연대 있었는데, (4·3사건 때) 폭도들 때문에 성을 막 쌓았어요. 그때 그 돌들 다 가져다 쌓았습니다. [그 연대 있었던 장소가 뭐라고요?] 가마기통. 온평리에 연대 있습니다. 장수목. 옛날부터 있었습니다. 온평리에 연대 있어 지금도.
>
> ── 고○○(여, 1927년생, 섯동네) 2014년 04월 30일 채록

고○○씨의 기억에 의하면 온평리에도 연대가 예전부터 있었고 신산리에도 가마기통이라는 곳에 연대가 또 있었다는 것이다. 그게 1948년 4·3사건이 있을 때 마을을 방어하기 위해서 돌로 방어성벽을 쌓으면서 연대에 있던 돌을 다 빼내어 써서 없어졌다는 것이다. 이곳에서 태어나서 지금까지 살아왔다는 고○○씨의 증언을 무시하기 어렵다. 그리고 고지도를 보면 연대가 말등포에 있었던 것으로 표기되어 있다. 하지만 연대를 직접 보았다는 증언을 더 확보하지는 못했다. 이는 차후에 더 세밀한 조사를 통해서 확인해야 할 것으로 그저 기록과 현장의 차이에 대한 의문만 던져본다.

주제를 다시 마을공간구조로 돌려보면, 신산리의 자연마을 이름들이 흥

미롭다. 이름을 가지고 마을공간의 변화를 유추하는 것은 한동리 지명으로 시도한 바가 있지만 '동동네/섯동네/웃동네/알동네'라는 식으로 구분된 신산리의 마을 이름은 단순하면서도 신산리 사람들이 마을공간을 인지하는 방식을 매우 정확하게 보여준다.

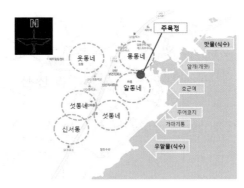

신산리 동네 이름과 바닷가 지명

신산리 마을의 일부는 해안선을 따라 횡으로 확장되어 있지만 일부는 바다에서 내지 방향인 종방향으로도 확장된 모습을 보인다. 실제로 마을 이름도 '웃동네/알동네' 그리고, '동동네/섯동네'로 되어있다. 한동리가 웃동네/알동네로 이름이 갈리고, 감산리가 동동네/섯동네로 이름이 구분된 것과 비교한다면 신산리의 자연마을 이름은 종과 횡으로 복합적으로 마을공간이 확장이 된 모습이라고 할 수 있다. 한라산을 향해 종방향으로 확장된 공간을 위/알로 구분하고, 해안선을 따라 횡방향으로 확장된 공간을 동/서로 구분하여 부르고 있다. 특이한 것은 신산리가 제주의 동쪽 해안에 위치한 마을이어서 한라산을 바라보면서 오른쪽이 동쪽이 아니라 실제로는 북쪽인데도 마을 이름은 동동네라고 하는 것이다. 섯동네라는 이름도 역시 실제로는 마을의 남쪽 지경에 위치하지만 한라산의 위치를 북쪽으로 가정한 관념적인 방위를 따라서 붙여진 것이다. 즉 실제로는 마을 서쪽에 있는 한라산이 관념적으로는 북쪽으로 여겨지고 있는 것이다. 이러한 방위에 대한 개념적인 도식화는 제사상을 차릴 때 흔히 볼 수 있는 일이다. 제사상의 음식을 배열할 때 망자의 위치를 북쪽으로 가정하고 음식의 위치를 지정하는 경우를 흔히 본다. 여기에서도 생활 속의 공간은 실재하는 진북과는 달리 규정되고 있는 것이다. 마을의 공간을 인지할 때 한라산과 바다가 남북방향으로 있다고 가정하는 것도 생활 속의 공간으로 개념화한 것이다.

필자는 처음에는 신산리 자연마을을 동동네와 섯동네로 부르는 방식이 쉽게 이해되지 않았다. 그것은 마을의 종방향의 구분을 일주도로를 기준으로 하여 위/알 동네로 나뉜다고 생각했기 때문이었다. 그래서 마을은 크게 윗동네와 알동네로 나뉘고, 알동네를 동동네, 중동네, 서동네로 나뉜다고 생각했던 것이었다. 그런데 섯동네의 공간범위는 일주도로 윗 공간도 포함하고 있었다. 일주도로가 동네를 가르는 기준이 아니었다. 타지인의 눈으로 본 공간구분과 거주인들이 느끼는 공간개념은 전혀 다른 것이다.

방위를 따져보면 더 흥미로워진다. 신산리 동동네와 섯동네의 관계는 실질적인 방위로 말하자면 동/서의 관계보다는 남/북의 관계에 가깝다. 일반적으로 제주마을에서 윗동네와 알동네의 관계는 방위적으로 볼 때 남/북 방향일 경우가 많기 때문에 동동네와 섯동네의 관계와 혼동되지 않는다. 그런데 신산에서의 웃동네/알동네는 방위적으로 볼 때 서쪽과 동쪽의 방향을 가지고 있었다. 그래서 공간과 방위가 매우 혼동되었던 것이다. 위의 지도처럼 동네의 개략적인 위치를 확인하기까지 많은 시간이 걸릴 수밖에 없었다. 방위상으로 본다면 알동네는 동쪽에 위치하고, 웃동네는 서쪽에 위치하며, 동동네와 서동네의 위치는 방위상의 동/서가 아니라 섯동네는 남쪽 지경이고 동동네는 북쪽 지경이다. 이는 실재의 진북을 염두에 두지 말고 개념적으로 한라산이 보이는 서쪽을 북쪽으로 가정하고 보아야 이해되는 관념적인 방위이다.

여기서 개략적으로 동네 이름을 '동-/서-'로 나누는 경우와 '위-/알-'로 나뉘는 경우가 어떤 차이를 가지고 있는지 확인해보고자 한다. 먼저 마을이 한라산에서 바다 방향으로 이어지는 경우를 종방향으로 형성되었다고 하고, 그와 직교되어서 해안선과 나란한 형태로 된 경우를 횡방향으로 형성되었다고 가정하면 '위-/알-'로 설정된 이름은 종방향으로 성장한 경우이며, '동-/서-'의 이름을 붙인 경우는 일부 예외도 있지만, 대개 횡방향으로 성장한 경우이다. 신산리의 경우도 동동네와 섯동네는 방위상의 동/서 방향이 아니라, 해안선을 따라서 횡적으로 늘어진 오른쪽을 동동네, 왼쪽을 섯동네라고 이름 지은 것으로도 보인다. 이런 동동네와 섯동네, 혹은 동카름과 서카름이라는 동네의 이름은 지금도 여러 사례를 찾아볼 수 있다. 하지만, 이러한 구분이 마을을 구분할 정도로 커져서 동네 이름이 된 경우는 그리 많지 않다. 예를 들면 서귀포의 '동홍/서홍' 안덕면의 '동광/서광' 정도이며, 제주시 인근에는 '동귀'라는 마을은 있으나 그에 대응하는 '서귀'는 없다.

그리고 제주도 마을 이름을 전체적으로 조망한 오창명의 『제주도 마을 이름의 종합적연구』를 바탕으로 마을 이름들을 살펴보면, 동/서라는 구분으로 마을 이름이 대응되게 지어진 경우는 안덕면의 '동광/서광'이 있고, '동홍/서홍'이 있다. '상-/하-'로 마을 이름이 구분되어진 경우는 대정의 '상모/하모', 서귀의 '상효/하효', '상예/하예', 애월의 '상가/하가', '상귀/하귀', 구좌의 '상도/하도'가 있다. 마을 이름이 동/서로 구분된 사례가 둘인 반면 상/하로

1899년 제작된 정의지도, 표시 부분:
동/서로 구분된 마을

1899년 제작된 대정군지도, 표시 부분:
동사계리와 동중문리이다

구분되는 경우는 제주도 전역에서 여섯 개로 상대적으로 많은 편이다. 이렇게 분화된 마을들이 처음에는 서로 이웃하여 '동동네/섯동네', '웃동네/알동네' 식으로 이해되었다가 점차 마을이 커지면서 완전히 다른 동네로 분화되었을 것이다.

조선시대의 마을 이름은 1899년光武 3년 제작된 정의군읍지 중 정의지도와 대정군읍지 중 대정군지도를 통해 확인할 수 있다. 먼저 정의지도를 보면 마을 이름이 동/서로 구분된 경우가 '동온평/서온평', '동가시/서가시', '동세화/서세화', '동의/서의', '동홍/서홍'이 나타난다. 마을 이름을 동/서로 구분한 것이 정의현 관할에서만 다섯 군데나 된다. 반면 대정군지도를 보면 동사계리, 동중문리를 제외하고는 동, 서로 구분한 마을 이름이 보이지 않는다. 게다가 그것도 서사계리와 서중문리라는 지명은 보이지 않는다.

다시 상/하로 마을 이름이 구분된 경우를 보면 정의지도의 경우 '상예촌/하예촌', '상효/하효'가 있고, 대정군지도에서는 '상례/하례', '상모/하모'가 있다. 위 지도에 있는 마을 이름으로 보아서는 마을 이름이 상/하로 구분된 경우는 정의현 관할이나 대정현 관할이나 비슷하게 쓰이는데, '동/서'로 마을 이름이 구분된 경우는 정의현 관할의 경우가 훨씬 많이 적용되었다.

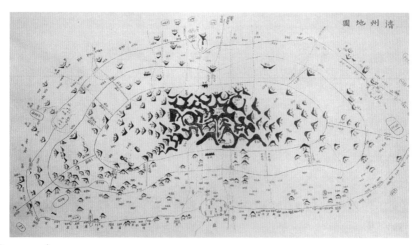

1899년 제작된 제주지도. 자료: 제주도민속자연사박물관, 『제주의 옛지도』, 1996. 58쪽

이렇게 '동–/서–'로 나뉘는 마을 이름을 지금은 찾기가 어려운 반면에 옛 지도에서는 오히려 쉽게 찾을 수 있었다. 이는 마을공간 인지방식이 예와 지금의 차이를 보여주는 것으로 또한 눈여겨볼 만하다. 다만 그것은 한라산 이남 지역에만 그러하였고 1872년 제작된 제주지도[29]에서는 한라산 북쪽인 제주목 관할지역에서는 '동/서'로 마을을 구분지은 경우는 발견되지 않았다. 이러한 차이 역시 한라산을 중심으로 남쪽과 북쪽 지역의 문화적 차이가 있음을 보여주는 사례 중 하나일 것이다.

반면에 위의 옛 지도와 오창명의 마을 이름을 고찰해 본다면, 마을 이름이 '상–/하–'로 구분된 경우는 비교적 전체적으로 고르게 분포되어 있다고 할 수 있다. 즉, 어느 곳에서나 '알동네/웃동네'가 있듯이 '상–/하–'로 구분된 마을 이름이 있었다는 것이다. 이는 웃동네와 알동네로 시작되어 점차 상–/하–로 구체적으로 마을이 갈리는 것은 전반적으로 자연스러운 마을의 분화과정이었다는 것이다.

비록 단순한 고찰이지만 마을 이름을 확인하는 것만으로도 제주마을의 성장형태에 대한 초보적인 추론근거를 찾을 수 있다. 먼저 정의현 관할지역을 중심으로 살펴보면, 1899년 지도에 '동–/서–'로 이름 지어진 마을이 꽤 있었다. 고지도가 보여주는 바에 의하면 제주도 남동부지역인 정의현 관할지역에서는 마을 공간이 횡방향으로 퍼져있는 것이 자연스러운 형태였다는 것이다.

제주도 남서부지역인 대정현 관할지역에서는 1899년 지도에서나 지금의 지명에서도 '동–/서–'로 나뉘는 경우가 드물다. '동광리/서광리' 같은 경우가 예외적인 상황이라고 할 수 있다. 예나 지금이나 한라산 북쪽 제주목 관할지역은 '동–/서–'로 이름 지어진 경우를 볼 수 없는 것은 한라산 북쪽지역에서는 횡방향으로 마을이 성장하는 경우가 많지 않았음을 의미한다.

---

29   제주도민속자연사박물관, 『제주의 옛지도』, 1996, 일신옵셋, 47쪽.

마을 이름의 분포를 살펴보는 것만으로도 제주마을의 성장과 변화의 추이를 개략적으로 추정해 갈 수 있다. 물론 이러한 가정에는 구체적인 후속 조사가 있어야 하지만, 지명이 보여주는 데이터는 결코 무의미한 자료가 아니다. 오창명의 마을 이름 조사 목록과 제주의 옛 지도의 지명을 토대로 제주마을의 형태를 몇 가지로 정리할 수 있다.

첫째, 제주마을의 기본적인 형태는 해안에서 중산간으로 연결되는 종방향으로의 성장을 기본으로 하고 있다는 것이다. 특히 그러한 모습은 한라산 북쪽 지역의 경우가 더욱 두드러진다. 한라산 남쪽의 경우에는 횡방향으로 성장한 마을들이 있었으나 그러한 분화는 점차 지속되지 않고 약해졌다는 것이 마을 이름의 고찰을 통해 판단할 수 있는 것이다. 1872년 제작된 정의군지도[30]를 보면, 신산의 윗마을인 난산리 역시 '동난산/서난산'으로 구분되어져 있다. 지금은 난산리에 '동카름/서카름'으로 마을 안 동네 이름으로 나누어질 뿐이다. 즉 마을의 성장이 지속되지 않았기 때문에 오히려 하나의 마을로 결속됐다고 할 수 있다.

두 번째, 제주 남동부지역 즉, 신산이 있는 정의현 관할 지역에서 특히 '동/서'로 마을 구분이 된 형태가 많이 보였다. 이러한 횡방향의 마을의 성장을 가장 설득력 있게 설명할 수 있는 것으로 바람의 영향을 꼽겠다. 물론 이는 더 정교한 조사를 통해 확인해야겠지만, 제주바람이 마을의 형태에 영향을 주었을 것이라는 전제는 충분히 가능할 것으로 본다.

제주의 주거환경에 가장 강력한 영향을 준 것은 겨울의 북서풍이다. 보통 겨울바람을 차가운 북풍이라고 하지만, 전체적으로 조망한다면 북서풍이라고 해야 할 것이다. 그래서 대개 한라산 북쪽의 집들의 배치는 바람의 방향을 측면으로 받도록 하였다. 바람의 영향을 덜 받기 위해서는 중산간에서는 오름을 의지하거나 해안마을의 경우는 여를 의지해서 위치를 잡게 된다. 이

---

30 앞의 책, 51쪽.

는 마을 내의 집을 지을 때도 택지를 자유로이 선택할 수 있다면 바람이 불어올 방향으로 밖거리를 지어서 방풍을 하게 하거나, 남의 집이라도 의지해서 지으려는 것이 당연한 선택인 것이다. 그러한 선택이 반복되다 보면 북쪽 해안에서 내지 쪽으로 집들이 서로를 의지하면서 배치되지 않았을까. 이는 북서풍에 노출되어있는 한라산 북쪽 지역의 마을공간구성의 특징이 되었다.

반면에 한라산 남쪽에 있는 마을들은 한라산의 덕을 보아서 북서풍의 매서움에 노출되어있는 정도가 덜했을 것이다. 차가운 북서풍도 한라산을 넘다 보면 바람의 세기도 줄어들고 온도도 올라가기 마련이다. 대개의 집들은 남향으로 지어졌고, 남의 집에 의지하기보다는 햇빛을 잘 받기 위해서는 집들은 이웃의 뒤로 짓기보다는 여건만 되면 그늘을 피해서 옆으로 지으려는 것이 자연스러운 일이다. 이러한 여건이 상대적으로 횡방향으로 성장하는 마을이 많아진 이유가 아닐까 여겨진다. 필자가 제주도 북동부 지역에 위치한 하가리에서 면담하였을 때 쓰지 않는 밖거리를 허물지 않는 이유가 겨울바람을 막기 위한 것이라는 대답을 들었었다. 그 말은 집을 지을 때 바람을 피하려고 이웃집에 의지하려는 생각이 기저에 깔려있는 것이라고 볼 수 있다. 반대로 제주도의 남동부 지역에 위치한 정의현 관할 구역에서 '동-/서-'로 지명이 붙은 곳이 많은 이유도 역시 북동풍의 영향을 가장 적게 받는 지역이기 때문이 아닐까 추론해보는 것이다.

물론 이는 복잡한 마을공간의 구조를 지나치게 단순화해서 설명하는 것이라 비판받을 수 있다. 하지만 추운 겨울에 바람이 불면 커다란 어른 몸 뒤에 숨어서 바람을 피하던 어린 시절의 기억을 떠올려보면 이는 결코 근거 없는 추론이 아님을 알 수 있다. 단순한 설명이지만 이러한 초보적이고 분명한 근거를 출발점으로 하여 제주마을의 형성과 성장에 대한 논의를 시작해 봄도 의미가 있다.

신산리에서는 일주도로를 중심으로 마을형성의 과정을 살펴보는 것도 의미가 있을 것이다. 여기서 우리가 감안해야 할 것이 일주도로가 만들어진 과정과 시기이다. 소위 신작로라고 하는 일주도로는 1914년 일본인에 의해서 만들어졌다. 하지만 수탈을 위한 일주도로가 만들어지기 전에 기존의 마을과 마을을 연결하는 길이 있었다. 특히 정의현과 멀지 않은 신산은 정의현과 연결되는 직접적인 길이 있었을 것이다. 그리고 난산리와 신산리 사이에도 매일 물을 뜨러 다니던 길이 있었다.

현재의 길을 중심으로 최근 지도를 보면 신산리 지도의 위쪽에 있는 웃동네와 알동네를 이어주는 길은 일주도로와 관계없이 해안과 중산간으로 이어져 있음을 볼 수 있다. 반면에 지도의 아래쪽에 섯동네와 연결되어 있는 길은 일주도로에 의해 경로가 차단되어 있다. 이것은 그림15)의 ①, ② 길과 ③, ④의 성격이 다르다는 것을 의미한다. 지도상의 길의 형태로만 본다면 ①, ② 길은 일주도로가 있기 전부터 있었던 길이라고 할 수 있고, ③, ④ 길은 일주도로가 만들어지고 난 이후에 만들어진 길이라고 할 수 있다.

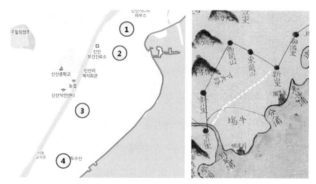

좌측: 현재 지도 / 우측: 1872년 제작된 정의지도(점선은 현재의 일주도로)

③, ④ 길은 섯동네에 있는 길이다. ③, ④ 길은 일주도로 북쪽으로는 연결되지 않은 것으로 보아그 길이 일주도로보다 나중에 만들어진 길이라고 추측할 수 있는 개연성은 충분하다. 이 말은 섯동네가 알동네보다는 늦게

형성된 것으로 판단할 수 있다는 것이다. 신서동취락구조는 더 나중인 최근에 형성된 마을이다.

위의 상황을 이해하기 위해서 1872년 제작된 정의군지도를 살펴보자. 정의군지도에는 마을을 연결한 길이 표현되어 있다. 이 지도를 보면 신산리는 온평리와 난산리로 연결되어 있는 반면 신산리와 삼달리는 직접 연결되어 있지 않다. 즉, 신산에서 삼달로 연결되는 길은 없었거나 있더라도 대로한질 가 아니었다. 정의군지도에 그려진 하대로下大路의 경로는 지금의 일주도로의 경로와는 전혀 다르게 그려져 있다. 정의현에서 이 지역을 행정적으로 관장했다는 것을 이해한다면 신산에서 삼달 해안으로 길이 만들어져야 할 이유가 없는 것이다. 온평과 신산 그리고 난산을 잇는 길이 대로大路였던 것이다.

신산에서 난산으로 연결된 가로망

다시 지금 있는 길을 살펴보면, 신산에서 난산으로 이르는 길은 신산리 사람들이 난물로 물 뜨러 오는 길이 일주도로와 만나는 난산교차로 A지점이거나 신산리 웃동네를 통해서 올라가는 신산교차로 B지점일 수밖에 없다. 즉, 정의군지도를 통해서 이해할 수 있는 것은 신산교차로 이하의 신산에서 삼달로 이어지는 일주도로의 경로는 기존의 길을 덧씌워 확장한 것이 아니라 새로이 개설된 길일 가능성이 크다는 점이며 신산리 섯동네 역시 연장된 일주도로를 따라서 강점기 이후에 새로이 형성된 마을일 것으로 추정할 수 있다.

길의 형태를 통해서 추정한 마을의 성장방향을 확인하기 위해 지적도를 들여다볼 필요가 있다. 땅의 소유권을 표시해 놓은 지금과 같은 지적도가 처음 작성되기 시작한 것도 역시 일제강점기 시기이다. 지적도를 처음에 작성할 때에 이미 집을 짓고 담장을 쌓아서 자신의 토지를 확보하고 있는 기존의 마을은 토지의 형태가 불규칙적이고 구불구불한 담장의 형태를 따라서 작성되었다. 하지만 취락이 형성되지 않다가 후에 토지 매입 등으로 필지를 분할하게 되는 경우에는 당연히 반듯하고 정형화된 형태를 가지게 마련이다. 이는 택지개발을 하는 경우에 토지를 반듯하고 비슷한 크기로 나누게 되는 것과 같은 이치이다. 이 때문에 토지를 구획한 형태가 다르다면 그 지역에 거주지가 형성된 시기와 배경이 다르다고 판단할 수 있다.

알동네 지적선

섯동네 지적선

알동네의 필지들을 살펴보면 부정형의 필지들이 불규칙하게 물려있는 것이 보인다. 중간중간에는 제주 마을길의 전형적인 모습인 막다른 골목의 형태도 흔히 볼 수 있다. 반면 흥미롭게도 섯동네의 필지들은 나름대로 반듯하게 필지가 분할되어 있다. 필지의 형태를 보면 대개 길과 나란하게 구획되어 있다. 이는 비슷하게 필지를 자르려고 할 때 볼 수 있는 현상이다. 간간이 골목길도 보이지만 막다른 골목은 그 길이가 짧고 대개 통과도로의 모습을 하고 있다. 지적정리를 할 당시에 이미 집들이 많았다면 이렇게 반듯한 형태로 구획정리를 하기는 어려웠을 것이다. 이곳은 초기 지적정리를 할 당시에는 거주지이기보다는 농경지이거나 쓰이지 않는 땅이었을 가능성이 크다.

[서동에 집 많이 짓고 산 것도 오래 안 된 일 아닌가요?] 예. 이 동네도 집이 몇 채 어서나수다. 집터도 이것도 밧 이라나수다게. [그러면 삼촌이 열다섯 정도 되었을 때. 이 마을 네 개 동네 중에 어디가 제일 컸나요?] 동네별로 하면 알동네가 좀 컷지.[31] (여: 무사 웃동네가 컷주) 웃동네? (여: 알동네 그 호근여동네가 뭐 커나수다게) [섯동네는 웃동네나 알동네보다 적었나 봅니다.] 아무래도 한라산 보인덴 해서 알동네가 섯동네로 빠져나오멍 초초로 집을 짓엉 나온겁주게.

[서동에 집 많이 짓고 산 것도 오래 안 된 일 아닌가요?] 예. 이 동네도 집이 몇 채 없었습니다. 집터도 이것도 밭이었습니다. [그러면 삼촌이 열다섯 정도 되었을 때. 이 마을 네 개 동네 중에 어디가 제일 컸었나요?] 동네별로 하면 알동네가 좀 컸지. (女: 왜 웃동네가 컸지) 웃동네? (女: 알동네 그 호근여동네가 컸었습니다.) [섯동네는 웃동네나 알동네보다 적었나 봅니다.] 아무래도 한라산 보인다고 해서 알동네가 섯동네로 빠져나오면서 차츰차츰 집을 지어서 나온 것입니다.

┗━━━━━ 강○○(남, 1940년생, 신산리 섯동네) 2014년 04월 30일 채록

　　도로망과 필지의 형태는 어느 한순간에 쉽게 바뀌지 않는다. 또한 필지를 나누었던 방식은 당시의 토지관리체계를 가늠하게 하기도 한다. 글로 쓰이진 않았지만 지도는 그래서 많은 것을 말하고 있다.

　　지금의 지적도와 정의군지에 표시된 한질下大路의 연결망을 토대로 마을의 형성과 확장에 대해서 종합하여 보자. 현재 확인 할 수 있는 자료들은 신산이라는 마을이 애초에는 해안을 따라 횡방향으로 형성되었던 마을이 아니라 웃동네와 알동네로 구분되어 해안과는 종방향으로 형성되었던 마을이었다는 것이다. 제주의 해안마을을 보면 해안선을 따라 횡방향으로 형성된 마을을 종 종 볼 수 있다. 역시 신산리도 해안선을 따라 횡방향으로 형성된 마을로 보인다. 하지만 신산리의 기본적인 형태는 해안에서 중산간 방향인 종방향으로 형성된 마을에서 출발한 것이다. 만약 고지도에 나와 있는 것처

31　고○○씨, 제보자 강○○ 할아버지 부인.

럼 난산으로 이어지는 한질의 방향으로 신작로가 개통되었다면 당연히 신산은 난산리가 있는 방향으로 마을이 성장하였을 것이다. 지금의 일주도로의 연장선에 있는 강점기 시절 개통된 신작로는 마을의 성장 방향을 자연스럽게 바꿔버린 것이다. 그것이 길의 힘이다. 길이 먼저일까? 집이 먼저일까? 신산리 서동에서는 길이 먼저였다.

4. 감산리

감산리柚山里는 월라봉 북쪽에 위치한 중산간 마을이다. 감산리는 450여 년 전 '묵은터' 일대에 고씨가 들어오고 '통물동네' 일대에 유씨가 들어와서 마을이 커졌다고 한다. 통물동네는 통물이라는 용천수가 있어서 붙은 지명이다.[32] 묵은터는 지금 섯동네의 북쪽 일주도로 건너편에 있는 몇 채의 집들이 있는 지경이며, 통물은 그보다 더 위쪽에 위치한 용천수이다. 통물동네의 지금 동네이름은 중동네이다. 감산리는 중동네의 동쪽으로는 동동네, 서쪽으로는 섯동네라 부르고 있다. 감산리에서는 용천수와 관련해서 마을공간을 살펴보려고 한다.

언제부터 감산리에 사람들이 마을을 이루며 살았는지 단언하는 것은 어려운 일이다. 감산리의 환경지리적인 중요한 특징은 안덕계곡을 끼고 있다는 것이다. 제주도에서 하천 변으로 계곡이라는 이름을 붙인 경우는 안덕계곡이 유일하지 않을까. 그만큼 안덕계곡의 환경적인 인상은 매우 강렬한 것이다. 창고천이 흐르고 있는 안덕계곡에서는 다수의 수혈주거터가 발견되었고, 신석기시대의 어골문토기, 단사선문토기 등이 발견되었다. 말하자면 안덕계곡 일대는 지속되지 않았다고 하더라도 주거지로서는 선사시대로 거슬러 갈

---

32   남제주군, 『우리 고유지명 유래집』, 1995. 1189쪽.

만큼 오래전부터 마을을 이루었을 것이라고 여겨진다. 이러한 곳에서는 설촌 시기를 따져 묻는 것이 오히려 의미 없는 질문일 수도 있다. 또한 안덕계곡은 사람들이 마을을 이루며 살기에 좋은 환경을 제공하였다 할 것이다.

감산리의 동네 이름

감산리의 마을 구성은 동동네, 중동네, 서동네로 이루어져 있다. 이 세 개의 동네는 동서방향으로 발달해 있으며, 이는 마을을 지나고 있는 일주도로의 방향이나, 감산리를 따라 흐르는 창고천의 방향과 일치한다. 제주의 해안마을은 해안선과 나란하게 횡으로 발달한 경우에 동네 이름이 '동/서'로 구분되어 이름 지어지는 경우가 많았는데, 이는 중산간 마을에서도 같은 개념으로 적용된다. 서귀포에서 동홍과 서홍이 그러하고 난산리의 동카름과 서카름이라는 지명도 그러하다. 감산리의 자연마을의 이름도 이러한 맥락에서 이해될 수 있다. 감산리의 경우는 동동네와 섯동네 사이에 중동네라고 가운데 끼인 동네 이름이 더 있을 뿐이다.

감산리의 동동네와 섯동네가 동홍동과 서홍동처럼 마을이 분리되지 않고 유지된 것은 마을의 규모가 별달리 커지지 않았기 때문이기도 하고 대체로 횡방향으로는 다른 동네로 여겨질 만큼 문화적 차이가 나타나지 않기 때문이기도 할 것이다. 하지만 위의 항공사진에서 보듯이 감산리의 동동네와 중동네는 아주 인접해서 붙어있는 마을이 아니다. 감산리의 자연마을이 분리되지 않고 하나의 마을로 유지되고 있는 끈이 무엇인지 이해하는 것이 간단한 일은 아니다. 물론 가운데 중동네가 있어서 감산리의 전체가 하나의 마을로 연결 지어진 것으로 보이기도 하지만, 중동네가 본래 감산과는 다른 마을이었다는 것을 깨닫게 되면 이 세 개의 마을이 하나의 공동체를 이루는 것이 특이하게 보일 수 있다.

게다가 더욱 이런 의문을 가지게 하는 것은 세 개의 자연마을이 식수를 독립적으로 공급받고 있었다는 점이다. 중동네는 마을 위쪽에 있는 통물에서 식수를 얻었으며, 섯동네는 조배남송이의 물, 동동네는 도고샘에서 식수를 길어다 먹었었다. 이러한 사실은 세 개 마을의 생활권이 분리되어 있었다는 점을 설명하는 데 충분하다. 그런데 이러한 상황에서도 세 개의 자연마을이 하나의 마을로 생활권이 묶여 있다는 점은 독특한 상황이다. 감산리를 하나의 공동체로 묶고 있는 끈이 무엇이지 생각해보자.

> [물길 만들어 놓은 거 있잖아요. 그게 뭔가요?] 수로. 동안골로 강 구경을 해야 하는데, 옛날 다랭이논. 그 물을 대어나수다게. [다 있었는데 나머진 끊어지고?] 이젠 논을 안 허니까. [그건, 언제까지…] 70년대 초반… [다랭이논이라고 제주도에서도 쓰던 말인가요?] 우린 돌랭이논. 돌랭이… 거기 가면 계단식으로 해 그네. 돌랭이 돌랭이 했주게. 수요가 예. 흑̲ 집이 백 평, 백오십 평. 그 정도라. 많아야 이백 평. 그 정도면 부제우다. [그 논에선 뭘 했나요?] 벼 아니꽈. 나룩 벼. 옛날 나룩허민… [그러면 여긴 몇 가구나 했는가요?] 다 헌건 아닙주. 절반 되나마나. [감산리의 절반?] 아니, 창천리까지. 서광까지. 서광은 몇 사람 안 됩니다마는. 소유를 보면 예. 서광 사람이 직접 여기 왕 하영 헌 게 아니고. 여기서 뚤이 컷다, 서광 시집 보내멍 이건 니 쩍시여 행 한도랭이 줘 불민 서광리 살멍 나룩 허에 댕기고.

> [물길 만들어 놓은 거 있잖아요. 그게 뭔가요?] 수로. 동안골로 가서 구경을 해야 하는데, 옛날 다랭이논. 그 물을 댔었어요. [다 있었는데 나머진 끊어지고?] 이젠 논을 안 하니까. [그건, 언제까지…] 70년대 초반… [다랭이논이라고 제주도에서도 쓰던 말인가요?] 우린 돌랭이논. 돌랭이 거기 가면 계단식으로 만들어서. 돌랭이 돌랭이 했지. 수요는 한 집에 백 평, 백오십 평. 그 정도야. 많아야 이백 평. 그 정도면 부자입니다. [그 논에서는 뭘 했나요?] 벼 아닙니까. 나룩 벼. 옛날 벼 하면… [그러면 여긴 몇 가구나 했는가요?] 다 한 것은 아니었지요. 절반 되나마나. [감산리의 절반?] 아니, 창천리까지. 서광까지. 서광은 몇 사람 안 됩니다마는. 소유를 보면, 서광 사람이 직접 여기 와서 많이 한 게 아니고. 여기서 딸이 자라 서광 시집 보내면서 이건 네 몫이야 하면서 한 도랭이 줘

예부터 쌀이 좋기로 '일강정 이번내 삼도원'라는 말이 있었다. 여기서 번내는 화순의 옛 이름이기도 하면서 지금 화순의 동쪽을 지나 바닷가로 흘러가는 내를 말하기도 한다. 이를 '감산내' 또는 '창고내'라고도 한다.[33] 강정천 못지않게 창고천 역시 벼농사에 좋은 환경을 만들고 있었던 것이다. 감산리 창고천을 따라가다 보면 지금은 경작하지 않지만 돌랭이 논이 있었던 감산리 섯동네의 아래 지경의 안골을 만나게 된다. 이 돌랭이논이 엮어내고 있는 공동체의 범위는 감산리라는 마을을 벗어나 있었다.

창고천에 남아있는 수로 구조물

돌랭이논이 있던 안골

강○○씨의 말에 의하면 돌랭이논의 공동체는 동동네 중동네 섯동네를 묶는 정도가 아니라 서광과 창천에 이르는 사람들까지 농사를 지으러 감산리 안골을 드나들었다는 것이다. 걸어서 부담 없이 갈 수 있는 범위가 근린생활의 범위라고 한다면, 현대인의 머릿속 근린생활 범위와 조상들이 경험하였던 범위는 전혀 다른 것이 아닐까. 그러고 보면 섯동네 중동네 동동네

---

33 오창명, 앞의 책, pp.702-703.

가 서로 멀리 떨어져 있어서 하나의 마을이 될 수 없으리라는 상상은 현대화된 생활습관에서 나온 지금의 논리와 시각에서 바라본 것일 수 있다.

하지만 안골에서 모두가 농사를 지을 수 있는 이들이야 행세깨나 했던 사람들이었고 누구나에게 주어진 생계수단은 아니었다. 공동체를 묶어내는 데에는 더 강력한 매개물이 있었을 것이다. 이것을 감산리만의 지형적 특성이라고 할 수 있는 창고천을 중심으로 살펴보자.

감산리 마을의 형태는 전체적으로 해안 방향과 나란한 횡방향으로 발달하고 있다. 정확히 말하자면 감산리는 안덕계곡에 흐르는 창고천을 따라 형성되어있다. 감산리 마을이 창고천을 따라 형성된 것은 안덕계곡이 가지고 있는 거주환경으로서의 장점이 있었기 때문이다. 그것은 계곡의 중간 중간에 솟구치는 용천수라 할 수 있다. 계곡에는 도고샘과 조배남송이와 같은 다수의 용천수가 발달해 있다는 것도 한몫을 한다. 도고샘은 주로 동동네 사람들이 이용하였고, 조배낭물은 섯동네 사람들이 이용하였다.

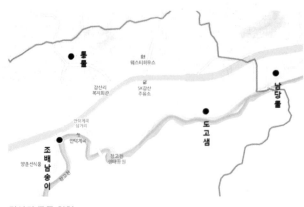

감산리 물통 위치

수도 어실 땐 내창 물 먹어났지. 허벅으로. 중동네도 요만디서 나는 물이 이서 나서. 섯동네서 조배낭서 나는 물이 이서 났고, 이 동네(동동네)는 욜로 내려가면 도고손[34]이엔 헌디, 내창으로 들어가면 나는 물이 있고. [아, 도고샘] 물 나는 디 이서, 난디. 이젠 왕석 털어정 앞을 딱 막아선.

수도 없을 땐 내천 물 먹었었지. 허벅으로. 중동네도 이만한 데서 나는 물이 있었어. 섯동네는 조배나무에서 나는 물이 있었고, 이 동네(동동네)는 이리로 내려가면 도고손 이라고 하는 데, 내천으로 들어가면 나는 물이 있고. [아, 도고샘] 물 나는 데 있어, 나는 데. 이젠 왕석 떨어져서 앞을 딱 막았지.

창고천의 용천수는 다른 지역과 또 다른 특징을 가지고 있었다. 용천수의 옆에는 마을사람들이 이용하는 당이 있었다. 동네 사람들이 이용하는 도고샘 옆에는 일뤳당과 여드렛당이 있고, 남당물 옆에는 지금은 찾을 수 없지만 남

중동네 통물

당이 있었다고 한다. 섯동네에서 이용하는 조배남송이에만 당이 없었다. 창고천에 면한 동동네와 섯동네는 당과 용천수를 중심으로 마을이 형성되었다고 할 수 있다. 그런데 중동네에도 통물 옆에는 본향당이 있어서, 감산리 마을은 동네와 물통과 신당이 묘한 주거세트를 이루고 있다.[35] 이런 측면에서 본다면, 감산리의 자연마을들은 철저하게 용천수에 의존하여 형성되었으며, 제각기 다른 공동체를 형성하고 있었다고 할 수 있다.

---

34 도고샘.
35 감산리, 『감산향토지』, 세림원색인쇄, 2002. 272쪽 참조.

이거 통물이라고 하는데, 원래 이거 중심으로 해서 설촌이 된거라, 여기. 통물동 네라고 여기가.

이거 통물이라고 하는데, 원래 이거 중심으로 해서 설촌이 된 거야, 여기. 통물동네 라고 여기가.

─── 양○○(남, 1937년생, 감산리 중동네) 2013년 09월 10일 채록

지금의 중동네에는 통물이 있어서 예전에는 통물동네라 불렸다고 한다. 그 이름은 중동네에서 아직도 잊혀지지 않고 사용되는 이름이다. 통물은 감산리의 설촌의 배경으로도 거론된다. 그렇다면 당연히 통물동네는 감산리에 속한 자연마을로 보아야 할 것이다. 그런데 도고샘이나 조배남승이와는 달리 창고천에 속하지 않은 통물과 그 통물에 의존하였던 윗동네인 중동네가 원래 감산리에 속한 마을이었을까. 그런데 고지도에서는 이러한 상식과 다른 이야기를 하고 있다. 감산리의 설촌마을이 감산이 아닌 다른 마을이라니 그것참 아이러니한 일이다. 고지도에서 마을 이름을 다시 살펴보자.

1872년 제작된 대정군지도를 보면, 감산리의 위쪽에 통천리通泉里가 보인다. 통천리는 말하자면 통물동네이다. 중면7동中面七洞이라고 쓰인 기록은 통천리가 행정적으로도 감산리와 엄연히 구분된 동洞으로 별개의 마을임을 알려준다. 또한 지도에 그려진 한질 즉, 하대로下大路 연결망을 보면, 통천리와 감산리는 직접 이웃하여 연결된 마을이 아니라, 창천리를 통해서 연결되는 이웃하지 않은 마을로

1872년 제작된 대정군지도, 감산리 위쪽으로 통천리가 있으며 통천리가 지금은 감산리 중동네다

나타난다. 즉 지도에서 보여주는 감산리와 통천리는 직접 접하지도 않은 전혀 다른 마을이다. 만약 지도에 그려진 통천리가 통물동네가 맞다면, 별개의 마을이었던 두 개의 마을이 하나로 병합된 사례이다.

어떻게 이런 역사적 배경과 지형적인 조건에도 불구하고 하나의 마을로 병합되어 유지되고 있는 것일까? 오창명에 의하면, 통천리는 "삼군호구가 간총책1904"에 나오고, 1914년 행정구역 폐합 때 나타나지 않는 점을 들어, 1905년 이후에 감산리에 병합되었을 것이라 추정한다.[36] 통천리가 사라진 것이 이미 백년 이상 지나버린 일이므로, 특별한 기록이 없는 한 왜 통천리가 감산리에 수용이 되었는지 정확하게 알기는 어렵다. 다만, 통천리가 감산리에 병합되려면 서로 잦은 왕래가 있어야만 가능했을 것이라는 가정은 할 수 있다. 통천리 사람들과 감산리 사람들이 서로 잦은 왕래를 할 수밖에 없었던 여건이 무엇이었을까? 식수원도 제각기 따로 있고 신당도 제각기 따로 있었는데 말이다. 아마 감산리가 하나의 공동체를 이룰 수 있는 배경을 설명하기 위해서는 그 질문에 우선 답을 해야 할 것이다.

이를 위해서 통천리 즉, 중동네의 물 이용관행을 좀 더 자세히 살펴볼 필요가 있다. 중동네에는 통물이 있어서, 주민들은 통물에서 물을 얻었다는 것으로 물과 관련된 모든 설명을 할 수 있는 것은 아니다. 중동네에 통물이 있었지만 통물 만으로 생활에 필요한 모든 물을 공급받을 수 있었을까? 의문은 그것으로 시작된다. 통물은 식수와 야채를 씻는 정도로 이용하는 것은 문제가 없었으나 빨래까지 하기에는 수량이 턱없이 부족하였다. 식수를 받아가기 위해서도 줄을 서서 기다렸던 통물이었으니 그곳에서 편하게 빨래 등 허드렛일을 충분히 할 수는 없었을 것이다. 게다가 통물은 그 구조가 마을길에 개방되어 있어서 편하게 목욕을 할 수 있는 곳도 아니었다. 제사나 잔치가 있어서 갑자기 많은 물이 필요한 경우에는 졸졸 떨어지는 통물을 받

---

36 오창명, 앞의 책, 714쪽.

아서 쓰기에는 한계가 있었다. 사람이 살아가는 데 필요한 물은 단지 마시기 위한 것만으로는 부족하다. 특히 겨울에 물줄기가 얼어버릴 때는 솟는 물이 너무 적어서 한 동이의 물을 받기 위해서 20~30분을 기다리는 것이 일상이었다. 통물은 통물동네의 자랑이기는 하였으나 그것으로 모든 물 문제를 해결할 수 있는 것은 아니었다는 말이다.

> [감산리 사람들[37] 목욕은 어디서 했나요?] 목욕. 여기도 하곡. 안덕계곡에 가면 물이 좋으니까. [물이 가물 때는 어떠했나요?] 겨울때는 항상 물이 덜 나와. 뻐따 가지고. 사람들이 막 왕 기다린다 말이여 빨리 안나니까. 대섶 이런거 해가지고. 한 삼십분. [그럼, 기다리는 사람은.] 그렇지. 계속 기다려야지. 그 당시에는 식수라고 했자 많이 사용 안되거든 요새같이. 거이 단지 먹는 것. 밥 헐 때 쓰고, 단지 식수로. [그럴 때 빨래는 힘들었겠네요.] 아휴. 빨래는 저기 가서.

> [감산리 사람들 목욕은 어디서 했나요?] 목욕. 여기도 하고. 안덕계곡에 가면 물이 좋으니까. [물이 가물 때는 어떠했나요?] 겨울 때는 항상 물이 덜 (솟아)나. 부족했어. 사람들이 막 와서 기다린다 말이야 빨리 안 (솟아) 나니까. 대나뭇잎 이런 거 했어. 한 삼십 분. [그럼, 기다리는 사람은.] 그렇지. 계속 기다려야지. 그 당시에는 식수라고 해봤자 많이 사용 안 했거든 요새같이. 거이 단지 먹는 것. 밥 할 때 쓰고, 단지 식수로. [그럴 때 빨래는 힘들었겠네요.] 아휴. 빨래는 저기 가서 (했지).

—— 양○○(남, 1937년생, 감산리중동네) 2013년 09월 10일 채록

> 큰물 쓸 때는. 결혼 때나 그럴 때에는 물이 양이 모자라니까. 일시적으로 뜨려면 물이 나오질 않으니까. 그게 문제 아니게. 시간이. 저 아래 가서 큰물에서 떠오지. 도라므통 실어가서. 조배남송이 물이 잘 나지. 서광에서도 와. 내창(안덕계곡)에.

> 큰물 쓸 때는. 결혼 때나 그럴 때에는 물 양이 모자라니까. 일시적으로 뜨려면 물이

---

37 여기서 감산리 사람은 중동네 사람을 말한다. 인터뷰장소가 중동네 통물 옆이었다.

나오질 않으니까. 그게 문제 아닌가. 시간이. 저 아래 가서 큰물에서 떠오지. 드럼통 실어 가서. 조배남송이 물이 잘 나지. 서광에서도 와. 내창(안덕계곡)에.

— 양○○(남, 1937년생, 감산리 중동네) 2013년 09월 10일 채록

중동네 사람들은 통물이 있음에도 불구하고 빨래와 목욕을 인접한 창고천의 물을 이용해야 했다. 특히 물이 풍부한 여름의 동동네의 양재소는 누구나 찾아가는 놀이터였다. 그런데 빨래는 주로 섯동네의 조배남송이 물을 이용했다고 한다.

통천리통물동네가 감산리와 공동체를 같이할 수밖에 없는 여건은 이렇게 물을 같이 써야하는 환경이 큰 이유가 되었을 것이다. 매일같이 빨래하러, 목욕하러 동동네와 섯동네를 왔다 갔다 하였다면 이미 그것은 다른 동네가 아닌 것이다. 이런 이유에서인지 중동네에서는 동동네와 연결된 길과, 섯동네로 연결된 길이 크게 환상형의 길을 만들고 있다. 통천리는 그러한 문화적인 이유로 감산과 통합된 것이 아닐까. 물론 밝혀지지 않은 신화와 같은 수수께끼이다.

5. 연대마을

제주도 서쪽 외도동에 속한 연대마을은 전형적인 해안마을이다. 마을 안에는 해안선을 따라서 마을을 관통하는 활모양의 단 하나의 길이 있고, 그 길의 정점에 이 마을 이름의 원인이 된 조부연대가 위치하고 있다. 연대마을은 또한 길을 따라서 마을이 형성된 전형석인 선형線形마을이라고 할 수 있다.

연대마을의 행정명은 외도2동이다. 인구는 외도동 인구의 7% 정도이고, 면적은 외도동 면적의 4%에 불과한 아주 작은 마을이다. 서쪽으로는 조부

천을 경계로 하귀리와 인접해 있고, 동쪽으로는 도근천을 경계로 내도동과 경계를 이루고 있다.[38] 제주도에는 38개소의 연대가 있다고 알려져 있다. 또한 연대에 관련된 명칭으로 연디왓,[39] 연디뱅디, 연딧동산[40] 등의 이름을 찾아볼 수 있다. 하지만 마을 이름으로 쓰인 곳은 외도동 해안에 위치한 연대마을 하나일 것이다. 연대마을이란 이름은 마을의 중앙에 있는 조부藻鬴연대에 기인한 명칭이다. 연대마을의 동쪽에 있는 바닷가에는 모자반 일종인 황각채가 많이 나는 개라고 해서 '듬북잇개'라고 불렀다고 하며, 조부연대의 조부는 이 해조류를 지칭하는 듬부기의 한자차용표기라고 할 수 있다.

대개 연대의 위치를 보면 해안을 감시하기가 좋은 곳이기도 하지만 마을과는 떨어진 외진 곳에 있는 경우가 많았다. 이는 연대가 있어야 하는 위치가 살림집을 짓기에는 좋지 않은 소위 바람코지라 불리는 해안으로 돌출된 지형인 경우가 많아서 그럴 것이다. 연대마을에서처럼 연대가 마을 중앙에 위치한 경우는 실제로 흔치 않다.

조부연대

그러면 현재 연대마을이라는 명칭이 언제 사용되었으며, 그 이전의 마을 이름은 무엇으로 통용되었을까. 먼 과거의 명칭을 추정하는 것은 기록에 의존할 수밖에 없지만 근자에 연대마을이라는 명칭이 사용되었다면 당연히 생존주민들의 목소리를 들어보는 것이 우선된다.

[어릴 때부터 연대마을이라고 불렸는가요?] 연대. 너븐여. 연대 옛날 말은 양 '너븐여'라낫주. [마을 이름이?] 응. 영 허단에 중간에부터 연대. 고천. [그게 대충 몇 살

---

38 디지털 제주시 문화대전.
39 온평리 말등포연대 일대를 연디왓으로 불렀다 한다.
40 오창명 앞의책, 296쪽; 한동리에서는 좌가연대 주변을 연딧동산이라 부른다.

때인가요?] 연대. 어느 재부터서 해신지. 새마을 그 무신 거 해어 갈 때 고쳐실꺼라 양? 길 더 넓히멍 무시거 허멍. 동네도 호쏠 고쳐지고. 저기 내려와가민 너븐여랜 써졌지. 물통 있는데. (이○○[41]: 너븐여엔 안 써졌저게.) [너븐여 하면 여 이름처럼 들리는데, 너븐여 말고 다른 이름이 있었나요?] 너븐여 허단에 연대.

[어릴 때부터 연대마을이라고 불렀는가요?] 연대. 너븐여. 연대 옛날 말은 '너븐여' 였지. [마을 이름이?] 응. 이렇게 하다가 중간부터 연대. 고쳤어. [그게 대충 몇 살 때인 가요?] 연대. 어느 때부터 했는지. 새마을 그 무언가 해 갈 때 고쳤을 거라 그렇지? 길 더 넓히면서 무언가 하면서. 동네도 조금 고쳐졌고. 저기 내려오다 보면 너븐여라고 써졌지. 물통 있는데. (이○○: 너븐여라고 안 써졌어.) [너븐여 하면 여 이름처럼 들리는데, 너븐 여 말고 다른 이름이 있었나요?] 너븐여 하다가 연대.

— 박○○(여, 1936년생, 외도2동) 2014년 06월 03일 채록

기억이 정확하지 않을 수도 있지만 연대마을이라는 이름이 사용되기 이전에는 '너븐여'라는 것이 이 동네를 가리키는 이름이었다. '너븐여'는 넓게 펼쳐진 해안 바위를 가리키는 의미로 읽혀진다. 한동리에서는 넓게 펼쳐진 풀밭이 있는 지경을 '너븐태역'이라고 하지 않았던가.

박○○씨는 연대라는 이름보다는 망루대라는 이름으로 기억하고 있었다. 그리고 연대 가까이 있는 집을 '망칩'이라고 불렀다고 하였다. 조선시대까지 기억을 거슬러 올라가는 것은 불가능하나, 박○○씨의 기억에 의한다면 최소 강점기까지의 마을 구조에서는 연대가 마을의 중심에 있었던 것이 사실인 것으로 보인다. 제주에 38개소나 되는 연대가 있지만 연대마을이라는 이름을 붙인 곳이 이곳뿐인 이유가 연대가 마을 중심에 있는 경우가 거의 없었기 때문일 것이다. 그만큼 마을에서 연대의 위치는 독특하다.

---

41 같이 있었던 1934년생 할머니, 23살에 이곳으로 시집오셨다고 하였음.

01 / 제주마을의 변천과 생활문화   063

[여기 소금 만들던 데도 있었나요?] 이서났지. 서쪽 마을에 빌레에. 우리 어릴 때 할망들 막 빌레에 허는 거 봐나서… [어릴 때면 몇 살 때?] 한 일고 여덟 살에. 우리 영 어릴 때 보면 할망들 막 빌레에 지치멍. 물 지치멍. 그때 뭐해당 돌 홈배기 막으멍. 햇빛에 ᄌᆞᆽ아가민 소금 되어 가주.

[여기 소금 만들던 데도 있었나요?] 있었었지. 서쪽 마을의 빌레에. 우리 어릴 때 할머니들 막 빌레에 하는 거 봤었지. [어릴 때면 몇 살 때?] 한 일고여덟 살에. 우리 이렇게 어릴 때 보면 할머니들 막 빌레에 끼었으면서. 물 끼었으면서. 그때 무엇인가로 돌 홈 막 으면서. 햇빛에 졸아들면 소금 되어 가지.

박○○(여, 1936년생, 외도2동) 2014년 06월 03일 채록

너븐여가 특정의 어느 해안을 가리키는 말임을 확인할 수는 없었다. 현○○씨1958년생, 여, 외도2동에 의하면, 소금을 생산하던 해안의 빌레밭을 '넙빌레'라고 불렀다고 했다. 개연적으로는 너븐여가 소금을 생산하였다는 넙빌레를 가리키는 말이 아니었을까 하는 짐작은 해보지만 확실치는 않다. 박○○씨의 말에 의하면 연대마을에는 농사짓는 집은 아예 없었으며 죄다 물질과 소금생산이 주 생업이었다고 한다. 빌레를 이용해서 소금을 생산하던 곳으로 구엄마을이 유명하지만 그 방식이 그곳에 국한된 것이 아니었다.

망루대로 저쪽엔 섯동네. 이랜 동동네. 옛날엔 섯동네는 부촌이엔 허고 동동네는 가난허댄 허고 경 해나서. 대개 보민 섯동네 사람들은 부지런. 노인들도 옛날부터 살아오고. 동동네는 밭들도 한없이 없고. (지녱이가 여기[42]는 꼬리고, 저기는 머리고…)[43] 게난에 섯동녠 부자고, 동동녠 가난하고 허주게. (이젠 바꽈젼. 저기 완전 어둑은 동네 되불고. 바다 메우멍 살젠 허당보난 동동녠 마을회관도 생기고. 경 바꽈져불고.)

42 인터뷰한 장소가 섯동네 포구 근처였으며, 여기는 섯동네를 말한다.
43 같이 있었던 이○○(1934년생) 할머니.

망루대로 저쪽엔 섯동네. 이쪽은 동동네. 옛날에는 섯동네는 부촌이라고 하고 동동
네는 가난하다고 하고 그렇게 했었지. 대개 보면 섯동네 사람들은 부지런. 노인들도 옛날
부터 살아오고. 동동네는 밭들도 한없이 없고. (지네가 여기는 꼬리고, 저기는 머리고…)
그러니까 섯동네는 부자고, 동동네는 가난하고 하였지. (이젠 바뀌었지. 저기 완전 어두
운 동네 되어버리고. 바다 메우면서 살려고 하다 보니 동동네는 마을회관도 생기고. 그
렇게 바뀌어버리고.)

— 박○○(여, 1936년생, 외도2동) 2014년 06월 03일 채록

작은 연대마을에서도 은연중
에 동동네와 섯동네의 구분은 있
었다. 그리고 그 동서 구분의 중
심에는 연대가 있었으며 박○○씨
의 기억에 의한다면 동동네보다
는 섯동네가 잘 사는 동네였다고
하는데 그 이유로 섯동네는 조그
만 농사지을 땅이라도 있었지만

넙빌레

동동네는 전혀 농사지을 여유가 없었다는 것이었다. 연대마을의 형상을 지
네의 형상이라고 하면서 섯동네를 지네의 머리라고 말하는 것도 마을 공간
의 위계를 그렇게 인지하고 있는 것으로 여겨진다.

하지만 연대의 위치와 마을 구조와 관련해서 기억의 한계를 넘어서는 과
거의 생활사에 대한 질문을 던져보자. 이제 귀로 들은 것을 덮어두고 지형
적인 특성과 문화적 형성물을 중심으로 마을의 성장을 상상해볼 때가 되었
다. 어쩌면 눈으로 보이는 연대마을의 공간구조는 기억과는 다른 이야기를
들려줄지도 모른다.

연대마을의 동쪽 입구에 보면 '마이못'이라는 작지 않은 연못이 있다. 현
재 못의 안내표지판에는 마이馬耳못이라는 명칭이 말의 귀를 닮아서 붙은 명

칭이라고 해설되어있다. 하지만 이 못의 형상이 왜 말의 귀를 닮았다고 하는지에 대한 개연성을 찾기 쉽지 않다. 인터넷 자료를 찾다 보면 이곳을 방문한 이들이 못의 모양이 왜 말의 귀를 닮았다고 하는지 이해할 수 없다는 글을 블로그 등에 올려놓은 것을 어렵지 않게 볼 수 있다. 못의 형태가 말의 귀를 닮았다는 표현은 어쩌면 매우 시적인 상상에 의한 것일 수 있다.

> 그 동산이난 마루못이주게. 내려오민 가막샘이고 [마루못이요?] 마루못. (아니 마이못일꺼라.)[44] 써지지 안 해서?
>
> 그 동산이니까 마루못이주게. 내려오면 가막샘이고 [마루못이요?] 마루못. (아니 마이못일 거라.) 쓰여 있지 않아?

— 박○○(1936년생, 여, 외도2동) 2014년 06월 03일 채록

필자가 몇 번을 잘 들어보려고 했지만, 아무리 들어도 박○○씨의 발음은 '마루못'으로 들렸다. 그리고 은연중에 동산이니까 마루못이라는 말이 꽤 논리적으로 들린다. 제주의 지명에는 지형이 약간 올라가다가 평편한 곳이 나타나면 곧잘 '마루'라는 이름을 붙인다. 그런 동산에 있는 못이라고 해서 '마루못'일지도 모른다. 이를 끝까지 따지고 확인할 수 없는 것은 문학적 지식이 부족한 필자의 한계이다.

반면 오창명에 의하면, 연대마을 동쪽 편에 있는 '마이馬耳못'이라는 못의 명칭은 '마리馬里못'이며, 『탐라지』에는 '두지頭池'라고 기록되어 있다고 한다. 또한 이 마을의 이름 또한 '마리못ㅁ을'이라 하여 '마리지촌, 마리촌馬里村'이라고 하였다 한다.[45] 마이못의 한자명이 '두지頭池'로 기록된 탐라지를 참고한다

---

44 같이 있었던 이○○(1934년생) 할머니.
45 오창명, 앞의 책, 517쪽.

면, 마이馬里라는 한자명은 '머리'의 음차표기라는 설명도 일리가 있어 보인다. 그의 설명에 따라 위성사진을 통해 연대마을의 형태를 보면, 실제 마을 형상이 주변보다 툭 튀어나와 고개를 쑥 내민 것 같은 형태를 하고 있음을 보게 된다.

오창명의 견해에 따라 이해한다면 본래의 연대마을의 지리적 특징은 연대나 너븐여의 존재보다는 못池에 있었다고 할 수 있다. 사실 대개의 연대는 마을 안에 있지도 않거니와 연대가 있다는 이유로 유독 이곳만 연대마을이라고 이름 지은 것도

가막샘과 마이못

또한 의아한 일이 아닐 수 없다. 그 때문에 마이못의 본래 이름이 머리못이었건 아니건 간에 이 마을의 본래 이름은 연대마을이기보다는 마리못못을이었다는 것이 사실일 가능성이 크다. 마리촌馬里村이라는 기록은 그것을 뒷받침하고 있다.

이 못이 마을에서 의미가 있는 것은 경관적인 이유뿐만이 아니다. 규모가 작지 않은 이 마이못을 만들고 있는 수원으로 '가막샘'이라는 용천수가 있다. 지금 남아있는 가막샘은 본래 여자들이 사용했던 물통으로 남자들이 쓰던 물통은 도로를 내면서 거의 사라지고 약간의 흔적만 볼 수 있다. 지금 남아있는 가막샘이 '작은 가막샘'이고 사라진 샘이 '큰 가막샘'이었다고 하니, 규모가 작지 않은 샘터였을 것으로 여겨진다.

연대마을의 중요한 지명으로 마을의 동쪽에 마리못, 가막샘, 듬북잇개, 맬케원 등이 있다. 고광민은 제주삼현도濟州三縣圖에 나오는 마리포馬里浦가 멜케원을 가리키는 것이라고 하였다.[46] 이러한 지리적 사실은 본래 마을의 중

---

46 고광민, 『제주도 포구연구』, 도서출판 각, 2004, 259쪽.

심이 연대가 있는 곳이 아니라 포구가 있고 마리못이 있는 동쪽이었다가 서쪽으로 점차 확장되었을 것으로 여겨진다. 연대마을이라는 이름 역시 조부연대가 있는 곳으로 마을이 확장되면서 얻게 된 이름일 것이다. 이렇게 길게 마이못에 대해 서술하는 의도는 이 마을의 특징과 마을공간의 중심이 어디였는지를 확인해보자는 의도이다.

그러면 연대마을의 본래 중심이었을 것으로 여겨지는 마리못과 포구를 중심으로 마을 공간을 다시 살펴보자. 전술한 바와 같이 제주인들은 겨울의 북서풍에 의해서 생활의 곤란을 겪어왔다. 임제[林悌; 1549년명종4~1587년선조20]의 "남면소승南溟小乘"에서는 '한라산의 북사면 지역은 북풍이 강하기 때문에 나무들이 남향으로 심하게 편향되어 있다. 바람이 강하게 불 때는 해수가 비 오듯 흩날리고, 해안 지역의 초목들은 모두 소금기에 절여있을 정도이다'[47] 라고 하고 있다.

요즘은 모래 해변이 관광지로 각광을 받아 지가도 계속 오르고 인기도 있지만 본래 제주인들은 모래 해변의 주위에 사는 것을 꺼렸다. 모래 해변이 아니더라도 밀물 시간과 거센 바람이 같이 움직일 때면 해안 근처에서는

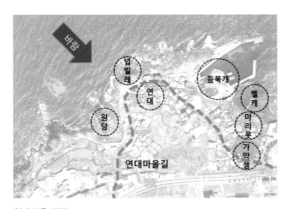

연대마을 지명

---

47 김오진, 「조선시대 제주도의 기상재해와 관민의 대응양상」, 『제주지리론』, 2010, 171쪽 재인용.

바닷물이 집안으로 치고 들어오는 것은 큰 위협이 된다. 따라서 그러한 파도를 피해서 주거지의 입지를 선택하는 것은 중요한 삶의 지혜라고 할 수 있다. 바닷가의 주거지는 입지를 정할 때 반드시 여가 많은 해안을 선호하였는데, 배를 정박하는 데 많은 어려움을 주었던 여는 물고기들의 식생에도 유리하였고 파도의 힘을 줄여주어서 해안가의 집들을 보호해주는 역할도 하였던 것이다.

> [여기는 집을 짓기가 곤란한가요] 파도 때문에. 지금 파도치며는. 겨울에 파도치며는 여기까지 올라와요. 길에까지. 물이 이만큼 올라온다니까. 집을 못 지어요. 제주도 말로 빌레라. 돌. 빌레라도 여기하고 좀 틀려. 좀 비슷하지마는 의지되는 곳은 어서.
>
> [여기는 집을 짓기가 곤란한가요] 파도 때문에. 지금 파도치면. 겨울에 파도치면 여기까지 올라와요. 길까지. 물이 이만큼 올라온다니까. 집을 못 지어요. 제주도 말로 빌레라고 해. 돌. 빌레라도 여기하고 좀 틀려. 좀 비슷하지만 의지되는 곳은 없어.
>
> ── 박○○(남, 1951년생, 외도2동) 2013년 06월 27일 채록

필자가 연대마을의 옛 이름인 머리못ㅁ을에 주목하는 이유도 이러한 지형적인 판단이 있기 때문이다. 지금의 연대마을은 본래 연대를 중심으로 이루어진 마을이 아니라 마리못 주변으로 형성된 조그만 어촌 마을이었을 것이다. 그렇게 마을을 이룰 수 있는 배경에는 가막샘이라는 용천수가 자리하고 있었다.

> [어릴 때 이 동네에 대한 풍수지리적인 이야기를 들은 것은 없나요?] 이 동네는 길이 외곬 길이난 지넹이 발로 기대엉 이 동네는 큰 사람이 안 난다 해나서 옛날엔. 이 길이 외길이고 허난. 지넹이라 허연… (겐디. 아기들은 최고로 잘 키워진댄 허는디. 아이들은 다섯 살 여섯 살만 되도, 텔레비전 어신디 바다에서만 살아. 경해도 바

다에 빠경 죽었잰 허는 아기가 어서.) 애기들은 잘 키워져. 병신 없고. 겐디 이 동네 사람들은, 본토배기 사람들은 절대. 장애인이 안 나와. [그런데, 큰사람이 안 난다고 하면서도 그걸 받아들이시네요?] 근데 요새 사람들은 나가서 사난 다 큰사람 돼서. 잘 허영 살아.

[어릴 때 이 동네에 대한 풍수지리적인 이야기를 들은 것은 없나요?] 이 동네는 길이 외곪 길이니까 지네 발로 기어 다녀서 이 동네는 큰 사람이 안 나온다 했었어 옛날에는. 이 길이 외길이고 하니까. 지네라고 했어. (그런데 아기들은 최고로 잘 키워진다고 하던데. 아이들은 다섯 살 여섯 살만 돼도, 텔레비전 없는데 바다에서만 살아. 그래도 바다에 빠져서 죽었다고 하는 아기가 없어.) 애기들은 잘 키울 수 있어. 병신 없고. 그런데 이 동네 사람들은, 본토박이 사람들은 절대 장애인이 안 나와. [그런데, 큰사람이 안 난다고 하면서도 그걸 받아들이시네요?] 근데 요새 사람들은 나가서 살고 있으니 다 큰사람 됐어. 잘하면서 살아.

— 박○○(여, 1936년생, 외도2동) 2014년 06월 03일 채록

연대마을길

　길을 따라서 마을이 형성된 일본 농촌의 선형마을을 보면, 집 뒤편으로는 드넓은 농경지가 펼쳐져 있는 모습을 볼 수 있다. 선형마을의 형태적인 특징은 글자 그대로 하나의 길을 따라서 집들이 포도송이처럼 달려 있는 모양을 말하는 것이지만, 이러한 형태가 가능한 것은 뒤로 확장할 수 있는 공간적인 여유가 없거나 혹은 뒤편의 공간을 농경지와 같은 생산 활동의 근거

지로 활용할 수 있기 때문이다. 전자의 경우는 계곡이나 해안 지역과 같이 지형적 여건이 선형마을의 형태를 유도하고 있는 경우이며, 후자의 경우는 일본의 농촌마을처럼 배후의 농경지를 효과적으로 관리하기 위한 선택이라고 할 수 있다. 우리나라의 경우는 주로 농경사회를 이루기는 했어도 배산임수를 지향하는 마을의 구조는 선형으로 성장하는 경우는 많지 않다.

연대마을의 선형적 구조는 기본적으로는 해안선의 형태를 따른 것으로 이해된다. 마을의 주된 길의 형태가 해안선의 형태를 그대로 닮아있다는 것이 그러한 추측을 가능하게 한다. 혹 해안마을은 해안선을 따라서 형성되는 것이 자연스럽지 않은가 하고 생각할 수 있을 것이다. 하지만 몇 개의 마을만 관찰해보아도 그것이 그리 자연스러운 현상이 아님을 알 수 있다. 예를 들어 해안마을인 북촌과 동복만 살펴보아도 해안선과 마을길의 형태는 별로 상관관계를 가지고 있지 않음을 볼 수 있다. 이 두 마을은 길이 해안선을 따라서 나 있기보다는 해안변에서 내지 방향으로 길들이 퍼져나가면서 연결되는 형태를 하고 있다. 이 때문에 선형구조는 나타나지 않는다.

북촌리 위성사진

동복리 위성사진

실제로 제주도의 북부지역의 마을을 보면, 해안을 따라 선형의 구조를 보이는 것은 주로 서쪽 지역에서 많이 보인다. 대표적인 형태는 하귀2리의 경우일 텐데, 이 지역은 해안의 뒤편으로는 가파른 경사지이기 때문에 지형적인 이유가 마을을 선형구조로 만들게 되었을 것이다.

하귀2리 위성사진   내도마을 위성사진

　지형적인 배경이 그렇지 않은 경우에도 선형으로 마을이 발달한 경우로
내도동 마을을 예로 들 수 있다. 일주도로 변으로도 당연히 집들이 들어서
있기는 하지만 기본적으로 자연마을이 해안선을 따라서 횡적으로 성장하는
형태를 하고 있음을 볼 수 있다. 그러면서 해안선을 따라 들어선 집들의 배
후에는 농경지들이 펼쳐져 있다.

　해안선을 따라서 길이 발생하는 경우 기본적으로 지형적인 상황이 요구
하는 경우 매우 분명한 원인이 된다. 하지만 지형적인 이유가 아닌 경우에도
해안을 따라서 길을 내었다면 무슨 이유일까. 연대마을은 '마을의 변천과
생활문화'에서 마리못에서 마을이 시작되어 서서히 해안을 따라 확장된 것
으로 보인다는 의견을 제시하였다. 그러면 지금 보는 것처럼 해안에서 일정
거리를 두고 길을 내고 길의 좌우로 집을 지어가면서 마을 확장이 이루어진
것일까? 필지의 형태를 보면 매우 불규칙하여서 신산리에서 언급한 것처럼
지적정리 이전부터 집을 짓고 살았던 오래된 거주지의 형태로 보인다.

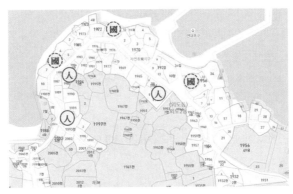

연대마을 지적선과 1984년 소유현황

　거주의 시점을 가늠하기 위하여 몇 개 필지의 토지대장을 확인해보았다. 그 결과 마을길에서 바닷가 방향의 토지들은 애초에 개인이 소유하지 않았음을 알 수 있었다. 위 지도에서 [國]이라고 표시되어있는 지번은 1984년에 분할되면서 국가 소유로 등록이 된 것으로 되어있다. 그러다가 점차 개인의 소유로 전환되었다. 국가소유의 토지라는 것은 대개 공유수면이었다는 의미로 보아도 될 것이다. 반면에 [人]이라고 표시되어있는 지번은 일제강점기에 소유권이 개인으로 등록된 것으로 확인된다. 이는 무엇을 의미하는가.

　　이쪽에는 지번이 어서서. 우리 와서 얼마 안 이성 분할 받았다고. [국유지로 되이서낫주게] 게난. 〈중략〉 공유수면. 경해가지고 살던거를, 나중에 분할을 받았지. [공짜로 받았나요?] 아니, 돈 다 물명. 나중에야. [그러면 공유수면에 살던 분들은 다른 데서 이사 오신 분들인가요?] 아니 아니, 이 동네 사람들인데, 땅을. 자기대로 공유수면을 메워가지고 집을 지어 살다가, 건축법이 생기면서, 사십 몇 년도에 해가지고, 시에서 분할을 받아가지고, 〈중략〉 게난 여기는 본래 지번이 있는 거고, 저기는. 하하. 바닷가 주변은, 해변은 메워그네.

　　이쪽에는 지번이 없었어. 우리 와서 얼마 안 있어서 분할 받았다고. [국유지로 되어 있었지.] 그러니까. 〈중략〉 공유수면. 그렇게 해서 살던 것을 나중에 분할을 받았지. [공짜로 받았나요?] 아니, 돈 다 물어주면서. 나중에야. [그러면 공유수면에 살던 분들은 다른 데서 이사 오신 분들인가요?] 아니 아니, 이 동네 사람들인데, 땅을. 자기대로 공유수면을 메워서 집을 지어 살다가, 건축법이 생기면서, 사십몇 년도에 그리해서, 시에서 분할을 받아가지고, 〈중략〉 그러니 여기는 본래 지번이 있는 거고, 저기는. 하하. 바닷가 주변은, 해변은 메워서.

— 현○○(여, 1958년생, 외도2동) 2013년 09월 10일

게난 바닷물이 여까지 들어와나서. 요 집이도 다 매립해서 짓엇고. 우리 70년도 71년도. 동귀 막걸리공장 옆의 모래. 지어당 여기 길 포장 다 헌거라. 우리 어깨로. (한 집이 한 열발씩 맬겨부려.) 이 앞이 이거 몬딱 바다라. 맬겨노민 한 집에 ᄉ못 길에 별별 사람이 잇쩌. 〈중략〉 경허난 식구 한 사람들은 막 싣꺼 져와불민 식구 어신 사람들은 막 먼 디 강. (자갈이고 모살이고. 등으로 지명 몬딱 이거 다. 그러고 마을 회관도 처음엔 저거주게. 저것도 우리 등땡이로 날르멍 저거 지슨 거게. 71년도가 새마을운동 헐 때게.)

그러니 바닷물이 여기까지 들어왔어. 요 집도 다 매립해서 지었고. 우리 70년도 71년도. 동귀 공장 옆의 모래. 져다가 여기 길 포장 다 한 거야. 우리 어깨로. (한 집당 한 열 발씩 맡겨버려.) 이 앞에 이거 전부 바다였어. 맡겨놓으면 한 집에 사뭇 길에 별별 사람이 있지. 〈중략〉 그러니까 식구 많은 사람들은 마구 싣고 져서 와버리면 식구 없는 사람들은 아주 먼 데 가서. (자갈이고 모래고. 등으로 지면서 전부 이거 모두. 그리고 마을 회관도 처음에는 저거지 뭐. 저것도 우리 등짐으로 나르면서 저거 지은 거지 뭐. 71년도에 새마을운동 할 적에)

— 박○○(여, 1936년생, 외도2동) 2014년 06월 03일 채록

마을길에서 바닷가 쪽에도 인가는 있었지만 그곳은 본래 주인 없는 땅이었다고 한다. 즉 공유수면을 점유해서 집을 지었다는 것인데 최소한 강점기에는 집이 없었을 것으로 보인다. 박○○씨에 의하면 공유수면을 매립한 것이 새마을운동 시기라고 하니까 1970년대 초에 매립공사를 했을 것이나

1984년에 가서야 소유권에 해당하는 지적정리를 하기 시작한 것으로 보인다. 다시 말해서 본래 마을길의 바깥쪽인 바다방향의 집들은 본래의 마을 공간에는 없다가 확장된 것으로 볼 수 있다. 그러면 연대마을의 길은 지금처럼 집들로 해서 바다가 막혀있는 길이 아니라 내지 측으로는 집들이 있지만, 바다 쪽으로는 해양으로 열려있는 해안길이었을 것이다.

그러면 집을 지을 수 있을 만큼 너른 땅을 왜 처음에는 택지로 이용하지 않고 남겨두었을까. 이는 바람과 파도의 영향 때문에 해안길 건너편 바다 쪽은 택지로 기피하였을 것으로 여겨진다. 마을은 빌레를 방패삼아 해안과는 일정 거리를 유지하고 있었던 것이다. 그리고 그 집들 뒤로는 농사지을 수 있는 약간의 농경지를 배후에 두고 있었다. 이는 앞서 보았던 내도동 마을의 공간구성과 비슷하다고 할 수 있다.

약간의 부담은 있지만 연대마을의 구성과 변화를 통해서 해안마을의 형성과 성장에 대한 단편적인 정리를 할 수 있을 것이다. 그 첫 번째는 파도의 영향을 덜 받을 수 있도록 빌레를 방패삼아 마을의 입지를 선정한다는 것이다. 빌레뿐 아니라 여가 있는 곳이 마을의 입지로 더 선호되는 것도 그런 이유로 볼 수 있다. 연대마을의 본래 지명으로 불린 이름이 '너븐여'였다는 것은 그런 지형적 특징을 반영한다. 두 번째는 해안을 따라 자연스럽게 길이 형성되지만 해안길에서 집들은 바다 쪽이 아닌 내지 쪽으로 짓는다는 것이다. 세 번째는 해안을 따라 어느 정도 집들이 선형으로 이루어지는 것은 내지 쪽으로 농경지를 확보할 수 있는 이점이 있기 때문일 것이다. 네 번째로 마을이 점차 해안 방향으로 계속해서 커지기 어려운 것은 바람을 피할 수 있는 해안이 공간적으로 한계가 있고 용천수와 포구를 중심으로 일정 거리를 유지해야 하기 때문이다. 이 때문에 일정 규모 이상으로 마을이 커지면 그 확장은 해안 방향으로 계속되는 것이 아니라 점차 내지 측으로 확장하게 된다.

물론 이는 제주의 해안마을의 발생과 성장을 이해하기 위한 하나의 가정이다. 단편적인 조사를 통해서 해안마을의 성장을 설명하려는 것은 과욕일 것이다. 하지만, 매우 단순한 연대마을의 길은 해안마을이 성립되기 위한 기초적인 구성요건이 무엇인가를 살펴보는 데 매우 유익함을 주고 있다.

6. 맺음말

제주의 마을 공간구성의 특성을 이해하기 위해서 무엇을 살피는 것이 중요할까? 지금까지 제주 마을의 특성을 설명하는 요소로 주민들이 모여서 담소를 나누는 폭낭알이라는 공간과 공동체의 삶을 보여주는 물방애와 같은 공간을 이해하는 것이 중요하게 다루어졌다. 이글에서는 제주인들이 바람과 물을 이해하는 방식을 통해서 마을의 입지여건을 설명해 보려고 하였다. 마을 공간구조를 설명하는 방식으로 전통적인 풍수지리의 이론에서도 바람과 물은 매우 중요하게 다루어졌던 주제이다. 여기서는 그러한 풍수적인 관점으로 접근하지는 않았지만, 역시 바람이라는 요인과 물이라는 요소는 마을공간의 입지를 정하는데 매우 중요한 요인이었음을 확인하게 한다.

바람과 물에 대한 생활사적 고찰과 마을 이름에 대한 공간지리적 고찰은 제주인들이 공동체로서의 마을의 입지를 선정하고, 어떻게 공간을 확장하여 왔는가를 생각해볼 수 있는 단서를 제공하고 있다. 명확한 고증을 할 수 있는 근거자료가 부족한 상황에서 제주의 마을이 어떻게 입지를 정하고 변화를 하였는지를 실증적으로 밝히는 것은 어려운 일이다. 하지만 현재의 모습에서 과거를 거슬러 추정하는 것이 묘연하기만 한 것은 아니다. 지금의 생활 속에서도 삶의 원초적인 문제는 여전히 고려의 대상이기 때문이다. 그 대표적인 것이 생활용수와 계절마다 달리 불어오는 바람이라고 할 수 있다. 단적으로 말하자면 이는 통시적 대상이기보다는 공시적 대상이다. 즉 과거사에서 머물러 사라진 것이 아니라, 여전히 현재까지도 흔적을 확인할 수 있는 장기지속적 사건이라는 것이다.

바람을 피해 마을공간의 입지를 마련하는 사례는 연대마을에서 적극적으로 보았다. 또한 한동리에서도 바람을 피해 거주지를 옮겨가는 사례를 살펴보았다. 특히 여가 있는 바닷가에 해안마을을 형성하는 모습은 제주인들이 자연을 얼마나 민감하게 이해하고 있는지를 이해할 수 있게 한다. 한라산의 북쪽 마을의 경관과 남쪽 마을의 경관이 달라지는 것은 겨울 북서풍의 영향을 얼마나 민감하게 경험하는가의 차이와 깊은 관련이 있다.

물은 생존에 필요한 필수적인 요소이다. 고종달의 전설에서와 같이 제주의 동부와 서부지역의 물 사정은 전혀 다른 모습이다. 하지만 물 사정이 좋지 않은 제주의 동부 중산간에서도 사람들은 마을을 이루고 살아간다. 중산간에 살면서 해안마을로 먼 거리를 마다치 않고 물을 길으러 걸어 다녔던 제주인의 생명력은 경외심을 불러일으킨다. 그러한 삶의 모습은 중산간마을과 해안마을을 끈끈히 이어주는 배경이 되기도 하였다.

동부지역에서 비 오는 날 빌레에 고인 물을 수건에 적셔 마셨다는 이야기는 너무도 흔히 들을 수 있는 이야기이다. 그것과 비교한다면 감산리와 같은 중산간마을에 용천수가 퐁퐁 솟아나는 것은 너무도 부러운 일이 아닐 수 없다. 하지만 식수를 나누어 먹는다고 해서 공동체가 분리되지는 않는다. 하나의 마을을 이루는 배경에는 빨래하거나 목욕하는 등의 생활용수를 쓰기에는 충분하지 못했던 물 사정이 또한 서로가 끈끈한 관계가 유지되도록 하고 있다. 아이러니 한 일이지만 마을을 유지하고 있는 것은 삶을 윤택하게 해 주는 좋은 환경이 아니었다. 차가운 겨울바람은 서로를 의지하게 하였고, 부족한 물 사정은 이웃의 어려움을 나누도록 하였다. 제주의 마을을 유지시켜준 것은 여유로움이 아닌 부족함이 더 큰 이유가 되었다.

제주의 마을공간을 이해하기 위한 또 하나의 방법으로는 자연마을의 이름을 통한 공간개념의 고찰이다. 직립보행을 하는 사람은 기본적으로 앞과 뒤, 그리고 왼쪽과 오른쪽이라는 네 가지의 방위를 지각하면서 살아간다. 이러한 공간지각능력은 대개 마을 공간을 지각함에 있어서도 동/서/남/북과 같은 방위개념으로 나타나기도 한다. 풍수개념에서도 이러한 방위에 대한 지각은 매우 중요한 판단요인으로 작용하게 된다.

특히 제주인에게 있어서 '한라산/바다'라는 방향 감각은 '동/서/남/북'이라는 방위개념보다 더 인상적인 방위개념이다. 이것을 구체화한 것이 '웃동네/알동네'라는 자연마을의 이름이다. 한라산방향의 마을은 웃동네이고 바다방향의 마을은 알동네로 지칭하는 것은 제주도 전 지역에서 공통적으로 나타나는 공간개념이다. 일견 당연하다고 여길 수 있는 이러한 방향감각이 전 지역에서 같이 나타난다고 하는 것은 그만큼 강력한 경관 요인이라는 것이다.

'웃동네/알동네'라는 마을 내의 작은 동네 이름처럼 또 하나의 공간지각 방식을 드러내는 이름이 '동동네/섯동네'이라는 동네 이름이다. 간혹은 '동카름/서카름'으로 불리기도 하는데, 이는 동쪽과 서쪽이라는 방위로 마을공간을 구분 짓는 이름이다. 이 역시 특이한 점은 동동네와 섯동네는 흔히 있는 이름이지만 남동네/북동네라는 이름은 찾아보기 어렵다. 소위 북촌과 남촌을 제주에서는 찾기 어렵다.

위와 같은 방위개념 '웃동네/알동네'라는 이름은 하나의 독립된 마을로 성장하면서 상가리/하가리, 상도리/하도리, 상효리/하효리 등과 같은 이름으로 나타난다. 이렇게 웃동네와 알동네가 분리되면서 독립적인 마을로 성장하는 경우는 전 지역에 걸쳐서 나타나는 현상이다.

반면에 '동동네/섯동네'가 분리되어서 독립적인 마을이 된 경우는 찾기가 쉽지 않다. 그 사례로 들 수 있는 것이 '동광리/서광리' 그리고 '동홍리/서홍리' 정도로 여겨진다. 하지만 옛 지도에서 보여주는 '동○○/서○○'라는 마을 이름 구분의 사례는 제주의 남동부지역에서는 매우 흔하게 나타난다. 비록 전 지역에 걸친 사례는 아니지만 특정 지역에서는 매우 보편적인 공간 개념이었음을 보여주는 것이다.

특히 한라산 북쪽 지역에서는 옛 지도에서도 '동○○/서○○'로 마을 이름이 구분 지어진 경우를 보기가 어려웠다. 이러한 경향에 대한 미약하지만 추론 가능한 것은, 한라산 북쪽의 경우 마을의 성장방향이 횡방향으로 진행되기보다는 종방향으로의 진행이 더욱 강한 성향을 보인다는 것이다. 한라산 북쪽마을에서 종방향으로의 성장이 강하게 보이는 이유는 완만하게 중산간과 해안이 이어지는 지형과 차가운 북서풍을 피하려는 경향이 주요한 원인이 되었을 것으로 여겨진다.

마을 이름의 고찰에서 흥미로운 점은 마을의 성장을 통해 제주인들의 공간에 대한 지각을 살펴볼 수 있다는 점이다. 물론 해석을 지나치게 확장하여 설명하려 했다는 단점을 모르는 바는 아니지만, 마을공간을 정리하기 위해서는 작은 관찰로부터 서서히 논의의 확대를 진행할 필요가 있다. 제주인의 공간개념에서 매우 보편적이면서 특이한 지각요인은 한라산과 바다라는 두 가지 자연요소의 방향성이다. 제주인에게 있어서 '한라산/바다'라는 방향 감각은 '동/서/남/북'이라는 방위개념보다 더 인상적인 방위개념이다. 이를 구체화한 것이 '웃동네/알동네'라는 자연마을의 이름이다. 한라산방향의 마을은 웃동네이고 바다 방향의 마을은 알동네로 지칭하는 것은 제주도 전 지역에서 공통적으로 나타나는 공간개념이다. 일견 당연하다고 여길 수 있는 이러한 방향감각이 전 지역에서 같이 나타난다고 하는 것은 한라산과 바다라는 경관 요인이 공간지각에 있어서 그만큼 강력한 요인이라는 것이다.

마을이라는 것은 단순한 몇 가지의 요인으로 그 성격을 규명할 수 있는 대상이 아니다. 이 때문에 마을을 묘사하고 기술하는 것도 본의 아니게 매우 산만하게 이루어진 듯도 하다. 또한 마을 공간에 대해 명확하게 실증적인 결론을 내릴 수 없다는 것도 많은 부분을 추론과 상상력에 의존해야만 하는 이유이자 변명이 되었다. 여전히 너무도 많은 숙제가 남아있고, 명확히 밝혀낼 수 있는 사실은 아무것도 없다. 기억의 한계를 넘어선 사건들에 대해서 흔적을 따라 시간 여행을 시도했을 뿐이다.

참고문헌

* 고광민,『제주도 포구연구』, 도서출판 각, 2004.
* 김오진, 「조선시대 이상기후와 관련된 제주민의 해양활동」, 송성대 외 12인, 『제주지리론』 한국학술정보, 2010.
* 김영돈, 현용준, 현길언, 『제주설화집성(1)』, 제주대학교탐라문화연구소, 2003.
* 송성대외12인, 『제주지리론』, 한국학술정보, 2010.
* 오창명, 『제주도 마을이름의 종합적연구』, 제주대학교출판부, 2007.
* 현용준, 『제주도 사람들의 삶』, 민속원, 2009.
* 제주특별자치도 문화관광해설사회, 『구좌읍의 갯담과 불턱』, 도서출판 각, 2009.
* 제주도민속자연사박물관, 『제주의 옛지도』, 1996.
* 구좌읍지편찬위원회, 『구좌읍지』, 구좌읍, 2000.
* 남제주군, 『우리 고유지명 유래집』, 1995.
* 감산리, 『감산향토지』, 세림원색인쇄, 2002.
* Kevin Lynch, 『The Image of the City』, The M.I.T. Press, 1960.
* C.N.슐츠, 이재훈 역, 『거주의 개념』, 태림문화사, 1991.
* Roger Trancik, 진경돈 외1 역, 『도시공간 디자인의 이론, 역사, 방법론』, 집문사, 1992.
* 알도로시, 오명근 역, 『도시의 건축』, 동녘, 2003.

제주 삼촌들에게 들어보는 집과 마을 이야기

02

한경면
살림집

1. 제주 초가의 평면적 유형분류

02 한경면 살림집

1. 제주 초가의 평면적 유형분류

제주 초가를 이해하기 위해서 기본적인 유형을 분류하여 이해하는 것은 매우 유의미하다. 전통적으로 지어서 살던 집에는 그 지역에서 고유하게 전해지는 형식이라는 것이 있다. 건축에서는 그것을 유형이라고 하는데, 건축의 유형에는 그 지역의 문화와 삶의 방식과 더불어 세계관이 담기게 된다.

유형학적인 입장에서 보면 제주의 동쪽 지역에 있는 살림집과 서쪽 지역에 있는 살림집이 다르고, 제주의 북쪽에 있는 살림집과 남쪽에 있는 살림집의 모습이 다르다. 때문에 한경면의 살림집 역시 한경면 고유의 형태가 무엇인지를 고려하는 것으로부터 설명되어야 할 것이다. 한경면 살림집의 평면유형은 어떤 면에서는 이웃 지역과 닮아있기도 하겠지만, 어떤 면에서는 전혀 다른 모습을 하고 있을지도 모른다. 또한 다르다는 것이 실제로 구체적으로 다른 것이 아니라 분포의 정도가 다른 것일 수도 있다. 이를테면 이문간의 경우 한경면에서도 얼마든지 확인할 수 있지만 애월읍과 비교한다면 빈도가 낮아 보인다. 이러한 경우 일일이 그 숫자를 세어서 분포의 정도를 비교한다는 것이 의미가 있을지도 의문이다. 현재의 모습으로 원래 전근대 시기의 주거유형의 특성을 단정 짓기가 어렵기 때문이다.

다만 한경면의 살림집 유형을 이해하기 위해서 한경면과 접한 지역의 살림집을 살펴보는 것은 의미가 있다. 그러기 위해서는 지역별로 살림집의 유형을 정리하는 광범위한 조사가 선행되어야 하지만 아직은 자료가 충분하지 못한 것이 아쉬움이다. 이번의 경우에는 한경면과 접한 지역의 살림집을 중심으로 선별적으로 선택하여 비교하여보는 것에 그치기로 하고 나머지는 후속 연구에 기대를 할 뿐이다.

제주 초가의 형태는 한 칸의 막살이집에서부터 네칸집에 이르기까지 분류하여 설명될 수 있다. 하지만 현실적으로 현존하는 살림집을 기준으로 바라볼 때 이미 한 칸의 막살이집과 두칸집은 희소한 상태이므로 세칸집과 네칸집의 경우에 한하여 초가의 유형을 정리하는 것이 일반적으로 제주 초가의 유형을 이해하는데 보편적 수준에서 용이하다고 할 수 있다.

제주 초가의 유형을 분류한 선행연구는 다양하게 선행되었으나, 여기에서는 신석하의 논문에서의 분류체계가 비교적 적확하다고 판단되어 그것을 중심으로 소개하려고 한다. 여기에서 소개되는 초가의 평면은 신석하의 『제주의 민속IV1996』 516쪽에서 제시하고 있는 「안거리평면유형」을 참고하여 한경면의 살림집 설명에 기초자료가 될 수 있는 유형을 필자가 다시 간략하게 그린 것이며, 한경면의 살림집의 유형을 추론하기 위해 주로 서부지역의 유형을 중심으로 정리하였다.

가. 세칸집
1) 작은 구들이 없는 세 칸 집

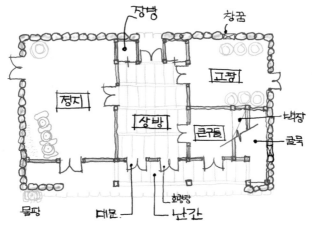

작은 구들이 없는 세 칸 기본형

작은 구들이 없는 세칸집은 구들이 하나만 있는 아주 단순한 형태의 살림집 평면구조이다. [정지-상방-구들]이라는 세 칸의 구성은 제주살림집의 가장 기본적인 틀을 구성하는 모습이라고 여겨지며, 현존하는 안거리 살림집에서 이 형태를 찾는 것은 거의 어렵다. 김홍식은 1973년 제주도의 살림집 조사에서 강정에서 이러한 구조를 조사하여 기록으로 남겼으며 한라산 남쪽 지역에서 꽤 많이 분포되어 있다[1]고 하였다. 정지 칸에 구들이 없이 정지가 한 칸을 다 차지하는 이러한 평면구조는 제주 초가살림집의 매우 기초적인 형태로 의미가 있다. 지금은 이러한 기본형인 구조는 물론이거니와 옛 초가의 원형을 보여주는 살림집을 목도하기 어려워서 기존의 조사기록에 의존하여 판단할 수밖에 없다.

2) 작은 구들 한 칸형 세칸집

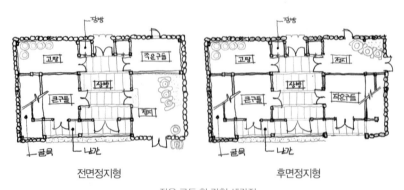

전면정지형   후면정지형

작은 구들 한 칸형 세칸집

한 칸형은 정지 칸에 구성된 작은 구들이 정지와 같은 한 칸을 차지하는 경우이다. 한 칸형의 경우는 작은 구들이 전면으로 오고 정지가 후면으로 있는 경우와 그 반대로 정지가 전면으로 오고 작은 구들이 후면에 있는 두

---

1   김홍식 외1, 「제주도의 건축」, 『제주도 문화재 및 유적 종합조사보고서』, 제주도, 1973. 269쪽.

가지의 경우가 있다.

신석하에 의하면 주로 정지를 전면에서 출입하고 작은 구들이 후면에 있는 경우는 제주의 북부지역에서 주로 볼 수 있다고 한다. 1973년『제주도 문화재 및 유적 종합조사보고서』에 기록된 조사에서는 성읍에서 그러한 평면이 확인된 바가 있으며 필자의 경우 하도리에서도 그러한 평면을 확인한 바가 있다.

한경면의 경우에는 정지가 후면에 있고 작은 구들이 전면에 있는 한 칸형의 평면구성을 보이는 비중이 많이 보인다. 정지가 후면에 있고 작은 구들이 전면에 있는 경우에는 작은 구들의 난방을 정지에서 하지 않고 전면에서 'ㄱ'자로 꺾인 굴묵공간을 통해서 난방을 하게 된다. 이렇게 정지를 후면에 두고 전면에 작은 구들을 놓는 형태는 필자의 경우에도 하도리에서 확인한 바가 있으며, 김홍식의 조사에서 성읍에서와 강행생의 조사에서는 보목에서도 확인된 바가 있다. 한경면에서도 비록 근대화의 과정에서 변형된 평면이지만 후면에 정지를 배치한 세칸집이 경우가 확인되어서 이 유형은 제주도 전 지역에 비교적 넓게 적용되었던 것으로 보인다.

3) 굽은 정지형 세칸집

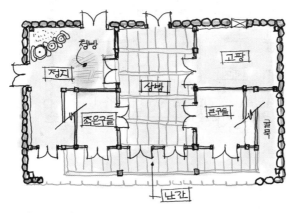

굽은 정지형 세칸집

정지내형은 정지 칸 안의 일부에 작은 구들을 꾸민 형태로 작은 구들은 건물의 구조와는 별개로 추가된 집이다. 대개 작은 구들은 큰 구들과 마주하여 전면 쪽에 놓이게 되는 데 작은 구들의 난방은 정지 쪽 전면 부분을 이용하여 굴묵을 두어 난방을 하게 된다. 이러한 형태는 작은 구들의 난방을 하기 위한 동선을 정지에서 처리할 수 있도록 하고, 정지의 출입을 앞마당에서 할 수 있도록 하는 두 가지 편의성을 동시에 해결한 것이라고 할 수 있다.

이 평면구성은 주로 대정과 창천 그리고 덕수, 예례 지역에서 많이 볼 수 있으며 삼칸집의 초가 평면에서 사칸집의 초가 평면으로 발전하는 중간과정의 유형의 하나라고 볼 수 있다. 네칸집의 평면 유형에서 두 개의 구들이 나란하게 전면 마당을 향하고 후면으로 청방^{쳇방}이 형성되는 유형의 경우는 이형태가 발전한 것으로 보아도 무리가 없을 것이다. 일반적으로 쳇방으로 표기되는 정지와 상방 사이의 식사하는 공간을 한경면에서는 추로 청방이라고 부르므로, 이하 본고에서는 한경면에서의 쳇방을 청방으로 표기하기로 한다.

4) 중마루형 세칸집

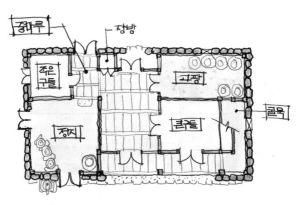

중마루형 세칸집

중마루형 평면은 정지 안에 작은 구들이 만들어지는 것은 굽은 정지형과 같으나 작은 구들이 전면이 아닌 후면에 설치되는 것이 다르며, 굽은 정지형의 경우는 작은 구들이 상방에 붙어 만들어져 상방으로 구들을 출입하게 되나 중마루형의 경우는 상방의 반대편에 작은 구들이 만들어지면서 작은 구들과 상방 사이에 동선을 연결하는 작은 마루가 만들어지는 것이 다르다. 역시 작은 구들의 구조는 건물의 구조와는 별개로 만들어지기 때문에 구조적인 원리는 굽은 정지형과 크게 다르지 않다.

다만 작은 구들이 전면이 아닌 후면으로 위치하는 것은 마당에서 정지의 이용을 편리하게 하려는 기능적인 요구가 구들을 전면에 배치하고자 하는 욕구보다 더 중요하게 판단된 것으로 여겨진다.

김홍식의 조사에 의하면 중마루형의 평면은 북제주의 서부지역에서 많이 볼 수 있다고 하였는데 하가리의 문형행가옥의 안거리가 대표적인 사례라고 할 수 있다. 필자의 조사의 경우에 하가리에서 중간에 공간을 개조하였지만 개조 이전에는 중마루형 평면의 살림집이 상당히 많이 있었음을 확인한 바 있다.

이렇게 작은 구들을 뒤쪽으로 구성하는 것을 선호하게 되는 것은 북서부지역 초가가 남향이 아닌 남서향을 하는 경우가 많아서 구들을 전면으로 배치하는 것이 뒤쪽에 놓는 것보다 크게 유리하지는 않기 때문에 가능하지 않았는가 여겨진다.

이러한 평면 유형 역시 작은 구들이 후면에 배치되고 쳇방이 전면으로 오는 네칸집으로 발전하기 전 단계로 여겨지며 하가리에서는 중마루형 평면과 함께 쳇방이 전면으로 오는 네칸집의 평면을 주로 확인 할 수 있다.

나. 네칸집
1) 웃삼알사칸형 네칸집

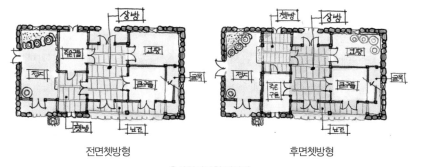

전면쳇방형   후면쳇방형

웃삼알사칸형 네칸집

제주의 네칸집의 평면은 평면 구성에서 네칸집의 형태를 하고 있으나, 지붕틀의 구조는 세 칸집의 구조에서 달라지지 않는다는 점에서 김홍식은 웃삼알사칸형이라고 정의하였다. 제주 초가의 지붕틀구조의 특징을 고려해야 하는 중요한 내용이지만 여기에서는 구조적인 내용을 다루는 것이 아니므로 편의상 네칸집으로 줄여서 언급하도록 하겠다.

네칸집의 유형은 정지와 작은 구들, 상방, 큰 구들이 각 한 칸을 이루는 형태이다. 여기에서 큰 구들의 후면에 고팡이 있는 것과 마찬가지로 작은 구들의 칸에는 쳇방이 설치되어 정지와 상방을 이어주는 중간공간을 이루게 된다.

쳇방의 위치는 마당이 있는 전면에 있는 경우와 그 반대로 작은 구들이 마당이 있는 전면으로 놓이고 쳇방은 후면으로 놓이는 두 가지의 경우가 있다. 대개 쳇방이 후면에 놓이는 경우는 창천과 모슬포 지역, 한경면 지역, 한림 지역에서 주로 확인되며, 쳇방이 전면에 놓이는 경우는 하가리를 비롯한 북동부지역에서 찾을 수 있다.

한경면의 경우에는 살림집이 네 칸의 경우에는 쳇방이 주로 작은 구들의 뒤편에 있어서 상방과 정지를 이어주는 역할을 하는 경우가 대부분이며, 쳇방이라고 하지 않고 청방이라고 불린다.

네칸집의 분포는 세칸집의 분포와도 밀접하게 관련을 갖는다. 주로 굽은 정지형의 세칸집이 분포되어 있는 지역의 네칸집은 작은 구들이 전면으로 오는 형태를 하고 있으며, 중마루형의 세칸집이 있는 지역은 작은 구들이 후면으로 구성되는 형태를 하고 있다.

다. 한경면 살림집의 평면적 특징

한경면 살림집의 평면적 특징을 이해하기 위해서는 '문화권'이라는 개념을 먼저 이해할 필요가 있다. 현재의 한경면은 행정적으로 제주시에 속해 있으며 그 이전에는 북제주군에 소속되어 있었다. 소위 제주도를 한라산 남쪽 지역과 북쪽 지역으로 나누어서 이해할 때에는 한라산의 북쪽 지역에 속하는 것으로 이해하기 쉽다.

하지만 과거의 행정적 관점에서 본다면 약간 달라진다. 조선시대의 행정의 입장에서는 한경면의 고산리까지는 제주목에 속한 것이 아니라 대정현의 소속이었다. 이 때문에 한경면 일부는 대정현 소속이며 일부는 제주목의 관할구역이었다. 따라서 한경에서는 문화적으로 대정권의 영향을 많이 받을 수밖에 없는 구조이기도 했다.

한경면에서는 오일장이 두 군데가 있었다. 하나는 고산에 있었고, 다른 하나는 신창에 있었다. 이 두 개의 오일장은 1980년대 초반에 없어지게 된다. 그러면서 한경면 사람들은 장을 보러 타 지역의 오일장을 가게 되는데, 오일장 역시 한림장과 모슬포장 두 군데를 다니고 있었다. 생활권으로도 역시 대정권의 영향을 결코 무시할 수 없는 이유이기도 하다.

> [오일장 갈 때 모슬포를 많이 간다고] 모슬포. 모슬포 오일장 보러가. 한림 안가고 모슬포 가. [이유는 어떵 되마씨?] 그쪽이 편리허니까.
>
> [오일장 갈 때 모슬포를 많이 간다고] 모슬포. 모슬포 오일장 보러 가. 한림 안 가고 모슬포 가. [이유는 왜 그런가요?] 그쪽이 편리하니까.
>
> ──── 진○○(1942년생, 남, 고산리) 2019년07월06일 채록

> 여기에도 오일장 이서나서예. 고산에도 오일장 이서낫고, 신창도 오일장 잇어낫고. 거믄 산간분들이 내려와서 이디서들 와 가지고 오일장 봐가지고 가고. 또 여긴 5일, 10일 장을 하고 여기는 2일, 7일 장을 햇거든마씨. 게믄 오일장 보레들예. 조수사람들, 저지사람들 이쪽으로. 신창은 빨리 엇어져서마씨. 82년도쯤. [그러면 요 길 확장하고, 취락구조 생길 때쯤에 시장도 같이 엇어져분거네 마씨?] 네. [장 엇어져불민 지금은 장 보레 보통 어디들 가 마씨?] 오일장 같은 경우는 모실포를 많이 가 마씨. [모슬포를?] 예. 한림장보다 모실포장을.

여기에도 오일장 있었어요. 고산에도 오일장 있었고, 신창도 오일장 있었고. 그러면 중산간에 사는 분들이 내려와서 여기까지 와가지고 오일장 봐가지고 가고. 또 여긴 5일, 10일 장을 하고 여기는 2일, 7일 장을 했거든요. 그러면 오일장 보러, 조수 사람들, 저지 사람들 이쪽으로. 신창은 빨리 없어졌어요. 82년도쯤. [그러면 요 길 확장하고, 취락구조 생길 때쯤에 시장도 같이 없어져 버린 거네요?] 네. [장 없어져 버리면 지금은 장 보러 보통 어디로 가시나요?] 오일장 같은 경우는 모슬포를 많이 가지요. [모슬포를?] 예. 한림장보다 모실포장을.

— 강○○(1963년생, 남, 신창리) 2019년 05월 21일 채록

한경면 살림집의 원형으로는 세칸집과 네칸집을 같이 고려해야 할 것으로 보인다. 주로 네칸집의 형태는 모슬포와 덕수 창천 등에서 많이 보이는데, 한경면의 경우에도 조수리와 두모리까지 쉽게 찾아볼 수 있는 것은 제주 남서부지역의 살림집 평면의 영향이 이곳에 널리 퍼져있다는 의미가 될 것이다. 하지만 그럼에도 불구하고 네칸집으로 분화되기 이전의 평면 유형인 꺾은 정지의 평면은 잘 확인되지 않았다. 이는 한경면의 네칸집이 이곳에서 자생적으로 나타났다기보다는 제주 남서부지역 네칸집의 유형이 전해진 것이 아닌가 하는 생각이 들게 한다.

반면에 세칸집의 경우도 보이는데 세칸집의 경우에는 정지가 후면에 위치하고 전면에 작은 구들이 있는 형태가 보였다. 네칸집이 제주 남서부지역의 영향을 받은 평면으로 추정된다면 세칸집의 형태는 오히려 한경면의 자생적인 평면 유형이 아닐까 하는 생각을 해본다. 하지만 이는 매우 초보적인 단계의 추정일 뿐 평면 유형에 대한 명확한 판단은 양적으로 충분한 조사가 선행된 후에 이루어져야 할 것이다. 현재 조사된 살림집의 수는 매우 미미한 정도이며 양적으로 매우 부족한 조사를 근거로 한경면 살림집의 평면적 특징을 단정적으로 서술하는 것은 매우 어렵다.

한경면의 경우에는 세칸집의 경우에는 작은 구들이 전면에 있는 한 칸형

의 모습을 하고 있는 경우를 볼 수 있으며 다만 평면 유형으로 예시된 바와 같이 양쪽으로 꺾은 굴묵공간을 하고 있는 초가집의 형태를 직접 확인하기는 어려웠다. 그 이유는 근대화의 과정에서 구들이 확장되면서 굴묵이 점차 사라지는 경향으로 인해 원모습을 보기가 어려운 것으로 여겨진다.

네칸집의 경우에는 전면에 작은 구들이 있고 후면에 청방^{챗방}으로 구성되는 형태를 주로 볼 수 있다. 후면에 청방을 두는 형태는 네 칸의 목조살림집에서도 확인할 수 있지만 취락구조개선사업에 의해 1980년을 전후하여 지어진 소위 '돌집'에서도 청방이라는 공간을 후면에서 확인할 수 있다. 이는 목조에서 조적조로의 기술적인 변화에도 불구하고 공간적인 개념은 그대로 이어지고 있음을 알 수 있는 증거이기도 하다.

[이 방고라는 뭐렌 고라마씨?] 찬방이렌 헤수다. 찬방. 저기서 음식 먹는다는 의미로 찬방입주. 거기서 와전된 말이 청방. 청방 헷주.

[이 방은 뭐라고 부르나요?] 찬방이라고 합니다. 찬방. 저기서 음식 먹는다는 의미로 찬방이죠. 거기서 와전된 말이 청방. 청방 했지.

───── 고○○(1935년생, 남, 조수리) 2019년 07월 12일 채록

[평소에 식사는 어느 방에서 험니까?] 식사는 저기. 첨방에서. [첨방이 어디마씨?] 부엌 붙은디. [그러면 큰아드님도 여기?] 같이 [다 모여가지고?] 예.

[평소에 식사는 어느 방에서 합니까?] 식사는 저기. 첨방에서. [첨방이 어딘가요?] 부엌 붙은 데. [그러면 큰아드님도 여기?] 같이 [다 모여가지고?] 예.

───── 박○○(1941년생, 남, 고산리) 2019년 07월 24일 채록

[혹시 청방은 엇어나수과?] 아, 이거 맞아. 청방. 청방. [아, 요쪽은 부엌이고, 요쪽은 청방] 어. 여기 부엌 호끔 늘린 그때.

[혹시 청방은 없었나요?] 아, 이거 맞아. 청방. 청방. [아, 요쪽은 부엌이고, 요쪽은 청방] 어. 여기 부엌 조금 늘린 그때.

— 고○○(1942년생, 남, 두모리) 2019년 07월 29일 채록

대정지역과 더불어 곡물을 저장하는 공간을 고팡이라고 하지 않고 '안방'이라고 부르는 점과 정지와 상방 사이의 마루 공간을 '쳇방'이라고 하지 않고 '청방'이라고 부르는 점은 한경면의 문화적 동질감이 제주 남서부지역과 거의 같음을 짐작할 수 있다. 지금의 한경면이 한때는 북제주군으로 소속되어 있었으며 현재 행정구역상 제주시에 속해 있는 지역이지만 이 행정적 구분과는 달리 문화적인 동질성이 제주 남서부권과 연계되어있다는 점을 이해하는 것은 제주인의 주거문화권역을 이해하는 데 중요하다고 할 것이다.

제주 근대사의 복잡한 변화를 거치는 과정에서 제주의 집들은 평면의 변화를 겪기 시작하였다. 한경면에서 발견할 수 있는 가장 큰 변화는 안방고팡의 기능과 굴묵의 기능이 약화되면서 방이 커지고 또한 안방고팡을 방으로 만들어서 방의 개수가 늘어나게 되는 것이다. 이 이후에 대두되기 시작하는 것은 큰구들의 위치가 안방고팡이 있던 정지 건너편이 아닌 정지 쪽 공간으로 자연스럽게 이동한다는 것이다. 이러한 공간의 변화와 기능의 변화는 초집에서 이미 일어나고 있었다.

라. 제주 초가의 단면적 특징

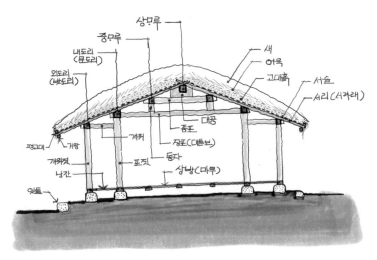

7량 제주 초가 단면도

1) 목구조의 단면적 특징

제주의 초가는 7개의 도리를 사용한 7량식 구조를 가지고 있는 것이 매우 중요한 구조적 특징이다. 위의 단면도는 『제주의 민속Ⅳ1996』에 실린 신석하의 도면을 기초로 다시 작성해 본 것이다. 단면도에서 보듯 제주의 살림집은 규모가 크지도 않음에도 불구하고 육지부의 양반집에서나 채택함 직한 7량의 구조를 하고 있는 것은 매우 특이하게 받아들여지고 있는 구조방식이다. 그렇다고 전체적인 살림집의 규모가 크지 않음에도 불구하고 이러한 구조가 채용된 이유에 대해서 대개 두 가지 정도의 의견이 있다. 하나는 민초들이 주변에서 구할 수 있는 부재의 크기가 작아서 작은 부재로 적절한 공간을 만들기 위한 방편이었을 것이라는 의견이다. 다른 하나는 제주도에는 바람이 많이 불기 때문에 횡력에 저항하기 좋은 구조를 선택한 것이 7량식이라는 것이다. 필자의 경우에도 바람에 저항하기 좋은 구조이기 때문일 것이라는 해석을 제주의 초가에서 7량의 구조방식을 채택한 근원적인 이유일 것으로 미루어 짐작하고 있다.

7량의 구조를 할 경우에는 원래 전후로 퇴칸을 갖기 마련이나 제주의 초가의 경우에 전면에는 낭간이라는 툇마루 공간을 이루지만 후면에는 퇴칸을 만들지 않고 실내공간으로 만들게 마련이다. 이 때문에 지붕의 중심과 실내공간의 중심이 일치하지 않는 경우가 많다. 큰구들과 고팡 사이에서 장포대들보를 받치는 기둥을 생깃기둥이라고 하는데, 이 생깃기둥의 위치가 보의 중심과 잘 일치하지 않고 보의 중심보다 조금 뒤쪽에 위치하게 된다.

보를 제주인들은 포라고 발음하는데, 대들보를 양쪽에서 받치고 있는 기둥을 폿지둥 혹은 포짓이라고 한다. 대들보가 있는 구간을 벗어나 외도리를 받아주는 기둥을 개위지둥 혹은 개위짓이라고 하며 폿지둥과 개위지둥을 연결하는 낭간 상부에 있는 짧은 보를 개위라고 한다.

2) 축담

A

축담을 처마 밑 벽체 일부를
남겨 두고 쌓는 경우

B

축담을 처마밑에까지
틈을 남겨두지 않고 쌓는 경우

축담의 두 가지 유형

제주 초가의 측면에는 돌로 된 담을 두르게 되는데 이를 축담이라고 한다. 축담이 감싸고 있는 것은 대개 굴묵이거나 정지공간이 되며 낭간이 없는 후면은 축담으로 완전히 감싸져 있는 경우가 대부분이다. 축담을 만드는 방법은 돌을 먼저 쌓고 그사이의 공간에 흙을 채워서 메우는 방법이 있고 돌 한 줄을 놓고 흙을 한 줄을 올리고 다시 돌을 올리는 방식으로 번갈아 쌓아가는 방식이 있는데 대개는 돌과 흙을 번갈아 쌓는 방식을 사용하였다.

축담을 쌓는 시점도 그림에서 A처럼 목조의 뼈대를 다 완성한 후에 쌓는 경우가 있고 때로는 B처럼 지붕재를 만들기 전 목조의 기둥과 보를 걸면서 같이 축담을 쌓는 경우가 있다. 전자의 경우는 다소 격식을 갖춘 경우이며, 대개의 형편이 어려운 살림집에서는 축담의 위치에 기둥을 세우지 않고 바로 축담 맨 상부에 도리를 깔고 그 위에 서리서까래를 걸쳐서 지붕을 형성하기도 하였다. 이는 축담을 목구조를 완성하고 난 후에 단순한 덧벽으로 추가한 것이 아니라 구조벽의 역할을 할 수 있도록 하였다는 것이다. 이렇게 일반 민가에서 축담에 바로 서리서까래를 걸치게 하는 경우는 목재부재를 아끼려는 방편으로 그리한 것으로 여겨진다.

물론 모두 그러한 것이 아니라 때로는 축담의 위치에 기둥이 같이 매립되어 구조를 이루는 경우도 많이 볼 수 있다. 특히 정지와 같이 넓은 공간이 필요한 경우에는 축담의 위치에 기둥이 있기 마련인데 때로는 축담의 중간에 기둥을 걸치기도 하여 구조를 혼용하여 만드는 경우도 적지 않게 보인다.

물론 돌을 조적식 구조로 적극적으로 적용한 것은 넓은 공간이 필요한 농가창고 등에서 적용되기도 하였다. 그렇지만 축담으로 구조체의 역할을 하게 한 생각은 제주 초가의 구조가 돌벽을 조적하여 외벽을 구성하는 다음 단계의 근대식주택의 등장에도 기술적인 영향을 주었을 것으로 짐작한다.

마. 초가의 집짓기

초가의 기본구조는 목구조이다. 하지만 초가를 짓는 방식에서 목구조의 뼈대를 이루는 것 못지않게 중요한 것은 목조 틀을 만든 이후의 과정으로 흙질을 하는 과정이라고 할 수 있다. 근대의 건축과 초가는 어떤 점에서 다르다고 할 수 있을까? 여러 가지 의장적인 요소와 기술적인 요소를 거론할 수 있을 것이나 필자는 집 짓는 과정에서 나타나는 사회적 관계성의 변화에 주목하여 설명하고자 한다.

초가를 만들기 위해서는 초기에는 목수들에 의해서 기본적인 뼈대를 목조틀을 짜서 만들게 된다. 초가를 만드는 목수 역시 전업으로 하기보다는 그 동네에서 목수로서의 재능이 있는 사람일 뿐 직업적이지는 않았다. 하지만 그나마 집을 지으면서 아무나 하기는 어려운 전문적인 기술자라고 하면 목수가 거의 유일하였다고 할 수 있다.

> [목수는 직업적으로 허는 거 마씨?] 겸업이우다. [그럼 농사짓다그네?] 예. [집 짓는 다 허면 와그네 도와주고?] 예. [목수는 수고비로 뭐 줍니까?] 무사 줘얍주. 당연히 줘얍주. [돈으로 줘수과? 뭐] 물론 돈으로 주나. 상부상조혜서 돈 다 안 받고 경 혜수다게.
> [목수가 뼈대를 만들고 나면 동네 사람들이 도와주고 그런 것도 이서수과?] 절대 도와수다. 당시에는 양. 집에 흙질이라는 말 들어봅디가? 흙으로 담구멍을 다 메꽈가지고 쓸어다듬고. 물 지엉 흙 이렇게 버무리는 것도 동네 사람들이, 아낙네가 물 갖다 부어주니까 흙을 으깨가지고 그걸 동네 사람들이 들엉 담구멍을 막음 시작해.
>
> [목수는 직업적으로 하는 건가요?] 겸업입니다. [그럼 농사도 짓고 같이?] 예. [집 짓는다 하면 와서 도와주고?] 예. [목수는 수고비로 뭐 줍니까?] 줘야 하죠. 당연히 줘야죠. [돈으로 주나요? 뭘로] 물론 돈으로 주고. 상부상조해서 돈 다 안 받고 그렇게 했지요.
> [목수가 뼈대를 만들고 나면 동네 사람들이 도와주고 그런 것도 있었나요?] 물론 도왔어요. 당시에는요. 집에 흙질이라는 말 들어보셨나요? 흙으로 담 구멍을 다 메워서 쓸어 다듬고. 물 길어서 흙 이렇게 비벼 섞는 것도 동네 사람들이, 아낙네가 물 갖다 부어주니까 흙을 으깨가지고 그걸 동네 사람들이 참여해서 담 구멍을 막기 시작하죠.
>
> —— 고○○(1935년생, 남, 조수리) 2019년 08월 05일 채록

집의 뼈대를 만드는 목수의 작업은 마루도리_{종도리}를 설치하면 끝난 것으로 보는데, 이때 거창하게 상량식을 하게 된다. 상량식에서는 통상 닭을 잡

아서 그 피를 주춧돌에 바르게 되는데 이는 이 집의 불길한 기운을 막으려는 기원인 것이다. 이때는 친척들은 부조를 하기도 하고 건물의 뼈대를 세우느라 고생한 목수들은 배불리 잔치를 하는 날이기도 하다.

상량을 하게 되면 그다음 단계로 동네 사람들이 수눌음으로 흙질을 시작하게 된다. 수눌음은 육지의 품앗이에 해당되는 이웃 간의 어려움을 같이하는 공동체문화이다. 흙은 초가의 벽을 만드는 데에도 사용되고 지붕을 덮는 데에도 사용될 뿐 아니라, 구들을 만들 때 틈을 메우는 데에도 사용된다. 이 때문에 집을 짓는 데 엄청나게 많은 흙이 사용되는데, 대개는 그 집 마당의 흙을 사용하게 되며 마당의 흙이 찰지지 않아서 재료로 적합하지 않을 때는 흙을 구해와야 하기도 했다. 특히 방바닥에 바르거나 벽체를 만드는 흙은 질이 좋아야 하기 때문에 마당의 흙이 좋지 않다면 주변에 점성이 좋은 흙을 구해와서 하기도 했다. 제주는 화산섬이어서 대개의 흙은 점성이 없는 경우가 많아서, 점성이 좋은 흙이 어느 곳에 있는지를 알고 있어야 했다.

제주의 초가들이 낮은 곳에 마당을 두는 이유는 흙질로 인해 마당이 낮아진 것도 큰 이유가 된다. 흙질은 흙에다 물을 부어서 질게 만들고 거기에 보릿짚이나 새를 잘라서 섞는 것을 말한다. 소를 갖고 있는 사람은 소를 끌고 와서 흙을 밟게 하였고, 소위 흙꾼이라는 사람들은 흙을 섞고 뒤집는 일을 하였다. 흙꾼 역시 힘든 노동이어서 아무나 할 수 있는 것이 아니라 동네에서 힘깨나 쓴다고 하는 장정들을 선별해서 하는 일이었다.

동네 여인들은 물허벅으로 물을 져다가 마당에 부어주는 물부조를 하였다. 물이 귀한 중산간 마을에서는 물을 길어오는 일이 매우 큰 노동이었는데 이 일 역시 마을 사람들의 도움 없이는 불가능한 일이었다. 집 하나를 짓기 위해서 흙질을 하는 것은 동네 사람들이 모두 참여하는 매우 큰 행사였다.

다음으로 흙으로 벽을 바르는 퇴기를 하고, 지붕에는 고대 흙을 올려서 덮는 일들도 모두 마을 사람들이 하는 일이었다. 새를 덮고 새끼를 꼬아 집

줄을 놓는 것도 모두 마을 사람들이 같이 하는 일이었다. 이 모든 집 짓는 과정이 전부 수눌음에 의해서 이루어졌고 이웃의 이러한 도움이 없이 집을 짓는 것은 불가능한 일이었다.

[삼촌도 놈의 집 지을 때 도와주고 안혜봐수과?] 친척네 집 지을 때 도와주고 헷지. 개벽질도 하고. 흙 꿰어그네. 개벽질. 보리낭에 흙 끼엉. 막 볼랑. 발로 볼라그네 또 벽에 막. 지금은 세멘들. 몰탈에 세멘 허주마는 [그런 거 집 짓는 거 도와주면 주인이 보상은 해 줍니까?] 아니, 아니. 수눌멍. 친족들이 허주게. 친족들이 강 도와주지. 부주 허고 집 지을 때는 강그네 [부주는 언제 허여마씨?] 쌀도 허고, 뭣도 주고. [부주는 어느 시기에 험니까? 상량식 헐 때 험니까?] 상량식 헐 때. 친족들은 아무 때고 허고. [집 다 지으민 집들이 같은 것도 험니까?] 옌날 헤낫주게. [그때도 부주 많이 받앗겠구나예.] 그땐 헷자 뭐 술.

[삼촌도 남의 집 지을 때 도와주고 해보셨나요?] 친척네 집 지을 때 도와주고 했지. 개벽질도 하고. 흙 으깨어서. 개벽질. 보리낭에 흙 으깨어서. 막 밟아서. 발로 밟아서 또 벽에 막. 지금은 시멘트들. 몰탈에 시멘트 하지만 [그런 거 집 짓는 거 도와주면 주인이 보상은 해 줍니까?] 아니, 아니. 품앗이로. 친족들이 하는 거지. 친족들이 가서 도와주지. 부조하고 집 지을 때는 가서 [부조는 언제 하게 됩니까?] 쌀도 허고, 뭣도 주고. [부조는 어느 시기에 합니까? 상량식 할 때 하나요?] 상량식 할 때. 친족들은 아무 때고 하고. [집 다 지으면 집들이 같은 것도 합니까?] 옛날에 했었지. [그때도 부조 많이 받았겠네요.] 그땐 해봐야 뭐 술.

— 고○○(1942년생, 남, 두모리) 2019월 07월 29일 채록

이렇듯 초가는 기본적으로 공동체의 작업으로 만들어지는 것이라고 할 수 있다. 기술자는 유일하게 나무를 다루는 목수뿐이었다. 물론 초가의 목수 역시 동네에서 나무를 다루는 재주가 있는 사람이었을 뿐 직업적인 전문 인력은 아니었다. 나머지는 동네 사람이라면 누구나 다 참여할 수 있는 정도의 기술이었다고 할 수 있다. 흙으로 지었던 초가는 수눌음을 통해 만들

어지는 마을공동체의 산물이었던 것이다.

1960년이 지나면서 점차 슬레이트집이 나타나기 시작하였다. 하지만 1960년대까지는 대개의 슬레이트집에도 흙으로 벽을 만들고 지붕에도 흙을 올린 후에 슬레이트를 덮었다. 본격적으로 집에서 흙의 사용이 없어지고 구조가 달라지기 시작한 것은 새마을운동과 더불어 블록과 슬레이트로 이루어진 집들이 적극적으로 지어지기 시작하면서였다고 할 수 있다. 이때부터는 이러한 공동체의 방식으로는 집을 짓기가 어려워지기 시작하였다. 기본적으로 흙질을 할 이유가 없어졌다. 흙은 시멘트와 블록이 대신하였고 지붕은 흙을 올리지 않고 슬레이트를 바로 씌웠다.

1970년대에 들어서면서 집의 규모도 점차 커져가고 빈부의 차이에 따라 집의 규모가 달라지기도 하였다. 공동체가 같이 집을 짓던 사회에서 개인적인 능력에 따라 집을 짓고 소유하던 시대로 들어선 것이다. 집을 짓는 방식의 차이, 공동체가 같이 짓던 집과 개인의 자본력을 기반으로 지은 집의 차이는 구조 변화 이상의 거대한 변화를 의미한다.

바. 한경면 살림집의 기본형 고찰

한경면의 살림집 기본형을 직접 확인하는 것은 간단한 일이 아니었다. 일단은 중산간마을인 저지와 조수에서는 4·3 당시의 소개령[2]으로 인해 그 이전의 살림집은 확인하기 어렵다. 해안마을인 두모와 신창, 고산에서도 초가의 형태로 남아있는 살림집을 확인하는 것은 어려웠다. 이미 많은 부분이 개량되었거나 1960년 이후의 개량형 살림집 모습이 대부분이었다.

다만 지붕틀이 제재목이 아닌 원목의 서까래를 사용하거나 흙벽으로 내외

---

2 토벌대는 무장대와 민중의 연계를 막기 위해 중산간마을 주민들을 해안마을로 강제 소개(疏開)시키고 100여 곳의 중산간 마을을 불태웠다. (참고: 제주4·3아카이브, http://43archives.or.kr/html/sub020301.do)

부의 벽체가 시공된 경우에는 초가의 기본구조를 따르고 있었을 것으로 보고 몇 가지의 사례를 통해서 기본적인 살림집의 기본유형을 살펴보고자 한다.

1) 저지리 수동 세칸집

저지리 수동 살림집

　지금은 사람이 살지 않는 빈집인 저지리 수동의 살림집에서는 맨 아래에 발라진 도배지가 1964년에 발간된 신문지였다. 그것으로 미루어 짐작하면 이 집은 1960년대 초반에 지어졌을 것이다. 기본적으로는 전형적인 세 칸형의 평면으로 우측 전면에 작은 구들과 후면에 정지가 만들어져 있으며, 전면이 아닌 측면으로 정지를 출입하는 형식이다. 전면에 굴뚝이 시설되어있는 것으로 보아, 작은 구들에는 별도의 굴묵이 없이 정지에서 난방을 한 것을 확인할 수 있다. 좌측에는 큰 구들과 고팡이 앞뒤로 배열되어있고 측면으로 난방을 위한 굴묵으로 드나들 수 있도록 되어있다. 정지에서 구들 난방을 하기 시작한 초기에도 정지 건너편에 있는 큰 구들은 굴뚝을 만들지 않았던 것을 보면 큰 구들에는 고래 역시 만들지 않았을 것이다.

대지가 좁아서인지 굴묵 축담에 붙여서 통시가 만들어져 있다. 1960년대 에 지어진 살림집에서는 큰 구들이라고 할 수 있는 안방을 정지칸에서 사용 한 경우가 간혹 보인다. 이 집에서 실질적인 안방이 좌측의 고팡에 면한 방인 지 우측의 정지에 면한 방인지를 단언하기는 어렵다. 다만 정지를 후면에 두 고 측면으로 진입하면서 전면에 작은 구들을 두는 형식인 작은 구들 한 칸형 인 세칸집의 유형으로 확인할 수 있다. 여기에서 굴뚝이 생기기 이전의 세 칸 형의 평면을 고려한다면 전면 작은 구들 옆으로도 굴묵이 있었을 것이다.

2) 수룡동 세칸집

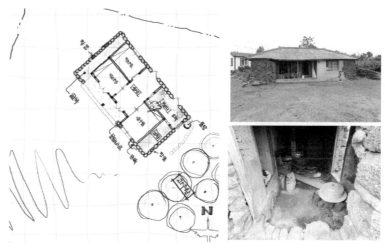

낙천리 460-4번지, 수룡동 이씨 댁

역시 세 칸형의 살림집이다. 이씨의 증언에 의하면 이 집 역시 1960년대 초반에 지어졌을 것으로 판단된다. 하지만 앞에서 본 조수리 수동의 집에 비 해서 상당히 많은 변형이 이루어진 평면구조를 하고 있다. 정지는 수동 살림 집과 마찬가지로 측면으로 출입하게 되어있으며 역시 정지에서 정지에 면한 방에 난방을 하고 있다. 별도의 솥덕이 있는 것으로 보아, 난방을 하는 부뚜 막으로는 취사가 충분하게 이루어지지는 않았던 것으로 여겨진다. 정지의 입구에 물팡돌이 있으며 정지에서는 뒷마당으로도 출입할 수 있는 문이 시설되어있다. 지금은 흔적이 없지만 장항뒤가 뒷공간에 있었던 것으로 짐작된다.

특이한 것은 고팡의 위치가 정지의 한편에 시설되어있다는 점이다. 이는 분명히 기능적인 변화를 감지하여 반영한 평면구조이다. 통상 고팡이라는 것은_{한경면에서는 안방이라고 부름} 큰 구들과 인접해서 후면에 위치하는 것은 초가 평면의 법칙과 같은 것이었다.

> [삼춘 저 부엌 옆에 이신게 고팡이꽈? 굴묵이꽈?] 고팡. [고팡. 굴묵이 아니고? 이 집은 굴묵이 엇인게예?] 굴묵 이거. [굴묵 이거. 부엌에 이신 건 고팡] 저건 고팡. 이건 굴묵. 요건 방. 요디도 방. [뒤에 이신 방도 원래 방이구나 예.] 예.
>
> [삼춘 저 부엌 옆에 있는 게 고팡인가요? 굴묵인가요?] 고팡. [고팡. 굴묵이 아니고? 이 집은 굴묵이 없는 거네요?] 굴묵 이거. [굴묵 이거. 부엌에 있는 건 고팡] 저건 고팡. 이건 굴묵. 이건 방. 여기도 방. [뒤에 있는 방도 원래 방이구나 예.] 예.
>
> ──── 이○○(1926년생, 남, 수룡동) 2019년 06월 20일 채록

보통 큰 구들 뒤에 있었던 고팡의 위치를 바꾸는 것은 상당한 고민의 결과이다. 이는 정지에서 난방을 하면서 작은 구들의 굴묵 공간이 필요 없어 졌다는 점과 방의 필요성이 점차 커졌다는 점을 반영한다. 세칸집의 전형적인 평면에서 굴묵 공간에 고팡을 만들고, 원래 고팡이 있던 자리에는 방을 만들면 방이 하나 더 추가되는 평면이 된다. 이는 구들이 두 개밖에 없었던 세 칸의 초가집에서는 매우 혁신적인 평면이다. 여기에서 부모가 기거하는 큰 구들은 정지 건너편 방이 아니라 정지에 면한 방이 되기도 한다. 다른 방과는 독립적이기도 하고, 고팡에도 접해있으면서 정지에 가까운 것은 기능적으로도 편리하게 된다. 중세적인 초가 평면에서 근대화된 공간구성으로 넘어가는 과정적 구성을 보여주는 중요한 사례라고 할 수 있다.

3) 두모리 네칸집

두모리 네칸집, 좌측에는 굴묵 공간의 일부를 창고로 만들고, 굴묵을 밖에서 바로 사용하게 하려고 뚫은 입구가 보인다

두모리 살림집의 건축 시기는 확실치는 않으나 현 거주인이 어릴 적부터 살았으며, 최소한 부모 이전부터 살았다고 말하는 것으로 미루어 일제강점기 초기로 생각해 볼 수 있다. 평면의 유형은 많은 개조가 있었지만 전형적인 네 칸형의 평면구성을 하고 있다. 좌측에 큰 구들이 있고 그 뒤로는 고팡을 두고 있었는데, 고팡을 이곳에서는 안방이라고 보통 불렀다.

[삼춘이 살멍 여기 고친 거는 뭘 고쳐수과? 내용이.] 스레트 덮고. 내부 이거 전부 문 새로 허고. 이거 기둥도 새로 허고. 옛날 이건 안방, 고팡. [이게 안방?] 예. 옛날 이거 안방 쌀 놓고, 이건 큰방. [큰방은 큰 구들이엔 허지 않요?] 예. 큰구들. 제사허고 멋허고 헌디 이건 부엌. 이건 부엌인디 저쪽으론 나중에 조끔 늘리완.

[삼촌이 살면서 여기 고친 것은 뭘 고쳤나요? 내용이.] 슬레이트 덮고. 내부 이거 전부 문 새로 하고. 이거 기둥도 새로 하고. 옛날 이건 안방, 고팡. [이게 안방?] 예. 옛날 이거 안방 쌀 놓고, 이건 큰방. [큰방은 큰 구들이라고 하지 않나요?] 예. 큰 구들. 제사하고

뭣도 하고 했는데, 이건 부엌. 이건 부엌인데 저쪽으로 나중에 조금 늘렸어.

— 고○○(1942년생, 남, 두모리) 2019년 07월 29일 채록

　가운데 마루는 상방이라고 하였으며, 지금은 정지는 한 칸을 사용하고, 작은 구들의 후면으로는 청방이 위치한다. 식사는 청방에서 하였다고 하였다. 제사는 큰 구들에서 하였다. 통시는 정지와는 반대편 마당 한편에 있었는데 지금은 없다. 정지에 면한 작은 구들을 온돌방이라고 하였다. 아마도 정지에서 난방하면서 늘 따뜻한 기운이 있었기 때문일 것이다.

　굴뚝도 이번 태풍에 부러젓주마는 굴뚝 그냥 영 이서. [굴뚝은 연탄으로 헹 연기로 허는 거 아니마씨?] 아니. 건 저디 불 떼믄 아궁이가 불 떼믄 그걸로 영 돌아강 불 땡. 온돌방이 헨 거기로 연기 나가는 거. 온돌. 온돌방에. [아 그 온돌방에만 굴뚝 때고. 이 방은 보일러로 허고?] 아니 이 방은 또 굴묵이라고 해서 굴묵. [굴묵이 저쪽에 이수과?] 응. 이서나서. 저기 저디 이서. [아, 지금도 잇고.] 저디가그네 불 때그네. 고시락으로. 불 때 그네 허곡. [혹시 이 방(부엌에 붙은 방)을 큰방으로 쓰진 안혜수과?] 아니. 아이 써서. 이거는 온돌방으로. 이것이 큰방으로 헤낫주. 옛날은 온돌방에선 제사를 못허주게. 안 허주게게. 게난 이 방(부엌 반대편에 있는 큰 구들)에서만 제사 헤나고.

　굴뚝도 이번 태풍에 부러졌지마는 굴뚝 그냥 이렇게 있어. [굴뚝은 연탄으로 해서 연기로 나가는 거 아닌가요?] 아니. 그건 저기 불 때면 아궁이가 불 때면 그곳으로 이렇게 돌아가 불 때서. 온돌방을 해서 거기로 연기 나가는 거. 온돌. 온돌방에. [아 그 온돌방에만 굴뚝 때고. 이 방은 보일러로 하고?] 아니 이 방은 또 굴묵이라고 해서 굴묵. [굴묵이 저쪽에 있나요?] 응. 있었지. 저기 저기에 있어. [아, 지금도 있고.] 저기에 가서 불 때가지고. 고시락으로. 불 때고. [혹시 이 방(부엌에 붙은 방)을 큰방으로 쓰진 안 하셨나요?] 아니. 안 썼어. 이거는 온돌방으로. 이것을 큰방으로 했지. 옛날은 온돌방에선 제사를 못 했지. 안 하지게. 그러니까 이 방(부엌 반대편에 있는 큰 구들)에서만 제사를 지내고.

— 고○○(1942년생, 남, 두모리) 2019년 07월 29일 채록

지금의 집을 크게 개조한 것은 1970년대의 일이었다고 한다. 지붕도 개량하고 세면장과 화장실도 그때 만들었다. 난방도 보일러 시설을 하면서 굴묵의 필요성이 사라지면서 굴묵 공간은 막아서 창고로 사용하고 있었다.

4) 한양동 네칸집

조수리 110-2번지, 한양동 네칸집

한양동 고씨는 본래 저지리에서 살다가 소개령으로 인해서 마을을 떠나서 해안마을에서 살다가, 다시 돌아와서 지금 한양동이라고 하는 조수리 마을에 정착하였다고 한다. 처음 이곳에 집을 지어서 살게 된 것은 1965년 이었는데, 당시에는 인근에 거의 집들이 없는 한적한 상태였다고 한다. 이는 제주의 중산간마을이 같이 겪었던 아픈 과거이기도 하다.

> 조수와서 산거는 1958년돈가? 57년인가 확실치 않은디. [그러면 4·3 난리통에 내려갔다가, 다시 올라오면서 저지로 안가고 바로 여기로 완 마씨? 무사 저지로 안 간마씨?] 그때. 당시는 무장대엔 협지예? 저지 수동은 경계구역이 한계가 되기 때문에 이렇게 묶어졌거든 마씸. 그 위에 우리가 살았는데 거까진 성을 못 둘러서. 축성이 안 되가지고. 어차피 여기 눌러앉아 살았지. [아 그럼 올라오실 때도 무장대는 다

해제가 안 되었구나 예.] 안됐지. 전부 축성허명 나가수게게. 다. 이 산간 4개리가 임시정착지가 조수랏습니다. 조수. 예. 청수, 저지, 산양, 모두 여기 있다가 다 나갔어요. [아, 그럼 윗동네에 있는 사람들은 다 조수 여기 살다가.] 거의 그렇게 봐야죠. 어디 갈수 없는 사람들. [그럼 그분들은 남의 집에 같이 살거나 영 혜신가 마씨?] 아니, 촌에는 어찌어찌 살아갑니다게. 도시 같은 데는 땅값도 그렇고 여러 가지. [58년도 여기 오실 때는 여기 땅 사그네 오신거마씨?] 그렇죠.

조수에 와서 산 것은 1958년도인가? 57년인가 확실치 않은데. [그러면 4·3 난리통에 내려갔다가, 다시 올라오면서 저지로 안 가고 바로 여기로 왔나요? 왜 저지로 안 가셨나요?] 그때. 당시는 무장대엔 하지요? 저지 수동은 경계구역의 한계가 되기 때문에 이렇게 묶여졌거든요. 그 위에 우리가 살았는데 거기까진 성을 못 둘러서. 축성이 안 되어가지고. 어차피 여기 눌러앉아 살았지. [아 그럼 올라오실 때도 무장대는 다 해제가 안 되었구나 예.] 안 됐지. 전부 축성하면서 나갔어요. 이 산간 4개리의 임시정착지가 조수였습니다. 조수. 예. 청수, 저지, 산양, 모두 여기 있다가 다 나갔어요. [아, 그럼 윗동네에 있는 사람들은 다 조수 여기 살다가.] 거의 그렇게 봐야죠. 어디 갈 수 없는 사람들. [그럼 그분들은 남의 집에 같이 살거나 그렇게 했다는 말인가요?] 아니, 촌에는 어찌어찌 살아 갑니다. 도시 같은 데는 땅값도 그렇고 여러 가지. [58년도 여기 오실 때는 여기 땅을 사 가지고 오신 거죠?] 그렇죠.

───── 고○○(1935년생, 남, 조수리) 2019년 07월 12일 채록

처음에 이곳에 집을 지은 것은 1965년경이었다. 그때는 지금의 집보다 조금 북서쪽 위치에 초집으로 지었는데 처음 초집을 지을 당시에는 동네 사람들이 모두 도와서 같이 집을 지었다고 하였다. 당시에는 저지와 조수도 특별히 구별이 있는 것이 아니어서 저지 사람들도 많이 와서 도와주었다고 하였다.

지금의 집을 새로 지은 것은 1971년이었다. 초집은 허물어서 확인할 수 없지만 세칸집으로 되어있었고 지금 새로 지은 집은 네칸집이다. 이 집을 지을 때 재료는 신창리에 있는 기와집을 하나 사서 그 집의 재료를 가지고 지었다고 했다. 당시에는 건축재료를 구하기가 어려워서 사용하지 않는 집은

통째로 사서 거기에 있는 재목을 모두 가져다가 건축재료로 사용하였다. 당시에 말마차로 집에 사용되었던 목재와 돌을 전부 날라서 이 집의 재료로 사용하였으며 부족한 부분은 직접 산에 가서 나무를 잘라와서 사용하였다.

> 이거 나 아니 고릅디가. 기와집. 남의 기와집 사다 뜯어다가 헌거우다. [아, 남의 기와집 뜯어다가?] 예. 팔아부는 기와집 뜯어다가. 재목이 좋수게게. [그런 건 어떵 헹 사게 되는고 예?] 기와집 누가 뜯으켼 허민. 주인이 이주 희망을 허거나, 폴 형편이 되가지고 폴켄 허민 상 협주 무슨. [게민 그냥 입소문으로 마씨?] 경 안허민 어떵 허여. 그 당시엔 돈 주고 사민 뜯어당 쓰는 거주.

> 이거 내가 말 안 했던가요. 기와집. 남의 기와집 사다 뜯어서 지은 겁니다. [아, 남의 기와집 뜯어다가?] 예. 팔아버리는 기와집 뜯어다가. 재목이 좋잖아요. [그런 건 어떻게 사게 되는가요?] 기와집 누가 뜯겠다고 하면. 주인이 이주 원하거나, 팔 상황이 되어서 팔겠다고 하면 사서 하게 되는 거지요. 무슨. [그러면 그냥 입소문으로요?] 그렇게 안 하면 어떻게 하나. 그 당시엔 돈 주고 사면 뜯어서 쓰는 거지.

— 고○○(1935년생, 남, 조수리) 2019년 07월 12일 채록

그래서 이 집의 외부벽체는 전부 돌로 쌓아서 만든 집이다. 벽체가 전부 미장이 되어있어서 돌집처럼 보이지 않았지만, 외벽은 전부 신창의 집에서 나온 돌로 쌓았다고 한다.

가장 큰 변화는 안방고팡을 만들지 않았다는 것이다. 안방고팡을 만들지 않고 그 자리에 방을 만들어서 두 개의 방을 좌측면에 만들 수 있었다. 그리고 우측에는 청방과 작은 구들을 두었다. 정지에 면한 방을 작은 구들로 사용하고 왼쪽에 방을 큰 구들로 사용한 것은 원래 정지에 붙여서 큰 구들을 두는 것이 아니라는 관념 때문이었다. 이 때문에 제사를 지내는 것도 왼쪽의 큰 구들에서 제사를 지냈다. 방과 방 사이를 미서기문으로 시설한 것과 작은 구들과 청방 사이에도 미서기문을 두는 등 평면이 매우 개방적인 모습

을 하고 있는데, 이러한 개방적인 평면구성은 일제강점기를 지내는 동안에 일본식 주택의 영향을 받은 것으로 여겨진다.

원래 집 전면에는 낭간_{툇마루}이 있었다고 한다. 지금의 모습은 그러한 낭간 공간을 전부 확장해서 방으로 만든 것이다. 방 개수를 늘리려는 욕구와 방의 크기도 점차 커져가는 공간적 변화의 욕구가 반영되고 있는 것이다.

어두운 굴처럼 만들어진 굴묵도 사라졌다. 굴묵에 불을 때는 것은 바깥에서 직접 하게 만들어졌다. 밖에서 벽장 아래 공간을 굴묵으로 만들어서 직접 난방을 할 수 있도록 하였다. 대개 많은 집들이 이러한 굴묵이 필요 없어지면서 방을 넓히거나 아니면 외부용 창고로 사용하게 된다.

이 집에서도 굴묵은 거의 외부에서 사용하는 창고로 사용되고 있다.

[요쪽 방은 바깥에 굴묵 잇고? 처음부터 굴묵은 정 바깥에 만든 거 마씨?] 예. 구조가 그대로 잇우다. [옛날에 초가집을 보면 굴묵이 영 안으로 들어가잖아예? 낭간 옆으로 헹그네. 근데 새로 집 지을 때는 다들 밖으로 만들어신가 마씨? 굴묵을] 안으로도 헷주마는 집을 조금이라도 방을 유리허게. 공간을 유리허게 얻어 쓰기 위해 가지고 경허지 안 헙니까? 생각을 헤봅써. [그때는 경허지 안헤신가 궁금해가지고] 아, 옛날 주로 경혜수다. 낭간 멘들앙 글로. [게난 70년, 선생님네 집 지을 때쯤에는 굴묵 같은 거를 밖에다 저추룩 만드는 것이] 거의 경 혜실꺼우다. [경 헤그네 방을 더 넓게 만들고]

[요쪽 방은 바깥에 굴묵 있고? 처음부터 굴묵은 저렇게 바깥에 만든 건가요?] 예. 구조가 그대로 있어요. [옛날에 초가집을 보면 굴묵이 이렇게 안으로 들어가잖아요? 낭간 옆으로 해가지고. 그런데 새로 집 지을 때는 다들 밖으로 만들었는가요? 굴묵을] 안으로도 했지만은 집을 조금이라도 방을 유리하게. 공간을 유리하게 얻어 쓰기 위해서 그렇게 하지 안 헙니까? 생각을 해보세요. [그때는 그렇게 안 했는지 궁금해서] 아, 옛날 주로 그렇게 했어요. 낭간 만들어서 그쪽으로. [그러니까 70년, 선생님네 집 지을 때쯤에는 굴묵 같은 것을 밖에다 저렇게 만드는 것이] 거의 그렇게 했을 겁니다. [그렇게 해서 방을 더 넓게 만들고]

── 고○○(1935년생, 남, 조수리) 2019년 07월 12일 채록

이 집에서의 특이점은 이문간이 시설되어 있는 것이다. 한경면에서는 많지는 않지만 종종 이문간이 시설되어있는 경우를 볼 수 있다. 이 집의 경우 이문간은 살림집이 없이 창고로만 사용되었다. 문이 달려있는 문간에서는 창고에 농산물을 보관하기 전에 정리하는 작업을 하였다고 한다.

밖거리도 같은 시기에 건축되었는데, 왼편은 쇠막으로 사용하였고, 오른편은 부엌이 없이 상방과 방 두 칸이 시설되어 있었다. 이 역시 안거리에서 부족한 방을 확보할 수 있는 방편이었을 것이다. 지금은 출가한 자식들이 놀러왔을 때에 사용된다고 한다.

5) 성전동 김씨 복귀주택

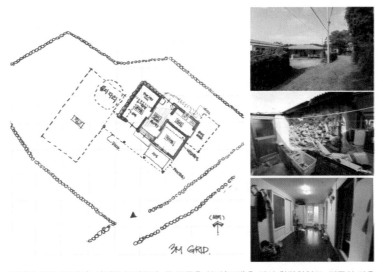

저지리 532-22번지. 성전동 복귀주택. 큰 구들은 안방(고팡)을 터서 확장하였고, 지금의 가운데 마리는 마룻널이 깔리지 않고 흙바닥이었다고 한다

복귀주택사업은 1961년 박정희 정권이 들어서면서 '국가재건최고회의'에 의해 시작된 것으로 제주도는 김영관 지사의 주도로 진행이 되었다. 1962년 제주신보에는 저지리 명이동에서 4·3 원주민 복귀사업 입주식이 있었다는

것으로 보아서[3], 이 집의 건축 시기도 1962년 혹은 1963년경으로 추정된다. 이 집에 살고 있는 김씨 할머니는 이 집의 최초 건축 시기부터 입주를 한 분이어서, 어느 정도 당시의 상황을 들을 수 있었다.

지원 나오랑 지은 거주게. 이제도 그 낭 이서. 각구목. 이제 포. 딱 큰 거만. 도리 허는 거. 이만썩 솔진낭. 그것만 흐거리치씩 탁탁 큰 것만 주난. 서린 어시난 그자 소낭 그차당 헌거라. 법당꺼지 다 흐거리씩 주었주게. [이 집 지을 때 지붕엔 흙 안 올련마씨?] 그때엔 지붕엔 흙 안올련. 저 곳띠 가그네 고는 고는 헌 낭 이추룩 헌 낭 헤당. 그 서리 영 허민 이 사이에 우터레 조근 조근 서실에 막 엮엉. 경허영 그 우이 새 덕 태왕 일엇주게. [아, 흙은 안올리고 새를 올렷구나 예?] 예. 예. 옛날 지애집(기와집)이나 흙 올렷주. 이디 경. [벽은 흙 안 헤수과?] 양? 벽은 저디 흙 헤어난. 저기 돌이신디 흙 헤난주. 부르끄 싼디만 안헤낫주. [부르끄는 어디가 부르끄꽈? 바깥에가 부르끄꽈?] 안에도 부르끄. 바깥에도 부르끄.

지원 나와서 지은 거지. 아직도 그 나무가 있어. 각재. 이제 포. 딱 큰 거만. 도리 허는 거. 이 만큼 두꺼운 나무. 그것만 한 집씩 탁탁 큰 것만 주니까. 서까래는 없으니까 나는 그저 소나무 베어다가 했지. 법당까지 다 한 집씩 주었지. [이 집 지을 때 지붕엔 흙 안 올렸나요?] 그땐 지붕엔 흙 안 올련. 저 곳에 가서 가늘디가는 나무 요런 나무 해다가. 그 서까래 이렇게 하면 이 사이에 위로 차근차근 서슬을 막 엮어서 그 위에 새를 올려서 (지붕) 일었지게. [아, 흙은 안 올리고 새를 올렸군요. 예?] 예. 예. 옛날 기와집에나 흙 올렸지. 여기에 그렇게. [벽은 흙 안 했나요?] 예? 벽은 저기 흙 했었지. 저기 돌 있는 데 흙 했던 거. 블록 쌓은 데만 안 했지. [블록은 어디가 블록이죠? 바깥벽이 블록인가요?] 안에도 블록. 바깥에도 블럭.

───── 김○○(1930년생, 여, 저지리) 2019년 09월 10일 채록

복귀주택이라는 것은 4.3사건 당시 소개령으로 인해 많은 이들이 고향에 거처를 잃어버린 상태에서 정부지원으로 집 짓는 것을 지원해준 사업이

---

3 김태일, 『제주근대건축산책』, 루아크, 2018, 153쪽 참고.

었다. 복귀주택 지원사업은 이승만정권에서 일어난 사건으로 인한 상처를 치유하기 위한 시도가 박정희 정권이 들어서면서 시작되었지만 성전동 복귀주택이 들어선 자리에는 여전히 지목이 '전田'으로 되어있는 상태이며 건축물대장에는 건물이 올라있지 않은 상태이다. 70년 전 과거의 상처가 여전히 치유되지 않은 느낌이다.

> 이 집 짓건디가 딱 예순 한 해우다. 예순 한 해. 좌○○어멍, 모친신디 잘 들어봅써. [혹시 그때 부르끄는 지원 안해수과?] 그때 부르끄가 어디 셔수과? 아이고. 이 어른들도 어느 옛날에 난 소리 허질맙써.[요거 부르끄 아니마씨?] 요건 한 십년 베끼 아니되수다. 이거 담 앗아뒹 허건디가 이거. [아, 이것도 돌담?] 예. 몬딱 벵허게 돌담. 저추룩 헌 담 담. (울타리 돌담을 가리키며) 처추룩 해당 흙 담앙 고망 막앙 살아서. [요 가운데 요벽은?] 이것도 몬딱 흙이라난거. [흙벽?] 예. 몬딱 흙벽.
>
> 이 집 지은 것이 딱 육십일 년 되었어요. 육십일 년. 좌○○ 어머니, 모친에게 잘 들어 보세요. [혹시 그때 블록은 지원 안 했나요?] 그때 블록이 어디 있었나요? 아이고. 이 어른들도 어느 옛날에 허튼소리 하지 마시죠. [요거 블록 아닌가요?] 요건 한 십 년밖에 아니 되었어요. 이거 담 치워두고 다시 한 건데 그걸 한 것이 이거. [아, 이것도 돌담?] 예. 전부 뱅 돌아서 돌담. 저렇게 헌 담 담. (울타리 돌담을 가리키며) 저렇게 하고서 흙 담아서 구멍을 메우고 살았어. [요 가운데 요벽은?] 이것도 모두 흙이었던 거. [흙벽?] 예. 모두 흙벽.
>
> ──── 김○○(1930년생, 여, 저지리) 2019년 09월 17일 채록

복귀주택의 지원은 집을 짓기 위한 목재를 제공해주는 것이 지원의 전부였다고 한다. 물론 당시의 집은 목재가 가장 중요한 재료였지만 빈손으로 집을 만들기 위해서는 나머지의 재료들은 주변에서 끌어모아야 했다. 지금의 블록 벽은 최근 들어서 수리를 하면서 교체해서 다시 쌓은 것이라고 했고, 처음엔 집의 외부 벽체는 돌을 쌓았고, 내부 벽체는 흙벽이었다고 한다. 기본적인 초집의 형태라고 할 수 있다.

처음에 흙과 새를 이용한 초집으로 짓기는 하였지만 복귀주택을 짓는 것은 제각기 지을 수밖에 없었다. 30호 정도를 한꺼번에 지어야 하는 상황에서 전통사회에서처럼 수눌음으로 서로 도와가면서 집을 지을 수 없었다. 벽체는 흙벽을 하였지만 지붕까지 흙을 올리는 것은 어려웠기 때문에 지붕은 고대흙 없이 어웍 위에 바로 새를 덮었다.

> [이 마루는 원래 그 마루구나 예?] 원래 마리 아니났당 후제 후제 논거. [아, 후제논거?] 예. [처음엔 마리 안 놔수과?] 제일 옛날은 못놨다가. 중간에 호끔 살아져 가난 마리 난. [처음엔 흙바닥?] 예. 문덜도 낭문 헹 돌아나고 양편이 다. 낭문. 이 안엔 흙바닥이주게. [흙바닥으로 된 방을 부르는 이름이 따로 잇지 안허꽈?] 양? 어서. [혹시 북덕방 안들어봐수과?] 어서. 어서. [상방이렌 말 잘 안썻지예?] 우리 촌엔 이거 삼방이엔도 허고 마리엔도 허곡. 우리 촌엔 경허지. 시내에 나가면 이거고라 거실 거실. 이젠 이것과 마리. [옛날에 삼춘 어렸을 때에 이것을 마리엔 불러신지, 상방이엔 불러신지가 궁금해서] 마리엔 불럿지.

> [이 마루는 원래 그 마루지요, 그렇죠?] 원래 마루를 안 났다가 한참 후에 놓은 거. [아, 나중에 놓은 거?] 예. [처음엔 마루 안 났던 건가요?] 처음엔 못 놓았다가. 중간에 조금 살만하니까 마루를 놨지. [처음엔 흙바닥?] 예. 문들도 나무문 해서 달았고. 양쪽으로 다 나무문. 이 안엔 흙바닥이었어요. [흙바닥으로 된 방을 부르는 이름이 따로 있지는 않나요?] 예? 없어요. [혹시 북덕방 안 들어봤나요?] 없어. 없어. [상방이라는 말 잘 안 썼지요?] 우리 촌엔 이거 삼방이라고도 하고 마리라고도 하고. 우리 촌엔 그렇게 하지. 시내에 나가면 이것을 거실거실. 이젠 이것 보고서 마리. [옛날에 삼춘 어렸을 때에 이것을 마리라고 불렀는지, 상방이라고 불렀는지가 궁금해서] 마리라고 불렀지.

───── 김○○(1930년생, 여, 저지리 성전동) 2019년09월10일 채록

처음에는 정지뿐만 아니라 가운데 마루까지도 마당이나 다름없는 흙바닥이었다. 제사를 지낼 때는 흙바닥인 마루 공간에서 멍석을 깔고 돌화로를 놓고 둘러앉았다고 한다. 애초에 낭간^{툇마루} 조차도 만들지 못했는데 지붕구조

를 볼 수가 없어서 5량가인지 7량가인지 확인할 수는 없었다. 낭간이 없다면 간단하게 5량 구조로 만들었을 가능성이 매우 크다.

4·3이라는 혼란스러운 시기를 거치면서 이로 인한 주거건축의 중요한 변화가 있었다면 어떤 것일까? 이는 앞으로 주의 깊게 살펴볼 필요가 있는 변화이다. 자재가 빈약한 상황에서 공간구조가 매우 단순하고 기능적인 것을 지향하는 계기가 되었을 것이라는 점은 짐작할 수 있다. 집은 작게 세칸집을 지으면서 당연히 굴묵이 없어지고, 안방고팡도 없애서 방을 확장하려는 의식이 생겨났다.

복귀주택을 지으면서 수눌음을 하지 못했다는 것은 매우 중요하다. 4.3이라는 상황은 공동체 의식에 분명 영향을 주었다. 30가구를 한꺼번에 지어야 하니까 제각기 지어야 했다는 것은 오히려 비합리적으로 여겨질 수도 있다. 그럼에도 제각기 집을 지었다는 것은 수눌음이라는 전통사회에서 공동체를 움직이는 힘이 새로이 형성된 사회에서는 쉽게 작동되기 어려운 시스템이었을 것이다.

사. 변화하는 집
1) 청수리 네 칸 기와집

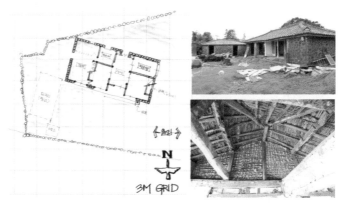

청수리 2507-1번지 기와집. 지붕구조까지 네 칸 구조로 지어진 집이지만 서까래 구조는 전통방식이 아닌 변형된 약식의 형태를 하고 있다

청수리에서 기존의 집을 개조하고 정비하고 있는 집을 확인하였다. 이 집의 경우는 중산간에서 보기 드문 기와집이었으며 규모도 상당히 커 보였다. 내용 면에서도 주거공간의 변화를 확인하는 차원에서 살펴볼 필요가 있을 것으로 보인다.

이 집의 건축연대는 다행히 개보수하느라 노출된 상량판을 확인할 수 있어서 1960년_{단기4293년}이라는 것을 알 수 있었다. 앞서 거론하였던 수동과 수룡동의 주택이 1960년대 초반이었다는 것을 고려한다면 이 집 역시 이 지역에서는 마을이 재건되는 비슷한 시기에 지어진 집이었음을 짐작할 수 있다. 그럼에도 불구하고 이 집의 규모는 앞서 언급된 살림집과는 규모 면에서 확실히 차이가 난다.

일단 평면의 구조는 네 칸의 평면을 하고 있다. 정지 쪽에 욕실로 만들어진 공간이 있었는데 고씨_{1955년생}에게 확인한 바로는 그곳에 흙바닥의 고팡이 있었다고 하였다. 전통적인 초가의 형식으로는 고팡이 큰 구들과 붙어있는 것이기 때문에 정지에 고팡을 만드는 것이 일반적이지 않은데, 앞에서 정지에 고팡이 있었던 수룡동 세칸집과 이 집은 직선거리로 120미터 정도밖에 떨어지지 않은 위치여서 이러한 공간변화가 이 지역에서 더 있지 않을까 하는 생각도 해 본다.

> [정지 뒤에 화장실이 만들어져 있는데, 혹시 그 화장실 자리] 거기 고팡이 있었어요. [거기가 고팡이었는가 마씨?] 예. 고팡이난에. [화장실 옆에 마루가 깔려있었지예? 거기 혹시 부르던 이름 기억 남수과?] 청방마루렌 헷지. 청방마루. [청방마루. 예. 그리고 정지 붙은 방이 안방 될 철이우꽈? 작은방 될 철이우꽈?] 옛날에는 아랫목이 잇으니까. 그게 주된 방이주. [주된 방. 그러니까 안방 될꺼예. 큰방] 예. 방은 크지 않지만 그 방이 중심 방이주. [건너편에 방이 두 개가 있는데, 둘 다 방이라나수과? 둘 다 구들?] 안쪽에 꺼는 마루. [아, 안쪽에 꺼는 마루방 이라나수과?] [그럼 마루방 잇는데, 창문이 하나 잇는데, 원래?] 창문 쪽 높이까지 헤서 선반이 잇엇어요. 선반. 선반 잇고 위에는 마루 깔리고. [아, 선반바닥에도 마루가 깔리고] 밑에는 또 문을 만들어 잇고.

[마루 밑에 또 수납 할 수 잇는 것이 잇고?] 예. 그렇게 헤서. 창가 쪽으로 선반이 놔저서 거기 올라가 놀고 헷던 기억이 나. 목수가 옆에 밧에서 제작을 하더라고. 다 거기서 만들앗어. 우리 어머니 얘기로는 목수가 130일 품이 들엇다고. 일당으로.

[정지 뒤에 화장실이 만들어져 있는데, 혹시 그 화장실 자리] 거기 고팡이 있었어요. [거기가 고팡이었는가요?] 예. 고팡이니까. [화장실 옆에 마루가 깔려있었지요? 거기 혹시 부르던 이름 기억나세요?] 청방마루라고 했지. 청방마루. [청방마루. 예. 그리고 정지 붙은 방이 안방 될까요? 작은방 될까요?] 옛날에는 아랫목이 있으니까. 그게 주된 방이지. [주된 방. 그러니까 안방이죠? . 큰방] 예. 방은 크지 않지만 그 방이 중심 방이지. [건너편에 방이 두 개가 있는데, 둘 다 방이었나요? 둘 다 구들?] 안쪽에 것은 마루. [아, 안쪽에 것은 마루방이었나요?] [그럼 마루방 있는데, 창문이 하나 있는데, 원래?] 창문 쪽 높이까지 해서 선반이 있었어요. 선반. 선반 있고 위에는 마루 깔리고. [아, 선반 바닥에도 마루가 깔리고] 밑에는 또 문을 만들었고. [마루 밑에 또 수납할 수 있는 것이 있고?] 예. 그렇게 해서. 창가 쪽으로 선반이 놓여서 거기 올라가 놀고 했던 기억이 나. 목수가 옆에 밭에서 제작을 하더라고. 다 거기서 만들었어. 우리 어머니 얘기로는 목수가 130일 품이 들었다고. 일당으로.

────── 고○○(1955년생, 남, 낙천리 수룡동) 2019년 10월 08일 채록

정지에서 상방마루로 가려면 작은 마루 공간을 건너게 되는데 이는 청방이라고 하는 마루 공간이다. 이 집의 평면은 전형적인 네 칸 초가 평면과 거의 같은 공간구성을 따르고 있다. 하지만 기본 골격은 네 칸의 초가와 같은 구조이긴 하지만 여러 가지 면에서 이미 근대화의 변형된 평면을 받아들이고 있는 있다.

일반적으로 부부침실인 큰 구들은 정지에 붙은 방이었다고 한다. 큰 구들에서 정지로 바로 드나들 수 있는 벽장 옆의 문과 정지와 큰 구들 사이에 벽장 아래로 작은 미서기창을 두었던 것은 기능적인 변화를 의미한다.

큰구들 맞은편의 작은 구들도 방의 크기로 보아서는 큰 구들 못지않게 넓게 만들어져 있었다. 이는 앞에 있었던 낭간을 방으로 확장한 것이기도

하지만 애초에 큰 구들을 만들었던 관례가 남아있는 것으로 보인다. 이는 작은 구들 뒤편에 있는 다른 작은 방이 구들이 아니라 마루가 깔려있는 수납용 마루방이었다는 것으로도 알 수 있다. 주인인 고씨는 그것을 마루방이라고 하였으나 곡식 등을 수납하였다는 것으로 보아 그곳 역시 고팡으로 만든 것이 아닌가 하는 생각이 든다. 다만 고팡과 다른 것은 창의 크기가 고팡이 아닌 일반 방의 창만큼 크다는 점이다. 정지에 고팡을 만들면서도 원래 고팡이 있을 만한 곳에도 또 마루방을 만들었다는 것은 주거공간 변화의 중간단계를 보여주는 것이라고 생각할 수 있다. 이러한 변화의 조짐은 앞서 소개한 수룡동의 세 칸 살림집에서도 보인다고 하였는데 1960년에 지어진 규모가 있는 이 집에서도 그 의지를 분명하게 확인할 수 있다.

방의 크기가 일반 살림집보다는 크게 지을 수 있었던 것은 대들보의 설치 위치를 상방 좌우의 두 곳만이 아니라 정지와 큰 구들 사이에도 설치하여 웃삼알사칸이 아니라 네 칸의 구조를 정확히 하였기 때문에 가능한 것이다. 이는 제주 초가가 네 칸으로 하더라도 지붕틀구조는 세 칸형을 따르고 있던 과거의 관례를 깨뜨린 것이다.

지붕틀의 구조는 전통적인 대들보식 지붕틀이 아니라 종보가 없이 동자주로 모든 구조를 해결한 변형된 형태를 하고 있다. 앞의 사진을 보면 그 변형된 모습을 볼 수 있다. 서까래의 배치도 산자서까래가 아닌 말굽서까래의 형태를 하고 있는 것은 이 집의 기술자가 전통적 장인의 기술이 아닌 근대화된 목작업으로 집을 짓던 사람이라는 의미이다. 그리고 목수의 작업일수를 130일로 들었다는 것으로 보아서 동네목수가 아닌 직업적인 목수가 집을 지은 것으로 추정된다. 제주시 삼도동의 기와집에서는 이미 1950년대 초반에 이렇게 변형된 지붕틀의 모습을 발견할 수 있다. 이러한 변형된 지붕틀은 일본 목구조의 영향을 받은 것일 것이다.

우측 두 개의 방은 좁은 굴묵을 위한 통로도 없애고 측벽에서 바로 난방을 하도록 굴묵도 외벽에 만들어 그만큼 방을 크게 만들었다. 그래서 좌측의 정지칸과 우측 두 개의 방이 가운데의 큰구들과 상방의 칸보다 훨씬 넓어 졌다.

2) 두모리 다섯칸집

칸이라고 하는 개념은 주요구조가 목조 일 경우에만 사용할 수 있는 개념이다. 두모리 좌씨댁은 외관으로 보아서는 단순한 블록조에 슬레이트 지붕을 한 집으로 보인다. 하지만 그렇게 보였던 것은 전면의 돌벽 전체를 미장하였기 때문이다. 실제로는 외부 벽체는 돌을 쌓아서 만들고 내부 벽체는 퇴기를 엮어서 흙벽으로 만들고 그 위에 다시 모르터 미장을 한 것이라고 한다. 기본 틀은 목구조라는 의미이다. 목구조라는 것을 전제로 하고 본다면 다섯 칸인 이 집은 이전에는 없었던 매우 특별한 공간구성을 하고 있다.

건축물대장에는 밖거리로 지어진 슬레이트집이 1978년 준공된 것으로 되어있으나 안거리는 그보다 훨씬 일찍 지어진 것이라고 한다. 좌씨는 밖거리보다 안거리가 20년 정도 이전에 지은 것으로 기억하고 있으므로 안거리의 건축 시기는 1960년경까지 거슬러 짐작할 수 있다.

> [집 지을 때 이 집은 브르끄 집이꽈?] 아, 이건 돌로. 바깨띠는 세멘은 헷지마는 전부 돌로 쌓은거여. [요 가운데는 브르끄로 쌓고?] 아예 브르끄는 쓰진 안허고. 그거 이제 벽체는 흙으로 혀서 저 세멘. [흙으로 퇴기 허고?] 예. [아, 밖에는 돌로 하고, 가운데는 흙벽으로 하고?] 예. 퇴기 얽어서 흙 치댄 다음에 세멘해서 헌거여. 그 때는 브르끄를 많이 안 쓸 때니까. 단데는 브르끄 썻지마는 이 벽체가 전부 돌이여. 저 식당은 지은 지 한 오십년 빼끼 안되요. 요거는 한 70년 되고. 저 집은 냉가. 브르끄가 아니고 냉가로. 조그만씩한 냉가로 지어수게. 브르끄로 쓰는 사람은 브르끄로 짓는데, 브르끄는 오래 안가고. 벽돌 모양으로 만든 거 그거 썻주.

> [집 지을 때 이 집은 블록집이었나요?] 아, 이건 돌로. 바깥에는 시멘트 미장을 했지만 전부 돌로 쌓은 거야. [요 가운데는 블록으로 쌓고?] 아예 블록은 쓰지 안 하고. 그거 이제 벽체는 흙으로 해서 저 시멘트미장. [흙으로 퇴기하고?] 예. [아, 밖에는 돌로 하고,

가운데는 흙벽으로 하고?] 예. 퇴기 엮어서 흙 쳐댄 다음에 시멘트 미장해서 한 거야. 그
때는 블록을 많이 안 쓸 때니까. 다른 데는 블록을 썼지만 이 벽체가 전부 돌이야. 저 식
당은 지은 지 한 오십 년밖에 안 돼요. 요거는 한 70년 되고. 저 집은 시멘트벽돌. 블록이
아니고 시멘트벽돌로. 자그마한 시멘트벽돌로 지었어요. 블록을 쓰는 사람은 블록으로
지었는데, 블록은 오래 안 가고. 벽돌 모양으로 만든 거 그거 썼지.

— 좌○○(1929년생, 남, 두모리) 2019년 9월 9일 채록

청수리 기와집도 1960년대로 건축연대가 비슷하다. 청수리 기와집도 외
부는 돌로 쌓고 내부의 벽체는 퇴기에 흙으로 개벽질을 해서 만든 점은 동
일하다 할 것이다. 다른 점은 좌씨의 집에서는 슬레이트를 지붕에 얹으면서
지붕에 흙을 올리지 않고 바로 슬레이트를 덮었다는 점이다. 아마도 슬레이
트라는 신재료가 등장한 초기이기도 하였지만 단열에 대한 개념이 중요하게
여겨지지 않은 탓이었을 것이다.

좌씨 집의 평면에서의 특이점은 방이 앞뒤로 두 줄로 되어있고 다섯 칸
의 형식을 갖추면서도 복도가 없기 때문에 방을 통해서 다른 방을 건너게
되어있는 구조라는 점이었다.

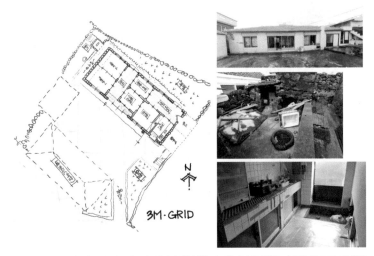

두모리 2865번지, 다섯칸집, 기둥의 위치를 확인할 수 없지만 증언에 따르면 목조의 뼈대를
하고 있는 목조건축물이다

[이 뒛옛 것도 방이고, 마루가 아니란 얘기지 예?] 마루가 됐다가 이런 방을 만들 아부럿쪼. [아, 뒤에는 마루라나수과? 바닥이? 여기도 다 마루라낫고예.] 여긴 부엌. 주방. [좌씨부인; 옛날은 여기가 부엌이라난디 양] [어디까지 마씸?]이거 전체가 부엌 이란 마씸?] [좌씨 부인; 예. 여기 부엌이란. 여기 솥 아찌고.] [요 벽장 밑에도 솥 앉 지는데 아니 마씨?] [좌씨 부인; 아니] [아, 벽장 밑엔 아니고 마씨?] [좌씨 부인; 게난 이제 저디 부엌 헤수다.]

[이 건너방은 누가 썬 마씨?] [좌씨 부인; 누게 안 씁니다.] [이 방은 사람이 자지 는 않는 방이구나 예? 평소에는 예?] 예. 사람이 자질 안헙니다. [청방 이수과? 청방] 청방헤나신디 구들 헤수게. 저디. [요거 청방이라신디 구들 헤분거마씨?] 예. 겐디 식 구 할수록 방이 널르면 좋아. 방이 잇어야.

[이 뒤에 있는 것도 방이고, 마루가 아니란 얘기지요?] 마루였다가 이런 방을 만들어 버렸죠. [아, 뒤에는 마루였나요? 바닥이? 여기도 다 마루였고요.] 여긴 부엌. 주방. [좌씨 부인; 옛날엔 여기가 부엌이었던 데에요.] [어디까지요? 이거 전체가 부엌이었나요?] [좌씨 부인; 예. 여기 부엌이었지. 여기 솥 앉히고.] [요 벽장 밑에도 솥 앉히는 데 아닌가 요?] [좌씨 부인; 아니] [아, 벽장 밑엔 아니고요?] [좌씨 부인; 그러니까 이제 저곳에 부 엌 했어요.]

[이 건넌방은 누가 사용하나요?] [좌씨 부인; 아무도 안 씁니다.] [이 방은 사람이 자 지는 않는 방이네요. 그렇죠? 평소에요?] 예. 사람이 자지는 안 씁니다. [청방입니까? 청 방] 청방이었는데 구들 만들었어요. 저기. [요거 청방이었는데 구들이 있었다는 건가 요?] 예. 그런데 식구가 많을수록 방이 넓으면 좋아. 방이 있어야.

──── 좌○○(1929년생, 남, 두모리) 2019년 09월 09일 채록

정리하면 좌씨 댁은 꺽은 정지 형태를 하고 있고, 청방을 통해서 마리와 연결이 되어있었다. 즉 네칸집의 평면은 꺽은 정지의 꺽인 부분이 청방이 되 면서 정지가 장방형으로 변하는 형태라고 한다면 이 집에서 다섯 칸을 구성 할 수 있었던 것은 꺽은 정지 형태에 다시 청방을 덧붙인 형태였던 것이다. 여섯 남매를 한집에서 키워야 했던 시절 방 하나라도 더 만들어보려는 생각 이 새로운 공간구조를 만들어낸 것이다. 또한 안방고팡이 생략되고 그 자리에

도 방이 추가되었다.

방 하나라도 더 필요했던 시절, 천정을 열어서 확인할 수는 없지만 천정틀의 구조 역시 제주 초가의 구조방식과는 다르게 변했을 것이다. 청방마루도 결국 온돌방으로 만들어버리고 정지도 축소하여서 마루를 놓아버렸다. 아마도 정지를 고쳐서 만든 마루 공간이 청방의 역할을 할 것으로 기대했을 것이다. 이러한 주거공간에 대한 인식변화로 다섯 개의 방과 두 개의 마루를 갖는 살림집이 만들어진 것이다.

아. 취락구조개선사업

1970년대부터 1980년대까지 제주도 전역에서는 취락구조개선사업이라는 이름으로 주거환경을 개선하기 위한 지원사업이 있었다. 무엇을 어떻게 지원하였는지에 대한 자료가 명확하지 않아서 취락구조개선사업에 대한 정확한 자료를 제시한다는 것이 지금으로는 쉽지 않다. 다만 공동으로 토지를 구입하고 택지를 분할하여 집을 짓는 과정에서 일종의 재료 구입의 용이성을 제공하거나, 자금의 융자에 혜택을 주거나 하는 등의 지원은 있었던 것으로 여겨진다.

여기에서는 공간구성을 어떻게 하였는지에 대해서 주로 서술하고 그게 초집의 형태에서 무엇이 달라진 것인지를 확인해보고자 한다.

1) 고산

고산의 취락구조개선사업의 준공 시점은 건축물대장에서 확인한 바로는 1980년이며, 이는 신창의 취락구조개선사업의 시기와 일치한다. 하지만 신창에서 취락구조개선사업을 진행할 당시에 고산의 사례를 견학하러 왔었다고 하므로 신창보다는 조금은 일찍 시작된 것으로 여겨진다.

고산리 2534-1번지. 취락구조개선사업 사례. 우측 위가 조사대상 건물이고 우측 아래
는 주변의 취락구조개선사업에 의한 집들의 모습이다

[처음부터 이렇게 밧이 잇으면 길은 영 이실꺼고 예. 그럼 이 밧을 공동으로 사 마
씨?] 예. 공동으로. [일번 공동매입, 그럼 땅을 길내고 땅을 자르기로 합의를 볼꺼 아니
예? 분할 합의, 그러면 나는 이 땅하고 싶다. 나는 이 땅하고 싶다 이렇게 맘대로 안 해
마씨?] 맘대로 안 되수다. 저 구지배기 헤 가지고 추첨 헤가지고, 일. 이. 삼. 사 헤가지
고. [아, 번호를 일.이.삼] 추첨. [토지추첨?] 예. [토지추첨은 상자에 번호 써넣어서 뽑
는 식으로 마씨?] 예. 예. [토지추첨을 헷는데, 땅 크기가 어떤 사람은 크고, 어떤 사람
은 작고 영 헐 수가 있잖아 예.] 필지에 따라 또 돈 금액이 차이가 있는 거고 마씨. 땅 대
지가 105평이면 105평짜리가 잇고. 백 한 십 평짜리도 잇고. 조금 구분되 이수다. [땅은
처음에는 공동으로 매입 헷잖아예? 그러면 공동소유 아니마씨?] 아니, 저 공동매입이
아니고. 위임을 헤가지고 금액은 평수로 다시. 만약 A란 사람이 백몇 평에 대한 것을
허고, 집도 건물도 다 또나니까. 건물도 별도로. [공동으로 매입하면 누군가는 주관한
사람이 잇을꺼 아니마씨?] 주관 헌 사람이 잇긴 잇어수다. 돌아가부려수다.

[처음부터 이렇게 밭이 있었으면 길은 이렇게 있었겠네요. 그럼 이 밭을 공동으로
사나요?] 예. 공동으로. [일번 공동매입, 그럼 땅에 길을 내고 땅을 자르기로 합의를 보
는 거지요? 분할 합의, 그러면 나는 이 땅 가지고 싶다. 나는 이 땅 가지고 싶다 이렇게
맘대로 안 하나요?] 맘대로 안 되지요. 저 번호뽑기 해가지고 추첨 해가지고, 일. 이. 삼.
사 해가지고. [아, 번호를 일.이.삼] 추첨. [토지추첨?] 예. [토지추첨은 상자에 번호 써넣
어서 뽑는 식으로 하나요?] 예. 예. [토지추첨을 했는데, 땅 크기가 어떤 사람은 크고, 어

떤 사람은 작고 그럴 수가 있잖아요.] 필지에 따라 또 돈 금액이 차이가 있는 거고요. 땅 대지가 105평이면 105평짜리가 있고. 백 한 십 평짜리도 있고. 조금 차별이 있지요. [땅은 처음에는 공동으로 매입했잖습니까? 그러면 공동소유 아닌가요?] 아니, 저 공동매입이 아니고. 위임을 해서 금액은 평수로 다시. 만약 A란 사람이 백몇 평에 대한 것을 허고, 집도 건물도 다 다르니까. 건물도 별도로. [공동으로 매입하면 누군가는 주관한 사람이 있을 것 아닌가요?] 주관한 사람이 있었어요. 돌아가셨습니다.

— 박○○(1941년생, 남, 고산리) 2019년 07월 24일 채록

박○○씨에 의하면 당시 취락구조개선사업의 진행방법은 첫 번째로 토지를 공동매입하는 것으로 시작되었다고 하였다. 토지를 공동매입한 후에는 분할합의 과정이 있었으며, 토지를 분할하고 어느 택지를 누구의 소유로 할 것인가는 추첨을 통해서 결정하였다. 추첨에 의해서 땅이 결정되면, 각자의 토지면적에 따라서 토지비용을 지불한 후 각자가 건축을 진행하였다고 한다. 대개의 모든 건축비용은 거주자의 개별적인 능력에 따라서 진행한 것이며 각 필지마다 공사를 맡은 목수도 제각기였다고 한다.

[집이 영 보니까 모양이 똑같은 게 아니고 조금씩 다 틀리더라고예.] 예. 틀려마씨. 위치상으로 [그러면 제각기 다 설계를 헌건가마씨?] 예. [또 비슷한 집도 잇엉게 마씨 또 어떤 기준 되는 도면이 또 잇어신가 마씨?] 아 게난 토지 집 짓기 전에 하여튼 이것을 A,B,C 그런 식으로 가져가지고 집은 자기 생각대로 집을 되수다게. [집 짓는 건 자기 마음대로?] 아 저, 결정허여서 집 짓는 거는 자유로. 거 구조는.

전부 지원 받아수다. 지원이 취락구조로 헤 가지고, 지원을 그때 너무 오래가지고 생각을 못 허겠는데, 하여튼 지원이 되수다. 땅값. [땅값도 지원해주고, 그러면 재료나 이런 것도 지원해주고?] 집 짓는 재료는 보조 헷는지 안 헷는지 모르쿠다. [공사비는 어떻게 지불 헤마씨?] 따로따로 집이 열여덟 챈데 다 별도로 마춰서 다 헤수다. 건축허는 사람이 [목수들이 따로따로 잇었구나예.] 예. 따로따로 허니까.

[선생님은 이 집 도면은 어떵 헹 헨마씨? 설계사무소 맞견 마씨? 이 집 구조는 어떵 만들언마씨?] 구조는 별 뭐. 허 헛. 목수가 곧는대로. 이건 이렇게 이렇게 헐걸로. [아, 목수분이 주관 해가지고?] 예.

[집을 자세히 보니까 모양이 똑 같은 게 아니고 조금씩 다 틀리더라고요.] 예. 틀려요. 위치상으로 [그러면 제각기 다 설계를 한건가요?] 예. [또 비슷한 집도 있던데 또 어떤 기준되는 도면이 있었던 건가요?] 아 그러니까 토지 집 짓기 전에 하여튼 이것을 A,B,C 그런 식으로 가져가지고 집은 자기 생각대로 집을 지었어요. [집 짓는 건 자기 마음대로?] 아 저, 결정해서 집 짓는 것은 자유로. 거 구조는.

전부 지원받았어요. 지원이 취락구조로 해 가지고, 지원을 그때 너무 오래되어서 생각이 잘 안 나는데, 하여튼 지원이 있었어요. 땅값. [땅값도 지원해주고, 그러면 재료나 이런 것도 지원해주고?] 집 짓는 재료는 보조했는지 안 했는지 모르겠어요. [공사비는 어떻게 지불했나요?] 따로따로 집이 열여덟 채인데 다 별도로 주문해서 했어요. 건축하는 사람이 [목수들이 따로따로 있었군요.] 예. 따로따로 하니까.

[선생님은 이 집 도면은 어떻게 마련한 거죠? 설계사무소에 맡기신 건가요? 이 집 구조는 어떻게 만드셨나요?] 구조는 별 뭐. 허 헛. 목수가 말하는 대로. 이건 이렇게 이렇게 할 걸로. [아, 목수분이 주관해서?] 예.

───── 박○○(1941년생, 남, 고산리) 2019년 07월 24일 채록

다만 오래된 기억이어서 그런지 행정관청에서 무엇을 지원하였는지는 기억을 하지 못한다고 하였다. 취락구조개선사업이라는 것이 행정관청에서 적극적으로 권장하였던 사업이었기 때문에 무언가 지원방식이 있었을 텐데, 거주자는 정확하게 기억하지 못하고 있었다.

고산의 취락구조 개선사업의 필지는 16개 필지였다고 한다. 또한 그 16개 필지의 주택의 모양새도 제각기 달랐다. 물론 세월이 지나면서 외장재를 보수하거나 변경하였을 것을 감안한다고 하여도 집의 기본구조는 남아있을 텐데 외관은 물론 층수도 다른 것을 감안한다면 전체적으로 통일된 평면구성을 하지는 않은 것으로 보인다. 이는 다음에 소개할 신창의 취락구조개선사업의 사례와는 다른 상황이라 할 것이다. 다만 박씨 집 공간구성의 경우 다음에 확인할 신창리의 김씨 집 평면구성과 닮아있는 것은 보급형 평면구성이 적용된 사례이거나 당시에 매우 선호하였던 평면구성일 것으로 여겨진다.

박씨 집의 경우에는 좌측에 방 두 개가 붙어있고, 오른쪽에는 큰방이 앞으로 있고, 후면에는 정지가 있었던 것으로 여겨진다. 지금의 공간구성은 물부엌과 화장실을 증축하면서 더불어 정지도 증축된 것으로 여겨진다.

전통적인 초집에서는 보통 제사를 큰 구들에서 지내기 마련인데 여기서는 좌측 전면에 있는 방을 제샛방이라고 하였고 큰방_{큰구들}을 정지 쪽에 있는 방이라고 하였다. 방의 개수가 늘어나면서 생활의 변화가 생긴 것은 이 제샛방을 별도로 지정하는 것이라고 할 수 있다. 이는 큰 구들이 제사를 지내는 공간이라는 것이 고정된 관념이 아니었다는 것을 보여주는 것이라고 할 수 있다.

반면 식사를 정지의 한쪽 비교적 넓은 공간에서 하였는데 이곳을 청방이라고 지칭하였다. 청방이라는 곳이 과연 식사를 하기 위해서 특별히 마련된 공간이라는 의미가 있는 것인지에 대해서는 이견이 있을 수 있지만 사용자에게 인지된 것은 식사하는 공간을 지칭하는 것이라는 점은 분명해 보인다. 이 집에서도 가운데 마루의 후면을 미서기문으로 구분하였던 흔적은 있지만 이곳을 청방이라고 하지는 않았다. 이 집에서는 이곳에서 식사를 하지 않았기 때문일 것이다.

제샛방과 물부엌의 등장은 제주살림집의 근대화과정에서 적극적으로 발생된 공간구조이다. 이는 취락구조개선사업에서 초집이 아닌 조적조의 새로운 주거양식에서 더욱 구체화 된다. 비록 보급형 평면에서 물부엌은 없었지만 부엌에 덧붙여 증축해서 만드는 것은 매우 일반화된 일이었다. 의장적으로도 이 집에서는 돌의 강인함을 전면에 내세웠다.

2) 신창

취락구조개선사업에서는 권장도면이 있었던 것으로 안다고 하였다. 그래서 많은 집들이 비슷한 평면과 공간구조를 하고 있지만 그것이 강제적인 것은 아니었기 때문에 집마다 조금씩은 다르게 지어지기도 하였다고 하였다.

신창에서는 취락구조사업을 위해서 고산으로 답사를 가기도 했다고 한

3M GRID

신창 700-6번지, 취락구조개선사업 사례

다. 그럼에도 불구하고 고산의 경우에는 주거형태가 매우 다양했는데 신창에서는 매우 비슷한 구조의 집들로 일련의 단지가 조성되었다.

나는 새마을 지도자로 당시에는 되나 십주게. [열한 개 땅이니까, 열한 명이 같이 한거마씨?] 예. 겐디 이젠 그때 당시에는 어린 아이들이 있어가지고. 요건 놀이터로 [아 그럼 열 명] 예. [아, 그럼 처음부터 열 가족이 시작 헌거마씨? 아니면 헐 때는 다섯이나 여섯이서 헷다가] 아니, 딴 사람도 이거 신청 헷당 빠져 분 사람들도 잇고. [그러면 교체 헌 마씨?] 예. [그럼 교체할 때는 지분만큼 돈을 또 내고마씨?] 네. 그건 둘이끼리 알아서. 이거 돈을 일단 사지 안 해수과. 바꿀 때는 그 사람이 자기꺼 팔아서. [그럼 취락지구 헐 때는 지원이나 무신거 나옵니까?] 지원은 이런 분할 헤주는 거라든지. 시멘트 지원. [시멘트 지원이 잇었고 예] 이런 집 짓는디 벽돌 같은 거 좀. 군(북제주군)에서 그때 직접 공장을 멘드라십주게. 싸게 공급으로 헤주고. [아, 군에서 공장을 만들어 마씨?] 예. 브르크. [아, 그럼 관급자재식으로 들어오겠구나 예.] 관급으로. [요 돌 같은 거는 어명 헤 마씨?] 이거는 자기가 또 석공 빌어가지고. 계약헤서 평당 이것도 얼마씩 헤가지고. 업자하고. [그러면, 이 집을, 열채지 예? 그러면 열채를 한꺼번에 다 지어수과? 한 목수가?] 아니, 목수는 각자가. 다 자기만씩. [그러면 집들도 자기만씩 다 틀리겠다 예] 쪼금씩 틀립주. 게난 원래 표준 뭐로 되고. [표준도면은 또 잇고마씨?] 그때 당시에 표준도면은 줘라 줫주게. 게난 저쪽에 스라브집은,

건 개인이 설계를 헤서 길가로 두개가 스라브집 입주게. [자기가 틀리게 허고 싶은 사람은 자기가 설계를 허고] 예. 설계 내엉고. 경안허믄 표준설계에 따라서 허는 거고. [표준설계는 군에서 제공허는 거고?] 예. [선생님네는 표준설계로 헌거?] 예. 표준설계대로 허십주. [표준설계에 이추룩 돌 붙이게 되어이서마씨?] 아니, 게난 돌은 내가 희망헤서 헷지. 이런 사진으로 된것만 허고. 외부적으로 돌을 허든 [아, 치장하는 거는 자기 맘대로?] 예. [그러면 취락구조 안에 잇는 집들은 대개 비슷은 허겠다예. 방 모양이나] 거의 비슷헙주.

나는 새마을 지도자로 당시에 활동했었지요. [열한 개 땅이니까, 열한 명이 같이한 건가요?] 예. 그런데 이젠 그때 당시에는 어린아이들이 있어서. 요건 놀이터로 [아 그럼 열 명] 예. [아, 그럼 처음부터 열 가족이 시작한 건가요? 아니면 시작할 때는 다섯이나 여섯이서 했다가] 아니, 딴 사람도 이거 신청했다가 빠져버린 사람들도 있고. [그러면 교체했나요?] 예. [그럼 교체할 때는 지분만큼 돈을 또 내는 건가요?] 네. 그건 둘이서 알아서. 이거 돈으로 일단 사지 않았나요. 바꿀 때는 그 사람이 자기 것을 팔아서. [그럼 취락지구 할 때는 지원이나 뭐 나옵니까?] 지원은 이런 분할 해주는 거라든지. 시멘트 지원. [시멘트 지원이 있었고요?] 이런 집 짓는데 벽돌 같은 거 좀. 군(북제주군)에서 그때 직접 공장을 만들었었죠. 싸게 공급해주고. [아, 군에서 공장을 만들었다구요?] 예. 블록. [아, 그럼 관급자재식으로 들어왔겠네요?] 관급으로. [요 돌 같은 거는 어떻게 한 건가요?] 이거는 자기가 또 석공 빌려가지고. 계약해서 평당 이것도 얼마씩 해가지고. 업자하고. [그러면, 이 집을, 열 채지요? 그러면 열 채를 한꺼번에 다 지었나요? 한 목수가?] 아니, 목수는 각자가. 다 자기 것만. [그러면 집들도 각각 다 틀리겠네요] 조금씩 틀리죠. 그러니까 원래 표준 뭐로 되고. [표준도면은 또 있었나요?] 그때 당시에 표준도면을 줬어요. 그러니까 저쪽에 슬래브집은, 그건 개인이 설계를 해서 길가로 두 개가 슬래브집이죠. [자기가 틀리게 하고 싶은 사람은 자기가 설계를 하고] 예. 설계를 주문해서 하고. 그렇지 않으면 표준설계에 따라서 하는 거고. [표준설계는 군에서 제공 하는 거고?] 예. [선생님네는 표준설계로 한 건가요?] 예. 표준설계대로 했지요. [표준설계에 이렇게 돌붙이게 되어있었나요?] 아니, 그러니까 돌은 내가 원해서 했지. 이런 사진으로 된 것만하고. 외부적으로 돌을 하든 [아, 치장하는 거는 자기 맘대로?] 예. [그러면 취락구조 안에 있는 집들은 대개 비슷하겠네요. 방 모양이나] 거의 비슷하죠.

───── 김○○(1949년생, 남, 신창리) 2019년 06월 20일 채록

신창에서 취락구조개선사업에 대한 논의가 시작된 것은 1978년 12월이었다. 정확한 날짜를 알 수 있는 것은 취락구조개선사업에 참여하였던 김씨의 기록이 있었기 때문이다.

신창리 김씨 집의 경우에는 초기의 취락구조개선사업으로 신축했을 당시 모습을 거의 유지하고 있다고 한다. 평면의 구조는 3칸의 초가집을 개량한 모습, 즉 수동에서 보았던 초가의 평면과 매우 유사하다. 정지는 뒤편에 있으면서 측면으로 출입하고 있었으며, 좌측에는 방 두 개가 나란히 붙어있는 구조이다. 특별히 새로이 추가된 공간이 있다고 하면 작은방의 뒤쪽으로 세면장이 시설되어있어서 목욕실로 사용되었다고 한다. 이때에도 화장실을 집안에 시설하는 것은 가능하지 않았던 것으로 여겨진다. 목욕실을 실내에 두면서도 화장실을 실내에 두지 못하는 것은 아직은 화장실 오수를 정화할 수 있는 여건이 되지 않았기 때문이었다. 신축할 당시에는 화장실은 여전히 돼지를 사육하는 통시의 형태를 길가 쪽으로 만들었다고 한다.

난방은 정지에서는 취사와 난방을 겸하는 부뚜막을 이용하였고, 측면의 두 개의 방은 연탄을 밀어 넣는 방식의 굴묵이 외벽에 만들어져 있었다. 지금은 사용하지 않으므로 굴묵을 막아놓은 상태이다.

[요 샤시 달고 헌 요거는 원래는 없이 영 비 안 맞는 걸로 이서나신디] 굴뚝으로 옛날엔 불 솔마그네 헤나십주게 [이 집도 불 솔망 헤난 집이꽈?] 헤나수다. [어디 보게마씨] 이젠 다 메와부니까 흔적이 어십주마씨게.

[요 섀시문 달고 한 이것은 원래는 없이 이렇게 비 안 맞는 것으로 있었는데] 굴뚝으로 옛날엔 불 피워서 했었지요. [이 집도 불 피워서 했던 집인가요?] 했었어요. [어디 보게 해주세요] 이젠 다 메워버려서 흔적이 없지요.

— 김○○(1949년생, 남, 신창리) 2019년 06월 20일 채록

이때 안방은 정지에 면한 방이 안방이었다. 맞은편 두 개의 방은 마당으로 향한 방은 자녀방이라고 하였고, 그 뒤편의 방은 제삿방이라고 하였다. 제사를 안방에서 지낸 것이 아니라, 제삿방에서 따로 지냈다는 것이다.

특이한 것은 마루의 뒤편을 미서기문으로 공간을 구분하였다는 것이다. 지금은 문짝을 다 떼어내어서 하나의 마루 공간처럼 여겨지지만, 김씨는 그 뒷공간을 청방이라고 말하였고 식사를 그곳에서 하였다고 하였다.

신창 취락구조개선사업 일지

취락구조개선사업에서 많이 채용된 것으로 여겨지는 김씨 집의 평면구성은 신창리 살림집의 독특함을 보여주는 것은 아닐 것이다. 하지만 마루 뒤의 공간을 청방이라고 하는 것은 주어진 공간구성을 거주자의 이해에 맞게 공간을 해석하는 태도라고 할 수 있다. 이는 주거공간의 연속성이 단지 물리적인 공간구성에만 있는 것이 아니라 그것을 해석하고 수용하는 거주자의 의식 속에서도 발생한다는 것을 의미한다.

> [문이 여기 잇어시민. 여기는 뭐마씨? 여기는 마루마씨?] 아니, 그때 당시엔 첨방 이렌 헤 이것이. 상 낭 밥먹는디 잇어나십주게. [아, 여기 첨방이라나수과?] 예. [그러면 첨방 바닥은 뭐마씨?] 그때는 마루.

'구들-상방-정지'라는 세 칸의 공간구성에 대한 생각은 제주도 전역에 존재한다. 게다가 정지가 뒤에 위치하고 전면에 구들을 두는 공간구성의 방식은 한경면에서 이미 익숙한 공간구성이다. 취락구조개선사업에서 많이 채용된 평면의 형태는 그러한 세 칸의 공간구성과 매우 유사하다는 점에서 새로운 주거형식으로 받아들이는 것이 어렵지 않았을 것으로 여겨진다.

의장적으로도 취락구조사업의 형태는 제주살림집의 역사에서 의미가 있어 보인다. 이 당시에 집의 외장재를 무엇으로 할 것인가 하는 점은 선택적인 문제였다고 한다. 이 때문에 건물의 외장은 사람들의 형편에 따라 다르게 할 수 있었다.

김씨의 경우에는 외장은 전부 돌을 사용하였고 내부 벽체는 블록을 사용하였다. 외기에 강할 것이라는 돌에 대한 믿음은 상당히 오래전부터 이어져 온 것으로 여겨진다. 초집에서의 축담으로 집을 보호하는 역할을 하여왔던 제주의 돌은 60년대 이후의 개량된 슬레이트집을 지으면서도 외벽으로 사용되었고, 1970년대와 1980년을 전후한 취락구조개선사업을 통한 새로운 주거양식에서 가장 즐겨 적용된 외장재였다.

이때는 돌을 쌓으면서 이미 몰탈이 사용되기 시작하였으며, 돌의 줄눈은 미장줄눈으로 하며 마치 외벽을 그물을 감싸놓은 듯한 무늬를 만들어갔다. 그것은 의장적인 것이 아니라 방수를 위한 기능적인 이유가 컸다.

지붕은 슬레이트 지붕을 하면서도 빗물받이를 위한 처마를 콘크리트 구조로 만들었다. 빗물받이를 겸한 콘크리트 처마는 전면에 두 개의 굴뚝과 어우러져서 독특한 입면을 구성하게 되었는데 이러한 입면은 제주 전역에서 찾을 수 있을 만큼 상당히 널리 유행되었다.

고산이나 신창의 취락구조개선사업의 경우에는 아직 기단이 만들어지지 않았다. 제주에서는 강수량이 많아서 비가 많이 오는 날에는 마당에 비가 고이는 것이 큰 걱정이었다. 게다가 마당의 흙으로 집을 지었던 초집의 경우에는 마당이 주변보다 낮아져서 빗물이 고이기가 더 쉬웠다. 그런 것을 고려한다면 새로운 양식의 집을 지을 때는 바로 높은 기단을 만들 것 같은데 초기에는 그러지 못했던 모양이다.

자. 살림집에서 나타나는 미적 태도

집은 주생활을 위한 배경이기도 하지만, 인류문화의 중요한 산물이면서 거주자의 미적 취향과 개성을 드러내는 산물이기도 하다. 공동체의 산물이었던 초가에서는 투박하지만 민초들의 손때가 묻어있는 정감이 가는 미적인 산물이 나타나기도 한다. 건축사가 개입되지 않은 민초들의 살림집에서 그러한 미적인 태도를 찾아보는 것은 어렵지 않다. 그것은 매우 흔하고 다양하게 포진되어있을 뿐 아니라, 최근의 건축사의 작위적인 건물에서는 느낄 수 없는 풍부한 감성을 느낄 수 있다. 그것은 마치 오랫동안 전수되어 만들어지고 다듬어져 왔던 민속물에서 보는 그러한 깊은 맛이라고 할 수 있다.

흙집에서 볼 수 있는 창꼼은 기술적으로는 아주 단순한 구멍에 불과하

축담에 만들어진 창꼼과 창꼼을 이용해서 디자인을 추구한 사례

지만 마을 사람들이 수눌음을 통해서 집을 지을 당시에 기술자들의 손을 빌리지 않고 환기구를 만드는 태도이다. 이러한 창꼼이 보여주는 소박한 미학은 기술자들의 손에서는 나오기 어려운 독특한 감각을 보여주기도 한다.

이러한 마을공동체의 수눌음에 의한 건축에서 1950년대의 혼란기를 거쳐 점차 우리의 집에는 많은 부분들이 기술자에 의해 다루어지게 된다. 기술자의 건축으로 넘어가는 과정에서 초기의 기술자들은 때로는 단순하고 기능적인 모습으로 집을 만들기도 하고 때로는 나름대로의 장식을 넣는 방법으로 디자인을 추구하기도 한다.

초기 굴뚝을 만드는 다양한 태도,
제주의 초가에 원래 없었던 굴뚝이 초기에는 아주 단순하고 기능적인 모습으로 등장하기도 하고 세련된 무언가를 표현하고자 하는 의지들이 반영되기도 한다

위와 같은 굴뚝뿐만이 아니라 지붕과 담장 그리고 문살 등 많은 부분에서 초기 장인들에 의한 소박하면서 나름대로의 개성이 발현되는 디자인들은 다양하게 등장한다. 꽃무늬 장식처럼 구상적인 형태에서부터 기하학적인 패턴을 넣는 방식처럼 그 형태도 다양하다. 이러한 기술자들의 모습이 지역적인 정서가 담긴 집을 통해서 드러나게 되는 것은 아닌지 모르겠다.

공동체의 수눌음에 의해서 만들어지는 집의 구축방식은 사라졌지만 거

집의 외관에 드러나는 다양한 표현들이 모여서 그 지역의 마을풍경을 만들어낸다

리에 얼굴을 내세우는 집의 모습에는 우리의 집이 단순히 개인의 사유물에 머무르지 않는다는 전통적인 가치를 찾아볼 수 있다. 같이 집을 이루는 과정은 사라졌어도 공동체적인 삶의 현장 속에서는 이웃에게 비치는 집의 모습을 단정하게 만들려는 미적인 시도가 이루어진다.

차. 집의 의미

생활문화로 보는 살림집은 삶을 영위하기 위한 필수적인 사물이면서 단순한 개인적 민속물과는 차원이 다른 의미가 있다. 집이 가지고 있는 민속적인 가치와 사회적인 가치 그리고 현대화되면서 더욱 중요시되는 재산적인 가치와 더불어 미적인 가치가 복합적으로 어우러진 문화적 산물이다. 이를 한가지의 차원과 한가지의 관점으로만 바라보는 것은 집이 가지는 이러한 복합적인 가치를 간과할 수 있다. 이 때문에 어떤 면에서는 삶의 배경으로서 또 어떤 면에서는 경제적 관점에서 또 어떤 면에서는 미적인 관점에서 바라보는 시각이 동시에 필요하다.

집을 공동체적 산물이라는 측면에서 보면 사회적 결속력을 강화하는 배경이 되기도 한다. 집을 하나 만드는 과정을 통해서 마을 사람들은 모든 이해관계를 버리고 하나의 공동체를 직접적으로 실현하게 된다. 온 동네 사람들이 서로 삼촌과 조카라는 호칭으로 통하는 제주의 전통사회에서의 집은 이러한 같이 집 만드는 과정에서 얻어지는 관계의 표현인 것이다.

집을 통한 공동체적 관계를 만들어내는 것은 흙이라는 소재라는 것이 매우 중요한 의미를 갖는다. 특별한 기술이 요하는 것은 아니지만 매우 많은 인력이 필요한 흙과 물을 통해 이루어지는 집짓는 과정은 특별한 요청이 없어도 서로가 도와서 만들 수밖에 없는 묵언의 연계를 이루고 있는 것이었다.

주거사의 측면에서 본다면 현대의 개인적인 사회는 이러한 상호의 도움이 없이도 집을 짓는 것이 가능한 사회시스템으로의 전환에 기인한다. 집을 구축하는 새로운 시스템은 두 가지의 변화에 기인한다.

하나는 기술자에 의한 방식으로의 집짓기의 전환이다. 흙과 새로 짓는 것과는 달리 돌과 벽돌 그리고 시멘트몰탈로 만드는 새로운 집은 이웃의 협력이 필요한 것이 아니라 그 분야의 기술자가 필요한 것이었다. 이웃의 협력이 필요하지 않은 구축의 시스템은 견고하였던 마을공동체를 약화시키는 하나의 과정으로 작용하였다.

두 번째는 자본력에 의존한 집짓기로의 전환이다. 집을 짓는다기보다는 구입한다는 표현이 맞을 것으로 여겨지는 이러한 방식은 집을 짓는 과정이 갖고 있던 의미를 더욱 약화시켰다. 돌과 흙을 켜켜이 쌓아 올리는 손때가 묻은 방식은 구매가 편리한 공장생산제품으로 대체되고 있다.

그럼에도 불구하고 여전히 주거공간이 가지는 가치는 여전하다. 주거공간을 통해 삶의 모습을 드러내는 방식은 예전이나 지금이나 다양한 모습으로 나타난다. 구축에 있어서의 기술적인 방식이 바뀌었다고 해도 살림집을 통해 삶의 모습을 드러내는 일은 여전히 일어나고 있는 우리의 모습이다.

공동체의 수눌음으로 집을 짓지 않는 현대사회에서는 공동체의 결속을 위한 공공장소가 필요하다

개인화가 진행되었던 우리의 사회가 최근에 다시 공동체의 중요성이 부각되기 시작하였다. 마을 만들기의 주안점은 시각적인 환경개선의 관점이 아니라 주민의 연대를 강화하는 방향으로 진행되고 있다. 그러한 의미에서 과거의 주거환경을 공동체의 힘으로 이루어냈던 과정에 주목할 필요가 있다. 우리 사회의 연대를 강화하고 이웃과의 관계가 끈끈하게 이어지기 위해서는 이러한 과정 속에서 이루어지는 사회적 연대에 관심을 가져야 할 것이다.

참고문헌

* 김태일, 「제주 근대건축 산책」, 루아크, 2018.
* 김홍식 외1, 「제주도의 건축」, 「제주도 문화재 및 유적 종합조사보고서」, 제주도, 1973.
* 신석하 외, 「제주의 민속 IV」, 제주도, 1996.

03

봉개동
살림집

03 봉개동 살림집

1. 시작하며

　제주에서 중산간마을의 주생활을 살펴본다는 것은 다른 지역의 주생활 연구와는 다른 의미가 있다. 봉개와 같은 중산간 마을의 주생활은 시간적으로 4·3사건 이후인 1950년대 중반 이후로 한정할 수밖에 없다. 1948년 발생한 4·3사건으로 인해 봉개와 같은 제주의 중산간마을에서는 그 이전의 주생활을 알려주는 물질적인 자료들이 거의 사라졌다. 이어서 일어난 한국전쟁은 고향을 떠나야 했던 봉개마을 사람들을 더욱 돌아오기 어려운 환경으로 만들었고, 1954년 9월 금족령禁足令이 해제된 이후에야 조금씩 고향으로 돌아올 수 있었다. 처음 봉개로 돌아온 봉개마을 사람들은 함바집이라고 하는 내부 칸막이도 없는 막살이집을 지어서 임시 거처로 삼아 두 세대 정도가 같이 생활하였다.

　한두 채씩 나름대로 격식을 갖춘 집을 지으면서 고향에 정착하기 시작한 것은 1960년을 전후한 일이다. 그래서 용강과 회천, 명도암을 포함하여 봉개동의 집들은 아무리 오래되었다고 하여도 70년 이상 된 집을 찾기는 어렵다. 이 때문에 초가집이라고 하여도 소위 전통사회에서 이어진 초가집과는 건축 배경이 다르다고 할 수 있다. 그럼에도 불구하고 1960년대는 여전히 전통적인 삶의 의식이 남아있던 시기였다. 이러한 시대적 배경 속에서 지어진 봉개의 집들에서는 전통적인 삶과 근대적인 삶의 과도기적 모습을 발견할 수 있다.

2. 집짓기

　전통적인 마을 공동체에서 집을 짓는다는 것은 기술자의 공력보다는 이웃의 조력이 중요한 여건이었다. 집을 짓기 위해서 기술자는 나무를 자르고 깎을 수 있는 목수가 거의 전부였다. 그나마 목수라고 해도 세련된 전문기술자이기보다는 그 마을에서 나무를 잘 다룬다고 인정되는 사람이었다.

　1960년대에는 집도 부족하였지만 집을 짓기 위한 목재 역시 부족하였다. 아름드리나무가 많았다는 제주에는 일제강점기를 지나면서 목재로 쓸 만한 나무들이 점차 줄어들었고, 이후 4·3과 한국전쟁과 같은 불안한 사회를 거치면서 산에 올라가는 것뿐 아니라 나무를 베는 것은 엄격하게 금지되었다.

　벌목이 금지되었던 시기에 집을 짓기 위해 산에 있는 나무를 베어 재목을 구하는 일은 하루 이틀에 대놓고 할 수 있는 일이 아니라 오랜 시간에 걸쳐 몰래 해야 하는 일이었다. 그래서 목재를 구하기 위해서는 산림을 감시하는 영선소 직원이 산으로 출근하기 전인 새벽에 나무를 베어놓고 근처에 마무리하여 숨겨놓아야 했다.

　　[나무는 보통 어디서 끊언 마씸?] 자오리. 변을락. 저기 안테나이신디 잇지 안허꽈? 그 근방에 강 끊어왓주. [나무도 감시가 있어서 몰래 끊었다고 하던데?] 아구. 영림소라고 헤가지고. 잘도 얼마나 헷다고. (웃음) [그러면 나무를 끊어그네 산에 놔뒀당?] 나뒀당. 노동력 잇는 사람은 마차로 헤가지고, 찰마차 잇잖아요. 찰마차로 헤그네 허고. 그렇지않으면 다 등으로 지어그네. 등짐으로 지어그넹에. [삼춘도 등짐으로 지어수과?] 나도 등짐으로 지어나서. 어린 때주마는. [아니, 나무가 꽤 무거울건디 등짐으로? 그러면 하나씩들?] 하나씩. 게난 거기서 낭 두개 끊어그넹에. 하나 지영그넹에 어느정도 왕 부려뒁. 또 끊은거 강 지영. 그것이 등냉기엔 허여. 등냉기.

　　[나무는 보통 어디서 베어 오나요?] 자오리. 변을락. 저기 안테나 있는데 있잖습니까? 그 근방에 가서 베어왔지요. [나무도 감시가 있어서 몰래 베었다고 하던데?] 아구. 영림소라고 해가지고. 얼마나 대단했다고. (웃음) [그러면 나무를 베어서는 산에 두었

다가.] 두었다가. 노동력 있는 사람은 마차로 해가지고, 찰마차 있잖아요. 찰마차로 해가
지고 하고. 그렇지 않으면 다 등으로 지어서. 등짐으로 지어서. [삼촌도 등짐으로 지었
나요?] 나도 등짐으로 지었어. 어렸을 때였지만. [아니, 나무가 꽤 무거웠을 텐데 등짐으
로? 그러면 하나씩?] 하나씩. 그러니까 거기서 나무 두 개 베어서. 하나 지어서 어느 정
도 와서 내려두고. 또 벤 것을 가서 지어서. 그것을 등냉기라고 해. 등냉기.

강○○(1947년생, 남, 용강동) 2020년 06월 08일 채록

열다섯의 나이에 큰 톱을 들고 깜깜한 밤길을 올라 나무를 베는 일은 상
상하기 어렵지만 그리하지 않을 수 없는 시절이었다. 그렇게 베어낸 나무는
영선소 직원의 눈을 피하기 위해서 그 자리에 눕혀서 숨겨놓고 빈 몸으로 일
단 내려왔다. 그러고 나서 베어낸 나무를 가지고 내려오는 일은 다시 영선소
직원이 퇴근한 이후에야 할 수 있었다. 밤이 되어서 나무를 등짐으로 하나
씩 날라오다가 힘이 부치면 중간에 숨겨두었다가 그다음 날 다시 지어오기
도 하였다. 이를 '등냉기'라고 했다. 마치 올빼미가 밤중에 이동하는 것처럼
해야 하는 일이었다. 집을 짓는 일보다도 재목을 구하는 일이 더 많은 시간
을 요하는 일이었다.

이렇게 모은 목재는 또 남의 눈에 띄지 않도록 양애[1]와 같은 것으로 덮
어서 숨겨두어야 했다. 집을 짓기 위해서는 마치 범죄자라도 되는 것처럼 이
런저런 눈치를 보아야 했는데, 이런 식으로 재목을 모으는 일부터가 아주
오랜 시간을 두고 조심스럽게 준비를 해야 하는 일이었다. 재목이 어느 정도
모이면 목수를 불러 치목을 하게 된다. 나무를 적당한 크기로 자르고 네모
지게 다듬는 일은 손톱과 자귀로 하였다. 이러한 치목을 목수가 마치고 나
면 운수에 좋은 날을 받아서 집을 짓기를 결정한다.

---

1 양하 [襄荷] : 아시아 열대 지방을 원산지로 둔 생강과의 여러해살이풀이다. 국내에서는 전국 산지나 들에
서 접할 수 있는 식물이며 그중 남부지방과 제주도에서 특히 즐겨먹는 채소이다. 제주도에서는 '양왜', '양
애'라고 부르며, 전남지방에서는 '양해'라고도 한다. [네이버 지식백과] 양하 [襄荷] (두산백과)

전통사회에서 집을 짓는 일은 혼자서 할 수 있는 일이 아니라 온 동네 사람들이 다 같이 하는 일이었다. 남의 손을 빌리지 않고 혼자 집을 짓는 것은 상상하기 어렵다. 목재와 새茅가 준비되면 주인의 운세를 따라 집을 짓는 날을 받는다. 집을 짓는 날과 방향은 정시를 빌어서 정하기도 하고 때로는 스스로 정하기도 한다. 집을 짓기로 한 날이 정해지면 동네 사람들에게 미리 알리고 도움을 청한다. 그리고 그 날이 되면 온 동네 사람들이 모여 집짓기의 주요 공정을 아침부터 저녁까지 일사불란하게 진행한다.

[그럼 보통 초가(草家) 한 채 짓젠허면 몇 개월 걸려마씸?] 아이, 게난 경허며는 동네 사람들 누구네 집진다. 며칟날 집 진다허며는. 동네사람들이 다 모여들어그네 그네게 하루 봉사 헤주는 거지. 거기서 목수허여그네게 대충 집이니까. 담 다와가멍 흙질 헤그네게. 저 흙 싸으멍. 돌싸고 흙싸고 헤그네게. 그날 하루에 집 지어가지고 조만한 집은 사람 그날 밤은 거기서 자요. [하루에?] 예. [그러면 문 같은 거는 못 달겠다 예?] 문 같은건 안되고게. [그럼 벽하고 지붕만 만들어놓고?] 응. [밑에 바닥은?] 바닥은 흙이니까 나중에. 일단 집이 없으니까.

[그럼 보통 초가(草家) 한 채 지으려면 몇 개월 걸리나요?] 아이, 그러니까 그러면 동네 사람들이 누구네 집을 짓는다, 며칟날에 집을 짓는다 하면. 동네 사람들이 다 모여들어서 하루 봉사해주는 거지. 거기서 목수 불러서 대충 짓는 집이니까. 담쌓아 가면서 흙질하면서. 저 흙 쌓으면서. 돌 쌓고 흙 쌓고 해서. 그날 하루에 집 지어가지고 조그만 집은 사람 그 날 밤은 거기서 자요. [하루에?] 예. [그러면 문 같은 것은 못 달겠네요?] 문 같은 건 안 되고. [그럼 벽하고 지붕만 만들어놓고?] 응. [밑에 바닥은?] 바닥은 흙이니까 나중에. 일단 집이 없으니까.

— 강ㅇㅇ(1947년생, 남, 용강동) 2020년 06월 08일 채록

아무리 간단한 집이라고 하더라도 하루 만에 집이 지어진다는 것은 참으로 놀라운 일이다. 최소한 지붕과 벽을 만드는 작업은 동네 사람들이 모여

서 하루 혹은 이틀 만에 다 끝냈다고 한다. 우선 집이 놓일 자리에 터를 고르면서 집이 놓일 자리 안에서 흙을 구하기도 하고 마당 주변에서 흙을 파내 흙질을 할 준비를 한다. 방바닥의 구들돌 사이를 메우는 흙은 멀리서라도 좋은 흙을 구해서 했지만 벽과 지붕에 올리는 흙은 대부분 집 짓는 터 안에서 구했다. 먼저 목수가 기초를 놓고 기둥과 지붕의 뼈대를 만들어서 상량을 한 후 지붕에는 서리와 서슬을 걸어 마무리하고 마을 사람들은 마당에서 판 흙과 보릿짚을 물에 개어서 흙질을 한다.

흙질은 지금으로 치면 시멘트모르터를 만드는 일과 같은 것인데, 집을 짓는 가장 중요한 재료를 만드는 일이다. 흙을 반죽하는 일은 힘이 많이 드는 것으로 흙꾼의 역할을 하는 사람은 동네에서 힘깨나 쓰는 남자들로 선발되었다. 그리고 동네 여성들은 마을 내에 있는 물통에서 물을 허벅으로 길어서 마당에 부어주는 일을 하였다. 이를 '물부주'라 한다. 더구나 봉개와 같은 중산간마을에서는 물이 귀해서 여성들의 물 부주는 집을 짓는데 매우 중요한 일이었다.

점심때가 되면 주인은 집짓기에 참여한 동네 사람들에게 식사를 대접하는데 이를 특별히 '흙질밥'이라고 하였다. 쌀이 귀하던 시절이었지만 흙질밥은 보리쌀에 흰쌀을 섞고 팥을 넣어 만들었다. 이런 힘든 노동 중에 하는 특별한 식사는 참가자들에게는 오래 기억에 남았을 것이다.

이렇게 만들어 점성이 높은 흙은 축구공처럼 둥그렇게 만들어서 지붕 위의 일꾼에게 던져준다. 이렇게 지붕의 서슬 위에 덮는 흙을 고대흙이라고 한다. 고대흙을 눌러서 바르면 흙물이 서슬 아래로 삐지어 나오는데, 아래에서는 그것을 손으로 미끈하게 문질러줘야 한다. 고대흙을 다 덮고 나면 어욱을 먼저 깔고 그 위로 새를 덮는다. 새는 기와처럼 아래부터 깔아서 위로 올라가면서 덮어야 한다. 이 새를 잘 펴야 비가 새지 않고 빗물이 잘 흘러내리는데, 새를 펴는 것을 맨발로 하기 때문에 이 일을 잘하면 '발세_{발씨}'가 좋다고 한다.[2] 손으로 무언가를 잘 만드는 이는 '솜씨솜씨'가 좋다고 하는 것처럼 발로 하는 재주가 좋다는 의미이다. 이렇게 새를 덮고 나서 집줄을 맨다.

집줄 역시 아래쪽에서부터 매어오기 시작하는데, 원칙이 있는 것은 아니지만 대개는 짧은 줄을 먼저 서너 줄 매고 나서 긴 줄을 서너 줄을 매고 다음에 짧은 줄과 긴 줄을 교대로 매다가 짧은 줄로 마무리한다. 이렇게 지붕을 덮고 있는 동안 아래에서는 벽체에 흙질을 한다. 벽체에는 주로 '수리대'를 이용해서 벽선 사이에 격자 모양의 뼈대를 만들게 된다. 집 주변에 수리대를 많이 심었던 이유는 평소에 그것을 이용해서 만들 수 있는 살림살이도 많았지만 집을 짓거나 보수할 때도 매우 요긴하였기 때문이다. 살림에 여유가 있는 집의 경우에는 벽체의 하부에는 빈지널을 두어 흙벽이 아닌 목재판벽을 만들었다. 그렇지 않고 전체를 흙벽으로 하는 경우도 많았다.

이런 식으로 지붕을 만들고 벽체를 만드는 일이 거의 하루 만에 끝마치게 된다. 그 당시에는 아침에 집을 짓기 시작하면 저녁에는 그 집에서 잠을 잘 수 있었다. 그렇다고 집이 완성된 것은 아니다. 그렇게 만들어진 집의 바닥은 아무런 작업이 되지 않은 기존의 흙바닥이었고, 문은 달리지 않은 상태였다. 구들을 놓는 것도 그 이후에 하였다고 한다. 그런 집에서 살면서 마루를 놓고 문을 다는 것은 목수를 불러 서서히 공사를 하면서 집을 완성하게 된다.

이런 집짓기 과정을 간단하게 정리하면, 준비를 길게 하고, 집은 빨리 짓고, 마무리를 다시 길게 하는 것이 전통사회에서의 집 짓는 방식이었다.

> 누구네 집 헌단 허며는 그 식구 다 가는 거여. 다 가민 처녀 총각들 장난도 붙여 그네게 (웃음) '흙 던지멍 장난도 허곡게.' 흙질굿 막 허며는 여자들 물허벅 질어오면 흙질더래 빠져댄헨 깊이 파그네게 그디 흙 메와그네게 그리 밀려불민 자빠지곡 허멍. 경 허멍 웃음 찾앙.

2   강영봉, 「물매」, 『제주건축 vol.18』, 제주특별자치도건축사회, 2020.

누구네 집 짓는다고 하면 식구들이 다 가요. 다 가면 처녀 총각들 장난도 하고 (웃음) '흙 던지면서 장난도 하고.' 흙질굿 막 하면 여자들이 물을 길어오면 흙질하는 곳에 빠지라고 깊이 파서 거기 흙 메워가지고 거기로 밀면 자빠지고 하면서 그렇게 웃고 그랬어.

— 고○○(1949년생, 남, 봉개동) 2020년 06월 08일 채록

집을 짓는 것은 동네에서는 축제와 같은 것이었다. 이렇게 만들어진 집은 돈으로 살 수 있는 물건과는 전혀 다른 의미가 있었다. 집짓기를 통해서 마을 공동체의 관계가 돈독해지는 제주인들의 수눌음 정신을 이해하게 된다.

3. 집

가. 세칸집

서회천 세 칸 초가집, 정지를 측면으로 출입하는 구조이며, 작은구들은 낭간까지 공간이 확장되었다

서회천에 세 칸 초가가 한 채 남아있다. 세 칸 초가는 전면에 큰구들-마루-작은구들로 구성되어있고, 큰구들 뒤로는 고팡이, 작은구들 뒤로는 정지가 있는 구성이다. 정지출입을 측면으로 하는 이러한 세 칸 초가의 평면

은 제주초가의 가장 기본적인 형태이다. 작은구들 안에 기둥이 노출된 위치로 전면에 있던 낭간과 측면 굴묵을 확장하여 방을 늘린 것으로 추정된다. 낭간과 굴묵을 없애고 실내공간을 확장하는 것은 1960년대에 많이 있었던 것으로 보인다. 다만 처음부터 확장된 상태로 집을 지은 것인지 사용하던 중에 확장된 것인지는 확인할 수 없다.

용강동 1306-2번지 세칸집. 정지가 옆으로 출입하는 구조이며, 작은구들에는 낭간이 없이 크게 만들어져 있다

용강동에는 초가는 아니지만 1962년에 준공되어진 세 칸의 양철지붕집이 있다. 노출된 상량판을 통해서 1962년에 지어진 것을 확인할 수 있었다. 용강동에서도 금족령이 해제된 이후 상당히 일찍 지어진 집이라고 할 수 있다. 현재도 벽체뿐만 아니라 지붕까지 흙을 덮은 것으로 보아 처음에는 초가집이었다가 지붕을 개량했을 개연성이 높다. 다만 시기적으로 보아 전통적인 방식이 아닌 개량된 방식으로 집을 지었을 가능성이 크다.

왼쪽: 전통적인 대들보 구조 / 오른쪽: 용강동 세칸집의 지붕틀 구조

이 집의 상방에는 전통방식의 우물마루가 아닌 장마루의 형태로 마루가 깔려있다. 마루널을 까는 방식에서 편리성을 따라가는 것을 볼 수 있다. 그리고 지붕 도리를 받치는 지붕틀의 구조 역시 전통적인 대들보와 종보에 의한 형태가 아닌 단순화하여 변형된 모습을 하고 있었다. 이러한 지붕틀 구조의 변화는 일제강점기에 외부의 목구조 구법의 영향에 의한 것으로 추정된다. 이러한 형태는 삼도동 지역의 고가古家에서 다수 확인할 수 있다. 주목할 것은 대개 흙바닥인 고팡에까지 마루널을 깐 것으로 보아 세칸집이면서도 형편이 나쁘지 않은 집이었다고 여겨진다. 역시 큰구들 뒤로 고팡이 있고, 작은구들 뒤로는 정지가 있는 기본적인 평면구성은 서회천의 세 칸 초가와 같다. 다만 이 집에서는 굴묵의 형태는 간략화되었으나 낭간의 형태는 유지되고 있다.

작은방은 정지에서 난방을 하였고 큰구들은 측면에 입구를 만들어 굴묵을 이용해서 난방을 하였다. 재목은 산에서 구한 자연재와 가공된 제재목을 혼용하였는데 제재목의 비중이 높았다. 전면 낭간 앞에는 목재 미서기문이 있었던 흔적이 보인다. 낭간이 유지되고는 있으나 미서기문을 달아서 낭간 공간을 실내로 편입하고 굴묵을 확장하여 실내공간을 넓게 사용하려고 했던 의도가 보인다. 이러한 정황들은 60년대 초반의 흙집에서 이미 근대적 의미의 공간개조가 이루어지고 있었음을 보여주는 것이다.

나. 네칸집

봉개동에는 네 칸인 초가가 한 채 남아있다. 회천동에 있는 세 칸의 초가와 더불어 봉개동 민가의 전통적 유형과 변형과정을 이해할 수 있는 자료이다. 먼저 초가의 공간구성을 살펴보면, 우측으로 큰구들과 고팡이 한 칸을 차지하고, 다음으로 마루 공간이 있고, 좌측으로 앞쪽에 작은구들이 있고 뒤쪽으로 쳇방이 있으며 쳇방을 통해서 마지막 칸인 정지로 연결되는 구

봉개동 1943-3번지,
네 칸 초가집. 전통적인 대들보 지붕틀 구조를 하고 있다

조이다. 이렇게 후면에 쳇방을 두고 있는 네 칸 초가의 공간구성은 모슬포, 한경 등지에서도 많이 볼 수 있는 구조이다. 봉개에서 이러한 평면구성을 볼 수 있다는 것은 이 유형이 제주도에 상당히 넓게 펴져 있는 보편성을 갖고 있는 공간구성이라는 것을 보여주는 것이다.

이 집 역시 실내공간을 넓히기 위한 공간적 변형이 있었다. 큰구들의 전면 낭간과 오른쪽 축담 안에 있던 굴묵 공간을 없애고 큰구들을 넓혔다. 지금의 발코니를 확장하여 내부공간을 키운 태도와 비교 할 수 있을 것이다. 또한 고팡을 고쳐서 방으로 만들었다. 고팡을 방으로 만드는 것은 1960년대에 흔히 확인 할 수 있는 일로 근대화의 과정에서 방의 개수를 손쉽게 늘릴 수 있는 방편이었을 것으로 여겨진다. 방의 개수를 늘리려고 하는 변형과 방의 크기를 늘리려고 하는 변형의 과정을 이 시기에서는 자주 확인 할 수 있다.

반면에 쳇방의 경우에는 공간변형이 더욱 특이한데 마루에서 통하는 문을 폐쇄하고 작은구들과 연결하여 방의 크기를 키웠다. 마루로 통한 문의 흔적으로 보아 애초의 집에서는 쳇방이 마루로 연결되고 작은구들과는 구분되어져 있었던 것은 분명하다. 쳇방도 독립적인 방으로 만들 수 있었음에도 불구하고 작은구들과 연결하여 방의 크기를 키운 것은 단순히 방의 개수를 늘리는 것보다 방의 크기를 크게 하는 것이 유리했던 이유가 있었을 것이다. 이러한 경향은 다음에 소개하는 봉개동 1525-1번지 집에서도 확인된다.

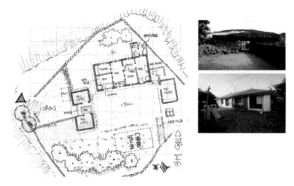

봉개동 1525-1번지, 첫낭가름 네칸집. 이문간과 올레가 여유롭다

　봉개동에 있는 또 다른 네칸집의 경우도 현재 외형은 초가는 아니지만 건축주의 증언을 토대로 볼 때 초가집에서 출발한 것임을 알 수 있었다. 여기에서도 큰구들의 낭간과 굴묵을 확장하였고, 고팡을 방으로 만들고, 더욱이 쳇방을 작은방과 터서 공간을 확장하는 것까지도 앞서 소개한 봉개동 네칸 초가집과 거의 똑같은 방식으로 변형이 이루어졌다. 쳇방을 독립적인 방으로 만들어 방의 수를 늘릴 수 있었는데 왜 작은방과 합쳐서 커다란 하나의 방을 만들었을까. 그것은 아마도 방의 수를 늘리는 것보다는 아이들 방의 성격상 방을 크게 하여 여럿이 사용하기 편리하도록 하려는 생각이었을 것이다. 정지로 들락거리는 통로에 있는 큰방은 프라이버시 면에서는 불편해 보이지만 놀기 좋아하는 아이들 방으로는 제격이었을 것이다. 물론 다른 집에서는 쳇방을 독립적인 방으로 만드는 경우도 확인된다. 이렇게 쳇방과 작은방을 터서 큰방을 만드는 경향과 쳇방을 독립적인 방으로 만들어서 방의 수를 늘리는 경향은 비슷한 시기에 형편과 필요에 따라 이루어진 듯하다.

　동회천의 네칸집도 초가집을 개량한 슬레이트집이다. 역시 후면으로 쳇방이 있는 네 칸의 공간구성은 앞서 소개한 봉개동의 초가와 구조가 동일하다. 다만 이 집에서는 쳇방을 전면의 작은구들자녀방과 터서 방을 크게 사용한 것이 아니라, 문을 달고 독립적인 방으로 사용하고 있다. 특이한 점은 큰

회천동 1341-1번지, 동회천 네칸집, 정지 쪽에 고팡이 만들어진 공간변화가 보인다

구들 뒤에 있어야 할 고팡 자리에는 방을 만든 대신에 부엌에는 따로 고팡이 만들어져 있다는 점이다. 고팡이 큰구들에 면해야 한다는 원칙을 깨고 부엌에 고팡을 만든 것이다. 이 집은 애초에 지금의 주인이 건축한 것이 아니어서 고팡이 후에 개조되어 만들어진 것인지 애초부터 부엌에 만들어진 것인지 명확하지 않으나 공간 구획의 크기로 보아서는 애초에는 큰구들 뒤에 고팡이 있었던 것으로 추정된다. 이후 집을 개조하는 과정에서 원래의 고팡을 방으로 개조하고 부엌 쪽으로 고팡을 만든 것으로 추정된다. 이러한 고팡 공간의 변화는 종종 감지할 수 있다. 이는 초가의 공간구성이 기능적인 이유로 변형되고 있음을 보여주는 것이다.

용강동 1326번지, 네칸집, 공간을 분할하여 방의 숫자를 늘리고 있음을 볼 수 있다

용강동에서는 정지에 고팡이 아닌 방을 추가로 만든 네칸집을 볼 수 있다. 여기서는 방의 개수를 늘리려는 욕구가 더욱 구체화되고 있는 것이다. 용강동 1326번지에서는 챗방과 작은방을 합쳐서 방을 크게 만드는 것이 아니라 챗방을 독립된 방으로 만들어서 방의 개수를 늘렸다. 게다가 마루의 뒤편 공간으로도 미서기문을 이용하여 방을 추가하였다. 방의 개수를 늘리려는 의도는 정지공간을 나누어서 방을 만든 점에서 더욱 두드러진다. 원래 정지는 마당 전면으로 출입하게 되어 있었는데, 정지의 출입문을 뒤로 만들고 앞쪽으로는 정지에서 드나들 수 있는 방을 만들었다. 이렇게 해서 만들어진 방의 개수는 모두 6개나 된다. 게다가 이문간에도 별도의 독립적인 방을 만들어서 침실로 쓸 수 있는 방이 7개가 되었다. 봉개동에서는 방의 개수를 늘리기보다는 방의 크기를 크게 하는 방향으로 개조가 이루어지는 것을 보았는데 이 경우에는 방의 개수를 늘리는 쪽으로 공간이 세분화되었다. 형제가 7남매인 대가족을 이루면서 성장해가는 아이들을 위해서 점차 필요한 개별적인 공간을 만들어갔던 것으로 보인다.

용강동 1533-1번지 네칸집,
고팡을 방으로 하고 챗방은 부엌 개조와 더불어 식당 공간이 되었다

용강동의 또 다른 네칸집의 경우도 챗방이 후면에 있는 평면구성으로 애초에는 앞서 봉개동에 소개한 집들과 동일한 공간구조를 가지고 있었다.

이 집에서 내부공간의 변용은 주방의 기능적인 편리성을 따라 이루어진 것이 두드러진다. 쳇방과 정지공간을 이어서 입식주방을 만들고, 반면에 정지 안쪽으로 다시 방을 만들었다. 정지 안쪽에 있는 방은 부엌살림을 위한 공간으로 현재의 보조주방처럼 쓰인 것으로 보이나 전통적인 공간구성을 따른다면 고팡 공간이 정지 쪽으로 만들어진 것으로 볼 수 있다. 쳇방의 위치에 식탁을 두고 입식주방을 만든 것은 지금의 아파트의 공간 구성과 동선이 비슷하다. 쳇방과 정지 그리고 고팡 공간이 하나의 세트 공간을 이루면서 지금의 '식당–주방–보조주방'으로 동선이 연결되는 공간구성을 이루고 있다.

다. 난민주택과 복귀주택

봉개본동은 주로 봉아오름을 마주하여 마을이 이루어졌다. 4·3 소개령으로 집을 잃고 고향을 떠나야 했던 봉개 사람들은 삼양과 화북 등 해안마을에 임시로 머무르다가 1954년 금족령이 풀려서야 겨우 봉개동으로 돌아올 수 있었다. 처음 봉개동으로 돌아온 사람들은 봉아름 근처에 성을 쌓고 소위 '함바집'이라는 임시 거처를 스스로 만들어 생활했다.

위의 함바집의 이미지는 양○○씨_{남, 봉개동, 1932년생}의 증언을 토대로 그린 것이다. 함바집은 집이라고 하기보다는 움막에 가까

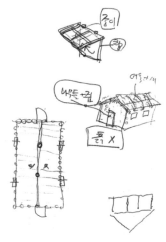

봉개본동에 있었던 함바집 이미지, 양○○씨(남, 1932년생)의 증언을 토대로 한 스케치

웠다. 양○○씨에 의하면 함바집은 바깥벽만 돌로 쌓았고 내부에는 칸을 가르지 않았다. 벽체는 돌 틈을 흙으로 메우지를 않아 바람막이도 부족하고 지붕에도 흙을 올리지 않고 나무틀 위에 어욱과 새_茅로만 덮어서 간신히 하

늘을 가릴 정도였다. 문이나 창문 역시 나무로 틀을 만들고 그사이에는 짚으로 막은 정도였다. 창은 들창 형태로 되어 있었으며 스케치에 종이라고 현장에서 기입한 것은 필자의 오기誤記이다. 외형적으로는 박공지붕의 모양을 하고 있었는데 양 측면으로 출입문이 있고 내부구획은 없고 지붕을 받치는 나무 기둥이 두 개 정도 있었다고 한다. 고○○씨_{남, 봉개동, 1936년생}에 의하면 함바집에는 대개 8세대 정도가 같이 생활하였는데 가운데에 복도를 내고 양쪽으로 네 세대 정도가 칸을 나누어 살았다고 하였다. 지금은 남아있는 흔적이 없어서 기억으로 전하는 내용으로만 당시의 생활을 짐작할 뿐이다.

> 여하튼 49년 2월부터 재건을 시작했으니까. 봉개동이 일호, 제일 처음이라고 말햅주게. [아, 재건주택 헌게?] 예. 4·3 피해 마을 중에서 제일 일호로 재건을 헷다고. [재건주택 같은 경우는 정부에서 지어준거꽈? 아니면 지원을 헤 준거꽈?] 우리 스스로 헌거우다. 함바집이라고도 가칭 헙주게. [함바집이면 식당 얘기허는 거 아니우꽈?] 지금 선흘 낙선동에 있는거 지금 가면 이수다게. 겐디 여러 가구가 집안에 좀 영 모여서 한 집안에 사는 게. 그걸 함바집이라고 헙주게. [아, 여러 가구가 한 집에서?] 예. 낙선 동가면 그런 집 이수다. 그런 집 이서. [재건주택이 그런 식으로 만들어져신가마씨? 여러 가구가 한집에서 살게.] 예. 예. 그러다가. 50년 되언에. 50년 되기 시작하니까 각자. 우리도 거기 살다가. 내려온거주게. 여기 와서 초가집을 지어서.

> 여하튼 49년 2월부터 재건을 시작했으니까. 봉개동이 일호, 제일 처음이라고 말하지요. [아, 재건주택 한 것이요?] 예. 4·3 피해 마을 중에서 제일 일호로 재건을 했다고. [재건주택 같은 경우는 정부에서 지어준 것인가요? 아니면 지원을 해 준건가요?] 우리 스스로 한 것이죠. 함바집이라고도 가칭 말하지요. [함바집이면 식당 얘기하는 거 아닌가요?] 지금 선흘 낙선동에 있는 거. 지금 가면 있어요. 그런데 여러 가구가 집안에, 좀 영, 모여서 한 집안에 사는 게. 그걸 함바집이라고 하지요. [아, 여러 가구가 한 집에서?] 예. 낙선동 가면 그런 집이 있어요. 그런 집이. [재건주택이 그런 식으로 만들어졌는가요? 여러 가구가 한 집에서 살게.] 예. 예. 그러다가. 50년 되어서. 50년 되기 시작하니까 각자. 우리도 거기 살다가. 내려온 거지요. 여기 와서 초가집을 지어서.

— 고○○(1949년생, 남, 봉개동) 2020년 06월 05일 채록

함바집은 방과 부엌, 마루와 같은 공간 구분이 없었다. 한쪽에 솥덕을 만들면 그게 부엌이고 풀이라도 깔아서 잠을 청하면 그게 방이었다. 한 집에는 대개 친척이나 가까운 이웃이 같이 살기 마련이었지만 한 집에 두 식구가 공간 구분 없이 살았어도 솥덕을 따로 두어 밥은 따로 해 먹었다.

함바집과 더불어 그 시대의 사회상을 보여주는 주거건축으로는 제주도에서 분양한 '피난민주택'이 있다. 피난민주택은 1955년에서 1959년까지 공급되었다고 한다.[3] 금족령이 1954년 9월에 해제되었으니 금족령이 해제된 시기에 바로 공급계획을 만든 것이다. 난민주택은 봉개본동과는 조금 떨어져서 츠낭가름 일대에 지어졌다. 현재 봉개동에 있었던 난민주택은 대부분 도로확장으로 사라지고 3개 동만 남아있다. 구조가 독특하고 역사적인 의미가 있기 때문에 지금 남아있는 주택들의 보존계획이 필요하다.

봉개동 피난민주택, 피난민을 주 대상으로 분양하였으며 한 필지에 한 동 2세대가 거주하는 방식이었다

피난민주택은 1동에 2세대가 거주하는 구조이다. 현재의 법규상 다세대주택으로 분류되는 것처럼 2세대를 별개로 분양하였다. 난민주택 혹은 피난민주택이라고 불렸지만 무상으로 제공한 것은 아니고, 조건에 부합하는

---

3 김태일, 『제주근대건축산책』, 루아크, 2018, 142쪽.

이들에게 저가에 분양하는 형식이었다. 분양받은 사람들은 제주로 피난 온 육지인들이 많았으나 제주인들 중에서도 분양받은 이들이 있었다. 그리고 1950년대 말 당시의 사회상황에서 잘 다듬어진 돌로 외벽을 쌓은 비교적 잘 지어진 신식주택이었다.

> [난민주택은 정부에서 공급해준 건가마씨?] 정부에서 지어줬주게. [지어주고 그러면 누가 그런데 공짜로 왕 사는거꽈?] 게난 건 정부에서 신청을 허렌 헨 헌걸텝주 그거는. 자격 뭐가 되나까 그다음 선정된거주. 게난 육지에서 내려온 사람도 있고, 제주시내에서 살다가 건입동이, 동문 통쪽 사람들도 이기 와서. [이름만 난민주택이지 제주도 사람들도 살고 헷으면은 그냥 지금식으로 하면 국민주택 분양식듯이 헌거 아니우꽈?] 예게. 바로 그거우주. 바로 그거마씀. [난민들만을 위해서 한게 아니고?] 예. 예. [이름은 난민주택이고, 국민주택 분양허듯] 예. 예. 하여튼 그런 방향이우다.
>
> [난민주택은 정부에서 공급해준 건가요?] 정부에서 지어줬지요. [지어주고 그러면 그런데 누가 공짜로 와서 사는 겁니까?] 그러니까 그건 정부에서 신청을 하라고 해서 한 것일 거야. 자격이 되니까 그다음 선정된 거지. 그러니까 육지에서 내려온 사람도 있고, 제주시내에서 살다가 건입동이, 동문 통쪽 사람들도 여기 와서. [이름만 난민주택이지 제주도 사람들도 살고 했으니까 그냥 지금 방식으로 하면 국민주택 분양하듯이 한 게 맞지요?] 그렇지. 바로 그거지요. 바로 그거죠. [난민들만을 위해서 한 게 아니고?] 예. 예. [이름은 난민주택이고, 국민주택 분양하듯] 예. 예. 하여튼 그런 방식입니다.

———— 고○○(1949년생, 남, 봉개동) 2020년 06월 05일 채록

난민주택의 구조는 거주를 위한 최소한의 공간으로 이루어졌다. 한 세대가 3미터에 6.5미터 정도의 크기로 약 6평 정도이다. 공간은 마치 '정지-마루-구들'이라는 제주의 세 칸 초가집과 비슷하여 '정지-마루방-방'으로 되어 있다. 거주의 가장 기본적인 공간구성이라는 점에서 사고의 연속성을 볼 수 있다. 다만 인터뷰 과정에서 가운데 공간을 거실로 이해하기보다는 방으로 이

해하는 것은 방이 부족했던 시대의 상황을 반영한다. 또한 독특한 것은 집을 2세대가 공유하였지만 마당으로의 출입문이 별도로 있어서 독립적인 마당을 각각 갖고 있었다는 것이다. 그리고 마당에는 각각 외부 변소를 갖추고 있었다. 인접한 벽을 공유하였을 뿐 단독주택이나 다름없는 구조였다.

난민주택과 더불어 4·3이라는 특수한 제주의 여건을 보여주는 것으로 '복귀주택'이 있다. 복귀주택은 1960년대 초반 중산간마을에 돌아와 살려는 주민들을 위해 집을 짓는 자재들을 지원해주고 건설을 독려하여 만들어진 주택들이다. 현재 용강동에는 1채의 복귀주택이 남아있으나 최초 분양받은 원 거주자는 없어서 복귀주택지원사업이 용강에서는 구체적으로 어떻게 이루어졌는지를 확인하는 것이 쉽지 않았다. 구술을 통해 확인할 수 있었던 것은 구체적인 건축물을 지원해준 것이 아니라 단지 집을 짓는 데 도움이 되는 목재를 지원해준 것이 전부였다고 한다.

4. 주거공간의 변화

가. 올레

올레가 긴 봉개동의 집. 왼쪽: 동회천 / 오른쪽: 명도암

제주어사전2009에는 올레를 '거릿길에서 대문까지의 집으로 드나드는 아주 좁은 골목 비슷한 길'로 정의한다. 여기서의 대문은 상방에 있는 대문이

아니라 정낭 혹은 이문간이 있는 마당의 입구를 말한다. 즉 올레는 공용으로 이용할 수 있는 길이 아니라 길에서 여유 있게 정낭이나 이문간을 설치하고서 그사이에 짧게 만들어진 사적인 길목인 것이다.

> [집안에 들어오는 길을 올레엔 허잖아예?] 예. [밖에 큰길 잇잖아예. 요 밖옛길. 요길은 뭐렌 고릅니까?] 골목길. [골목길. 저거는 올레렌 안혜마씨?] 아니, 올레 아니주마씀. 그거는. (웃음) [올레 아니고, 그건 골목길이렌 고라마씀?] 예. 아니, 골목 길 아니? 이래 영 들어오난. [저 밖에를 올레렌 곳진 안헙니까?] 요 집앞에 들어오는 디가 올레고. [혹시 먼올레니 긴올레니 그런 말은 안썬마씨?] 먼올레는 길이 막 올레가 막 긴다.

> [집안에 들어오는 길을 올레라고 하잖습니까?] 예. [밖에 큰길 있잖아요. 요 밖에 있는 길. 요 길은 뭐라고 부릅니까?] 골목길. [골목길. 저거는 올레라고 말하지 않나요?] 아니, 올레 아니지요. 그거는. (웃음) [올레 아니고, 그건 골목길이라고 말한다고요?] 예. 아니, 골목길 아니? 이렇게 들어오잖아요. [저 밖을 올레라고 말하진 않습니까?] 요 집 앞에 들어오는 데가 올레고. [혹시 먼올레니 긴올레니 그런 말은 안 썼나요?] 먼올레는 길이, 올레가 막 긴데.

— 강○○씨 부인(용강동) 2020년 06월 08일 채록

대문이 없는 것으로 알려진 제주 주거공간의 입구에는 올레라는 공간이 실재한다. 땅 한 평이라도 내 것으로 하기 위해서 바깥으로 담장을 쌓고 길에 붙여서 대문을 설치하는 현대인과는 달리 예전의 제주인들은 내 땅의 일부를 거릿길과 마당의 중간영역으로 만들어서 공간적인 풍요로움을 즐겼다. 집의 입구를 풍요롭게 했던 이러한 올레는 사라져 가는 옛 공간이 되어가고 있다. 안과 밖의 중간영역인 올레에는 내 공간을 이웃과 함께 나누는 공간 수눌음이 존재한다.

나. 이문간

이문간. 왼쪽: 동회천 / 오른쪽: 봉개본동

　봉개와 용강, 그리고 회천의 집들에서는 다른 지역과는 달리 이문간을 많이 확인할 수 있다. 앞서 소개한 네칸집에는 대부분 이문간이 있는 것으로 보아 이문간이 매우 보편적으로 지어졌음을 알 수 있다.

　이문이 흔히 지어졌다는 것은 소를 기르는 집이 많았다는 의미도 된다. 대문을 겸한 이문은 살림집으로 짓기보다는 소를 기르는 쇠막과 대문을 겸해서 짓는 경우가 대부분이다. 이문간에서 쇠막을 겸하는 것은 목축을 하기 위한 동선의 편리함을 고려한 것일 것이다.

> 　이 집이 72년도에 지어시난에, 처음 이거 이문간으로 헤가지고. 가운데는 사람 다니고, 올레. 한쪽은 소 키우고. [그럼 이 올레가 굉장히 길엇수다 예?] …... [처음에는 쇠만 키우다가 나중에 방 만들고?] 아니, 아니. 처음부터 방 하나는 이거 꾸미고. 이문간으로 영. 저쪽에는 소. [방의 용도는 뭐꽈? 여기에. 쇠하고 같이 살아?] 예게. 사람 살앗주마씸게.
>
> 　이 집이 72년도에 지었으니까, 처음 이거 이문간으로 해가지고. 가운데는 사람 다니고, 올레. 한쪽은 소 키우고. [그럼 이 올레가 굉장히 길었네요, 그렇죠?] …... [처음에는 쇠만 키우다가 나중에 방 만들고?] 아니, 아니. 처음부터 방 하나는 이거 꾸미고. 이문간으로 말이지. 저쪽에는 소. [방의 용도는 뭔가요? 여기에. 소하고 같이 살아요?] 아니지. 사람이 살았지요.

　── 강○○(1947년생, 남, 용강동) 2020년 06월 08일 채록

봉개에서는 정낭을 걸은 집을 거의 보지 못했다고 하는데, 목축을 많이 하면서도 정낭을 걸지 않았다는 것은 정낭을 걸기보다는 이문을 많이 지었다는 의미도 된다. 지붕이 씌워져 있는 이문간은 대문과는 다른 정취가 있었다. 길에 면한 이문은 동네 사람들이 환담을 나누는 장소가 되기도 하였다. 또 그러한 모임을 위해서 일부러 이문에는 평상을 놓아두기도 하였다. 그러면 여름에는 이문이 바람이 통하는 그늘 공간을 만들기도 한다. 올레를 거쳐 길에서 살짝 들어와 있는 이문은 정자와 같은 여유를 주었다.

> 바깟데 건물은 우리도 아는데 평상을 놔서. 허면은 여름에 시원헙주게. [바깟디 건물이라는 거는 이문 얘기허는 거우꽈?] 이문. 양쪽에 쇠막 잇는거. 마굿간 들어가는데 통로가 터져 있지. 그러니까 그게 동북쪽으로 드는 지형이니까 동네 어른들이 와그네 거기강 앉으믄. 굉장히 시원허지.

> 바깥에 건물은 우리도 아는데 평상을 놔서. 그러면 여름에 시원하지요. [바깥에 건물이라는 거는 이문 얘기하는 건가요?] 이문. 양쪽에 쇠막 있는 거. 마굿간 들어가는데 통로가 터져 있지. 그러니까 그게 동북쪽으로 드는 지형이니까 동네 어른들이 와서 거기 가서 앉으면, 굉장히 시원하지.

———— 고○○(1939년생, 남, 봉개동) 2020년 06월 05일 채록

목축을 하지 않는 지금은 생소한 건물이 되어버린 이문은 생각해보면 특이한 발상을 통해서 만들어진 건물이다. 건물을 관통시켜 마당의 안과 밖을 연결한다는 생각은 현대건축에서도 종종 이용되는 매우 독창적인 발상이라 할 수 있다.

다. 변소

아마 변소는 전통사회에서 근현대로 변화하는 과정에서 가장 독특한 변

화의 과정을 보여주는 공간일 것이다. 제주에서는 통시라고 하여서 용변을 보는 공간에서 돼지를 길렀다는 것은 널리 알려진 사실이다. 사실 이러한 통시는 제주에서만 볼 수 있는 것이 아니라 일본과 중국에서도 확인할 수 있는 방식이다.[4]

근대화의 과정에서 변소에서 돼지를 사육하는 것은 점차 사라지고 외부에 건물을 지어서 변소를 만들기 시작하였다. 하지만 대개 새로이 변소를 짓더라도 다른 곳에 짓기보다는 원래 통시가 있던 자리에 변소를 만들었다. 그리고 통시를 허무는 것도 동티를 염려해서 통시 허무는 날을 지관에게 물어서 하거나, 관에서 장려해서 하는 일이니 이해해 달라고 간단하게라도 격식을 갖추어 진행하기도 하였다.

> [통시 있다가 통시를 변소로 개량 허잖아예? 그때도 그냥 막 개량을 못허니까.] 날봥. 날 택일봥. [택일 봥 허는거. 그것만? 어떤 사람 얘기로는 태극기를 꽂아가지고 방쉬를 헷다는가 그런 말들이 있더라고예.] 그저 그런 거는 '관명'이라고 헤가지고, '중간에들 경헷주. 중간에들.' 관에서 지시허는 일일 경우에. 그 당시에도 정부에서 보조 주어가지고. 개량허지 안헤수과게. 그럴 경우에는 '관명'헤가지고 봉개동장 직인 하나 딱 박앙그네게 딱 꼽앙그네게 경 헷지.
>
> [통시 있다가 통시를 변소로 개량하잖습니까? 그때도 그냥 막 개량을 못 하니까.] 날 봐서. 날 택일 봐서. [택일 봐서 하는 거. 그것만? 어떤 사람 얘기로는 태극기를 꽂아서 방사를 했다고, 그런 말들이 있더라고요.] 그저 그런 거는 '관명'이라고 해가지고, '중간에 그렇게 했지. 중간에.' 관에서 지시하는 일일 경우에. 그 당시에도 정부에서 보조 주어가지고. 개량하지 않았습니까. 그럴 경우에는 '관명' 해가지고 봉개동장 직인 하나 딱 찍어가지고 딱 꽂아서 그렇게 했지.

고○○(1949년생, 남, 봉개동) 2020년 06월 08일 채록

---

4   김광언, 『동아시아의 뒷간』, 민속원, 2002, 289쪽.

원래 전통적인 주거공간에서 정지와 통시는 멀리 두는 것이 통상적이다. 그리고 외부에 화장실을 새로이 만들 때도 가급적 통시의 위치를 고수하는 것이 또한 제주인들이 지켜온 삶의 방식이었다.

게다가 가까운 이웃이거나 한울타리 안에 같이 살림을 하는 경우에도 가족이 아니라면 화장실만은 같이 쓰지 않았다. 그것은 예전부터 통시를 중요하게 여겨왔던 관례도 있었지만 똥마저도 재산으로 여겼던 생활방식이 이어져 온 탓이기도 할 것이다.

> 게난 화장실은 전부 독립적인 거우다. [건, 같이 쓰면 안 되는 뭐가 잇우과?] 그래도 옛날은 따로 써사 밧걸름 걸름도 허고. 첫째 돼지 키와그네. 재산도 기고, 밭거름도 하니까 이제 또 옛날에는 소가 많으니까.
>
> 그러니 화장실은 전부 독립적인 거예요. [그건, 같이 쓰면 안 되는 이유가 있나요?] 그래도 옛날은 따로 써야 밭거름, 거름도 하고. 첫째 돼지 키워서. 재산도 되었고, 밭거름도 하니까 이제 또 옛날에는 소가 많으니까.
>
> ──── 고○○(1939년생, 남, 봉개동) 2020년 06월 05일 채록

밖에 있던 통시가 화장실이라는 이름으로 집안으로 들어오게 되는 과정은 우리 주거생활사의 대단히 중요한 변화 중 하나이다. 화장실이 집안에 설치되기 위해서는 정화조와 오수처리시설과 같은 기반시설을 갖추는 것이 선행되어야 하는데 그러한 기반시설에 대한 준비 없이 통시를 없애고 개량하자는 시도는 외관만 그럴듯한 외부화장실을 만들게 되었다. 그러면서도 기존의 통시 위치를 고수하려 하였던 것은 통시를 함부로 손대면 안 된다는 일반적인 믿음이 있었다. 제주 문전본풀이의 까탈스러운 여성신인 칙도부인이 통시에 좌정하고 있어서 통시를 개조하는 것은 매우 신중해야 했다.

라. 낭간

낭간은 초가집에서 구들과 상방의 앞에 위치한 툇마루 공간을 말한다. 낭간이 있음으로 해서 여름에는 마당을 바라보며 걸터앉아 쉬기도 하고 비가 올 때는 빗물이 흙벽에 직접 닿는 것을 방지하여 건물을 보호하는 역할도 하였다.

봉개에서는 4·3 이후 새로이 집을 지으면서 형편이 어려운 경우에는 낭간을 아예 하지 못하는 경우도 있었다고 했다. 7량 가구를 기본으로 하는 제주인의 집에서 전면에 두는 낭간은 기본 구조에 해당하는데도 낭간을 만들지 못했다는 것은 그만큼 재목을 구할 형편이 못되었기 때문이라고 할 수 있다.

> [작은구들 앞에 쪽마루나 다른 마루는 어서수과?] 어서수다. 삼칸도 홀삼칸이기 때문에. 우리는. 홀삼칸은 집이 막 작다 말이우다. 아까 앞에 거 멋도 없고. [낭간도 없고?] 예. 낭간도 없지.
>
> [작은구들 앞에 쪽마루나 다른 마루는 없었나요?] 없었어요. 삼칸도 홀삼칸이기 때문에. 우리는. 홀삼칸은 집이 막 작다는 말입니다. 아까 앞에 거 뭣도 없고. [낭간도 없고?] 예. 낭간도 없지.
>
> ── 고○○(1949년생, 남, 봉개동) 2020년 06월 05일 채록

> 옌날에는 낭간이엔 헌게이서. 그런 건 접삼칸. 방 외에 낭간 또로 만든 건.
>
> 옛날에는 낭간이라고 하는 게 있어. 그런 건 겹삼칸. 방 외에 낭간 따로 만든 건.
>
> ── 양○○(1932년생, 남, 봉개동) 2020년 7월 15일 채록

이렇게 낭간이 없는 집은 홀삼칸집이라고 하였고, 낭간이 있으면 겹삼칸 집이라고 하였다. 낭간이 점차 없어지게 된 이유 중 하나는 방을 조금이라도

넓히려는 의도인 것으로 보인다. 낭간을 없애고 방을 키우려고 했던 변화는 여러 군데에서 찾아볼 수 있는데, 동회천 세칸집이나 용강동 세칸집에서도 구들 앞의 낭간은 확장된 것을 알 수 있다. 이러한 변화는 시멘트의 보급으로 인해서 어느 정도는 축담으로 방수가 가능하다고 판단되었기 때문으로 여겨진다. 역시 이러한 생각은 외측에 면해 집을 보호하던 굴묵도 확장해서 방으로 만드는 경향으로 이어진다.

마. 굴묵

제주초가에서는 양측 벽으로 축담을 쌓아서 집의 측면이 외기에 노출되는 것을 막아준다. 이 역시도 비바람이 심한 제주의 기후특성에 기인한다. 이러한 축담과 구들 외측 벽 사이의 공간으로 좁다란 공간이 생기는데 이곳에 난방을 위한 재료를 쌓아두고 구들난방을 하였다. 이러한 난방시설과 공간을 통틀어서 굴묵이라고 한다.

제주의 난방이 특이했던 것은 육지의 구들에서는 일반화되어있는 고래구조가 제주에는 잘 알려져 있지 않았던 것이다. 물론 고래를 만들어 연기를 굴뚝으로 배출하는 방식은 강점기에 도입되기 시작하였을 것이다. 하지만 그러한 방식이 보편적으로 퍼지기 시작한 것은 한국전쟁 이후 육지의 피난민들이 많이 내려오면서 알려지기 시작한 것이 아닐까 추정해본다.

> [육지 같으면. 여기 동굴 같은 길을 만들거든마씨.] 굴 지엉. 육지서는 대개 이렇게 허는디. 우리는 여기서 연기만 요 갓디만 돌아가멍 굴 지어. 요기서 이십센티 사이에. 여기 굴뒹 연기가 일로 허민 영 돌아그네. 굴뚝 상이 되게. 〈중략〉 육지도 강한 오년 살아봤는디. 육지는 다 이렇게 골 허여. 갓길로 안허고. 가운데로 영 골지어 그네게. 가운데로 들어강 골지엉 연기나가게. 겐디 제주도는 이 골 안험니다. [제주도는 골을 안허고?] 예. [요 끝에는 골 이신거마씨?] 응. 가에는 골을 만들아. 연기 나가게. [그럼 요 중간에는 돌맹이로 메운거예?] 메우고 그우로 흙. 경혜그네 여기 방

돌을 놓지 않험니까. 방돌을 돌멩이 영. 여기에 방돌을 넙적헌거. 영 나그네 그 위에 흙 꼴아그네. 게민 방이 되붑니다. 〈중략〉 게난 육지사람들은 대개 놀때 보면은 이렇게 구들장에 돌을 안 밧청. 골 영 만들앙. 그냥 이위에 그냥 돌을 영 받쳐. 그 골 위. [골 위에만 예.] 그 구들장돌을 안 받쳐. [제주도식은 전체를…] 전체를 돌 받청허는디. [육지식은 골 위에만 돌 놓그네.] 경허는 사람도 이십다.

　　[육지 같으면. 여기 동굴 같은 길을 만들거든요.] 굴 만들어서. 육지서는 대개 이렇게 하는데. 우리는 여기서 연기만 요 외부로만 돌아가면서 굴을 만들어. 여기서 이십센티 사이에. 여기 굴 되어서 연기가 여기로 가면 이렇게 돌아서. 굴뚝 있는 곳이 되게. 〈중략〉 육지도 가서 한 오년 살아봤는데. 육지는 다 이렇게 골을 만들어. 갓길로 안 만들고. 가운데로 이렇게 골을 만들어서. 가운데 들어가서 골을 만들어서 연기가 나가게. 그런데 제주도는 이 골을 안 만듭니다. [제주도는 골을 안 만들고?] 예. [요 끝에는 골 이 있는 건가요?] 응. 바깥쪽으로는 골을 만들어. 연기가 나가게. [그럼 요 중간에는 돌멩이로 메운 거겠죠?] 메우고 그 위로 흙. 그렇게 해가지고 여기 방돌(구들장)을 놓지 않나요. 방돌을 돌이 이렇게. 여기에 방돌을 넓적한 거. 이렇게 놔서 그 위에 흙 깔아가지고. 그러면 방이 되지요. 〈중략〉 그러니 육지 사람들은 대개 놓을 때 보면은 이렇게 구들장에 돌을 안 받쳐서. 골 이렇게 만들어서. 그냥 이 위에 그냥 돌을 이렇게 받혀. 그 골 위. [골 위에만 예.] 그 구들장돌을 안 받혀. [제주도식은 전체를…] 전체를 돌 받혀서 하는데. [육지식은 골 위에만 돌 놓고.] 그렇게 하는 사람도 있더군요.

　　───── 양○○(1932년생, 남, 봉개동) 2020년 7월 15일 채록

　　제주사람들은 할 줄 몰랐었고, 육지사람들. 육지에. 그런 으로 헤서. 화덕에 솥 앉고. 솥을 세 개 네 개 보통. 다섯 개가 제일 많이 숫자적으론 허주예. 경헌데. 그 솥앉은 골마다 이렇게 쭉쭉 불이 들어가는거. 게난 왜 이렇게 허느냐 허면은 그 불 때일 적에만 들어가는 거주. 게난 밥 안헐때에 추운 날씨에는 방만 따시게 가운데거 쯤에 큰 솥하나 대표적으로 헤서. 물 낳으네라도 나무헤당 때며은 화력이 이렇게 돌아서 쭉 골들, 굴이라고 허는디. 골이엔헌건 제주도말이고, 이제 여기는 연통을 뽑는 거라 쭉. 연통을 굴뚝모양으로 하면 그게 화력이 땡기는 거거든. 불이 이렇게 다 들어가. 육지사람들이 와서 낳주. 제주사람들은. 처음부터 알지 못허곡.

제주사람들은 할 줄 몰랐었고, 육지 사람들. 육지에. 그런 식으로 해서. 화덕에 솥 앉히고, 솥을 세 개 네 개 보통, 다섯 개가 제일 많이 숫자적으론 하지요. 그렇긴 하데. 그 솥 앉은 골마다 이렇게 쭉쭉 불이 들어가는 거. 그러니까 왜 이렇게 하느냐면은 그 불 땔 적에만 들어가는 거죠. 그러니 밥 안 할 때에 추운 날씨에는 방만 따시게 가운데 것 즈음에 큰 솥 하나 대표적으로 해서. 물 담아놔서라도 나무해다가 때면은 화력이 이렇게 돌아서 쭉 골들, 굴이라고 하는데. 골이라고 하는 건 제주도 말이고, 이제 여기는 연통을 뽑는 거라 쭉. 연통을 굴뚝 모양으로 하면 그게 화력을 높이거든. 불이 이렇게 다 들어가. 육지 사람들이 와서 놨지. 제주사람들은. 처음부터 알지 못하고.

───── 김○○(1936년생, 남, 명도암) 2020년 09월 04일 채록

1960년대 봉개동에서 집을 여러 채 지어봤다는 양○○씨는 구들의 난방 방식이 육지와 제주가 확연히 달랐음을 기억하고 있었다. 김○○씨는 육지 사람들이 하는 것을 자세히 보고는 따라서 해보았지만 잘되지 않았던 기억을 상기하면서 제주사람들은 그런 아궁이에 불을 때서 굴뚝으로 연기가 나오게 하는 기술이 없었다고 하였다. 이렇게 부엌에 면한 작은구들의 굴묵 공간은 아궁이에서 난방을 겸하면서 점차 사라지게 되었고 작은구들의 방은 원래의 굴묵 공간까지 확장되어서 큰구들보다 더 커지는 경우도 생겨나게 되었다. 부엌 아궁이 난방은 난방방식의 기술적인 변화뿐 아니라 내부공간의 변화까지도 동반하였다.

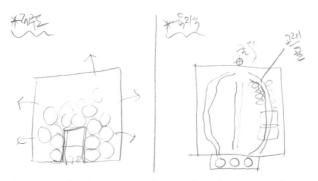

김○○씨와 함께 그린 제주도식 온돌방식(좌측)과 육지식 온돌방식(우측)

위의 그림은 명도암 김○○1936년생, 남씨의 설명을 토대로 같이 그린 것이다. 김○○씨의 설명에 의하면 육지의 기술자들이 오기 전에는 제주에서의 온돌 방식은 굴묵아궁이 구멍을 방바닥의 삼분의 일 정도 깊이까지 만드는 것으로 연기는 돌 틈 사이로 사방으로 빠져나간다고 하였다. 굴뚝을 세우고 부엌아궁이에 연결된 고래를 만들어서 연기를 배출하는 방식은 육지에서 피난 온 기술자들에 의해서 알게 되었다는 것이다. 물론 이러한 온돌방식이 1950년 이후가 되어서 전해진 것은 아닐 것이다. 다만 1951년에 무려 15만 명에 가까운 피난민이 제주로 들어오면서 육지의 문화가 제주도에 널리 퍼지게 되었고, 격변기 이후 1950년대와 1960년대 초반에 집을 짓는 것이 제주 사람들에게 주요 관심사가 되었던 시기와 맞물려 육지인들이 전해준 난방기술이 제주에 적극적으로 적용되는 계기가 되었을 것이다.

용강동 세칸집의 굴묵. 가운데 연도 옆으로 가지 쳐 나간 작은 연도가 보인다

위의 촬영한 굴묵은 용강동 세칸집에서 굴뚝이 없는 큰구들의 굴묵 속을 촬영한 것이다. 곧게 뻗은 연도는 길이가 2미터가 되었으며, 중간에 옆으로 가지 쳐서 만들어진 연도가 보인다. 김○○씨는 처음 제주도식의 굴묵은 깊이가 깊지 않고 작았었는데 육지에서 온 기술자들이 고래를 만드는 것을 보고 길이를 길게 하고 가지를 쳐서 연도를 만들었더니 방 전체가 따뜻해졌다고 하였다. 그러면서 그것도 외지의 영향으로 기술이 발전하는 것이라고 하였다. 용강동에서 촬영한 이 굴묵은 김○○씨가 설명한 형태와 일치하였다.

큰구들의 경우에도 벽장을 굴묵 공간까지 확장하면서 좁은 골목길을 통해서 굴묵난방을 하는 것이 아니라, 측벽으로 바로 벽장 아래 공간으로 입구를 내서 난방을 하는 것으로 변화한다. 이 역시도 시멘트의 보급으로 인해서 방수가 가능한 축담을 만들 수 있다는 자신감이 생기면서 실내공간을 더 크게 확보하려는 방편으로 변화하였던 것으로 보인다.

바. 고팡

초가에서 고팡은 늘 큰구들 뒤에 있으면서 곡식과 제기 등을 보관하는 중요한 창고였다. 육지에서 재산을 물려주는 것을 '안방물림'이라고 하듯이 제주에서도 '고팡물림'이라는 것이 있어서 고팡열쇠를 쥐고 있는 것은 재산권을 가지고 있다는 것을 의미하였다.[5]

하지만 이러한 고팡도 역시 4·3 이후 재건의 과정 속에서 많은 변화를 겪은 공간 중 하나이다. 초기의 변화는 고팡을 큰구들 뒤에 만드는 것이 아니라 부엌 가까운 곳에 만드는 것이었다. 곡식을 보관하는 고팡이 부엌 가까이 만들어지는 것은 기능적으로는 당연한 것이었다. 칠성신을 모시는 공간이기도 한 고팡의 위치를 바꿀 수 있었던 것은 전후 난리를 겪은 제주인들의 생각에 기능을 우선시하는 합리적인 사고가 생기기 시작하였다는 것을 의미한다.

> [큰방 뒤에 작은방 허게되민 고팡이 어서져불쿠다예?] 고팡은 부엌 뒤에 고팡허고. [부엌 뒤에 고팡허는 경우도 많이 잇고?] 예. 큰방 뒤에 허는디도 잇고. 옛날은 뭐냐 허민 뭐 보지 않헙미까. 풍수. 고팡이 어느 쪽에 허라. 큰방이 어느 쪽에 허라. 정시들이. 경허민. 그 사람 말 들엉 큰방 되고. 부엌 되고 방 허는디 이건. 집마다 조금 틀려.
>
> [큰방 뒤에 작은방을 만들게 되면 고팡이 없어지겠네요?] 고팡은 부엌 뒤에 고팡하

---

5   김광언, 『우리네 옛 살림집』, 열화당, 2016, 360쪽.

고. [부엌 뒤에 고팡하는 경우도 많이 있고요?] 예. 큰방 뒤에 하는 것도 있고. 옛날에는 뭐 보는 거 있지 않습니까? 풍수. 고팡을 어느 쪽에 해라. 큰방을 어느 쪽에 해라. 정시들이. 그렇게 하면. 그 사람 말 듣고 큰방 되고. 부엌 되고 방 하는데 이건. 집마다 조금 달라.

── 양○○(1932년생, 남, 봉개동) 2020년 7월 15일 채록

고팡을 정지에 가깝게 만드는 경우도 생겼지만 점차 고팡 역시 사라지게 된다. 원래 고팡이 있었던 큰구들 뒤에는 방이 만들어졌다. 낭간과 굴묵을 없애면서 구들을 확장한 것과 마찬가지로, 이번에는 고팡을 없애면서 방의 수를 늘리는 변화를 가져왔다. 이러한 변화를 통해서 큰구들과 작은구들, 이렇게 두 개의 방을 갖고 있었던 제주인의 집에 방이 세 개 혹은 네 개까지도 만들 수 있는 공간변화가 생기기 시작하였다. 용강동의 네칸집은 그렇게 방의 숫자를 늘린 사례가 될 것이다.

5. 변화하는 집

집은 사회의 변화에 따라 그 형태를 달리한다. 이제 더 이상 초가는 사회변화에 적합하지 않아 사라졌다. 그것은 초가라는 재료가 혹은 나무라는 재료가 근현대에 적합하지 않아서가 아니라 근대화가 되면서 공간에 대한 욕구가 달라진 것이다.

첫 번째는 집의 내부공간을 크게 만들고자 하는 욕구가 발생하였다. 주로 전면에 있었던 툇마루에 해당하는 낭간을 실내로 들여 방으로 만들고자 하였다. 그리고 난방기술이 좋아지면서 굴묵이 필요없게 되자 굴묵이 있었던 공간 역시 확장하여 실내공간으로 만들었다.

두 번째는 방의 개수를 늘리려고 하는 욕구가 발생하였다. 제주의 초가는 네칸집이라고 해도 구들은 두 개만을 만드는 것이 원칙이었다. 그러다가 모자란 방은 밖거리를 만들어서 충족하였다. 하지만 봉개의 경우에는 밖거리는 살림집으로 만들기보다는 주로 목축을 위한 쇠막으로 짓는 경우가 대다수였다. 식구가 많아서 부족한 공간은 고팡과 챗방 그리고 정지의 한쪽을 나누어서 방을 만들었다.

세 번째는 역시 어디에서나 일어난 일이었지만 실내와 인접하여 화장실을 만드는 것이었다. 집돼지를 길렀던 화장실이 돼지를 기르는 일이 사라지자 외부에 화장실을 두다가 점차 실내공간과 붙여서 화장실을 두게 되었다. 이때 정지와 측간은 멀리 두어야 한다는 속신과는 달리 실내에 들어온 화장실은 부엌 공간에 가깝게 만들었다. 이는 공간의 합리적인 이용보다는 물을 사용하는 공간과 기능적 관련이 있을 것으로 여겨진다. 입식부엌을 만들면서 이루어진 수도배관공사는 연접하여서 물부엌이라는 물을 쓰는 보조공간을 만들었고, 그러한 물 쓰는 공간과 연결하여 실내로 이어지는 화장실을 둔 것으로 보인다.

이러한 변화들이 봉개동에서 더욱 쉽게 확인되는 것은 마을의 재건과정과 연관이 많을 것이다. 소개령에 의한 삶의 터전이 전소됨과 더불어 그것을 재건하는 과정에서 새로운 주생활의 욕구들이 전통적인 주거공간의 형태를 바꾸기 시작하였을 것이다. 이 때문에 일부는 전통적 초가집의 모습을 갖추고 있다고 하여도 내부공간은 근대화된 삶의 모습을 담는 변화의 모습을 수용하고 있음을 볼 수 있다. 집은 사회변화를 담기 때문이다.

참고문헌

* 강영봉, 「물매」, 『제주건축 vol.18』, 제주특별자치도건축사회, 2020.
* 김태일, 『제주근대건축산책』, 루아크, 2018.
* 김광언, 『동아시아의 뒷간』, 민속원, 2002.
* 김광언, 『우리네 옛 살림집』, 열화당, 2016.

04

장전리
살림집

04 장전리 살림집

1. 시작하며

삶의 역사를 기록하는 데 집이 가지고 있는 의미는 상당한 비중을 차지한다. 많은 시간을 집에서 보내기도 하지만 집을 직접 지어야 했던 시절이 오래된 이야기가 아니라 최근까지도 이어져 오는 생활의 한 부분이기 때문이다. 장전마을 역시 마을의 역사는 고려시대까지 거슬러 올라간다 하여도 집을 통해서 바라볼 수 있는 삶의 시간은 그리 길지 않다. 1948년 제주 전역에서 일어난 불행한 4·3사건으로 장전마을의 집들은 초토화되고 주민들은 강제로 고향을 떠나 애월과 수산 등지의 해안마을로 이주하였다. 장전의 집들은 그 이후 다시 마을재건의 과정을 통해서 하나씩 새로이 지어진 것으로 보아야 한다. 제주의 중산간 마을은 모두 겪었던 불행한 과거이다.

이러한 불행한 과거를 딛고 오늘의 장전마을을 이룬 과정을 기록하는 것은 인류문화사의 중요한 작업이다. 늘 좋은 환경에서는 뛰어난 문화적 성과를 이루기가 어렵다. 오히려 고난을 극복하는 과정이 인류가 다른 생명체와는 다른 성과를 이루게 된 배경일 것이다. 장전마을의 재건과정에서 집이 지니고 있는 가치는 그래서 더욱 소중하다.

집이 1949년 이후 지어졌다고 해서 거기에는 그 이후의 모습만을 담는 것이 아니다. 집을 짓는 행위는 오로지 창의적인 작업이 아니다. 과거에 있었던 집의 형태를 기억하고 그 기억 속에서 집을 지어간다. 그렇기 때문에

　　제주 삼촌들에게 들어보는 집과 마을 이야기

집의 형태에는 그 지역의 유전적 과거가 담겨있기 마련이다. 그래서 1950년에 지어진 집을 관찰하면서도 그 이전의 과거로부터 전해 내려오는 주거의식의 맥을 짚어볼 수 있는 것이다. 1948년 11월 장전 4·3성[1]의 서문지경에 중산간 마을 사람들이 임시거처인 함바집을 짓고 살았다. 거기에서부터 장전마을의 주생활을 살펴본다.

2. 재건

주생활을 기록하기 위해서는 집에 대한 실측조사가 기본적인 과정이지만 실측할 수 없다고 해서 조사할 방법이 없는 것은 아니다. 정말 의미있는 것은 남아있는 집이 아니라, 집에 대한 기억일 수도 있다.

1948년 소개령으로 장전마을을 떠나 뿔뿔이 흩어졌던 마을 사람들이 장전으로 돌아온 것은 이듬해 3월이 되어서였다. 생활할 수 있는 집이 한 채도 남아있지 않은 상황에서 마을 주위에 성을 쌓고 그 안에 임시 거처인

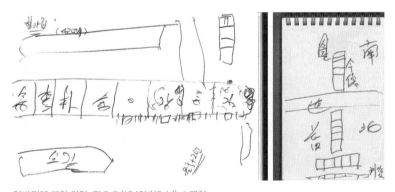

함바집에 대한 기억, 강○○(1942년생, 남) 스케치

---

1 이러한 돌성은 당시 소개된 후 재건한 산간마을은 물론 해변마을까지 무장대의 습격을 방비한다는 명분으로 제주도 대부분 마을에 축성을 했다(참고: 제주 4·3아카이브, http://43archives.or.kr).

함바집을 지었다. 함바집이 있었던 위치는 지금의 섯동네 지경으로 4·3성의 서문이 있었던 자리다. 서문에서 동문으로 이어지는 길이 있었는데 지금의 장전로이다. 장전로의 북쪽으로는 장전마을 사람들이 함바집을 지었고, 장전로의 남쪽으로는 소길리 사람들과 유수암 사람들이 서로 마주하여 함바집을 지었다.

4·3성과 함바집의 위치 / 강용희 자료 제공

함바집은 기다란 형태로 지어서 세대별로 칸을 나누고 출입문을 두었다. 건축재료는 주위에서 구할 수 있는 모든 것을 사용하였을 것이다. 뒤쪽으로는 돌을 쌓았고 출입문이 있는 앞쪽으로는 마른 나뭇가지들을 엮어서 주위에서 구할 수 있는 무엇으로든 대충 막은 형태였다고 한다. 지붕은 흙을 올리지는 못하고 나무를 걸쳐서 새를 덮은 형태였다. 함바집 뒤로는 여러 칸으로 나뉜 외부 변소를 만들어서 사용하였다.

3. 전통적 주거양식

가. 양전동 세칸집

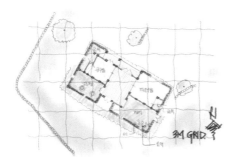

장전리 108번지, 양전동 세칸집 평면, 아래: 정지에 있는 각지불 받침

지금의 복잡한 집의 모습을 만들기 전에 가장 단순한 형태의 집의 모습은 어떤 것이었을까? 움막집과 막살이와 같은 집들도 있었겠지만 현재 남아 있는 집의 모습에 가장 기본적인 형태를 볼 수 있는 것은 세 칸 초가의 모습일 것이다.

양전동에는 지금 빈집으로 남아있는 세 칸 슬레이트집을 볼 수 있다. 지어진 연대를 확인할 수는 없으나 전면으로 드나드는 골목 형태의 굴묵, 정지에 아궁이가 아닌 솥덕이 남아있는 점 그리고 굴뚝조차 만들어지지 않은 점 등으로 보아서는 1950년대 초반 재건 당시에 지어진 집으로 추정된다.

지금 거론한 이 초가집에서의 세 가지 특징, 즉 굴묵의 형태와 굴뚝의 형성 그리고 난방을 겸한 아궁이의 등장이 1960년대에 일어나기 시작한 장전리 집의 큰 변화이다. 다시 말하자면 1950년 초반 재건 당시에는 대개의 집들이 전통적인 초가집의 형태로 지어졌지만 그 이후 급격한 사회변화에 따른 변화를 겪었으며 그런 변화가 집의 형태에 반영되었다는 것이다.

양전동 세칸집의 경우에 우측에 있는 좁은 골목으로 들어가는 굴묵의 모습은 초가집의 원래의 굴묵의 모습을 반영한다. 반면에 좌측 외부에서 접근하는 굴묵은 원래의 모습이 아니라 작은구들을 굴묵 공간까지 확장하면서 굴묵의 골목을 없애고 최소한의 벽장만을 남긴 채 방을 확장한 결과이다. 그래서 큰구들보다 작은 구들이 훨씬 커졌다. 작은구들 전면에 낭간이 없는 것도 그렇게 방을 확장한 결과일 것이다. 왜 큰구들이 아닌 작은구들을 먼저 확장했을까? 그것은 식솔들이 많았던 농촌사회의 현실이 반영된 결과일 것이다. 이곳 이외에도 큰구들은 변형되지 않고 작은구들만 확장된 경우는 다수 찾아볼 수 있다.

양전동 세칸집은 아궁이로 난방하는 정지를 만들지 않고 후면에 돌로 받침을 만든 솥덕으로 조리를 한 흔적이 보인다. 이러한 정지의 모습을 민속촌이 아닌 곳에서 볼 수 있다는 것은 참으로 놀라운 일이다. 정지의 벽면에는 흙으로 만들어진 각지불 받침이 2군데 있다. 전깃불이 들어오지 않았던 시절의 정지살림을 상상할 수 있는 도구이다. 최소한 전기가 들어오기 전에 지은 집이라는 것을 알 수 있다. 흙을 마치 도자기인 양 잘 빚어서 붙였는데 긴 세월을 버텨온 것이 참으로 신기하다.

정지가 매우 오래된 형태임에도 불구하고 전통적인 방식과 다른 점은, 통상 상방으로 개방되어있는 장방[2]이 정지에서 사용하도록 되어 있는 것이다. 정지문과 장방문이 상방에서 여닫으면서 겹치는 것을 방지하기 위해서 장방의 문을 상방 쪽으로 내지 않았다. 장방이 정지 쪽으로 만들어져 있다는 점도 역시 편리함을 추구하는 인식의 변화를 보여주는 것이다. 이러한 장방의 위치 변화도 미세하지만 편리성을 추구하는 주생활의식의 변화가 시작되었음을 알려주는 신호이다.

상방과 낭간의 마루는 길게 장마루로 깔려있다. 전통적인 마루는 마루널이 짧은 우물마루이다. 제재목이 나오면서 깔기 편한 장마루가 일반화되는

---

2 세간이나 그 밖의 여러 가지 물건을 넣어 두는 곳을 일컫는 광의 제주방언(출처:https ://wordrow.kr).

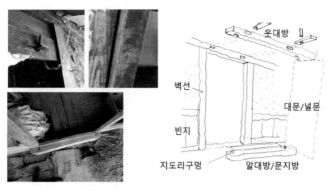

양전동 세칸집의 대문설치를 위한 문틀의 구조

변화의 한 모습이다.

　상방대문과 고팡의 널판문의 윗대방에는 나무못으로 고정한 것을 볼 수 있다. 못이 귀한 시절에 일일이 끌로 구멍을 만들어 고정했다. 웃대방에는 '대문'이라고 먹으로 써놓은 글씨가 아직도 남아있다. 부재를 만들어서 조립하기 전에 위치를 적어놓은 것일 것이다. 미리 집을 구성한 부재를 먼저 깎아두고 제자리를 정확하게 자리 잡기 위한 방법인 것이다.

　집은 북동향으로 배치되어 있다. 북동향의 배치는 북서풍을 피하기 위한 선택이라고 할 수 있다. 기본적으로 양전동 집은 큰구들과 작은구들이 전면에 있고, 고팡과 정지가 후면에 있는 세 칸 겹집으로 구성되어있다. 아마도 세칸집의 가장 전형적이고 기본적인 공간구성이라고 할 수 있을 것이다.

나. 샛동네 굽은정지집

　장전리 샛동네 굽은정지집은 처음 들어서는 마당에서부터 매우 정갈스럽다. 잘 다듬어진 잔디마당을 보면서 집을 관리하는 주인의 마음이 느껴진다. 주인은 올해로 백 세이신 장전마을의 최고령 어르신이다. 인터뷰를 하지는 못했지만 구석구석 깨끗하게 정리된 집안 모습에 참으로 부지런하심을

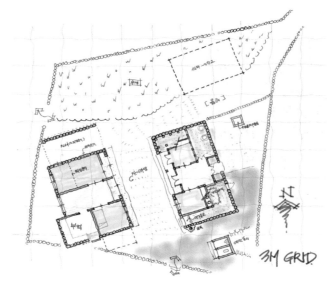

장전리 1077-1번지, 샛동네 굽은정지집 평면, 정지입구에 굴뚝으로 연결된 연도가 있다

알 수 있었다.

보통은 올레의 입구에서 가까운 집이 밖거리이고 먼 쪽에 있는 집이 안거리이다. 하지만 이 집의 경우는 올레 입구에 있는 집의 규모가 안쪽에 있는 집에 비해 큰 것으로 보아 안거리로 보인다. 서측의 밖거리는 어르신이 기거하는 집이고 동측의 안거리는 지금은 쓰지 않는 빈집으로 남아있다.

동측 안거리의 뒷마당은 올레 입구에서는 훤히 보이는 위치에 있다. 그래서 올레 측으로는 담장이 쌓여 있다. 자기 마당에서도 마치 길에 담을 쌓듯이 돌담을 만들어서 올레를 인위적으로 만드는 것이 제주인들이 공간을 다루는 방법이다. 담을 쌓는 것은 공간의 성격을 구분 짓는 일이기도 하고 다양한 공간의 켜를 만드는 방법이기도 하다. 그렇게 해서 만든 뒷마당 한 구석에 물통이 있다. 수돗물을 물통에 받아서 사용했던 것은 언제 물이 단수될지 모른다는 불안감을 보여준다. 1970년대 초창기 수도가 가설되었을 때는 대개 그런 물탱크를 만들어서 물을 받아서 사용했다. 일단 물을 받아놓으면 언제 물이 끊기어도 안심이 되기 때문이다.

정지는 항상 뒷문이 있게 마련이다. 뒤에는 물통도 있지만 장팡뒤[3]도 두게 마련이다. 그래서 뒷마당을 여성들만의 공간이라고 하기도 한다. 부엌과 연결되어 살림을 하는 공간이다.

안거리의 정지는 특별히 잘 살펴볼 필요가 있다. 여기에는 난방을 겸하여 취사를 하는 아궁이가 있는데, 그 아궁이가 있는 자리만 다른 부분보다 30cm 정도 낮게 파여 있다. 불을 낮은 곳에서 피워서 온기와 연기가 구들 깊숙이 들어가도록 한 것이다. 이러한 아궁이는 처음 초가집을 지을 때는 만들지 않은 것이다. 이 아궁이는 분명히 원래 있던 집에서 개조되어 시공된 것이다. 그 개조의 흔적을 정지출입문 아래로 이어지는 둔덕에서 확인할 수 있다. 그 둔덕 아래엔 작은 구들을 덥히고 난 연기가 굴뚝으로 빠져나가는 연도가 묻혀있다. 개조해서 만들다 보니 어색하게 되었지만 그 어색함으로 개조의 역사가 남게 되었다.

샛동네 굽은정지집 안거리의 외관과 정지 입구.
오른쪽 위의 사진을 보면 정지입구에 만들어진 연기통로가 둔덕처럼 되어 있다

굴뚝은 정지에 붙은 작은구들에만 만들고, 고팡에 붙어있는 큰구들에는 만들지 않았다. 작은구들은 개조하면서도 큰구들은 그러하지 않았다는 것이다. 앞서 언급한 양전동 세칸집에서와 같이 대개 다른 집에서도 공

---

3 '장독대'의 방언(출처:https://wordrow.kr).

간의 확장이 큰구들보다는 작은구들에서 많이 일어났다. 식구가 많은 시골에서 아이들이 기거하는 작은구들이 공간을 확장해야 할 필요성이 더 컸기 때문이다.

굽은정지 형태의 평면은 모슬포와 창천, 덕수 등지에서 많이 볼 수 있는 유형이다. 그런데 이런 유형의 평면은 한경면과 봉개동에서도 볼 수 있었다. 제주도 전역에 걸쳐서 널리 퍼져있는 보편성이 있는 유형이라는 의미이다. 엄밀하게는 네칸집이라고 할 수는 없지만 민간에서는 이 정도만 되어도 네칸집이라고 인지하기 마련이다.

양전동의 세칸집과 샛동네의 굽은정지집은 장전리의 초가집의 원형을 추정할 수 있는 기본형태가 아닐까 여겨진다.

4. 과도기적 주거의 변화

가. 복귀주택

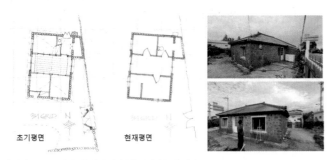

초기평면　　　　현재평면

장전리 380-2번지, 알벵디 남아있는 복귀주택 평면

제주의 근대 주거사에서 복귀주택은, 주택건설을 독려하기 위한 관 주도의 최소한의 시도라는 측면에서 의미가 있다. 장전리 복귀주택은, 주택 7개 동이 지금 장전초등학교 앞에 관의 지원으로 1950년대 말에 지어진 것으로 추정하고 있다. 그사이에 변화가 많았던 탓에 소유는 계속 변하고 멸실과 신축이 이루어지면서 본래 복귀주택을 건축한 원주인은 확인할 수 없게 되었다. 부분적이나마 원래의 모습으로 남아있는 주택은 한 동뿐이다.

장전리 복귀주택이 지어진 시기는 정확하지 않다. 다만 첫 복귀주택의 시행 시기가 1954년~1959년인 점과 건축형태를 고려하여 볼 때 1950년대 말에 지어진 것이 아닐까 추정해본다. 초기 복귀주택의 공간구조는 3칸 초가집의 평면과 거의 흡사하다. 가운데 마루를 두고 전면 양쪽으로 방을 두고, 후면에 정지와 고팡 대신에 방을 하나 더 두었다. 난방은 정지 앞의 방은 아궁이 난방을 하고, 반대편의 방은 앞방은 굴묵난방을, 뒷방에는 난방을 하지 않았다. 낭간과 굴묵 공간을 애초에 만들지 않고 고팡이 방으로 변한 것을 보면 1960년대 초가의 공간변화를 그대로 미리 예견하고 있음을 알 수 있다.

나. 알벵디 쉐막모커리집

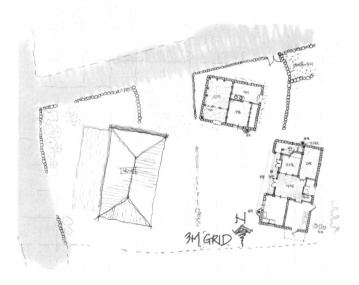

장전리 324-11 번지, 알벵디 쉐막모커리집 평면, 밖거리는 근린생활시설로 임대 중이다

알벵디에서는 두 개의 슬레이트집을 조사하였다. 쉐막모커리집은 현재는 필지가 나뉜 맞은편 번지의 집과 본래는 안밖거리로 하나의 주거단위를 이루었었다. 현재 밖거리는 임차인이 내부를 개조하여 사용 중이라서 조사는 현재 사용하지 않는 안거리와 쉐막이 있던 모커리를 중심으로 이루어졌다.

안거리를 먼저 언급해보면 평면의 구성은 가운데 상방을 두고 좌우로 큰구들과 작은구들이 한 칸씩 차지하는 세칸집의 모습을 하고 있다. 기본 골격은 양전동 세칸집과 같으나 양쪽으로 굴뚝이 있다는 점이 다르다. 굴뚝이 있고 없고에 대해 언급하는 것은 제주의 초가가 본래는 굴뚝이 없는 굴묵으로 되어 있었기 때문이다. 따라서 굴묵 난방구조이면서 굴뚝이 있는 경우는 중간에 난방방식이 개조되었을 것으로 짐작할 수 있다.

알벵디 쉐막모커리집 모습

이 집에서도 역시 큰구들은 고식으로 굴묵 공간으로 되어 있고 전면에 낭간이 있는 등 전형적인 제주초가의 공간구성을 하고 있다. 반면에 작은구들은 골목으로 된 굴묵 공간이 없이 내부공간의 확장이 더욱 적극적으로 이루어졌다. 앞의 낭간과 측벽의 굴묵으로 가는 골목이 모두 확장되었다. 작은구들의 측벽에 만들어진 굴묵의 흔적도 애초의 굴묵은 아니었을 것이다. 본래는 작은구들도 큰구들처럼 낭간 옆 굴묵으로 진입하는 골목이 있었을 것이다. 이후 방을 늘리면서 측벽으로 구멍을 내어 굴묵으로 접근하도록 하였다가 부엌아궁이로 난방을 겸하게 되면서 측벽의 굴묵마저도 확장하게 된 것으로 여겨진다. 작은구들에서는 난방방법이 두 차례에 걸쳐서 개조가 일어난 셈이다. 슬레이트를 개조할 때 이런 확장공사가 이루어졌다고 하는데, 지붕을 개량하는 공사를 하는 김에 내부공간의 개조도 같이 하였을 것이다.

그러면 그러한 공간확장을 가능하게 한 것은 새마을 운동이라는 사회적 분위기였을까? 물론 그러한 사회적 이유도 한몫을 하였겠지만 실은 초가집을 지을 때 축담까지 방을 늘리지 못했던 것은 이유가 있다. 그것은 축담의 역할이 비바람이 직접 흙벽에 닿지 않도록 하여 집을 보호하기 위한 것인데, 시멘트라는 방수에 강한 재료가 나타나면서 축담을 직접 외벽으로 사용할 가능성이 커졌기 때문이다. 이러한 변화는 새마을운동이전인 1960년대에 이미 있었다.

이 집의 안거리에서는 큰구들의 굴묵이 있는 곳으로 연도가 빠져나가 굴뚝에 연결된 것을 볼 수 있다. 그래서 굴묵 안에 연도가 둔덕처럼 올라와 있다. 보통은 불을 지피는 아궁이와 굴뚝은 서로 반대쪽에 있기 마련이다. 이렇게 같은 방향으로 굴묵과 굴뚝이 있다는 것은 집의 전면으로 굴뚝을 만들지 못했기 때문이며, 굴뚝을 전면에 만들지 못한 이유는 방을 낭간까지 확장하지 않았기 때문이다. 높이가 낮아야 하는 굴묵과 높이가 높아야 하는 굴뚝이 서로 같은 방향에 있어서 효율적인 난방을 하기는 어려웠을 것이다. 최소의 공력으로 구들을 개조해보려던 당시의 고민을 엿볼 수 있다.

안거리의 굴묵 공간 내부에 만들어진 연도와 굴묵

[연통 만든 거는 나중에 만든거지예?] 우리 할아버지네 굴뚝 헐 때부터 만들어수다. 나중에 만들어수다. 나중에. 방 고칠때. 처음엔 그렇게 만드는 기술, 재료도 어섯주. 그당시. [그러면 처음에 집 지은 거는 몇 년쯤에 지은 건지는 알아져마씨? 4·3은 끝낭 올라와 짓지 안해신가예?] 예. 경해시민 칠십년(집 수명) 우리 어머니네가 거기 강 결혼허영 산지가 칠십년이 넘엇주. 아니, 그 집이 이선디 어디 내려갔당 올라왔던 헤신가? 아니, 사삼사건 후에 짓어실꺼우다. 아무래도. 그때 집이 이서수가 다 불태와불고. 〈중략〉 50년대엔 고람신게 우리 집에 아저씨가(박○○씨). 그 굴묵도, 그 남쪽에 방도 굴묵이 이서신디 굴묵을 방으로 디밀면서 방을 좀 널펏고. 방에도 강 봅데가? [예. 예] 경헹 뒷문은 어떤 사람들 왕 떼어가불고.

[연통 만든 것은 나중에 만든 거지요?] 우리 할아버지네 굴뚝 할 때부터 만들었어요. 나중에 만들었어요. 나중에. 방 고칠 때. 처음엔 그렇게 만드는 기술, 재료도 없었죠. 그 당시. [그러면 처음에 집 지은 것은 몇 년쯤에 지은 건지는 알 수 있나요? 4·3은 끝나고 올라와서 짓지 않았을까요?] 예. 그러면 칠십년(집 수명) 우리 어머니네가 거기 가서 결혼해서 산 지 칠십년이 넘었어요. 아니, 그 집이 있는 상태에서 어디 내려갔다가 올라왔다고 했던가? 아니, 4·3사건 후에 지었을 것입니다. 아무래도. 그때 집이 있기나 했나요 다 불태워 버려서. 〈중략〉 50년대라고 말하네요. 우리 아저씨(남편 박○○씨)가. 그 굴묵도, 그 남쪽에 방도 굴묵이 있었는데 굴묵을 방으로 포함시키면서 방을 좀 넓혔고. 방에도 가서 보셨나요? [예. 예] 그래서 뒷문은 어떤 사람들이 와서는 떼어가버리고.

— 고○○(1947년생, 여, 장전리) 2020년 08월 05일 통화 채록

이 집의 다른 특징은 모커리[4]집이다. 모커리는 대지의 북쪽에 위치하고 쉐막[5]과 구들 그리고 정지로 구성되어 있다. 낭간이 없이 정지를 통해서 구들을 드나들게 되어 있다. 현재의 원룸과 비슷한 공간구조를 가진다는 점이 흥미롭다. 역시 정지아궁이로 난방을 하고 반대편으로 굴뚝을 만들었다. 측면에는 벽장이 있는데, 원래는 벽장 하부에 밖에서 불을 지피는 굴묵이 있

---

4 '곁채'의 방언(출처:https://wordrow.kr).
5 '외양간'의 방언(출처:https://wordrow.kr).

었을 것이다.

좌측에 있는 쉐막은 중간에 소를 매어두는 매낭과 매낭을 가로지른 횡경낭이 걸려있다. 원래 이 집의 출입구는 밖거리의 서쪽길 모퉁이에 입구가 있었다. 지금의 대문은 대지를 반으로 나누고 새로이 만든 것이다. 쉐막은 길가 쪽에 이문간과 같이 배치하는 경우가 일반적인데 장전에서는 쉐막이 길가 쪽보다는 집안 깊숙이 위치한 경우가 많다. 장정리 사람들이 소를 남다르게 여긴 듯하다.

쉐막에 있는 매낭과 창꼼

모커리 정지에는 한 쪽 벽에 환기를 위한 구멍이 뚫려있다. 창꼼[6]이라고 하는 구멍이다. 구멍을 유지하기 위해 인방 역할을 하는 큰 돌을 위에 얹어 놓은 모습이 인상적이다. 작지만 옹골찬 느낌을 준다. 비가 들이쳐도 큰 문제가 없는 굴묵이나 정지와 고팡 등에는 이렇게 창이 없이 구멍만 뚫어놓아서 환기 문제를 해결하고는 하였다. 이 조그만 구멍 하나도 오랜 시간을 통해 얻어진 주생활의 지혜이다.

---

6 '뙤창문(방문에 낸 작은 창문)'의 방언(출처:https://wordrow.kr).

다. 알벵디 정지마루집

알벵디의 가장 깊숙한 곳에 위치한 이 집은 안거리 정지에 낭간처럼 생긴 마루를 둘러서 만든 것이 특징적이었다. 밖거리를 임대 주어 임차인이 살림을 하고 있었고 안거리는 사용하지 않고 비어있는 상태였다. 안밖거리 살림집은 남북방향으로 길게 배치되어 서로 마주 보고 있었다. 이 때문에 밖거리는 동향을 하고 안거리는 서향을 하고 있는 모습이다. 또 다른 특징은 쉐막이 입구에서 가장 깊숙한 곳에 위치하고 있는 것이다.

제주도 산북지역의 초가는 남향이 아닌 남북방향으로 길게 배치되는 경우가 많다. 그러면서 안밖거리를 마주 보게 배치하므로 향을 중심으로 서술한다면 안거리가 동향을 하면 밖거리는 서향을 하게 되는 것이다. 지금의 주생활 개념으로 접근한다면 가장 중요한 집인 안거리가 남향을 하거나 아니면 차선으로 동향을 할 것이라고 생각하기 쉽다. 그렇게 본다면 서향을 하고 있는 이 집의 안거리는 이례적으로 보일 수도 있다.

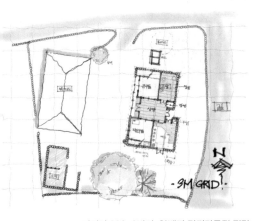

장전리 333-3번지, 알벵디 정지마루집 평면

제주의 집이 남북방향으로 길게 배치되는 이유는 겨울에 북서풍의 영향을 덜 받으려는 의지가 반영된 것이라고 할 수 있다. 그러면서 안밖거리를 마주 보게 배치하는 것은 가족 간의 관계를 생각한 것이라고 볼 수 있다. 방위보다도 더 중요한 것이 안밖거리에서 살고 있는 가족이 마당을 공유하고 가족 간 관계를 유지하는 것이다.

여기서 밖거리는 직접 조사하지 못하였고, 안거리를 중심으로 살펴보았다. 안거리는 가운데 상방을 중심으로 전면으로는 큰구들과 작은구들이, 후면으로는 고팡과 정지가 있는 전형적인 세칸집이다. 정지는 측면으로 출입하게 되어 있으며, 정지아궁이에서 난방을 하고 전면으로 굴뚝이 만들어져 있다. 역시 정지에 면한 작은구들만 낭간과 예전의 굴묵을 없애고 방을 넓혔다.

그 금방 올라와가지고 방도 꾸미지 못할 때는 보리낭헤서 우리 식구들이 다 이불 두개 정도헤서 그 안에 다 잣어. 아까 그 자리는. 아까 그 아궁이 허는 자리. 우리가 자던 자리야. 이디 보리짚을 막 많이 깔고. 그 다음에 위에는 이불 덕그고 여기가 일곱식구가 자던 자리야. [무사 방이 이신디 거기서 자 마씨?] 아니, 그 당시 우리가 방 관계는 생각 안나고 여기서 겨울을 보내난 생각이 나네. 방에는 아매도, 방에는 다 수리가 안되서 그거지게. 칸 칸 만들어서 못허니까. 집을 지어도 이것도 퇴기허고 말이야. 대나무에다 흙 발르고 문질르고. 막 허젠허난 이것도 몇 년 걸려서 헌거야. 한뻔에 한거 아니라 이거. [아, 경 막 오래 걸립니까?] 응. 오래 걸려서 여기서 자던 기억이 지금도 생생허여. 이 속에서 다 자고. 이 주변에 쥐가 막 왔다 갔다 하고 말이야. 쥐가 혼 삼 사 오륙 어마 했어.

그 금방 올라와가지고 방도 마련하지 못할 때는 보릿짚으로 해서 우리 식구들이 다 이불 두 개 정도 해서 그 안에 다 잤어. 아까 그 자리는. 아까 그 아궁이 자리. 우리가 자던 자리야. 여기 보릿짚을 막 많이 깔고. 그다음에 위에는 이불 덮고 여기가 일곱 식구가 자던 자리야. [왜 방이 있는데 거기서 자나요?] 아니, 그 당시 우리가 방 관계는 생각 안 나고 여기서 겨울을 보냈던 생각이 나네. 방에는 아마도, 방은 다 수리가 안 돼서 그랬을 거야. 칸 칸 만들어서 못하니까. 집을 지어도 이것도 퇴기하고 말이야. 대나무에다 흙 바르고 문지르고. 막 하려니까 이것도 몇 년 걸려서 하는 거야. 한 번에 한 게 아니라 이거. [아, 그렇게 오래 걸립니까?] 응. 오래 걸려서 여기서 자던 기억이 지금도 생생해. 이 속에서 다 자고. 이 주변에 쥐가 막 왔다 갔다 하고 말이야. 쥐가 한 삼 사 오륙 대단히 많았어.

—— 박○○(1943년생, 남, 장전리) 2020년 11월 03일 채록

예전에 초가집을 지을 때는 동네 사람들이 모두 모여서 흙질을 하면서 도와주었다. 그렇게 해서 집의 골격을 만드는 일은 거의 하루 이틀이면 마무

리될 정도로 금방 진행이 되었다. 하지만 내부의 벽체와 바닥은 많은 시간을 들여서 완성해야 했다. 그나마 불을 피울 수 있는 정지가 겨울을 보내기에는 난방이 안 되는 구들보다 더 나았다고 한다.

알벵디 정지마루집 전경과 쉐막

박○○씨 어린 시절에는 안거리의 큰구들에 어머니와 누나와 동생이 같이 살았고, 작은구들은 제삿방 용도로 비워 있었다고 한다. 그리고 박○○씨와 아버지가 밖거리의 좌측에 있는 구들에서 살았었다. 밖거리의 가운데는 마루였지만 오른쪽에는 쉐막이 있었다고 했다. 지금의 밖거리와는 다른 모습이었다. 그것을 박○○씨가 결혼하면서 쉐막을 방으로 개조해서 밖거리에서 신혼살림을 하였다. 잘 개조해서 현재는 쉐막의 흔적을 찾아볼 수 없을 정도다.

안거리 정지안의 모습과 증축 부분의 뒷모습

안거리의 공간개조에서 특이한 점은 정지를 후면으로 더 넓게 늘린 것이다. 정지를 늘리는 것은 축담을 밖으로 쌓고, 짧은 서까래를 기존의 서까래 밖으로 이어서 슬레이트를 덮은 것을 의미한다.

제주 삼촌들에게 들어보는 집과 마을 이야기

여기 솥 앗지. 이제 솥에 땔감혜나면 이제 '불치'[7]라고 허잖아. 불치. 불치를 이 뒤로 넘기고 허기 때문에 허든 이걸 넓혀서. 여기 아궁이(솥덕) 헐 때 넓힌거야. [불치를 쌓어놓젠 허니까.] 항상 불치가 작지 않거든. 그 옛날도. [불치는 해서 용도가?] 한번에 모아다가 거름착에 넣어서. 밭에 가서 뿌리지. 비료. 오줌들도 오줌항아리 만들어서 밭에 가서 뿌리고.

여기 솥 없으면. 이제 솥에 나무를 때고 나면 이제 '불치'라고 하잖아. 불치. 불치를 이 뒤로 넘기고 해야 하기 때문에 그래서 이걸 넓혀서. 여기 아궁이(솥덕) 할 때 넓힌 거야. [불치를 쌓아놓으려고 하니까.] 항상 불치가 작지 않거든. 그 옛날도. [불치는 용도가?] 한 번에 모아서 거름에 넣어서. 밭에 가서 뿌리지. 비료. 오줌도 오줌항아리 만들어서 밭에 가서 뿌리고.

— 박○○(1943년생, 남, 장전리) 2020년 11월 03일 채록

주생활의 관찰에서 신축보다 중요한 것이 개조라고 할 수 있다. 살면서 느낀 불편함을 개선한 증거이기 때문이다. 그 작업의 난이도에 따라 불편함의 정도를 가늠할 수 있다. 처음 정지공간을 넓히려고 한 것은 불치를 모으기 위한 것이었다고 한다. 정지공간을 더 넓게 만드는 증축작업은 쉬운 개조가 아니었을 것이다. 이러한 정지공간의 변화는 여성공간의 변화를 의미한다. 정지에 난방을 겸한 아궁이가 생기면서 불치를 모으던 공간이 불필요해졌다. 새로 생긴 여유 공간에 마루를 깔고 상방에 있던 장방을 없애서 정지에 수납공간을 만드는 등 작은 변화들이 연속되었을 것이다. 지금의 입식부엌과 밥솥과 냉장고등 각종 가전제품들의 등장은 이런 변화에서 시작된 것이다.

대지의 가장 깊은 곳에 위치한 쉐막은 문턱에 해당하는 지방돌, 소를 매어두는 매낭과 횡경낭이 원래의 모습대로 잘 보존되어있었다. 쉐막이 집의 맨 안쪽에 있는 이유는 소의 재산적 가치가 높아서 그렇다는 설명이다. 두

---

7 검부러기 따위를 태우는 데서 생긴 재(출처:https://wordrow.kr).

개의 커다란 나무 그늘 아래 쉐막 안에서 우는 소의 울음소리가 들리는 풍경을 상상하면서 달라져 가는 주생활의 모습을 추적해본다.

라. 양전동 굽은정지 미장벽면집

양전동에 있는 굽은정지집은 세 개의 동으로 구성되어 있다. 대지의 남쪽에 위치한 입식부엌이 있는 살림집과 서쪽에 위치한 굽은정지가 있는 살림집 그리고 동쪽에 있는 쉐막으로 이루어졌다. 동쪽 건물인 굽은정지집은 전면에서 보면 미장이 곱게 되어 있어서 처음부터 시멘트블록으로 지은 집이었는가 생각이 들 정도였다. 하지만 집의 뒤쪽에서 보면 본래 축담으로 쌓았던 외벽이 잘 드러나 있다. 규모가 작지 않은 집으로 굽은정지의 출입구 쪽 폭도 작지 않다. 정지출입통로가 있는 쪽으로 작은구들의 벽장이 있다. 아마도 예전에는 그 벽장 아래에 굴묵이 있었을 것이다. 지금은 개조되어 수납공간으로 만들어져 있고, 정지에 있는 난방을 겸한 아궁이는 다른 집에서와 마찬가지로 바닥을 낮게 만들었다. 큰구들도 굴묵과 벽장이 있었던 쪽으로 공간을 확장하였다. 굴묵을 없앤 후에도 난방시설을 대체하지는 않은 것으로 보인다. 큰구들 쪽에는 굴뚝이 보이지 않는다.

장전리 189-2번지, 양전동 굽은정지집 평면, 전면 외벽 모르터미장 문양이 독특하다

조적조인 남측 집도 기본 구조는 가운데 마루를 두고 좌우로 방과 후면에 부엌을 둔 세 칸으로 되어 있다. 집에 대한 기본적인 공간 유형이 조적조 건축에서도 이어지고 있는 모습이다. 방마다 붙박이로 벽장을 만들려고 'ㄹ'자 모양으로 간벽을 만든 게 특이하다. 이 또한 벽장을 사용하여 왔던 생활 습관의 연장일 것이다. 지금은 붙박이장으로 불리고 있는 벽장은 1970년대와 1980년대에 지어진 주택에 많이 만들어지곤 하였다.

5. 근대기의 새로운 주거형식

가. 집의 부재를 옮겨 지은 집

강○○씨는 장전리의 굽은정지의 초가집에서 살다가 살던 초가집의 부재를 해체해서 인근에 새로이 집을 지었다. 예전에는 건축부재가 귀해서 버리는 집을 사서 그 집에 있는 돌과 나무를 건축재료로 사용하는 경우들이 적지 않게 있었다고 한다. 하지만 자기가 살던 집의 부재를 재사용하여 새로이 집을 지은 경우는 흔하지 않을 것이다.

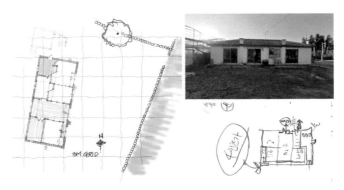

장전리 1111-1번지, 원래 알동네에 있었던 초가집의 평면(오른쪽 아래)과 옮겨 지은 집(사진)과 평면(왼쪽)

집주인의 증언을 토대로 원래 집의 평면도를 작성해보니 굽은정지 형태의 네 칸 초가였다. 셋동네 굽은정지집의 평면을 보면 거의 같다는 것을 알 수 있다. 전면에서 뒤에 있는 정지로 출입하는 형태의 이 유형이 장전에서 꽤 많이 지어졌음을 알 수 있다. 그런데 새로이 지은 집은 동일한 부재를 사용하면서 전혀 다른 공간을 만들었다. 그래서 이러한 공간의 변화는 더욱 주목할 만하다.

> 거기서 처음 지은 게 아니고, 처음에는 이 거리 안에 지금 나 사는디 있어난 집인데 그대로 강 옮겨놔가지고 내부를 그렇게 옛날 것을 다 뜯어 고친거지. 옛날 그대로 허지 안허고. [그럼 뒤에 솥덕놓고 헷다는 거는 여기 살 때 얘기구나?] 응. 그때 기억으로 곧는거지. -중략- 나무들이니까. 다 꽂아논대로 꽂아놓고. [그러면 여기 있는 걸 뜯어서 옮겨간 것이 70년대 초반?] 그렇지. -중략- 다 뜯어갈 때는 나무 기둥마다 무슨 기둥 다 표시혜가지고, 상모루면 상모루, 중모루면 중모루. 추년 무슨거. 다 썽에 그대로 강 탁탁탁탁.
>
> 거기서 처음 지은 게 아니고, 처음에는 이 집 안에 지금 내가 사는데 있었던 집인데 그대로 가서 옮겨가지고 내부를 그렇게 옛날 것을 다 뜯어고친 거지. 옛날 그대로 하지 않고. [그럼 뒤에 솥덕 놓고 했다는 것은 여기 살 때 얘기군요?] 응. 그때 기억으로 말한 것이지. -중략- 나무들이니까. 다 꽂았던 대로 꽂아놓고. [그러면 여기 있는 걸 뜯어서 옮겨간 것이 70년대 초반?] 그렇지. -중략- 다 뜯어갈 때는 나무 기둥마다 무슨 기둥 다 표시해가지고, 상마루면 상마루, 중마루면 중마루. 추녀 등등. 다 써서 그대로 가서 탁탁탁탁.

— 강○○(1942년생, 남, 장전리) 2020년 11월 9일 채록

70년대 초반에 기존의 부재를 가지고 새로 지은 집은 어떤 모습이 되었을까? 주목할 것은 전면에 있던 정지 출입구를 없애고 대신에 방을 하나 더 만든 것이다. 전면으로 출입하던 정지는 측면으로 출입구를 내었다. 지붕틀

의 형태를 확인할 수는 없지만 평면 구성만을 보면 '방–마루–방–방'으로 구성된 네 칸 집이 되었다. 이제까지 초가집에는 없던 집의 유형을 기존 초가집의 부재를 사용해서 만든 것이다.

새로운 집은 복도가 없이 방과 방을 미서기문으로 구분하였다. 그러면서 마루에 면하지 않고 안쪽에 있는 방은 다른 방을 건너야 갈 수 있는 대신에 밖에서 직접 드나들 수 있도록 외부 출입문을 미서기문으로 설치하였다. 복도를 두지 않고 안쪽에 있는 방의 출입을 자유롭게 할 수 있는 방법을 찾은 것이다.

방들이 연결된 내부공간의 모습(왼쪽)과 안방의 외벽에 있는 굴묵과 굴묵 내부(가운데)

후면으로는 '고팡–마루–작은마루_{정지}–정지'의 형태로 되어 있다. 후면에 있는 벽장의 형태와 전면에 있는 세 개의 굴뚝을 보면 후면 한 칸 반 정도가 정지였음을 알 수 있다. 정지에 작은 마루를 깐 것은 원래의 초가 평면에서 영향을 받았을 것이다. 후면 정지 안에 마루를 깐 공간을 쳇방으로 부르기도 하였는데, 공간구획이 명확하지 않아서 어떻게 받아들여야 할지는 애매한 부분이 있다.

방과 방을 연접하여 미서기문으로 구분한 것은 당시 제주 시내에서 많이 볼 수 있었던 일본식 주택에서 영향을 받은 것으로 추정된다. 혼란스러웠던 문화의 충돌과 절충을 장전리의 주거공간에서도 찾아볼 수 있다.

나. 물부엌이 있는 집

장전리 1066번지. 옛 초가의 자리에 1983년에 새로이 지은 집

　강○○씨는 1983년에 원래 초가집이 있었던 대지에 벽돌조의 평슬래브 집을 지었다. 이 집은 장전리에 지어진 초기 시멘트벽돌조 슬래브집이다. 목구조의 초가와는 달리 벽돌조의 슬래브집으로 변하면서 공간구성에 많은 자유가 생겼다. 당연히 많은 공간적인 변화가 일어났다.

　이때 초가집에는 없던 물부엌 공간이 새로이 생겼다. 물부엌은 제사 때와 같이 여럿이서 많은 양의 물을 한 번에 써야 하는 제주인의 생활방식이 반영된 공간이었다. 이 당시에도 화장실은 실내에 만들지 못하였다. 변소는 대문 옆 외부에 만들었다. 지금 화장실 공간은 애초에 물부엌으로 쓰던 공간이다. 물부엌은 제사와 같이 많은 물을 쓰는 행사를 대비해서 만들어놓은 작업장이다. 물부엌의 바닥은 낮았고, 천정을 낮게 해서 상부 공간에 다락처럼 수납공간을 만들었다. 자투리 공간까지 아껴 쓰려는 제주인의 삶의 방식이 반영된 아이디어인 것이다.

　80년대의 새로운 집은 이전의 슬레이트집과는 전혀 다른 평지붕으로 된 모습이었지만 모든 것이 새롭기만 한 것은 아니었다. 방과 방 사이에 미서기 문을 사용해서 공간의 융통성을 높이는 것은 이전의 주거공간에서 보던 바와 같았다. 그리고 아궁이 위에 있었던 벽장처럼 붙박이로 장을 만들어서 미서기문을 다는 방식은 즐겨 사용된 아이디어였다. 상방에 장방을 만들어 수납을 하던 방법처럼 새집에도 붙박이장을 만들었다. 집을 사용하는 방식 은 서서히 새로운 시대에 맞추어 변해가는 과정을 겪고 있었다.

다. 전면포치 집

장전리 1061-1번지, 현관과 거실 앞의 넓은 포치가 특징인 집

1987년에 지어진 강ㅇㅇ씨1939년생, 남의 주택은 가운데 마루를 두고 뒤로는 제삿방을 두었다. 벽에 붙박이장을 설치하는 것은 감소하였으나, 마루 공간 을 목재로 마감하고 방을 도배하는 것은 계속되었다.

공간구성은 80년대 후반까지도 세 칸 겹집초가에서 보는 것처럼 가운데 마루 공간을 두고 좌우로 방을 배치하고 후면에 부엌을 두는 등 크게 달라 지지 않았다.

다만, 집을 짓기 시작할 때는 연탄보일러를 두려고 하였다가 준공 시점 에는 기름보일러를 설치하였다고 한다. 난방방식에 변화가 있는 시기였음을 짐작할 수 있다. 이때에도 화장실은 완전하게 실내로 들어오지는 못했어도 부엌에 붙여서 집안 가까운 곳에 만들어 이용 편의성을 높였다. 온전하진 않지만 화장실을 실내로 들이는 것이 가능해지고 있었다.

1980년대는 실내화장실과 입식부엌 그리고 기름보일러 난방으로 변화하 는 기술적인 진전이 빠르게 진행되는 시기였다. 조적조의 슬래브집을 지으면서 새로운 취향들도 등장하기 시작하였다. 초가에서는 할 수 없었던 깊은 처마와 테라스 공간이 즐겨 사용되었다. 이제 주거공간은 이전 초가와는 규모와 기술 면에서도 완전히 달라지고 있었다. 외벽은 돌로 쌓는 것이 아니라 돌을 붙여서 치장을 하였고 집을 지을 때는 건축심의를 받으면서 일부는 기와를 씌운 눈썹지붕을 달았다. 다양한 형태가 가능해지면서 집의 외형과 미적인 부분에 대한 관심이 높아지기 시작한 시기라고도 할 수 있다.

6. 마무리

제주의 중산간마을을 돌아보는 것은 주생활의 기록에서 특별한 의미가 있다. 4·3사건으로 고난의 시기를 거쳐 고향으로 돌아와 함바집을 짓고 살았던 장전 사람들에게는 집이라는 것은 매우 특별한 의미를 가질 수밖에 없다.

찬 겨울 흙바닥에 마른풀을 깔고 살았던 이들에게 집이라는 사물이 어떤 형태를 하고 있다는 것이 중요하지 않을 수 있다. 하루 이틀 만에 모여서 집의 외형을 만들고, 다시 일 년에 걸쳐서 문과 내벽과 구들바닥을 만들었다는 장전 사람들의 이야기는 너무도 손쉽게 집을 짓고 쉽게 팔기도 하는 현대인들의 집과는 전혀 다른 성격의 집이라고 할 수 있다.

집에 대한 숭고한 감상을 뒤로하고, 조사한 집을 근거로 장전리 집의 특징을 열거해보면 다음과 같다.

첫 번째로 초가집의 기본평면유형은 측면으로 정지를 출입하는 세칸집이 기본적인 형태를 하고 있다. 그런데 전면으로 정지를 출입하는 꺽은정지형 평면이 측면으로 정지를 출입하는 평면보다 다소 많이 확인되었다.

두 번째로 1960년대 초가의 변화를 보면 굴묵을 출입하는 공간을 없애고 측벽으로 굴묵 입구를 만들어 구들을 확장하는 현상들이 보인다. 이는 시멘트모르터의 보급이 가능해지면서 일어난 현상이라 할 수 있다.

세 번째로 1970년대 새마을 운동의 영향으로 초가집이 슬레이트집으로 개조하는 지붕 개량과 더불어 굴뚝이 없던 굴묵에서 굴뚝이 있는 아궁이부엌 난방으로 정지가 개조가 많이 이루어졌다. 이 당시에 정지에 면한 작은 구들이 낭간과 굴묵으로 확장하면서 큰구들보다도 방이 커지는 경향이 나타난다. 이 당시에는 정지의 변화와 더불어 방의 크기를 키우거나 방의 수를 늘리려는 등 집의 기본적인 형태의 변화가 많이 일어난 시기이다.

네 번째로 1980년대 들어서는 벽돌조의 슬래브주택이 지어지기 시작하면서 집안에 물부엌과 화장실이 서서히 갖추어지게 된다. 굴묵 위로 벽장을 만드는 일이 사라지게 되었는데, 가구를 들이는 것보다는 벽면을 이용하여 붙박이장을 만드는 것이 일상화되었다.

이러한 변화의 과정은 건축의 미적인 이유보다는 다분히 실용성에 기초하여 선택된 결과들이다. 하지만 양전동 꺽은정지집에서 보이는 것처럼 실용성을 추구함에서도 항상 미적인 고민이 따르게 마련이다. 가장 실용적인 선택이 또한 가장 아름다운 모습이라는 것을 장전리의 집은 이야기하고 있다.

참고문헌

* 『제주의 옛지도』, 제주민속자연사박물관, 1997.
* 『애월읍 역사문화지』, 제주특별자치도 제주문화원연합회, 2013.
* 오창명, 『제주도 마을 이름의 종합적 연구 I』, 2007.

웹사이트

* 제주특별자치도 공간포털(https://gis.jeju.go.kr/bm/index.do)
* 카카오맵(https://map.kakao.com/)
* 국토정보맵(http://map.ngii.go.kr/ms/map/NlipMap.do)
* 지적아카이브(https://theme.archives.go.kr//next/acreage/viewMain.do)
* 제주부동산정보조회(http://lmis.jeju.go.kr/)
* WORDROW(https://wordrow.kr)
* 제주4·3아카이브(http://43archives.or.kr)

05

일도일동
살림집

05 일도일동 살림집

1. 집이란 무엇일까?

제주인의 주생활을 기술하면서 등장하는 제주의 집은 매우 특별하고 독특한 특징으로 주목받아왔다. 공간구성이나 형태뿐 아니라 공간을 가리키는 이름마저도 다르다. 다르다는 것은 육지의 살림집과 다르다는 의미였다.

제주의 살림집이 타 지역과 다르다고 할 수 있는 것은 단지 모습이 다르다는 의미는 아니다. 살림집이 다르게 전개된 배경, 즉 삶의 형태가 다르다고 할 수 있다. 제주인의 삶의 형태가 다르기 때문에 살림집의 형태도 다르다고 할 수 있는 것이다. 집을 들여다본다는 것은 결국 그것을 구성하고 있는 나무와 돌, 혹은 콘크리트와 유리를 들여다본다는 것도, 큰구들이나 정지의 위치를 들여다본다는 의미만도 아니다. 특히 주생활을 이해하기 위해 집을 본다는 것은 집을 통해서 그 집에서 살아온 사람들의 삶의 모습을 보겠다는 것이다.

그런 의미에서 주생활은 건축공간을 말하는 것이 아니다. 주생활은 건축물도 아니며 건축공간도 아닌 살림집에서 살아온 사람들의 생활을 말하는 것이다. 이는 지극히 당연한 이야기이지만 건축을 전공으로 한 필자에게는 오히려 접근하기 어려운 요구이기도 하다.

먼저 살림집을 기본으로 생각해 보자. 제주의 살림집이 전라도나 경상도의 살림집과 다른가? 그 질문에는 당연히 다르다고 선뜻 말할 수 있다. 역으로 말하자면 경상도의 살림집은 제주의 살림집과 다르고 전라도의 살림집도 제주의 살림집과 다른 것이다. 다르다는 것은 결국 제주만의 독특함이 있다는 것을 말하는 것이 아니라 제각기 독자적인 살림집의 형태가 있다는 것이다. 사람이 제각기 다른 삶을 살아가듯이 살림집도 제각기 다른 모습으로 만들어진다. 단지 그런 것일 뿐이다. 따라서 그 다른 모습을 제주만의 독특함으로 포장하여 신기한 눈으로 바라보는 시선을 버리고 다름을 당연한 문화적 현상으로 바라볼 필요가 있다.

제주의 살림집이 신기하고 특이하다고 여겼다면 그것은 아직 우리가 제주인의 삶을 이해하지 못했기 때문이라고 하여도 그리 틀린 말이 아니다. 이해를 할 수 없을 때 신기해 보이는 것이기 때문이다. 현재 제주에 있는 살림집이라고 하는 게 길어야 150년 정도 되었을 뿐이라는 이야기들을 하고는 한다. 그것은 목재와 흙이라는 견고하지 못한 재료를 사용해서 집을 지었기 때문이라고 볼 수 있다. 이 때문에 눈으로 확인할 수 있는 물적인 자료로 개항기 이전 살림집의 형태가 어떠했는지를 확인하는 것은 매우 어렵다. 그리 오랜 과거가 아닌데도 말이다. 제주 살림집의 특징으로 안거리와 밖거리의 별채 구성, 낮은 물매, 바람막이용 축담, 굴묵, 올레길 등을 들 수 있는데, 이러한 특징들은 19세기 이후에 남아있는 공간구성을 보고 이야기하는 것일 뿐이다. 실제로 그 이전의 제주 살림집의 형태는 현존하는 초가를 연구하는 것보다 문헌자료의 연구를 통해서 추측하는 것이 더 현명한 방법이다.

수없이 많이 지어졌을 제주의 살림집은 왜 150년을 넘기지 못하고 사라져갔을까? 건축사建築史를 들여다보면 집의 역사는 약하고 허술한 집에서 견고한 집으로 옮겨가는 역사를 갖고 있다. 나무집에서 돌집으로, 돌집에서 벽돌과 블록집으로, 그다음은 콘크리트 집으로 변화하여 왔다. 그런 탓에 옛집의 견고하지 못함은 과거의 기술적인 미숙함으로 치부하기 쉽다.

2020년 현재 일도동의 주생활을 기술하면서 화려하고 멋있는 집을 기록하기보다는 힘들고 어려웠던 시절을 같이 했던 견고하지 못한 살림집들을 돌아볼 것이다. 기술적인 미숙함과 견고하지 못한 집들이 사라지기 전에 말이다. 어려운 삶의 과정에서 우리의 살림집을 어떻게 성숙시켜 왔는지를 보았으면 한다. 견고하지 못한 우리의 살림집 속에 있는 견고한 살림의 진정성을 보았으면 한다.

제주인의 살림집을 이야기할 때 근현대의 살림집에 대한 이야기는 초가라고 하는 전통적인 살림집에 비해 덜 언급되었다. 아마도 그 이유 중 하나는 근현대의 살림집은 잊혀진 과거가 아니라 이미 알고 있는 현재의 이야기이기 때문일지도 모른다. 하지만 1945년 광복 이후부터 현재까지의 짧은 시간에 이루어진 살림집의 변화는 조선왕조 오백년 동안보다도 더 많은 변화가 있었다. 이 기간에 이루어진 변화를 기록하는 것은 오랫동안 유지해왔던 전통적인 가치와 마찬가지로 우리에겐 소중한 역사이다.

일도일동은 공간적으로는 제주도의 작은 일부분에 불과하지만 그 안에서 이루어진 살림집의 변화와 내용을 담아내는 것은 간단하게 서술한다고 하여도 쉬운 일이 아니다. 일도일동이라는 공간은 작지만 삶의 흔적과 역사는 결코 적은 양이 아니기 때문이다. 부족하고 미흡하나마 일도동 살림집의 모습을 더듬어가면서 일도동 사람들의 주생활을 풀어보자.

2. 초가

제주시 무근성동네에 있는 박씨 할머니 댁은 일도동에 있는 살림집은 아니다. 하지만 제주성 안에 남아있는 유일한 초가집으로 전통적인 삶의 모습을 이야기해 볼 수 있는 거의 유일한 소재가 아닐까 한다. 이런 이유로 일도동을 벗어난 살림집이지만 박씨 할머니 댁을 통해서 전통적 제주초가의 모습을 들여다보고자 한다.

지금 우리가 접할 수 있는 초가의 기본 모습은 구들이 두 개 있는 세칸집과 세칸집에 챗방이나 작은 상방이 더 있는 네칸집이다. 김홍식은 제주초가의 네칸집은 공간적으로는 네 칸의 모습을 하고 있으나 지붕틀의 구조는 세 칸의 형태를 유지하고 있다는 점을 들어 네 칸이라는 용어를 사용하지 않고 '웃3알4칸'이라고 제주 네칸집을 정의하였다.[1]

제주초가에서 한 칸의 크기는 대개 2.6~3미터 정도이다. 세칸집에서는 큰구들과 상방 그리고 정지가 각각 한 칸씩을 차지하며, 정지 칸에 작은구들이 붙어있는 경우가 일반적이다. 제주 의 살림집에서 칸 수를 셀 때 혼란을 느끼게 하는 것은 측면 굴묵에 비바람이 들이치는 것을 막기 위한 축담을 쌓으면서 굴묵을 한 칸으로 보아야 할 것인지의 문제이다. 굴묵에 있는 축담에는 기둥을 세우지 않는 경우가 대부분이기 때문에 굴묵을 한 칸으로 세지는 않는 것이 일반적이다. 그런데 굴묵이 커지면서 후면에 있는 정지공간과 연결되어 'ㄱ'자 모양의 굽은 정지 형태가 되는 경우가 있다. 창천과 덕

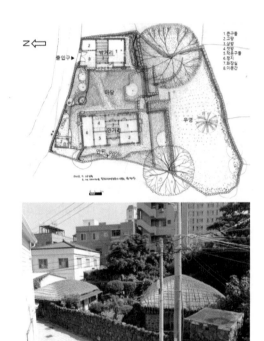

삼도2동 169-1번지 박씨 초가.
왼쪽: 박씨 초가 평면(작성: 탐라지예 건축사사무소 권정우) / 오른쪽: 박씨 초가 전경

---

1 김홍식, 『한국의 민가』, 한길사, 1992, 122쪽.

수 중문 대정 등지에서 많이 찾아볼 수 있는 이러한 살림집의 구조를 양상 호는 예래동마을에서 '4칸중간형'으로 설명하였다.[2]

박씨 할머니 댁은 정지가 온전히 한 칸을 차지하고 있는 네칸집이다. 세 칸집에서 네칸집으로 성장할 때 나타나는 것이 챗방이라는 공간이다. 챗방 은 식사를 위한 제주에서의 독특한 공간인데, 상방과 정지 사이에 우물마 루를 깔아놓은 방이다. 창천 중문 대정 등 산남의 서쪽 지방에서는 'ㄱ'자형 꺾은 정지와 더불어 후면에 챗방을 놓은 네칸집도 흔히 확인할 수 있다. 반 면에 산북지역에서는 네칸집에서 챗방이 후면이 아니라 전면에 배치되는 경 우가 많이 나타난다. 박씨 할머니 댁도 챗방이 전면에 있는 경우이다. 산북 서쪽 지역에는 중마루라고 하여 정지와 상방 사이에 마루를 깐 공간이 나타 나는데 챗방과 비슷한 역할을 하였을 것으로 추정된다. 제주시 지역과 산북 동쪽 지역에서 챗방이나 머리방이 전면에 배치된 사례를 많이 찾아볼 수 있 다. 이렇게 챗방의 배치가 지역마다 다른 것은 아마도 그 지역의 사회적 환 경과 연관이 있을 것이다. 전면으로 챗방이 오는 경우는 집을 방문하는 손 님이 많고 시골보다는 도시적 성격이 강한 곳이었을 것으로 여겨진다.

3. 강점기 살림집

1629년에 시작된 출륙금지[3]의 조치가 풀린 것은 1820~1850년 사이인 것으로 보고 있다. 하지만 출륙금지 해제는 자유를 향한 고삐 풀림이 아니

2　양상호, 『제주의 마을 공간 조사보고서-예래동』, 한국건축가협회제주지회, 2001, 172쪽.
3　성종 원년(1470)부터 인조 2년(1624)까지 약 150년 동안에 섬 안의 굶주리는 난민들이 도외 각지로 유 망해버려 삼읍 인구가 급격히 감소했다. 이리하여 조정에서는 국법으로 유망을 금지하는 강경 조치를 취하게 되는데, 이것이 바로 출륙금지였다(출처: https://www.jeju.go.kr/culture/history/period/ period04.htm).

라 새로운 구속과 억압의 시작일 뿐이었다. 일본과 지리적으로 가까웠던 제주에 일제강점기는 또다시 우울한 시간을 연장시키고 있을 뿐이었다.

일제강점기에는 새로운 문화를 접하면서 일반 제주도민의 생활 곳곳에서 변화가 일어났다. 특히 건축현장에서는 야리가다ᵣ규준틀, 사뽀또, 함마망치 등의 일본어와 일본식 영어발음이 일상화되었다. 이런 단어들은 강점기 이후에도 오랜 시간 마치 우리의 언어처럼 사용되었다. 이러한 현상은 많은 근대 건축기술이 일본인을 통해서 제주에 전달되었기 때문이다.

강점기에 지어진 살림집도 일본건축의 영향을 많이 받았을 것이다. 제주성 안의 많은 집들이 전통적인 7량의 가구법에 의한 지붕구조가 아닌, 간이 트러스 형태의 목구조로 만들어졌다.[4] 일도일동에서 강점기의 살림집 형태를 가늠할 수 있는 사례로는 고씨 살림집이 있다. 김석윤은 일본의 건축과 제주전통 살림집이 형식상 융합되어 근세 주거로 나아가는 초기 형태로 이 살림집을 주목하였다.[5] 양상호는 이 집이 기술적으로는 일본의 건축을 참고

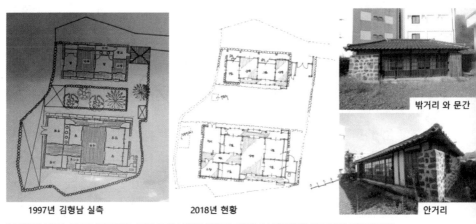

| 1997년 김형남 실측 | 2018년 현황 | 밖거리 와 문간 |
| 안거리 |

일도일동 1243-1번지 고씨 주택. 현재 고씨 살림집 현황과 1997년 실측도면을 비교하면, 밖거리 공간 구성이 지금과는 달리 독립된 살림집으로 이해된다

---

4 김형남, 『1920~1960년대 제주시 도시주택의 유형 및 변천에 관한 연구』, 명지대 석사학위 논문, 1998, 125쪽.

5 김석윤, 「주거문화」, 『제주생활문화 100년』, 제주문화원, 2014, 356쪽.

하였지만 기능적으로는 제주민가의 전통적 내용을 계승하여 자발적인 근대의 변화를 파악할 수 있는 과도기적 주거건축이라는 점에 의의를 두고 있다.[6] 건축물대장에는 이 살림집의 준공 시점이 1949년으로 기록되어 있으나, 김형남의 조사에 의하면 당시 거주인 문○○씨 면담결과 1920년대 초반경에 지어진 것으로 추정하고 있다.[7] 이를 고려하였을 때에도 고씨 살림집은 강점기에 일본건축의 영향 속에서 제주인의 살림집이 어떤 변화를 겪고 있었는지를 가늠할 수 있는 중요한 자료임이 틀림없다.

고씨 살림집은 안거리와 밖거리의 별채 구성으로 되어 있다는 점에서 제주 살림집의 기본구성을 그대로 유지하고 있는 것으로 보인다. 현재의 밖거리는 마루 공간과 구들이 반복되는 공간구조를 하고 있어서 얼핏 보기에도 안팎거리에서 각각 살림을 살았던 일반적인 제주의 살림의 구성과는 전혀 다른 공간구성으로 보인다. 현재의 공간구조는 최초의 공간구성과는 변형이 많이 이루어진 것이며, 김형남의 실측조사도면에 의하면 후면에 정지가 있고, 우측에 있는 마루는 고팡이었던 것으로 조사되었다. 이는 전통적인 민가의 공간구성과는 전혀 다르게 변형되었지만 안거리와 밖거리의 살림집 구성은 유지하고 있는 것이다.

고씨 살림집을 통해서 제주 살림집의 변화로 꼽을 수 있는 점이 몇 가지 있다. 우선 안거리를 중심으로 살펴보면 상방에서 정지에 이르는 중복도가 만들어진 점이 눈에 띈다. 전통적인 제주의 살림집에서는 규모의 한계에 의한 것이기도 하지만 중복도로 공간을 연결하는 경우는 보기 어렵다. 중복도를 만든다는 것은 공간을 확장할 수 있다는 것을 의미한다. 제주의 살림집의 전면부에는 복도의 역할을 하는 낭간과 같은 공간이 있고 일본건축에도 전후면에 복도를 두고 아마도雨戸를 두는 경우가 많기 때문에 살림집의 주변

6 양상호, 『제주건축역사』, 제주건축사회, 2015, 208쪽.
7 김형남, 앞의 책, 162쪽.

부에 복도를 두는 것이 자연스러울 수 있다. 이는 살림집의 규모가 커지면서 공간의 연결을 어떻게 할 것인가에 대한 고민의 결과라고 할 수 있다.

이런 의미에서 복도는 근대건축의 탄생과 시기를 같이하고 있다. 살림집의 공간규모가 커지면서 내부 공간을 분할하는 방식을 선택하면서 고민을 했을 것이다. 즉 복도를 두어 각 공간을 독립적으로 사용하게 할 것인가 아니면 복도가 없이 적당히 칸 나누기를 하여 홀과 방으로만 구성할 것인가 하는 것이다. 여기에서 고씨 살림집에서는 복도와 개별 공간의 독립된 구성을 선택한 것이다.

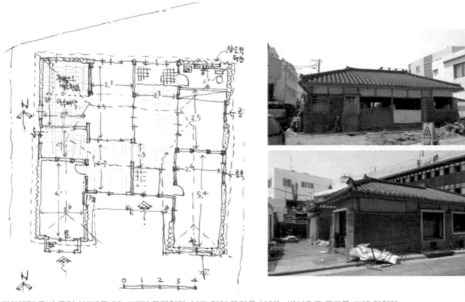

리모델링 준비 중인 삼도2동 22-1번지 주택현장, 복도 없이 공간을 붙이는 방식으로 규모를 크게 하였다

반면 삼도동의 살림집은 중복도 대신 미서기문을 사용하여 공간을 홀과 방으로 분할하는 방식을 선택한 사례이다. 이렇게 복도 없이 방과 방을 연결하거나 홀과 방만으로 공간을 구성하려는 태도는 적지 않게 발견된다. 특히 인접한 방 두 개를 벽이 없이 미서기문으로 공간구획을 하여 가변적으로 사

용하려는 태도는 상당히 오랫동안 이어져 왔는데 이 역시 일본건축의 공간 구획방식을 따른 것으로 볼 수 있다.

고씨 살림집에서 볼 수 있는 두 번째의 변화는 집을 짓는 기술적인 측면의 변화이다. 고씨 살림집의 밖거리의 골조가 대들보 위에 종보가 없는 간이 지붕틀구조를 하고 있는 점과 각 방에 벽장이 있는 벽을 제외한 나머지 벽면에 미서기문을 설치했다는 점이다. 이러한 기술적인 변화도 일본건축의 영향을 받아서 생긴 변화라고 할 수 있다.

이런 변화의 배경으로 자본주의 사회로의 발전과 그로 인한 부의 축적 현상을 연관 지어 생각해 볼 수 있다. 본래 제주의 전통 살림집의 집짓기는 이웃 사람들의 흙질과 초가지붕 덮기 등의 부주로 짓는 수눌음과 같은 공동체 문화와 관련이 깊다. 그러나 공동체 의식이 해체되는 도시화와 자본주의 사회로의 변화에서 노동을 품앗이로 하는 전통 집짓기 방법이 점점 어려워졌을 것이다. 이는 살림집의 규모가 고씨 살림집처럼 커지게 되면 공동체의 도움에 의존한 흙질을 통하여 집을 짓는 방식보다는 목수와 기와쟁이와 같은 기술자들에 의한 건축방식이 오히려 더 선호된 것이 아닌가 하는 생각을 해볼 수 있다. 이런 면에서 일본건축기술이 쉽게 받아들여진 것은 단순한 기술의 도입이 아니라 근대화 과정에서의 변화가 반영되고 있는 것이라 볼 수 있다.

[화북에서는 왜 근런 수눌음이 덜 했을까요?] 거기에는 호수가 좀 많잖아. 해변에 사는 사람 그 당시에는 차별이 있었어. 시골에 사는 사람하고, 해변에 사는 사람하고 인간차별. 시골놈. 촌놈이라고 했거든. 해변놈은 양반계급에 속하는 조금 우대받는 사람에 속했고. 그런 차이가 있었어. 그러니까 여간하게 인간관계가 다져지지 않으면 봐주지 않았어.

[화북에서는 왜 그런 품앗이가 덜 했을까요?] 거기에는 가구 수가 좀 많잖아. 해변에 사는 사람 그 당시에는 차별이 있었어. 시골에 사는 사람하고, 해변에 사는 사람하고

영평에 살다가 소개령으로 화북으로 내려오게 되었다는 유○○씨는 영평에서 와는 달리 화북에서는 수눌음에 의한 건축을 하기가 어려웠다고 하였다. 이는 가구 수가 많아지면서 사회적 관계가 달라지기 때문이라고 생각하였다. 흙벽을 줄인다는 것은 건축물이 밀집한 도시화가 진행될수록 필요성이 절실해진다. 이는 지금도 도심일수록 철근콘크리트보다는 철골구조가 유리하고 미장과 같은 습식공법보다는 철물로 마감재를 고정하는 건식공법이 선호되는 것과 같은 이유이다. 한두 명 기술자의 손을 빌어서 미서기문과 목재널을 만들어 공간을 구획하는 방식은 온 마을 사람이 마당에서 흙을 이겨서 벽체를 만드는 방식보다 훨씬 편리하게 여겨졌을 것이다. 또한 산업화로 인해 제재목製材木의 수급이 용이해진 점도 그러한 변화를 받아들이게 하는 배경이 되었을 것이다.

4. 1945~1959년 살림집

일제강점기가 끝났다고 하여도 제주의 암울함은 끝나지 않았다. 1948년의 4·3사건과 1950년의 한국전쟁으로 50년대 말까지의 제주사회는 늘 불안함 속에 놓여 있었다. 소개령으로 제주도 전체 중산간마을이 사라지는 불안함 속에서는 안정적이고 견고한 살림집을 지어보겠다는 꿈을 갖기보다는 그저 몸 하나 편히 누일 수 있는 공간만 있어도 만족한 그런 시기였다.

[신산모르 집지을 때도 노력부조를 했는가요?] 그 당시에는 그런 부조가 아니고, 그때에는 한 단계가 많이 높아지지 않아서. 부주로 보다도 돈으로 부조하고. 쌀로도 싸가지고 해주고. [그럼 직접 노동을 같이 해주거나 그런 거는 아니고…] 응. 여기 온 이후에는 그것이 없어졌어. [그럼 부주로는 쌀을 많이 주었나요?] 응. 쌀도 주고, 그다음에 우리가 필요한 게 뭐냐 하면 목재. 자재. 이런 것들도 부조 들어와. 마루 논다고 하면 마루 놓는 거 있잖아. 마루 놓는 널판. 이런 것들도 동네에서 그 당시에는 친목회가 아니고, 그런 회(會)가 있었어요. 계 같은 거.

[신산모르(지명)에 집을 지을 때도 노력품앗이를 했는가요?] 그 당시에는 그런 부조가 아니고, 그때에는 한 단계가 많이 높아지지 않아서. 부조보다도 돈으로 부조하고. 쌀로도 해주고. [그럼 직접 노동을 같이 해주거나 그런 거는 아니고…] 응. 여기 온 이후에는 그것이 없어졌어. [그럼 부조로는 쌀을 많이 주었나요?] 응. 쌀도 주고, 그다음에 우리가 필요한 게 뭐냐 하면 목재. 자재. 이런 것들도 부조 들어와. 마루 논다고 하면 마루 놓는 거 있잖아. 마루 놓는 널판. 이런 것들도 동네에서 그 당시에는 친목회가 아니고, 그런 회(會)가 있었어요. 계 같은 거.

───── 유○○(1937년생, 남, 일도이동) 2018년 7월 9일 채록

전통사회에서 노력부조로 집을 지었다는 것은 공동체라는 입장에서는 매우 중요한 일이었다. 1950년대 일도동에서는 집짓기에서 노력부조하는 것은 사라졌던 것으로 보인다. 대신에 쌀을 비롯한 물건 등으로 부조하는 풍속은 여전하였고 이를 위하여 계와 같은 모임이 있었다.

일도동에는 소개령에 의해 이주해 온 중산간마을 사람들도 있었고, 전쟁을 피해 내려온 피난민들도 있었다. 다가구 살림집이라는 개념이 없던 시절이었지만 집 없는 사람들을 위해 임대가 용이한 형태로 집을 짓는 것도 이 시기의 한 가지 고민거리였을 것이다. 동문시장의 동측 일대에는 타지에서 온 이주민들의 임시 주거지와 같은 판자촌이 들어서 있었고 많은 집들이 임대와 공동살림을 염두에 두고 지어졌다.

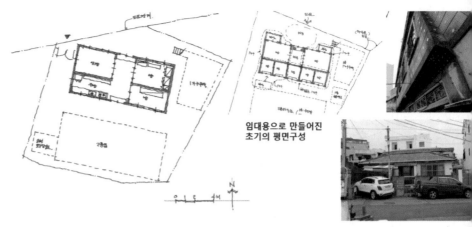

일도일동 1112-7번지, 좌측: 현재 실측 평면 / 중앙: 초기 임대를 고려한 평면,
우측 하부: 1층 슬레이트집 / 우측 상부: 후면에 위치한 2층집으로 건축의장 측면에서 의미가 있다

일도일동 박씨 살림집은 건축물대장상의 준공시기는 1952년이다. 비록
슬레이트 지붕이긴 하지만 2층 철근콘크리트조의 건물이 한국전쟁이 끝나
지도 않은 1952년에 건축되었다는 것은 쉽게 신뢰하기는 어렵다. 하지만 박
씨가 1964년경에 이 집을 부모님이 사서 이사를 왔다고 한 것으로 봐서는
1950년대에 지어진 건축물로 추정하는 것은 크게 무리가 없다.

대지 내에는 목조 슬레이트 지붕의 단층집과 철근콘크리트조 슬레이트
지붕의 2층집, 그리고 현재는 비어있는 별채 한 동이 있다. 애초에 이 집은
'진도하숙'이라는 이름으로 여러 사람들에게 임대를 주었다고 한다. 2층 건
물의 2층에는 방이 11개나 되었으며 1층의 목조슬레이트 건물에도 방마다
출입문이 있어서 4가구가 같이 살았다고 했다. 260제곱미터78.8평의 좁은 대
지 안에 15가구 이상이 함께 살았다는 것은 상상만으로도 쉽지 않은 일이
다. 1998년부터는 임대를 주지 않고 지금처럼 방을 터서 하나의 살림집으로
개조하고 박씨가 1층집에 살고 있다.

그 당시 대부분의 임차인은 시장에서 장사를 하는 사람들이었다고 한
다. 보통 한 가구가 방 두 개와 부엌 공간을 임대해서 사는 형태였다. 1층에

만 대략 6가구가 살았는데 외부화장실을 같이 사용하였고, 2층에도 11개나 되는 방에서 사는 사람들이 화장실을 공용하였다고 한다.

> 여기가 옛날에 하숙집이었어요. 우리 아버지가 남을 빌려줬는데, 그분이 하숙을 하셨어요. [아 통채로 남을 빌려주고] 우린 딴데 살고. 여기도 살다가 갔다가 다시 여기 살게 된 거. 다시 와서 살기 시작한 거는 그것도 거의 40년은(1978년경) 될 거 같애.

> 여기가 옛날에 하숙집이었어요. 우리 아버지가 남을 빌려줬는데, 그분이 하숙을 하셨어요. [아 통째로 남을 빌려주고] 우린 딴 데 살고. 여기도 살다가 다른 집으로 갔다가 다시 여기 살게 된 거고. 다시 와서 살기 시작한 거는 그것도 거의 40년은(1978년경) 될 거 같아.

―― 박○○(1954년생, 여) 2018년 9월 6일 채록

이 집의 특이한 점은 애초에 임대 목적으로 지어졌다는 점이다. 제주에서는 1945년 해방에서부터 1948년 4·3사건과 1950년의 한국전쟁 등을 거치는 동안 많은 사람들이 안정된 거주지를 가지지 못하고 있었다. 1950년대 중반에는 지어졌을 것으로 여겨지는 이 큰 건물은 이러한 사회상황의 반영이라고 할 수 있다. 모든 방들이 외부에서 출입할 수 있었으므로 식구가 많은 사람은 여러 개의 방을 임대하고 식구가 없으면 방을 하나만 빌려서 살 수 있도록 고안된 주거형태이다.

또 다른 특징은 미적인 고려이다. 1952년에 제주도 청사가 지어졌다는 것을 고려하면 50년대 중반에 지어진 이 개인건물은 매우 독특한 미적 특징을 가지고 있다. 특히 외부 미장을 한 벽면에 조개껍데기를 붙여서 모양을 내고 타일로 벽면의 디자인한 것을 보면 집을 지은 기술자의 미적인 태도도 엿볼 수 있다. 제주사람들은 가난하고 어려웠던 시절에도 아름다움을 추구는 감성을 가지고 여럿이 함께 사는 건물을 지었다.

5. 1960~1979년 살림집

60년대와 70년대의 살림집에서는 초가집의 지붕을 슬레이트로 개조하거나, 새로이 집을 지을 때도 슬레이트 지붕으로 짓는 경우가 많아졌다. 초가지붕은 단열의 측면에서는 매우 우수하였으나 꾸준하게 관리하는 것이 쉽지 않은 일이다. 반면에 슬레이트라는 새로운 재료는 해마다 이루어졌던 지붕관리를 하지 않아도 되는 관리가 용이한 재료다. 게다가 1959년 제주를 강타한 태풍 사라[8]는 많은 초가집을 파괴하였고 나무와 흙을 이용해서 만든 전통 살림집보다 더 견고한 집에 대한 요구를 높이게 되었다.

1960년대와 1970년대는 국내에서도 국가재건이라는 이름으로 경제 활성화에 온 관심이 쏠려있었다. 1960년대에 지어진 집들 중에는 내부의 벽체는 초가집을 짓던 방식인 흙을 이겨서 바르는 방식으로 만들더라도 외부 벽체는 완전히 돌로 쌓아서 지붕을 얹는 방식의 집을 짓기 시작하였다. 1970

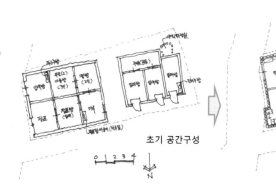

일도일동 1095-17번지, 박씨 살림집의 공간 구성의 변화

---

8 1959년 9월 한반도에 막대한 피해를 입힌 태풍이다. 중심 부근 1분 평균 최대풍속 초속 85m, 평균 초속
   은 45m, 최저 기압은 952hPa을 기록하여, 그 당시에 기상관측 이래 가장 낮은 최저 기압이었다. 경상도
   에 특히 큰 피해를 남겼다. 사망·실종 849명, 이재민 37만 3,459명, 총 1,900억 원(1992년 화폐가치 기
   준)의 재산 피해가 발생하였다. / [네이버 지식백과] 태풍 사라[Sarah, 颱風](두산백과)

년대에 시작된 새마을운동은 초가집을 비효율적인 건축물로 규정하고 지붕 개량사업을 국가적 사업으로 지원하기도 하였다.

일도동 오현교 남쪽에 있는 박씨 살림집의 사용승인 시점은 서류상 1963년으로 되어 있고, 1951년생인 박씨가 초등학교 5학년에 다니던 1960년대 초에 부모가 이 집을 구입하였다고 한다. 이러한 사실로 미루어 박씨 살림집이 지어진 것은 1950년대 중후반 경이고 박씨 부모가 매입 후 건축물대장에 등재한 시점이 1963년으로 추정된다.

1963년 처음 매입 당시에는 동서로 긴 대지의 동측과 서측에 각각 한 동씩 두 동의 건물로 구성되어 있었다. 동측에 위치한 건물은 외벽이 돌로 쌓여 있는 집이었다. 집을 매입한 후에 두 동 사이에 부엌을 만들어서 두 건물을 하나로 연결하였다고 한다. 이때 건물 안에 있던 정지를 마루로 개조했을 것으로 추정된다.

1960년대 제주도의 대다수 살림집은 연탄으로 난방을 하였다. 보통 난방을 위한 연탄아궁이는 정지 안에 만들거나 그 방의 외벽에 면해서 만들어지는 것이 보통인데 이 집의 경우는 점포 방에 난방하기 위한 아궁이가 마루 밑에 있었고 난방을 안 하는 계절에는 마루에 덮개가 있어서 덮어두었다고 한다. 마루 밑에 아궁이가 있었다고 하는 것으로 보아 그곳이 이전에는 정지였을 것으로 추정된다.

1996년에는 정지의 내부 흙벽을 전부 헐어 지금과 같은 모양으로 벽돌을 쌓아 방으로 개조하였다. 그때 내부의 벽들이 흙벽으로 되어 있는 것을 보았다고 한다. 임대해 주던 서측 공간은 사용할 일이 없어서 창고로 쓰다가 2000년에 딸이 어느 정도 성장하자 딸을 위한 방으로 개조하여서 지금 모습이 되었다.

초기의 주거형태를 중심으로 보면 서측에 있던 세 칸의 방은 모두 임대해 주기 위한 원룸과 같은 구조였다. 두 개의 방은 뒤쪽에 있는 주방을 같이 사용하였고 맨 안쪽의 방도 방안에 간이 주방을 두고 있었다. 맨 안쪽의 방들은 처음부터 임대를 주려고 만든 것으로 보인다. 동측의 집 역시 점포와 점포 방을 만들어서 친척에게 빌려주었고 그 위의 작은방 하나도 별도의 출입구를 두어서 임대해 주었다. 이렇게 방이 많음에도 불구하고 부부와 아들 셋, 딸 둘의 집주인 7식구가 쓰던 공간은 마루 하나와 방 두 개뿐이었다고 한다.

> [옛날 원룸식이네요.] 허허. 다 빌려준 거. 다 따로. 방 하나에 그냥 한 사람씩. 학생 닮은 사람들 와그네 그자 살다시피 해 수다게. 자취 허는 아이들. 고등학생도 왕 살아나고. 중학생도 왕 살아나고. 촌에서들 왕. (통장: 이 동네가 다 그런 아이들. 촌에서가 와가지고) [그럼 하숙하는 건 아니고요? 아이들 밥은 어떻게 하나요?] 자기 냥으로들. 쌀들 다 집에서 오멍들 가정 왕 해먹고.

> [옛날 원룸식이네요.] 허허. 다 빌려준 거. 다 따로. 방 하나에 그냥 한 사람씩. 학생 같은 사람들이 와서 그저 살다시피 했어요. 자취하는 아이들. 고등학생도 와서 살았고. 중학생도 와서 살았고. 촌에서 와서는. (통장: 이 동네가 다 그런 아이들. 촌에서 와서는) [그럼 하숙하는 건 아니고요? 아이들 밥은 어떻게 해요?] 각자. 쌀이 집에서 오면 가져와 서 해 먹고.

— 박○○(1951년생, 남) 2018년 8월 14일 채록

일도동에서 임대공간이 많이 요구되었던 가장 큰 이유는 동네의 입지가 동문로터리와 시장에 인접하다는 것이었다. 동문로터리에는 제주의 동측 시 골로 연결된 시외버스 정류장이 있어서 제주시로 유학 온 중고생들이 일도 동 동문시장 인근에서 자취를 하였다. 그리고 동문시장에서 일하는 시장 상 인들 중에서도 시장 가까운 일도동에 임시거처를 구하는 경우가 많았다.

1969년에 오현교 남측에 지어진 오씨 살림집의 경우에도 역시 외벽은 돌을 쌓은 것이며 내부의 벽은 본래 흙벽이었다. 오씨는 1981년부터 이 집 을 임차해서 살다가 2000년에 매입하여 직접 집을 개조하면서 이러한 사실 을 확인하였다고 한다.

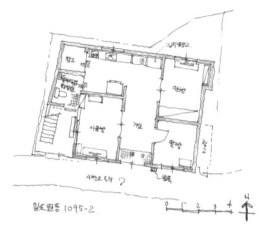

일도일동 1095-2.

가운데 거실에서 현관방향으로 본 모습

개조 전 구조/건축주 스케치

일도일동 1095번지, 오씨 살림집. 개조 전에는 마루에서 왼편 마당으로 연결되는 중복도가 있었다

[구입한 거는 언제죠?] 2000년. [산 다음에는 뭐 뭐 고쳤나요?] 이거 전부. 바깥에 뼈대만 놔두고. 벽도 다시 하고 문도 다 바꾸고. [그럼 방 위치도 바꾸신건가요?] 게난. 사방 벽만 놔두고. 안에 다 뜯어버려서 다시 이렇게 만든거. [지붕은 그냥 놔둔건가요?] 지붕은 놔두고. 지붕까지는 못 뜯지게. [그럼 안에 벽은 뭐로 쌓았나요?] 블록. 칸막이는 부르크(시멘트블럭)고. 외벽은 돌이고. 옛날 그냥 그 돌이고. (돌 위에 세멘한 집?) 응. 집은 잘도 돈돈헌집이라.

[구입한 거는 언제죠?] 2000년. [산 다음에는 뭐 뭐를 고쳤나요?] 이거 전부. 바깥에 뼈대만 놔두고. 벽도 다시 하고 문도 다 바꾸고. [그럼 방 위치도 바꾸신 건가요?] 그러니까. 사방 벽만 놔두고. 안에 다 뜯어버려서 다시 이렇게 만들었지. [지붕은 그냥 놔둔 건가요?] 지붕은 놔두고. 지붕까지는 못 뜯지. [그럼 안에 벽은 뭐로 쌓았나요?] 블록. 칸막이는 시멘트블록이고. 외벽은 돌이고. 옛날 그냥 그 돌이고. (돌 위에 시멘트 바른 집?) 응. 집은 엄청 튼튼한 집이라.

───── 오○○(1945년생, 남) 2018년 8월 6일 채록

개조하기 전 집의 구조를 보면 가운데 마루를 두고, 오른쪽에 방과 부엌이 있고, 왼쪽에 가운데 복도가 있으면서 위아래로 작은 방이 있었다. 주인

은 오른쪽 방과 부엌을 사용하였고 왼쪽의 방 두 개는 임대해 주었는데 길가로 작은 부엌이 있었다고 한다. 1981년 오씨가 집 전체를 임차해서 들어와 살면서 오씨가 부엌 뒷방을 사용하였고 길가 쪽 방은 아들 방으로, 뒤쪽 방은 딸 방으로 사용하였다고 한다.

그 당시에는 3명의 자녀를 둔 가정이 집을 구하는 데 많은 어려움이 있었다고 한다. 1981년 집을 임차할 때는 연탄아궁이로 난방을 하였고 오씨 본인이 보일러공으로 일하면서 1986년경에 직접 연탄보일러를 설치하였다고 한다. 2000년에 집을 구입하고 나서 바닥이 낮았던 부엌을 메워서 방을 만들고 왼쪽 뒤쪽 방과 마루를 연결해서 입식부엌을 만들고, 부엌과 붙여서 화장실을 만들었는데 공간을 여유 있게 만들어서 허드레부엌을 겸하게 하였다.

이렇듯 1960년대의 살림집들은 외벽을 돌로 쌓고 내벽은 흙벽에서 점차 블록벽으로 변경된 것으로 보인다. 이는 집의 외피는 견고한 재료를 사용해야 한다는 생각이 반영된 결과로 여겨진다. 늘 비와 바람에 의한 자연재해와 싸워왔던 제주사람들이 집을 지을 때 가장 염두에 두었던 것이 무엇이었는지는 추측하기 어렵지 않다. 블록이라는 신소재가 나왔어도 외벽은 돌로 쌓을 수밖에 없었던 것은 블록이 결코 방수의 문제를 해결할 수 없었기 때문일 것이다. 그러나 그 이후에 등장한 시멘트벽돌로 돌을 대치할 수 있었다.

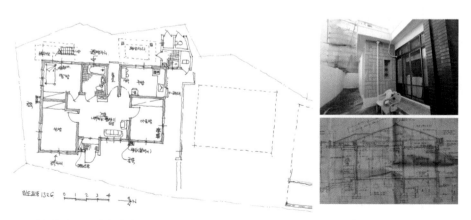

일도일동 1326번지, 윤씨 살림집 현황. 뜬마루와 고래, 목조의 경사지붕 구조를 도면으로 확인할 수 있다

일도동의 대표적인 상가거리인 칠성로의 경우에는 가로변으로는 상가건물을 짓고 안으로 들어가면 살림집이 지어져 있는 경우가 많았다. 윤씨 살림집도 도로에 면해서 1969년에 지은 2층 상가건물이 있고 대지의 안쪽에 위치한 살림집은 1975년에 지었다고 한다.

박씨와 오씨의 살림집의 경우는 지어진 이후 많이 개조되어서 60년대 본래의 모습은 인터뷰와 추론을 통해서 조사가 진행된 반면, 1975년에 지어진 윤씨 살림집은 주인이 보관하고 있던 최초의 설계도면 자료로 준공 당시의 모습을 정확히 알 수 있었다. 1975년 작성된 도면에는 살림집의 측면과 전면에 각각 한 개씩의 굴뚝이 있다. 연탄으로 방에 난방을 하기 위한 굴뚝인 것이다. 윤씨 살림집의 경우 남들이 부러워할 만큼 좋은 집이었지만 난방방식은 연탄을 굴묵으로 밀어 넣는 방법이었다.

연탄은 서민들에게는 애환이 많은 연료였다. 지난 뉴스를 검색해 보면 첫 연탄가스 중독사고는 1959년 서울에서 발생했다. 이후 1980년대부터 점차 줄어들고 1996년 이후 현저히 줄어든다. 근 30년 이상을 서민들의 난방과 취사 연료로 애용되던 연료이면서 연소 시 일산화탄소를 발생하여 생명을 위협하는 연료이기도 하였다.

> 대한민국 석탄공사라는 것이 있어서. 이것을 실어 나르는 배가 있었는데, 배가 없어서, 이것을 건조 할 수도 없었는데, 당시 대양호라고 고OO사장. 대양상선주식회사에서 동부두에 쌓아서. 연탄공장마다 배급을 했어. 사라봉에 연탄공장이 있었고. 서문통에도 하나 있었고. 그러니까 두 군데가 있었고. [연탄공장에서 배달을 해 주나요? 사러가나요?] 전부 배달. 마차. 또 그 동네 가까운 데는 지게로 배달하는 사람들이 있었어요. 거 용역인데, 연탄 한 장당 얼마씩을 받아서. 지게로 배달해주는 사람도 있었고. 주로 마차. [마차는 회사가 있었나요? 개인이 하였나요?] 마차는 개인. 그런데 부두만은 부두에 배가 들어와서 생활용품을 나르는 거는 마차조합이 있어서. 연탄공장 주변에 있는 것은 개인이. 연탄공장에서는 직영으로, 공장 거는 아니지마는. 단골로. 다섯 대면 다섯 대의 마차가. 연탄전문으로. [마차로 연탄 나르는 사람은 운임만 받는 건가요? 장사는 안하고?] 완전운임. 그런 경제적인 여유가 마차꾼에게

는 어서서. 배달 샀.

대한민국 석탄공사라는 것이 있어서. 이것을 실어 나르는 배가 있었는데, 배가 없어서, 이것을 건조할 수도 없었는데, 당시 대양호라고 고○○ 사장. 대양상선주식회사에서 동부두에 쌓아서. 연탄 공장마다 배급을 했어. 사라봉에 연탄공장이 있었고. 서문통에도 하나 있었고. 그러니까 두 군데가 있었고. [연탄공장에서 배달을 해 주나요? 사러 가나요?] 전부 배달. 마차. 또 그 동네 가까운 데는 지게로 배달하는 사람들이 있었어요. 거 용역인데, 연탄 한 장당 얼마씩을 받아서. 지게로 배달해주는 사람도 있었고. 주로 마차. [마차는 회사가 있었나요? 개인이 하였나요?] 마차는 개인. 그런데 부두만은 부두에 배가 들어와서 생활용품을 나르는 거는 마차조합이 있었어. 연탄공장 주변에 있는 것은 개인이. 연탄공장에서는 직영으로, 공장 거는 아니지만. 단골로. 다섯 대면 다섯 대의 마차가. 연탄전문으로. [마차로 연탄 나르는 사람은 운임만 받는 건가요? 장사는 안 하고?] 완전운임. 그런 경제적인 여유가 마차꾼에게 없었어. 배달 샀.

———— 김○○(1941년생, 남) 2018년 6월 27일 채록

네이버에서 '연탄가스중독'으로 검색한 기사 결과

윤씨 살림집의 지붕은 슬레이트로 덮었으며 평슬래브 느낌을 주는 지붕 파라펫이 만들어져 있었다. 입면을 보면 지붕에 난간이 있지만, 실제로 사람이 올라갈 수 있는 옥상이 있는 것은 아니며 단지 우수를 처리하는 처마홈통의 역할을 할 뿐이다. 난간처럼 보이게 만든 것은 건축주의 미학적인 요구였을 것이다. 현재는 내부에 화장실이 있는데 이는 편리하게 사용하기 위하여 방을 개조해서 만든 것으로 애초의 화장실은 외부에 있었고 목욕탕도 화장실 옆에 같이 있었다.

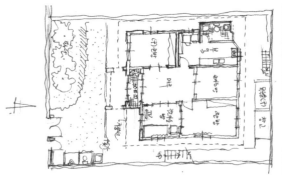

건입동 양씨 살림집 평면스케치, 실측은 하지 않아서 공간위치 이외의
크기 비율은 실제와 다를 수 있다. 큰방에서 지금은 작은방으로 침실을
옮긴 이유는 햇볕이 잘 들고, 대문을 바라볼 수 있는 편이성 때문이다.

건입동 1375-2번지, 양씨 살림집 현황.
현재의 실내화장실도 건축 초기에 미리 감안하여 공간을 확보하였다가 만든 것이라고 한다

　일도일동에 접해 있는 건입동에 1977년에 지어진 양씨(1931년생, 여) 살
림집의 경우는 평슬래브 지붕을 하고 있다. 이 집 역시 윤씨 살림집과 마찬
가지로 난방은 연탄아궁이 난방이었으며 애초의 화장실은 대문 옆에 별도
로 만들었다. 목욕탕도 건물 뒤편에 별동으로 지었다. 주목할 점은 지금 있
는 부엌 옆에 있는 화장실은 처음 집을 지을 때부터 차후에 실내에 화장실
을 만들 수 있다는 가정하에 미리 배관을 해두었다는 것이다. 1970년대 하
반기가 되어서는 실내에 화장실을 두려 경향이 생기고, 슬레이트 지붕이 아
닌 평슬래브 지붕의 살림집이 지어지기 시작했다는 것을 확인할 수 있다.

　1970년대부터 살림집을 지을 때 돌이 아닌 시멘트벽돌로 외벽을 사용하
기 시작했다. 지붕의 형태도 슬레이트 지붕에서 평지붕으로의 변화가 나타
나기 시작한 시점이다. 하지만 여전히 시멘트는 현장에서 비벼서 사용하였기
때문에 평슬래브 집이 흔하게 지어진 것은 아니었다. 2층으로 짓는 경우에도
지붕은 슬레이트 경사지붕으로 하는 경우가 적지 않았다. 단지 물 처리를 위
한 처마홈통의 역할을 하는 지붕테두리를 철근콘크리트조로 만들면서 파라
펫을 올려 평지붕처럼 보이도록 하는 게 일반적으로 유행하던 패턴이었다.

6. 1980년~1999년 살림집

1970년대 후반에 평슬래브 집이 지어지기 시작하면서 1980년대에 들어서는 2층 이상의 살림집들이 생겨나기 시작하였다. 특히 상가가 많았던 일도동의 경우에는 저층부를 상가로 하고 2층 이상의 상층을 살림집으로 짓는 주상복합형태의 건축이 많아지게 된다.

1980년대의 난방방식은 연탄보일러와 기름보일러가 같이 사용되는 시기였다. 기름보일러가 편리하긴 하지만 서민들에게는 여전히 저렴한 연탄이 애용되었다.

[설비작업을 시작하신 거는?] 31년 되수다마는. 1987년도. [그때도 난방할 때는 엑셀관으로 했나요?] 그때는 일반 호스하고, 엑셀하고, 동하고. [일반호스로도 난방을 합니까?] 연탄보일러는 뺑뺑이 다 그걸로 했주게. [일반 호스라는 게 지금 우리 물 호스 같은 건가요?] 물호스 비슷한 건데 좀 투명했지. [그럼 연탄보일러도 설치해보셨나요?] 네. 87년도. 그때가 연탄보일러 약 30%, 기름보일러 거의 30%, 나머지는 장작 허는디도 있고, 여러 가지 많았주. [연탄보일러 말고 연탄 때는 것도 있었지요?] 화덕. [87년도에도 고래로 해서 연기로 때는 방식으로도 집을 지었나요?] 그거는 시골쪽으로. [87년도는 연탄보일러가 조금 성행할 시기인가요?] 그때는 방 하나에 일대일로 하다가, 연탄보일러 조금 발전 돼 가지고 전에는 일구이탄짜리였는데, 그때부터 일구삼탄. 보일러가 바꿔어갔지. 연탄 한번 놓으며는 24시간 갈지 안 허게 만들었지. 처음에는 열두시간 마다 갈아야 되는데. 일구삼탄이 나오면서 하루에 한번 만 연탄을 갈았지. [연탄보일러는 메이커가 어딘가요?] 그때는 많았지. 우리 대로도 만들었고. 쇠파이프 뺑뺑뺑 말아가지고 만들기도 했고. 연탄화덕만 사다그네. 만들당 걸리믄 벌금내고 했주. [메이커는] 귀뚜라미도 있었고, 우성도 있었고, 성진, 하여튼 여러개 있어수다. 그때는 잘사는 집은 동파이프에 기름보일러하고, 중간 사는 사람들이 연탄보일러 이구삼탄 이런 거 쓰고, 서민들은 하나짜리 쓰고 했지.

[설비작업을 시작하신 거는?] 31년 됐습니다. 1987년도. [그때도 난방할 때는 엑셀관으로 했나요?] 그때는 일반 호스하고, 엑셀하고, 동하고. [일반 호스로도 난방을 합니

까?] 연탄보일러는 빵빵이 다 그걸로 했어요. [일반 호스라는 게 지금 우리 물 호스 같은
건가요?] 물호스 비슷한 건데 좀 투명했었지. [그럼 연탄보일러도 설치해보셨나요?] 네.
87년도. 그때가 연탄보일러 약 30%, 기름보일러 거의 30%, 나머지는 장작 때는 데도 있
고, 여러 가지 많았지. [연탄보일러 말고 연탄 때는 것도 있었지요?] 화덕. [87년도에도 고
래로 해서 연기로 때는 방식으로도 집을 지었나요?] 그거는 시골 쪽으로. [87년도는 연
탄보일러가 조금 성행할 시기인가요?] 그때는 방 하나에 일대일로 하다가, 연탄보일러가
조금 발전돼 가지고 전에는 일구이탄짜리였는데, 그때부터 일구삼탄. 보일러로 바뀌어
갔지. 연탄 한 번 넣으면 24시간 동안 갈지 않아도 되게 만들었지. 처음에는 열두 시간
마다 갈아야 되는데. 일구삼탄이 나오면서 하루에 한 번만 연탄을 갈았지. [연탄보일러
는 메이커가 어딘가요?] 그때는 많았지. 우리 대로도 만들었고. 쇠파이프 뱅뱅뱅 말아가
지고 만들기도 했고. 연탄화덕만 사가지고. 만들다가 걸리면 벌금 내고 했지. [메이커는]
귀뚜라미도 있었고, 우성도 있었고, 성진, 하여튼 여러 개 있었어요. 그때는 잘사는 집은
동파이프에 기름보일러하고, 중간 사는 사람들이 연탄보일러 이구삼탄 이런 거 쓰고, 서
민들은 하나짜리 쓰고 했지.

———— 오○○(1958년생, 남) 설비기술자, 2018년 7월 3일 채록

우리나라 최초의 연탄보일러는 귀뚜라미사에서 1962년에 개발되었고 또
한 최초의 아파트인 마포아파트에 시설되었다. 보일러공을 하는 오씨의 경우
1987년부터 보일러 일을 하였는데, 그 시기에도 연탄보일러와 기름보일러가
거의 같은 비율로 이용되고 있었다고 한다. 난방배관을 이용한 보일러기술
의 발전은 바닥 난방을 해야 하는 주거시설을 다층으로 만들 수 있는 기본
적인 기술이었다. 주거공간의 형태가 적층되어 갈수록 연탄보일러는 관리의
불편함으로 인해서 그 비율이 줄어들 수밖에 없었다.

1981년에 양○○씨는 기존의 초가집을 헐고 2층집을 새로 지었다. 기존
초가집의 형태를 직접 확인할 수는 없었지만 양씨에게 전해들은 바에 의하
면 초가집은 1920년경에 지어졌을 것으로 추정된다. 중요한 것은 일제강점
기에 지어졌을 것으로 추정되는 이 집은 구들이 4개나 있는 5칸 규모의 집
이었다. 일반적으로 4칸 이상의 초가가 없었다는 주장에 반하는 공간구조

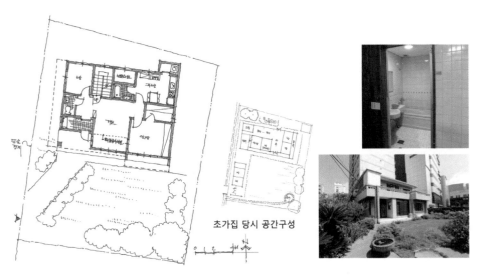

초가집 당시 공간구성

일도일동 1297-3번지, 양씨 살림집 현황.
가운데 평면은 당초 거주했던 5칸의 초집의 공간을 스케치해 준 것을 근거로 그려보았다

가 변형된 새로운 평면구성이다. 특히 보통 큰구들 뒤에 있는 고팡이 이 집에서는 정지 뒤에 있었다. 이는 고씨 살림집의 안거리에서도 같은 배치였는데 고팡의 위치가 큰구들에서 정지 쪽으로 바뀌는 사례는 근대화 과정에서 가사 공간을 중심으로 안방, 부엌, 고팡, 챗방이 하나의 영역 군으로 공간이 형성되는 경향으로 볼 수 있다.[9] 이는 우리의 초가집이 사회변화에 따라 기본적인 공간구성이 변화하는 성장통을 겪고 있었음을 보여준다.

1981년에 지어진 양○○씨 댁의 경우에는 기름보일러 난방을 하였다. 하지만 유독 거실만은 난방을 하지 않고 여전히 뜬마루로 시공을 하였다. 가운데 거실 공간을 난방을 하지 않은 것은 상방에서의 생활관습이 이어지기 때문으로 여겨진다. 반면에 화장실과 욕실은 처음부터 집안에 만들었다. 다만 화장실의 경우에는 현관과 바로 붙은 위치에 만들었고 목욕하는 욕실은 주방 안쪽에 만들어서 분리가 되어 있었다. 공간적인 위치로 볼 때 화장실

---

9 김형남, 앞의책, 82쪽 참고.

은 실내공간에서 가장 바깥쪽에 그리고 욕실은 가장 깊숙한 안쪽공간에 만든 것이라고 할 수 있다. 양○○씨는 이렇게 화장실과 욕실을 분리하는 것이 일본인들의 살림집을 참고하여 반영한 것이라고 했다.

> 처음부터 이건(씽크대) 갖다 놓은 거. [이 화장실도 처음부터 있었던 건가요?] 화장실이 아닙니다. 이거는. 목욕탕. [아. 변기가 없구나.] 이 양반이 일본 '뉴하우스' 잡지를 봐가지고, 일본사람들은 목욕탕하고 화장실을 겸하지 안합니다. 그래서 우리는 화장실은 안 허고. 목욕탕만. 그런데 우리는 이거 있어가지고 이거 지은 후로 공동목욕탕에 안 가봤습니다. 너무 괜찮아 마씨.
>
> 처음부터 이건(싱크대) 갖다 놓은 거요. [이 화장실도 처음부터 있었던 건가요?] 화장실이 아닙니다. 이거는. 목욕탕. [아. 변기가 없구나.] 이 양반이 일본 '뉴하우스' 잡지를 봐가지고, 일본사람들은 목욕탕하고 화장실을 겸하지 않습니다. 그래서 우리는 화장실은 안 하고. 목욕탕만. 그런데 우리는 이거 있어가지고 이거 지은 후로 공동목욕탕에 안 가봤습니다. 너무 괜찮아요.
>
> ── 양○○(1933년생, 여) 2018년 9월 4일 채록

주거공간을 적층하려는 시도는 건축법에서의 변화도 일조를 했다. 1980년대에 주거형태에 큰 영향을 건축법에서의 건축물의 용도가 신설되는데, 다세대주택과 다가구주택이라는 주거형태이다. 다세대주택은 1984년에 그리고 다가구살림집이라는 주거형태는 1990년에 지정되게 된다. 두 개의 주거형태는 규모는 비슷하나 다세대주택은 공동주택으로 분양이 가능하고 다가구주택은 분양이 아닌 임대를 목적으로 지을 수 있도록 한 주거형태이다. 층수는 4층과 3층으로 제한되어 있으나 도시에서 작은 필지에 적층된 주거공간계획을 유도하는 법규였다.

주거건축에서 아파트의 등장은 이전에 없던 새로운 주거유형의 시작을 알리는 것이라고 할 수 있다. 우리나라에서 아파트가 본격적으로 주거형태

로 선택되기 시작한 것은 1962년 주택공사에서 최초의 단지형 아파트로 마포아파트를 지은 것이 시발점이라고 할 수 있다. 반면 제주도에서의 아파트가 주거형태로 받아들여진 것은 조금 더디었다. 제주도에 최초로 등장한 공동주택은 1967년 제주향교재단에서 광양에 지은 명륜아파트[10]로 추정된다. 1970년에는 제남아파트가 건축되었으며[11] 지금의 기준으로 아파트답다고 할 수 있는 단지형 공동주택은 1974년에 일도이동에 대한주택공사가 제주도에 처음으로 지은 인제아파트라고 할 수 있다. 이후 단지형 민간아파트는 1977년에 지어진 제원아파트가 처음이었다. 1985년 이도주공아파트가 단지형 아파트로 지어졌지만 역시 5층 규모였다. 제주에서의 아파트라는 것은 1980년대까지는 5층 규모에 그쳤으며 이는 고도제한의 문제도 있었지만 엘리베이터를 설치하기 어려운 지리적 여건 때문이었다.

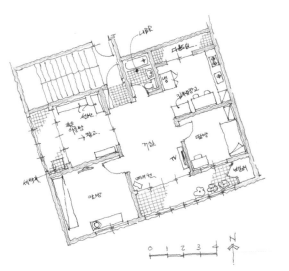

일도일동 1098번지, 조사대상인 정한아파트 평면과 분양 당시 아파트의 분양광고.
공동주택의 특성상 거의 공간의 변화가 없다

---

10 제주향교, 「제주향교지」, 경신인쇄, 2000, 297쪽.
11 김봉애, 「주거」, 『제주시 50년사』, 하나출판, 2005, 825쪽.

이후 민간에 의해서 최초로 7층 아파트가 들어선 것은 용담삼동 현대아파트가 1989년에 지어진 것이다. 일도일동에서는 1991년에 지어진 정한아파트가 최초의 아파트였다. 역시 층수는 5층에 불과하였지만 한 동에 40세대를 수용한 규모가 있는 민간아파트였으며 당시로는 상당히 고급아파트로 알려졌다. 초기의 아파트에서는 연탄보일러를 적용하기도 하였으나 정한아파트는 이미 기름보일러가 적용된 아파트였다.

정한아파트는 건물 전체는 'ㄴ'자 형태의 꺾인 평면을 하고 있다. 가로에 면한 세대는 남동향을 하고 있으나 일부 세대는 남서향을 하는 배치이다. 조사한 세대는 꺾인 부분에 놓인 세대여서 다소 이형적인 평면을 하고 있었다. 현관에 가까운 첫 방은 미서기문을 하고 있는데 다른 세대에서는 미서기문을 하고 있는 방이 없다. 살림집에서는 종종 제사 모시는 것을 고려해서 미서기문을 설치하는데 아파트인 이 집에서도 이러한 점을 염두에 두었던 것 같다. 하지만 정작 본인은 제사를 안방에서 지냈다고 하였다. 안방은 부부가 사용하고 나머지 두 방은 딸 방과 아들 방으로 사용하였다고 한다. 아주 어릴 때는 안방에서 자녀들도 같이 생활하게 되지만 각자 자신의 방을 가지게 되는 것은 여건이 허락한다면 초등학교 들어서는 단계에서 거의 결정된다. 제주의 전통적 살림집에서는 두 개의 구들이 보편적인 구조이지만 공동주택인 아파트의 초기 평면구성에서 세 개의 방을 선호한 것은 부부침실과 자녀의 다른 성별을 고려하면 최소한 세 개의 방이 필수적이었기 때문이다. 딸은 여닫이문이 있는 방을 주고 아들은 미서기문이 있는 방으로 배정한 것은 여성이 보다 더 개인적 공간을 선호하는 성향 때문일 것이다.

발코니에 창을 설치하는 것은 이 당시에 이미 보편화되어 있었다. 발코니는 처마와 같은 역할을 하는데 비바람이 심한 제주인에게는 발코니에 창을 설치하는 것은 마치 풍채를 설치하는 것과 같이 매우 자연스러운 일이었다. 이 아파트를 준공할 당시에도 업체들의 홍보와 입주자들의 뜻이 쉽게 일치하여 입주자들이 공동으로 발주하여 발코니의 덧창을 설치하였다.

[여기 주민들하고 관계는 어떻습니까?] 우린 융합이 잘 됩니다. [그러면 주민들하고 만나는 모임이 있나요?] 예 이수다 우린. [모임은 어떤?] 계단 예. 일반 친목처럼 예. 경조사 보고 예. 그런 걸 다 하고 있으니까. 두 달에 한번 모입니다. [그러면 각 집에 돌아가면서 모입니까?] 처음에는 집에서 했는데, 나중엔 성가시니까 식당해서 모이자 했주마씨. 회비 받은 거로. [처음에 라는 것은 입주 했을 때 부터 그런 걸 했나요?] 네. [입주할 때 집들이를 했나요?] 예. 해수다. [집들이엔 누가 오나요?] 친척이나 주위사람들 예. [오신 분들은 선물이나 부주를 하나요?] 예. 제주도는 부주문화인데 뭘. [칠성통에 있는 집도 부수고 새로 지었는데, 거기서도 부주를 받았나요?] 아뇨. [거기는 사는 집이 아니니까 집들이를 안 한건가요?] 네. [집을 지었어도, 사는 집이 아니니까 집들이도 안하고 부주도 안 받았다는 건가요?] 네.

[여기 주민들하고 관계는 어떻습니까?] 우린 융합이 잘 됩니다. [그러면 주민들하고 만나는 모임이 있나요?] 예 있어요 우리는. [모임은 어떤?] 계단별로 모여요. 일반 친목모임처럼요. 경조사도 보고. 그런 걸 다 하고 있으니까. 두 달에 한 번 모입니다. [그러면 각 집에 돌아가면서 모입니까?] 처음에는 집에서 했는데, 나중엔 성가시니까 식당에서 모이자 했어요. 회비 받은 거로. [처음에라는 것은 입주했을 때부터 그런 걸 했나요?] 네. [입주할 때 집들이를 했나요?] 예. 했지요. [집들이엔 누가 오나요?] 친척이나 주위 사람들요. [오신 분들은 선물이나 부조를 하나요?] 예. 제주도는 부조문화인데 뭘. [칠성통에 있는 집도 부수고 새로 지었는데, 거기서도 부조를 받았나요?] 아뇨. [거기는 사는 집이 아니니까 집들이를 안 한 건가요?] 네. [집을 지었어도, 사는 집이 아니니까 집들이도 안 하고 부조도 안 받았다는 건가요?] 네.

—— 김○○(1957년생, 남) 2018년 7월 27일 채록

김○○씨는 이곳에 입주할 때에 집들이를 하여 지인들을 불러 식사 대접을 하였다고 하였다. 하지만 원래 살던 칠성로에도 새로이 상가건물을 신축하였는데 그때는 집들이와 같은 것을 하지 않았다고 한다. 이를 보면 집들이라는 행사가 단지 자기의 건물을 지었다는 것을 알리는 의미가 아니라 본인의 거주함을 알리는 것이 주목적임을 알 수 있다.

아파트에 입주할 당시에 계단모임이라는 것이 만들어졌는데 이 모임은

여전히 유지되어서 정기적으로 회식을 하고 있다고 한다. 초기에는 집안에서 하였는데 각자 사정에 의해서 지금은 식당에서 회식하는 것으로 하고 있다. 초기엔 계단모임이 계단별로 다 있었는데 최근에는 모임이 없어진 곳도 많아졌다고 한다. 공동체의 변화는 여전히 계속되고 있는 중이다.

7. 2000년 이후의 살림집의 변화

2000년에 들어서면서 살림집의 형태는 점차 다양해지고 있다. 사람들은 점차 단독주택보다는 공동주택의 형태에서 거주하는 비율이 많아지게 될 뿐만 아니라, 아파트의 형태도 이전과는 다른 다양한 공간구성이 시도되기도 하였다. 반면에 도시에서 마당이 있는 단독주택을 신축해서 산다는 것은 점점 일반인들에게는 꿈과 같은 바람이 되어가고 있다.

2000년 이후 지금까지 20년의 짧은 기간이라고 할 수 있는 기간이지만 살림집의 형태를 특징적으로 설명하는 것은 쉽지가 않다. 일반적인 살림집의 형태가 아닌 특수한 형태의 살림집이 생겨나기 시작하였다. 예전의 공동주택이라는 것은 침실 3개를 만드는 것을 기본으로 하였으나 점차 침실이 2개인 주거형태가 등장하기도 하였고 원룸 혹은 1.5룸이라는 형태의 독신자를 위한 살림집도 등장하였다.

최근에는 살림집 공간을 이용하여 민박을 하는 경우가 많아지면서 민박 혹은 '한달살기'와 같은 단기 임대를 위한 주거형태도 등장하고, 타운하우스라는 이름으로 개인주택의 형태를 단지화하여 분양하는 사업이 2015년 이후로 급격하게 증가하였다. 최근에는 서울을 중심으로 셰어하우스라는 단독주택을 공유하는 형태의 거주방식도 제주에 등장하기 시작하였다.

아직은 일도일동에 이러한 주거형식이 다양하게 등장하는 것은 아니지만 임대와 소유 그리고 개인과 공동이라는 거주의 형태는 새로운 것만은 아니다. 법적으로 공동주택이나 다가구주택이라는 것이 규정되지 않았던 시기에도 칠성로에는 공동소유의 건물들이 벽을 공유하면서 있어 왔고 또한 늘 임대를 위한 다가구형태의 살림집은 존재하여왔다.

8. 일도동에서 바라보는 주생활의 변화

너무나도 많은 변화들이 있었다. 그리고 그 변화의 흐름은 아직도 멈추지 않고 계속되고 있다. 일제강점기와 그 이후 1959년 이전의 주생활의 변화를 이야기하기 위한 첫 번째의 주제는 일제강점기의 일본건축의 영향을 생각해 볼 수 있다. 전통적인 초가 살림집이 가지고 있는 규모의 한계를 넘어야 하는 순간에 기성화된 각재의 공급과 일식 살림집의 기술적인 참고는 주거공간의 형태를 조금씩 다르게 변화시켰다. 이는 단순한 기술적인 변화가 원인이 아니라 자본주의가 지향하는 사회조직이 점차 규모가 큰 공간을 지향하고 있었으며 이에 따른 기술변화의 모색으로 보아야 할 것이다.

1960년대와 1970년대의 주생활의 변화는 상수도의 공급과 난방기술의 변화 속에서 주로 주방과 화장실의 변화를 살펴볼 수 있다. 60년대 초반에는 이미 일도동에는 상수도가 공급되었기 때문에 당시의 집안에는 수도가 시설되었지만 화장실의 경우에는 위생의 문제가 해결되지 않아서 외부에 설치하는 경우가 대부분이었다. 그럼에도 불구하고 70년대 말이 되면서부터는 화장실을 개조하여 실내에 두려는 경향들이 나타나기 시작한다.

1980년대와 1990년대에는 콘크리트 구조에 의한 적층에 의해서 상가와 주거의 복합된 건축물 그리고 아파트라는 새로운 형식의 주거공간이 등장했다. 살림집에서도 화장실이 실내로 들어오게 되었다. 그러면서도 변소와 욕실을 집안에 만들면서 두 개의 공간을 구분하는 태도는 일본의 주거문화가 여전히 유효하게 받아들여지고 있다는 것을 알 수 있다. 80년대에 지어진 살림집에서 거실 공간인 마루에는 난방을 하지 않았다는 점은 특이하다. 이는 구들과 상방의 성격을 구분하던 태도의 연장선으로 여겨진다.

2000년 이후에는 주거형태의 다양한 변화를 볼 수 있는데 원룸형 공동 살림집에서부터 타운하우스와 같은 형식까지 여러 가지의 생활패턴을 수용하기 위한 형태의 변화들이 감지되고 있다.

집은 무엇이고, 거주한다는 것은 무엇을 의미하는가? 처음에 필자는 견고하지 못한 제주의 집에 대해서 개인적인 생각을 적어보았다. 그러면 현재 우리의 집은 견고한가? 이 역시 견고하지 못하고 불안한 우리의 집에 대해서 이야기하지 않을 수 없다.

애초의 우리 살림집은 공동체의 산물이었다. 이는 집의 개념을 이해하는 데 매우 중요하다. 집 한 채를 지으려고 하면 동네 사람들이 모여들어서 힘을 합하였다. 누군가가 집을 짓는다고 하면 상량식이 끝난 후부터는 동네 여자들은 매일같이 물을 날라 그것을 부조 삼아 제공하였고 남자들은 마당에서 흙질을 하면서 노동력을 부조하였다. 마치 집을 짓는 것은 동네잔치와 같은 행사였다. 집을 짓는 데 도움을 준 사람들에게는 비용을 지불하는 것이 아니라 식사 대접을 하면 되고 다음에 언젠가는 집주인이 그들에게 몸으로 부조를 하면 되는 것이었다.

어느 순간에 지금의 집에는 그러한 공동체의 개념이 빠져 버리고 하나의 투자의 대상이 되어버렸다. 그렇게 돈으로 지은 집에서는 부조로 적당히 돈을 주는 게 예의가 되어버렸다. 그리고 집의 가치는 돈으로 환산되어서 이야기되고 있다. 하지만 자본주의의 경제논리로 이해되는 지금 우리의 집은 불과 80년도 채 안 되는 짧은 역사를 가졌다.

이제 다시 자문해본다. 우리의 집은 견고한가? 언제든지 사고팔 수 있는 우리의 집은 견고하지 않다. 평생을 살 것처럼 정성 들여서 지었던 우리의 집은 언제든지 상품으로 내놓을 수도 있고 다소 비싸기는 하지만 개인적인 노력으로 구입할 수 있는 물건이 되었다. 집을 구성하는 재료는 점점 더 견고해졌지만 그 견고함은 상품성이 떨어지는 순간 언제든지 부술 수 있는 나약한 사물이 되어가고 있다.

2000년대에 들어서면서 오로지 우리 가족만 살기 위한 단독살림집을 짓는 경우를 거의 보기가 어려워졌다. 삶의 형태가 바뀌고 집의 개념이 바뀌고 있는 것은 틀림없는 사실이다. 하지만 여전히 가족은 장기지속의 역사 속에서 존재하고 있다. 공동체가 무너졌든 자본의 논리가 강해지는 것과는 관계없이 가족관계는 여전히 강한 결속력을 가지고 있다. 지금의 주거형태가 매우 다양한 것처럼 보여도 집의 토대는 여전히 가족관계가 기본이 되고 있다.

사실 견고하지 않았던 과거의 초가집은 그래서 견고하다. 그 집은 끈끈한 사회적 관계에 의해서 만들어졌으며 친밀한 가족관계에 의해서 공간이 구성되었다. 이제 우리는 우리의 집을 다시 견고하게 만들 때가 되었다. 콘크리트와 철과 같은 견고한 재료로 만들자는 의미가 아니라 삶을 충실하게 담아낼 수 있는 가족관계와 사회적 관계에 기반한 살림집을 만들 때가 되었다. 일도동에 지어진 수많은 집들은 그런 사회적 관계 속에서 지어진 것들이다.

참고문헌
_____

* 김봉애, 「주거」, 『제주시 50년사』, 하나출판, 2005.
* 김석윤, 「주거문화」, 『제주생활문화 100년』, 제주문화원, 2014.
* 김형남, 「1920~1960년대 제주시 도시주택의 유형 및 변천에 관한 연구」, 명지대 석사학위 논문, 1998.
* 김홍식, 『한국의 민가』, 한길사, 1992.
* 양상호, 『제주의 마을공간 조사보고서-예래동』, 한국건축가협회제주지회, 2001.
* 양상호, 『제주건축역사』, 제주건축사회, 2015.
* 제주향교, 『제주향교지』, 경신인쇄, 2000.

06

근대화 과정에서
서귀포 살림집의 변화

06 근대화 과정에서 서귀포 살림집의 변화[1]

1. 근대화 과정의 시기적 정의

해안마을인 지금의 서귀포는 홍로와 더불어 조그만 중산간마을로 시작되었다. 현 위치에 서귀포마을이 형성된 계기는 1590년[2]경 해안방어를 위해 홍로 인근에 있던 서귀진성의 현재 위치로의 이전으로 본다. 따라서 중산간에 있던 옛 서귀진성의 위치를 정확히 가늠하는 것은 어려우나 지금 서귀진성터가 있는 솔동산과 그 일대를 서귀포마을의 중심으로 보는 것은 크게 무리가 없을 것이다.

'솔동산'은 서귀포 구도심 속의 '원도심'인 셈이다. 서귀진 성터와 같은 오래된 문화유산을 비롯해 일제강점기와 근대화 과정을 거치면서 고착된 건축물과 공간이 이곳의 지역적 역사성과 정체성을 일정 부분 대변한다. 사람들이 모여 사는 동네의 역사가 시작된 곳이고, 외세와의 접점이 시작된 곳이며, 우리의 근대가 시작된 곳이기도 하다. 전통과 근대가 상충하고 결합되는 과도기의 현상도 엿보인다. 그래서 다른 지역에 비해 상대적으로 시간의 흐름과 공간의 전개가 느리게 이어진다. 하지만 이곳 솔동산 일대에 존재했

---

1   이 글은 서귀포포럼의 제주국제대학교 박순관 교수와 양수웅 건축사와 함께 참여한 조사활동의 결과물이다.
2   선조 22년(1589년) 10월에 도임하여 선조 25년(1592년) 3월에 체임한 제주목사 이옥(李沃) 때에 지금의 위치로 옮겼다.

었던 오래전의 공간과 마을 그리고 초가는 이미 흔적을 찾기가 어렵다. 제대로 전수(傳受)되어 온 지식도 경험도 없다. 사람들의 기록마저 충분치 않다. 그나마 얼마 안 되는 사진, 증언, 그리고 옛 문헌과 지도에 남아있는 단편들을 통해 지나온 역사를 짐작해 볼 수 있으니 다행이다. 솔동산의 역사성과 장소성을 간단하게라도 탐색할 수 있는 기초자료가 되기 때문이다.

이 글에서는 근대화 시기라는 것을 건축사(建築史)나 양식사(樣式史)에서 통용되는 모더니즘과 연관된 것은 아니다. 여기서의 근대화 시기는 일제강점기와 1948년 4·3사건 등을 거친 이후로 경제적 사회적으로 혼란한 시기를 거쳐 안정되어가는 시기를 말한다. 그 시기를 4·3 이후인 1950년부터 1980년까지의 약 30년간의 기간으로 한정하여 다루려 한다. 그리고 혼란기는 사회적으로 불안정하여 다양한 변화가 동시에 일어나던 시기라는 의미로 사용된 것으로 일제강점기로부터 1980년까지의 시기를 폭넓게 지칭하여 사용하였다.

근대화의 과정은 어느 곳에서나 이루어진 것이지만 거대 담론으로서의 근대화와 더불어 소단위의 지역에서의 근대화 역시 나름의 역사를 갖는다. 서귀포에서의 근대화 과정에 주목하는 이유는 이러한 전통적 마을 발생의 역사와 더불어 강점기의 외세에 의한 영향 그리고 4·3과 한국전쟁 등의 혼란기를 통과하는 사회의 격변을 거쳐 새마을운동과 도시확장 등의 복합적인 요인들이 대단히 빠르게 사회변화를 일으켰기 때문이다. 이 과정에서 어떠한 주거형태는 지속적으로 받아들여지기도 하고 때로는 거부되어 사라지기도 하였다. 또한 사회의 변화 속에서 등장하는 새로운 요구는 새로운 형식의 공간을 요구하기도 하였다. 이 글에서는 이러한 사회변화 속에서 건축공간의 근대화는 어떻게 이루어졌는지에 주목하려는 것이다.

2. 도시 중심의 변화

솔동산 동네는 원래 어업 중심의 사회였다. 서귀포의 구도심은 최초에 남단의 포구 근처 작은 어촌에서 시작되어 차츰 서귀진성의 북동 방향으로 주거지가 확대되었다. 중앙부에 있는 서귀진지西歸陣地는 서귀포에서 '역사문화 1번지'와도 같은 큰 의미를 갖는다고 한다. 서귀포의 역사와 존재감을 확인시켜주는 대표적인 유적으로 꼽을 만하다.

원래 서귀포진성은 현재의 중앙로타리 자리쯤에 위치해 있었는데, 왜구 방어를 위해 1590년경에 지금의 솔동산 위치로 이설移設되었다. 16세기경에 왜구 방어를 목적으로 서귀진성이 조성되었고, 여기에 일정 규모의 군병軍兵들이 주둔했었다. 서귀포마을 역시 진성의 이설과 더불어 이동이 이루어진 것으로 여겨진다. 따라서 서귀포는 조선 중기에 새로 조성된 마을이라고 할 수 있다. 과거에 산남 지역에서는 대정모슬포과 성읍이 전통마을의 두 축을 이루었고 홍로와 서귀지역은 작은 마을에 불과하였다. 16세기 이전의 서귀 일대에는 지장샘이 있는 서홍 지역이 마을의 중심이었고, 그와는 상당히 떨어져 있었던 서귀진성 아래 포구에는 소수의 어부들만 거주하는 매우 작은 촌락이었다.

서귀포에 근대적 변화가 나타나기 시작한 것은 일제강점기로 볼 수 있다. 일제강점기를 거치면서 포구를 중심으로 마을의 규모가 점차 확대되었고, 그것이 지금 구도심의 모습을 이루게 된 배경이 되었다.

일제는 포구를 수산기지로 개발하면서 주변에 여러 산업시설고래공장, 석탄회사, 단추공장 등을 세웠다. 대략 1910년을 전후前後해서 일본인들의 이주와 거주가 정착되고 사회적 변화가 일어나기 시작했다.

옛 새섬 방파제현, 서귀포유람선 선착장 근처에는 일제가 1920-30년대부터 1950년대까지 세운 산업시설들과 그곳에서 근무하던 일본인들의 거주지도 있었다. 이곳 일대에 일식 주택과 초가가 병존해 있었으며, 서귀포 사람들이 모

여 사는 곳과 일본인이 사는 곳으로 확연하게 나뉘어 있었다.[3] 현재 일미모
텔옛 클림여관 자리이 있는 주변 거리는 대체로 일본인들의 주거지가 밀집되어 있
었던 곳이다. 일본인이 살던 집들을 현재는 '적산가옥'[4]이라 칭한다. 솔동산
주변의 적산가옥은 제주의 기후에 맞게 변형시킨 일식주택으로 일제강점기
후반의 건축적 특징들을 잘 보여준다. 그리고 적산가옥은 서귀포 건축역사
서술에서도 중요한 의미를 지닌다.

일본인들이 거주하거나 투자했던 시설들은 대개 포구 인근에 집중되어
있었다. 제주도 최초의 간이수도인 정방간이수도는 1926년 5월에 정방폭포
상류인 정모소의 물을 철관으로 끌어들여 서귀포항 인근의 40가구에 공급
했다고 한다.[5] 이러한 이유로 포구 인근에 수도를 시설하고 일본인이 즐겨
찾던 서귀포 최초의 여관인 정방여관과 천지여관이 포구에 접해 있었다. 해
방 이후에도 포구 중심의 도시공간구조는 크게 변하지 않았으나 솔동산을
중심으로 시장과 경찰서, 학교 등이 세워지고 읍사무소도 역시 지금의 태평
로 아래인 서귀초등학교에 접해 세워지면서 조금씩 도시의 중심은 포구에서
내지 쪽으로 올라오게 된다. 솔동산은 일제강점기 이후 서귀포에서 처음으
로 근대적 의미의 도시화가 진행된 지역이라는 점에서 도시사적都市史的 의미
를 갖는다. 부두에서부터 솔동산 일대에 이르는 구역은 당시 생활의 중심지
가 되었고, 이 같은 분위기는 새마을운동과 특히 도시계획에 의한 서귀포의
새로운 가로가 형성되는 1970년까지 지속되었다.

서귀포는 1956년 면에서 읍으로 승격되고, 1965년에는 서귀포시가지의
도시계획을 수립하여 기존의 솔동산 중심의 서귀포가 아니라 지금의 동문
로터리와 서문로터리 그리고 중앙로터리를 연결하는 새로운 도시로의 확장

---

3 '사진으로 보는 제주역사 1, 1900~2006'(제주특별자치도, 2009) 참조.
4 1945년 8월 15일 일본이 제2차 세계대전에서 패해 한반도에서 철수하면서 정부에 귀속되었다가 일반에
   불하된 일본인 소유의 주택. 출처: 한국민족문화대백과사전[적산가옥(敵産家屋)]
5 제주상수도 50년, 제주발전연구원, 2012, 154쪽.

을 구상하였다. 1970년에는 그 구상에 의한 가로체계가 완성되어 도시로의 급격한 성장의 계기가 마련되었다.

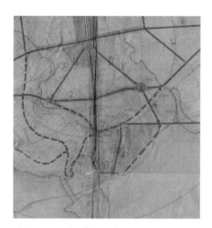

서귀포 도시계획도(1965년)

1970년대에는 중정로를 중심으로 상당한 변화가 일어났다. 백화점, 오일장, 상가소매점, 병원, 사무실, 다방 등을 비롯해 이전과는 다른 용도를 지닌 건축물들이 점차 중정로를 따라서 신축되거나, 다른 곳에서 중정로 주변으로 이전해 오기 시작했다. 1970년대 후반에 이르러서는 서귀포의 상권이 솔동산에서 중정로 일대로 완전히 변화하는 양상을 띠기 시작했다.[6] 이와 함께 중정로를 경계로 해서 위·아래 동네를 구성하는 도시건축적 내용과 성격도 달라졌다. 세워지는 건축물의 용도가 다양해지고, 건설되는 건물 수가 증가하면서 밀도密度가 높아졌다. 그에 따라 가로경관의 모습과 분위기도 변화를 보였다. 서귀포라는 마을이 도시적인 규모로 확장하여 지금과 거의 같은 골격을 이루게 된 초기의 모습은 이렇게 1970년대에 완성되었다.

도시의 급격한 성장은 역으로 일순간에 과거의 유적과 흔적을 지워버리게 된다. 조선 중기에 형성된 서귀마을에 서귀진성의 원형과 전통 초가의 모습을 전혀 볼 수 없는 것은 일제강점기와 근대화를 겪으면서 도시가 내부적으로 급속하게 성장하였기 때문이다. 한편으로는 1970년대의 외적인 도시 확장과 중심의 이동은 그러한 구시가지의 성장을 억제하면서 더불어 근대화 과정의 흔적들은 지워지지 않고 남겨지게 되었다. 솔동산에서 근대 이전

---

6 『서귀포시지(하)』, 서귀포시, 2001, 275쪽.

의 오래된 과거의 흔적은 찾을 수 없으나 가까운 근대기의 과거는 여전히 관찰 가능하다는 의미이다.

이렇게 서귀포 도시공간의 중심은 남쪽의 포구에서 점차 북쪽의 현 중앙로터리가 있는 지역으로 조금씩 옮겨갔다. 아이러니하게도 그곳은 과거 옛 서귀마을이 있었다고 여겨지는 지역이다. 조선 중기에 서귀진의 이전에 따라 이동하였던 서귀마을이 강점기와 근대화의 과정을 겪으면서 다시 원래의 자리로 점차 자리 잡고 있는 것이다.

이러한 도시 중심의 이동은 서귀포지역의 모습을 크게 세 층의 켜로 나누어볼 수 있게 한다. 첫 번째 층은 1970년 이전의 일제강점기와 사회적 혼란기의 건축 모습이 남아있는 태평로 아래 솔동산 인근의 구시가지 지역이다. 두 번째는 태평로와 중정로 사이 지역으로 1970년대 초기에 개발된 주거지의 모습을 볼 수 있다. 마지막 층은 중정로 북쪽 지역으로 1970년 이후의 급변한 서귀포시의 상황들을 보여준다. 도시 중심 변화의 관찰을 통해서 주생활의 변화가 단계적으로 어떻게 일어났는지를 볼 수 있을 것이다.

3. 혼란기 솔동산 지역 건축 상황

서귀포의 구도심인 솔동산과 그 주변 지역은 일제강점기 이후 도시적 면모를 갖추기 시작했다. 태평로 아랫동네인 항구 근처에는 적산가옥 등 일본 건축양식의 흔적이 남아있다. 솔동산의 적산가옥은 서귀포 건축역사 서술에서도 중요한 의미를 지닌다. 서귀포 주거건축의 역사는 당연히 전통 초가에서부터 시작돼야 하겠지만, 아쉽게도 이 지역에서는 전통 초가의 건축적 원형과 실존사례를 찾기는 어렵다. 현재 '이중섭 거주지'로 복원된 초가[1950년대에 지어짐]가 이 지역에서 가장 '예스러움'을 유지하고 있는 초가다. 이렇게 전통 초가가 남아있지 않은 것은 1970년대 서귀포의 경제적 급성장과 무관하지 않다. 새마을운동, 도시계획으로 인한 도시의 확장 그리고 감귤산업으로 인한 경제성장 등의 사회변화가 동시에 진행되면서 주거공간의 변화는 피할 수 없는 일이었다.

현재 서귀포 구도심의 주거용 건축물은 전통 초가에서 진전된 개량주택과 새로운 건축재료를 이용한 근대주택이 혼재해 있으며, 이외에 소수의 일본식 주택이 남아있다. 주거용 건축물은 1960년대 이후부터 가시화된 근대화의 변화를 거치면서 규모·재료·형식 등의 면에서도 그 양상이 다양하게 전개된다.

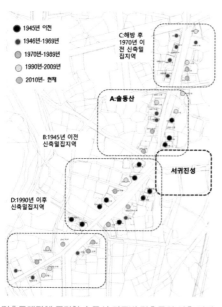

건축물대장에 근거한 솔동산 가로변 건축물의 신축 시기

솔동산로 가로변 건축물들의 건축 시기를 건축물대장을 통해서 확인해 보면, 1945년 이전 일제강점기에 건축된 건물들은 그림 2)의 A구역과 B구역인 서귀진성 앞 사거리 인근에 가장 많이 남아있다. 이는 일제강점기에 서귀진성 아래쪽인 B지역을 중심으로 건물들이 신축되었다는 것을 뒷받침하고 있으며, 신축된 건축물들은 일본인의 주택이었을 가능성이 크다.

1945년 해방 이후부터 새마을운동이 시작되기 전까지인 1970년 이전에는 서귀진성 아래쪽보다는 그 위쪽인 C지역으로 신축건물들이 들어서게 된다. 이는 지금의 태평로 인근으로 관공서와 시장이 형성되면서 마을의 중심이 태평로를 중심으로 형성된 때문으로 여겨진다.

이후 솔동산 지역은 1970년부터 2000년까지 산발적인 주택 신축을 제외하면 거의 신축이 없었던 침체기를 겪은 것으로 보인다. 이는 1970년 이후로는 서귀포시의 도시화가 중정로를 중심으로 한 위쪽 지역에서 이루어졌기 때문으로 여겨진다. 솔동산을 중심으로 하였던 서귀포의 모습은 1970년을 기점으로 정체되었다고 할 수 있다.

중정로 아래 지역인 솔동산과 그 남쪽 지역에서는 1970년 이후로 개발이 거의 이루어지지 않았기 때문에 오히려 서귀포의 옛 모습을 간직한 자료들이 다수 남아있다. 일제강점기에 지어진 것으로 추정되는 적산가옥을 다수 확인할 수 있으며 1950년대의 돌로 지어진 신식주택들도 여럿 확인할 수 있다. 그리고 1960년대의 근대성을 보여주는 건축물인 숙박시설여관 등도 확인할 수 있으나 여기에서는 살림집에 한정하여 고찰하므로 그 외의 건축은 조사대상에서 제외하였다.

솔동산 지역에서는 강점기의 일본식 목조건축물과 해방 이후 전통 초가와 제주에서 많이 볼 수 있는 돌집들을 사례로 1970년 이전의 서귀포지역의 주거형식을 고찰해 보고자 한다.

가. 강점기의 일본식 목조건축

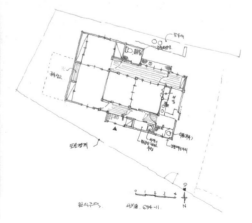

서귀동 복귀주택 살림집 전경 및 평면

1945년 해방 이후 일본인이 살다가 남겨놓고 간 집을 관에서는 몰수하여 일반인들에게 매물로 내놓았는데 이를 적산가옥이라고 하였다. 애초에 개인주택으로 사용되었던 이 집은 일본인에 의한 주거건축의 모습을 그대로 보여주고 있어서 강점기 일본인에 의한 건축의 영향을 살펴보는데 유효한 자료라고 할 수 있다.

전체적인 공간구성은 매우 단순하다. 중앙에 응접실과 침실 등을 두고, 거실 앞뒤의 복도는 전면은 현관과 후면은 화장실과 면하는 형식으로 공간의 배분은 단순하면서도 명료하다.

현관의 좌측에는 장식벽장인 도코노마床の間가 있는 자시키座敷, 응접실가 전면에 있고, 그 뒤로는 또 다른 거실이 겹집형태로 되어 있다. 일본건축에서 자시키의 뒤에 침실에 해당하는 난도納戸를 배치하는 것과 일치한다. 가옥의 외주부를 복도로 만들어 놓은 형태는 일본 주거건축의 특징이라고 할 수 있는데, 외부에서 볼 수는 없지만 그러한 공간구성을 따르고 있다.

좌: 도코노마의 흔적 / 우: 일식 목욕통

원주인의 후손에 의하면 지금 세탁실로 개조해서 사용하는 곳이 본래는 화장실이었다고 한다. 화장실이 실내로 들어오고 주방에 인접해서 목욕실을 두는 것은 근대 초기의 일본이 제주의 주거건축에 영향을 준 여러 요소 중 하나이다. 물론 화장실을 실내에 두게 된 것이 전적으로 일본의 영향으로 그런 것은 아니지만 공간구성에 대한 착상이 일본인에 의해 유입되어 부분적으로 동기를 부여했을 것이다.

이 집에서도 처음에 만들었던 실내화장실을 세탁실로 개조한 것과 마찬가지로 실내에 화장실을 두는 것은 쉽게 받아들여지지 않았다. 변소에 대한 인식적인 문제도 있었지만 위생적인 문제를 해결하는 것은 1960년대까지 쉽지 않은 일이었다. 다만 방과 방 사이의 칸막이를 미서기문으로 하여 폐쇄와 개방을 편리하게 하는 방식은 일본 주거건축의 독특한 부분인데, 이러한 방식은 한동안 폭넓게 받아들여져서 제주도 살림집에 상당히 영향을 주었다.

나. 해방 후 전통 초가의 변화

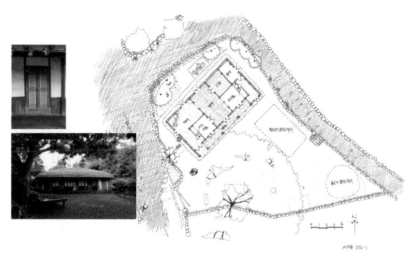

서귀동 512-1번지, 이중섭 거주지 전경 및 평면. 헛간과 통시는 멸실된 상태임

일식주택이 아닌 전통 초가는 근대화의 과정에서 어떤 변화를 겪었을까? 한국의 근대화가 이중섭은 한국전쟁 중에 일 년 정도의 기간을 서귀포에서 살았다. 이중섭이 살았던 곳으로 알려진 이 초가집은 해방 후인 1949년에 지어진 것으로 다른 초가집에 비해서는 오래된 것은 아니다. 이 초가는 전통적인 초가집과는 다른 공간구성 때문에 복원과정에서 변형이 생긴

것으로 오해받기도 하였다. 전前 주인 박○○씨가 보관하고 있던 사진을 통해 확인한 바에 의하면 처음엔 풍채가 달려있는 초가집으로 지었으나 중간에 슬레이트 지붕으로 개량하면서 전면 낭간에는 풍채 대신 유리 미서기문을 설치하여 실내공간을 확장하였다. 낭간의 공간 개조는 1950-60년대에는 흔히 있었던 일로 아마도 雨戸, 비바람을 막기 위한 덧문가 있는 일식주택과 제주초가에서 자연환경에 적응하기 위해 설치했던 풍채에서 영향을 받아 기능적으로 발전한 것이라 말할 수 있다.

　이중섭이 살았던 이 집은 역사적 맥락을 살리려는 노력으로 서귀포시에서 매입 후 원래 형태로 복원한 것은 다행한 일이다. 복원은 최대한 본래의 부재를 그대로 사용하려고 하였으며 규모를 키우지는 않았다는 것이 이 집에서 살았던 박○○씨의 증언이다. 이 초가는 전통 초가의 공간구성을 설명하기에는 부적절하다고 보일 수도 있으나 시대적 변화에 따른 살림집의 변화를 이해하는 데 아주 중요한 자료라고 할 수 있다.

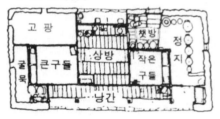

[4칸 완성형]

4칸 살림집 평면. 자료: 양상호, 서귀포시지(하), 2001, 1111쪽

　전통적인 초가에는 큰구들 뒤에 항상 고팡을 배치했지만 해방 이후에 지어진 집에서는 고팡을 정지에 붙여서 짓거나 고팡을 만들지 않고 그 위치에 작은 방을 하나 더 두는 경우도 많아졌다. 이러한 이유로 방의 위치만으로 큰구들과 작은구들을 구분해서 말할 수 없게 되었다. 큰구들과 작은구들을 규정하는 것은 의미가 없다.

　따라서 이 초가의 평면을 보면서 큰구들과 작은구들을 규정하는 것 자체가 의미가 없다. 반면 중요한 것은 이중섭이 살았던 방을 뭐라고 규정 할 수 있는가 하는 점이다. 오른쪽 굴묵을 통해서 출입할 수 있는 이 방은 전통적인 초가집에는 없는 방이다. 전 주인 박○○씨는 이 방을 골방이라고 불렀다고 했다.

기본적인 공간구성은 양상호가 예시한 4칸 완성형 평면과 비슷하다. 4칸 초가의 형태와 다른 것은 우측의 굴묵 공간을 좌측의 정지와 마찬가지로 앞에서 출입하게 하면서 공간의 크기를 키워서 정지와 같은 역할을 할 수 있게 하면서 골방에서 딴 살림이 가능하도록 한 것이다. 뒤에 있는 고팡을 반으로 나누어서 작은 방을 추가하고 굴묵을 넓혀서 정지로 쓸 수 있도록 한 것이 이 집의 특징적 공간구성이다.

이 같은 네칸집의 경우 일반적으로 굴묵에는 기둥을 세우지 않으나 이 집은 굴묵에도 기둥을 세워 칸의 크기를 키워 완전하진 않지만 5칸의 형식을 갖추고 있는 셈이다. 여기서 중요한 것은 칸 수가 아니라 왜 이런 평면이 발생하였는가 하는 점이다.

박○○씨에 의하면 처음 집을 지을 때, 혼자 계신 노모老母를 모시기 위해 이 방을 만들었다고 한다. 굴묵은 노모가 사용할 수 있는 정지로 활용할 수 있도록 크기를 키웠고, 고팡을 나누어서 만든 방은 굴묵에서 난방할 수 있도록 구들을 깔았다.

일반적으로 제주민가의 특징을 안거리와 밖거리가 있는 세대분가형 두거리 집으로 설명한다. 그런데 이 경우에는 세대분가를 하되 별동형이 아니고 한 집에 두 살림이 가능하도록 공간을 구분하여 자녀세대와 노모가 따로 살림을 하도록 의도하였다.

한 집에서 둘 이상의 세대가 살림을 할 수 있도록 만든 집을 우리는 다세대 혹은 다가구주택으로 부른다. 그런 의미에서 보면 이 집은 다가구주택의 개념을 담고 있다. 이 집이 지어진 일 년 후인 1950년에는 한국전쟁으로 피난민들이 서귀포에도 몰려들었고, 이중섭 가족도 이들 중 하나였다. 노모를 위해 만들었던 방을 이중섭 가족에게 빌려주고, 노모는 자녀들과 같이 생활하게 되었다. 빌려주기 전 1년 동안은 노모와 같은 집에 살면서 부엌살림은 따로 하였다고 한다. 이렇게 전쟁의 혼란기에는 제주민과 난민들이 함께 공간을 공유했었다.

1950~1960년대의 제주도는 1948년 4·3사건과 1950년의 한국전쟁을 거치는 동안 집을 잃고 거처를 구하려는 이들로 넘쳐났다. 그래서 그 당시에는 집을 짓는 경우 임대공간을 고려하여 한 집에 두 개의 부엌이 있는 주거형식의 집을 많이 지었다. 이중섭이 살았던 초가의 새로운 공간구성은 단지 주인가족의 특수한 상황이 반영된 것만이 아니라 혼란했던 당시 사회의 모습을 반영한 것이라고 할 수 있다. 두 개의 부엌을 구상하였던 이 집은 사회의 변화에 반응하여 진화하는 초가의 새로운 모습을 보여주고 있다.

다. 1950년대의 돌집

일제강점기가 끝나고 일본인들은 본국으로 돌아갔지만 그들의 생활방식과 건축기법은 우리의 건축문화에 영향을 주었다. 이 집은 일제강점기에 서귀포에 있었던 두 개의 여관 중 하나인 천지여관구 서귀여관의 맞은편에 1955년에 지어진 집이다.

서귀동 661-2번지. 전경 및 평면

외관으로 봐서는 일반적인 살림집으로 보이지만 건축물대장상에는 용도가 근린생활시설로 등재되어 있다. 현재는 임차인이 살고 있어서 이유를 확인할 수는 없었지만 도로변으로 네짝 미서기문이 시설되어있는 것으로 보아 점포와 같은 용도로 사용되었을 가능성은 충분하다. 처음부터 점포 용도로 지어진 것이었다면 초기의 상가용 건축물은 어떤 공간구성이 이루어졌는지를 살펴볼 수도 있을 것이다.

실내공간도 일반 살림집과는 달랐는데 평면에서 보듯이 살림집의 중앙에 해당하는 공간에는 벽체가 없이 기둥 하나만으로 지붕을 받치고 있어 넓은 홀을 만들고 있다. 이 집의 본래 기능이 점포였을 것이라는 추정을 가능하게 하는 공간구성이다. 서측에 있는 두 방의 칸막이는 일본식 가구방식인 미서기문으로 되어있다. 동측으로는 화장실과 주방이 있지만, 화장실 외벽에 미서기문이 있는 것으로 보아 전에는 외부 출입이 잦은 부엌 공간이었을 것으로 추정된다. 아마도 도로 전면 쪽으로는 점포 공간이 있고, 후면 쪽으로는 부엌과 마루가 있어서 살림이 가능한 점포병용주택이었을 것이다.

지붕을 받치고 있는 기본 구조는 목구조이다. 외부에 있는 돌벽은 구조체가 아닌 덧벽으로 내부의 흙벽을 보호하는 역할을 한다. 이는 제주초가의 축담과 같은 구성 원리로 목구조로 집을 만들고 축담을 나중에 쌓았던 건축방식의 연장선에서 이해할 수 있다.

이 집의 가구법을 살펴보면 일본건축의 영향이 지속되고 있는 것을 알 수 있다. 제주 초가에서 축담을 쌓아서 집을 보호하려는 태도는 절충 되어진 새로운 주거양식이 적용되는 반면에 일본주택의 아마도덧문나 제주초가의 낭간 등의 외주부의 공간은 완전히 배제되었다. 이렇게 외주부의 중간영역으로 작용하였던 공간을 없애고 실내공간을 넓게 하려는 경향을 보이고 있다.

4. 근대화 시기 서귀포 건축 상황

현재 경험하고 있는 주거공간은 단기간에 만들어진 것은 아니다. 특히 한 지역에서만 발견되는 공간이나 형태라면 그것은 그 지역의 독자적인 문화현상으로 이해할 수 있다. 예를 들어 제주에서 1980년대를 살았던 제주 사람들은 '제삿방'과 '물부엌'이라는 독특한 이름을 기억하고 있을 것이다. 제삿방과 물부엌은 전통적인 초가 살림집에 있었던 이름이나 공간은 아니다. 이러한 공간들은 초가라는 주거형식에서 새로운 주거형식으로의 전환 과정에서 만들어진 새로운 공간이라 할 수 있다. 과거의 주거공간이 새롭게 바뀐 생활방식을 수용하지 못하면서 생겨났다고 유추할 수 있다.

전통적 삶을 담아왔던 초가라는 주거형식이 새로운 변화를 겪기 시작한 배경으로 1920~1940년대의 일제강점기의 외래 주거문화의 유입을 꼽을 수 있다. 그러나 1960년대의 사진자료를 보면 제주도 전체와 마찬가지로 서귀포의 전반적인 풍경에는 초가의 모습이 지배적이다. 그렇다면 지금 말하는 물부엌과 제삿방은 전통 초가에서 온 것도 그렇다고 외래문화의 유입을 통해 들어온 공간도 아니다. 따라서 1960년대를 지나 1970년이 들어서면서 새롭게 만들어진 공간으로 추측할 수 있다. 아직까지 이러한 공간에 대한 세밀한 사적史的 검토가 이루어지지 않은 것에 대한 반성이 필요하다. 이런 의미에서 1970년대 신흥 집단주거지의 고찰은 서귀포의 주거사住居史를 살피는 데 큰 의미가 있다.

전술한 바와 같이 1970년대는 서귀포의 급격한 도시화가 진행된 시기로 주거형식은 전통적인 삶의 방식에서 새로운 기술에 의한 근대적인 삶의 방식을 수용하는 과정을 보여주는 시기라고 할 수 있다. 1970년은 새마을운동이라는 전국적인 경제부흥 운동이 일어났던 시기이기도 하다. 한편 서귀포의 경우에는 1970년대 초반에 감귤농업으로 꽤 많은 부농들이 성장하던 시기이기도 하다. 경제적으로 매우 어려웠던 시절이지만 잘 살 수 있다는 희망을 품고 살았던 시기이고 실제로 많은 변화가 있던 시기였다. 또한 서귀포 뒷뱅디 일대에 1호 광장현 중앙로터리을 설치하고 지금 동문로터리로 불리는 2호 광장과 서문로터리로 불리는 3호 광장을 연결하는 3각형의 주요 시내 도로 가 완성된 시기도 1970년이다. 이러한 도시계획도로의 완성으로 솔동산 중 심의 서귀포 경제권이 지금의 서귀포 매일올레시장 지역인 뒷뱅디 일대로 이동하면서 도시의 구조가 변화하기 시작한 시기이기도 하다.

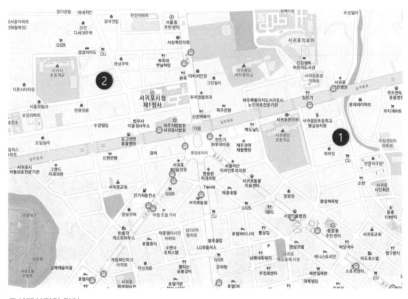

조사대상지의 위치

이 시기에 서귀포에서는 신흥주거지를 개발하여 분양하는 사업을 추진 하는 이들이 등장하였다. 골목길의 양쪽으로 주거지를 선형으로 개발하는 방식으로 진행하였다.

이 기간 동안 개발된 주거지의 수와 개발주체에 대한 전체적인 자료를 수집하여 조사연구를 진행하기에는 여러 가지 여건상 어려움이 있어서 본 연구에서는 70년대 초반에 개발된 선형주거지 두 군데를 조사하였다. 서귀 포 동지역의 건축물대장을 검토하여 1970년대 초반에 준공된 대표적인 사례 두 군데를 살펴봄으로써 당시의 주거환경과 주생활의 변화를 살펴보려고 한다. 조사한 자료의 양이 충분하지는 않지만 1970년대 초에 서귀포에서 진행된 주생활의 변화를 감지할 수 있다는 점에서는 조사의 의미를 찾을 수 있다.

조사대상지는 위 이미지의 ①지역인 서귀중앙초등학교 동측에 있는 주거지와 ②지역인 서귀서초등학교 동측에 위치하고 있는 주거지다. 대상지 두 지역 모두 초등학교 인근이면서 골목길을 만들어 길에 면한 좌우로 택지를 조성하는 방법을 사용하였다. ①지역의 경우는 골목의 방향을 남북으로 한 반면 ②지역은 골목을 동서방향으로 개발하였다. 두 지역의 집들은 모두 '문화주택'[7]이라는 이름으로 알려진 당시에는 앞서가는 주거형태로 인식되었다. 이하 도로명 주소를 따라서 ①지역을 '중동로 집단주거지'로 명기하고 ②지역을 '홍중로 집단주거지'로 명기하도록 한다.

① 중동로 집단주거지 모습

'중동로 집단주거지'는 폭 2.4미터의 좁은 통과도로의 양쪽으로 택지를 개발한 사례이다. 이 골목에 면해있는 8가구의 집들이 모두 1972년에 사용승인되었다. 좁은 골목의 폭과 대문의 형태로 보아 당시에는 주거지계획 시 주차를 고려하지 않았음을 알 수 있다.

---

7 1920년대 이후부터 1970년대까지 서양식 주택을 지칭하며 유행한 용어. [출처: 한국민속대백과사전, https://folkency.nfm.go.kr]

'중동로 집단주거지'는 서측에서 동측으로 경사가 있는 지형으로 골목의 동쪽에 면한 필지가 서쪽에 면한 필지보다 1미터 이상 낮다. 이러한 이유로 골목 동쪽에 면한 대지는 대문에서 마당으로 바로 진입할 수 있도록 대지를 메웠고, 서측에 면한 대지는 4~5단의 계단을 올라서야 마당으로 진입할 수 있다.

② 홍중로 집단주거지 모습

'홍중로 집단주거지' 역시 1972년에 동시 준공된 집단주거지이며 10개의 필지가 폭 2.8미터의 막다른 골목에 면해서 들어서 있다. 현 거주자의 증언에 의하면 최초 입주자가 지금까지 거주하고 있는 집은 없고 현재 거주자의 대부분은 임차하여 살고 있다고 한다.

두 주거지역 모두 1970년 서귀포의 새로운 가로체계가 만들어진 직후에 개발된 주택단지로 당시에는 '신식집'으로 알려진 주거지였다. 따라서 이 시기의 주택은 전통과 새롭게 유입된 문화의 혼란기인 1950~60년대를 겪은 이후에 안정적인 주거공간의 방향을 잡아가고 있는 모습이라고 할 수 있다.

가. 중동로14번길 4-6

현재 이 집에 살고 있는 강○○여, 1951년생씨는 1977년에 이사를 와서 1972년 준공 당시의 모습을 정확하게 기억하지는 못하지만 서귀포에서 최초로

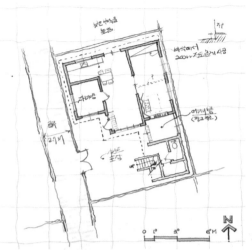

중동로14번길 4-6 주택의 현재 평면과 전경

지어진 '문화주택'이라고 들었다고 한다. 하지만 문화주택이라는 것이 주택의 특정 유형이나 행정적으로 특별 지원대상을 의미하는 것이 아니고 용이한 분양을 위한 홍보 차원에서 붙여진 이름이었던 것으로 여겨진다. 이렇게 문화주택이라는 이름을 붙여서 분양한 것은 집을 상품화하여 매매의 대상으로 인지하기 시작했다는 것을 의미한다.

강씨가 처음 이사 왔을 때는 부엌 바닥이 마루보다 낮았으나 나중에 부엌 바닥을 마루와 같은 높이로 높이고 부엌과 마루 사이의 벽을 터서 하나의 입식 공간으로 만들었다. 동측에 있는 크고 긴 안방은 두 개로 나눠서 쓰던 방들을 전 주인이 방이 좁아서 하나의 큰 방으로 만들었다고 한다. 1972년 준공 당시에 문화주택이라 칭하면서 현대식 주택을 표방했음에도 불구하고 5년도 안 되는 사이에 부엌 바닥을 높이고 방을 넓히는 등의 변형이 이루어졌다는 것은 그만큼 주생활 양식의 변화가 급격했다는 것을 보여준다.

> 나중에 온 사람이 이거 두 겐디 터부럿댄 마씸게. 이거 두 개 잖아예. 방은 있는데, 마루만. 일로 이레 늘린거. [부엌도 새로 만든거 아니 마씸?] 아니, 부엌은 그냥

그렇게 된거마씨. [이사 올 때 부엌이 낮아진 부엌 아니라수과?] 씽크대도 안놓고 예. 촌에 부엌 우리 살 때 오물락 들어간디 있지 안험니까. 경 헤난거 닮아마씨. [77년 이면 연탄 안써수과?] 연탄. 연탄 써실꺼우다. [연탄아궁이 헤그네예.] 예.

나중에 살게 된 사람이 이 방이 원래 두 개였는데 뜯어서 하나로 했다고 합니다. 마루만 좀 늘린 겁니다. [부엌도 새로 만든 건가요?] 아니요. 부엌은 그대로예요. [이사올 때 부엌 바닥이 낮지 않았나요?] 씽크대도 없이 촌에 보면 아래로 바닥이 내려가 있지 않습니까. 그렇게 되어 있었던 것 같아요. [77년에 연탄은 안 썼나요?] 연탄 썼을 거예요. [연탄아궁이였죠.] 예.

강○○(여, 1951년생) 2019년 08월 20일 채록

강씨는 1977년 이사 왔을 때는 부엌에서 연탄아궁이로 취사와 난방을 하는 구조였다고 기억한다. 그 이듬해에 주변 집들이 2층을 올리는 것이 유행처럼 되어서 강씨네도 그때 2층으로 증축하였다. 지금 이 골목에 면한 집들은 거의 모든 집들이 2층이지만 애초에는 모두 1층의 평지붕을 하고 있었다. 처음에 평지붕으로 지어서 2층을 증축하는 것이 수월했을 것이다.

화장실은 지금도 바깥에 별도로 있다. 이 골목길에 면한 모든 집들이 공통으로 화장실을 바깥에 세면장과 같이 만들었다고 한다. 일제강점기에 시도되었던 실내화장실은 1970년대 초반에도 앞서가는 주거공간에서도 기술적으로나 심리적으로도 실현하기 쉽지 않았다.

[화장실은 수세식으로 되어 있지예? 언제쯤 고쳐수과?] 우리 이사 온 후에는 한참 되수다게. 기억 안남수다. 우리 이사 온 후에는 그냥 옛날 재래식예. 경허단에 한 일 년쯤 살단에 저거 고쳐실꺼라. 그때 한참 시작 헐 때니까. [고칠 땐 이 골목이 한꺼번에 고쳐실꺼 아니예?] 아니 경도 안허고 나중에 헌 사람도 있고. [아, 돈 생기는대로] 예. 자기네 만씩.

화장실을 수세식으로 개조한 것도 1978년 혹은 1979년에 2층 증축하면서 같이 했던 것으로 여겨진다. 화장실을 수세식으로 개조하면서 정화조도 함께 설치하였는지는 확실하지 않다. 아마 처음에는 냄새나는 화장실을 냄새가 나지 않는 시설로 개조한다는 의미가 더 중요했을 것이다.

이 집은 1972년 준공 이후 7~8년 동안 난방설비를 교체하고, 화장실을 개선하고, 개별 주거공간의 확장 욕구 등을 반영하면서 많은 변화를 겪었다.

나. 중동로14번길 4-2

이 집 역시 현재는 2층으로 되어 있으나 당초는 1층으로 된 주택이었다. 필자가 1977~1978년 사이에 이 집에서 살아본 덕분에 당시의 기억을 더듬어 평면을 수정해 보았다.

1972년에 신축하였을 때의 모습을 정확히는 알 수 없지만 이 골목 안의 집들이 모두 같은 평면을 가지고 있었다고 한다. 공간구성에서의 특이점은 서측에 별도의 외부출입이 가능한 부엌이 딸린 작은 방을 두었다는 점이다. 이는 임대를 주기 위한 공간으로 추정된다. 임대를 주지 않는 경우에는 마루에서 출입이 가능한 문을 두고 주인이 집 전체를 사용할 수 있었다. 현재의 건축법으로 보면 2가구 주택인데 그 당시에는 아직 다가구주택이라는 개념이 정립되지 않았다.

좌: 신축 당시 평면 / 우: 현재 평면

골목길의 서쪽 집들은 길보다 집터가 높아서 길에서 집의 구조를 살펴볼수 없는 반면 동측의 집들은 길가에서도 집의 외부를 확인할 수 있다. 동쪽에 면한 모든 주택에는 현관 이외에 외부로 출입할 수 있는 부출입문이 있었던 흔적을 확인할 수 있다. 이러한 문들은 임대공간을 위한 별도의 출입구였다. 앞서 보았던 강○○씨 댁의 경우에도 임대주기 위한 작은 부엌과 주인이 쓰기 위한 부엌을 합쳐서 부엌 공간을 크게 만들었을 것이다.

이 집은 주방을 넓힌 것이 아니라, 작은 주방을 화장실로 개조하였다. 우측 두 개의 방은 그사이를 네 짝 미서기문으로 칸을 나누어 사용하였는데, 필요에 따라 공간을 크게 쓸 수 있도록 방 사이에 미서기문을 두는 것은 일본주택의 영향을 받은 것으로 추정된다. 이렇게 방과 방 사이에 미서기문을 설치하여 공간을 넓게 쓸 수 있도록 한 주택의 평면은 앞서 조사한 것처럼 60년대 슬레이트집의 평면에서도 적지 않게 확인할 수 있었다. 지금은 두 개의 방 사이에 있었던 미서기문을 없애고 벽을 만들어 방을 완전히 분리하였다. 미서기문을 달아서 폐쇄와 개방을 자유롭게 할 수 있게 하는 것이 합리적인 공간 활용으로 여겨질 수도 있으나 이러한 공간은 결국은 사생활을 보장받을 수 없는 불편함이 있다. 이러한 공간사용의 변화 역시 점차 사회의 변화가 개인의 사생활보호가 중요하게 인식되면서 가족 간에도 공간구획을 분명하게 하는 것이 더 장점이 있다고 판단한 결과일 것이다. 방 사이의 벽을 미서기문으로 하여 폐쇄와 개방을 자유롭게 하였던 일본식 공간이용의 방식은 한때 유행되다가 점차 사라진 형식이다.

이 집 역시 1978년까지는 정지의 바닥이 마루보다 50cm 정도 아래로 내려앉아 있었다. 정지바닥을 실내보다 낮게 만드는 것은 아궁이를 이용한 연탄난방을 하였기 때문이다. 그때는 소위 곤로라고 하는 석유를 이용한 취사도구가 등장하는 시기였으며 연탄은 취사를 위한 연료이기보다는 주로 겨울에 난방을 위한 연료로 애용되었다.

1977년 필자가 거주할 당시 이 골목 안에서 이 집만 특이하게 마당에 연못과 화단이 있었다. 연못에는 수도를 틀면 물이 솟아오르는 분수도 설치되어 있었는데, 문화주택 홍보를 위한 시설이 아니었을까 추측해 본다.

화장실을 실내에 만들고 정지 바닥을 높여서 거실과 하나의 공간으로 개방되게 한 것 역시 80년대에 들어서면서 주거공간에 대한 의식의 변화를 반영하는 것이다. 방은 개인 공간으로 더욱 폐쇄성을 강조하고 거실과 주방은 공적 공간으로 점차 개방적인 공간을 지향하게 된다.

이러한 주거공간의 변화에도 불구하고 집의 기본 공간구성은 3칸겹집 초가의 구성에서 크게 벗어나지 않은 걸로 보아서는 전통적 주거공간에 대한 인식이 여전히 남아있음을 알 수 있다.

이 집도 2층으로 증축하고 마당에 별채로 자식 부부를 위한 살림집을 지었다. 집을 붙여서 크게 만들려고 하는 것이 아니라, 한 필지 안에서 별채로 자녀세대의 살림집을 지은 것은 안밖거리의 전통적 삶의 방식으로 건축공간을 구성하는 기술의 변화에도 불구하고 삶의 패턴이라는 것은 쉽게 바뀌지 않는다는 것을 느끼게 한다.

다. 중동로14번길 4-5

길○○씨 댁은 골목길에서 서측에 면한 집이다. 앞에서 언급한 것처럼 골목에서 서측에 면한 집들은 대지가 길보다 1미터 가량 높기 때문에 계단을 통해서 마당으로 갈 수가 있다. 남측의 마당을 거쳐서 현관을 통해 집 안으로 들어가는 것은 동측에 있는 집과 다르지 않다.

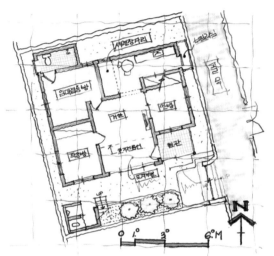

현재 평면 및 현황

평면은 길 맞은편 집들과 좌우가 바뀐 비슷한 평면구조처럼 보이지만 우측의 안방과 부엌에서 아궁이와 벽장의 흔적을 찾아볼 수 있다. 정지 안쪽에 세면장이 있었다는 기억은 그것이 애초에 있었던 것인지 개조하면서 생긴 것인지는 확인하기 어렵지만 기능적 편이성을 추구한 공간구성으로 보인다. 이 집에서 가장 특이한 점은 좌측의 방안에 화장실이 있다는 점이다. 그 화장실은 초기에 임차인이 사용하는 작은 부엌이었다고 한다. 임대를 주던 방은 부엌을 통해서 따로 출입할 수 있었다고 한다. 이 집 역시 임대를 고려한 두 가구 살림집이었다.

[여기는 집이 갈랑 빌려주거나 영 되 잇진 않아낫지? 부엌이 하나 더 잇거나 그러진 않아낫지?] 부엌이 하나 더 잇진 않고 예. 저기 기억에. 여기 이쪽 방에. 아주 어렷을 때 처음 기억에 잠깐 일이년인가 신혼부부가 살앗던 거 같애. 아주 옛날에. [그러면 그 사람들은 식사를 어명 헤서?] 게난 제 생각에는 여기 나중에 욕실로 헷는데. 여기가 약식 부엌이 있었던 것 같애.

[여기는 집을 나누어서 빌려주거나 그러진 않았지요? 부엌이 하나 더 있다던가 그러진 않았지요?] 부엌이 하나 더 있지는 않고, 아주 어렸을 때 잠깐 일이 년인가 신혼부부가 살았던 것 같아. 아주 옛날에. [그러면 그 사람들은 취사를 어떻게 했나요?] 그러게요. 제 생각에는 여기 나중에 욕실로 만들기는 했는데, 여기가 간단하게 부엌이 있었던 것 같네요.

── 길○○(남, 1968년생) 2019년 10월 20일 채록

이 집의 또 다른 특징은 임대하는 방을 길가 쪽으로 두지 않고 집안 깊숙한 곳에 두어 임차인이 주인집의 거실을 가로질러 출입했었다는 점이다. 평면은 길의 동측에 있는 주택과 좌우가 바뀐 것처럼 보이나 도로와의 관계없이 임차인이 거주하는 공간은 길의 서측 주택과 같이 대지의 서쪽에 위치해 있다.

길○○씨는 어린 시절부터 줄곧 이 집에서 살았으나, 1968년생인 그가 건축 당시의 모습을 정확하게 이해하는 것은 쉽지 않은 일이었다. 이미 초기에 이 집을 건축한 관계자의 증언을 확보할 수 없는 상황에는 부분적인 추론을 더 해야 했다. 주거공간의 입구가 서로 반대인 상황에서 평면 역시 좌우가 바뀔 것처럼 보이나 실제 사용하는 공간을 보면 안방을 동쪽으로 임대자의 방은 서쪽으로 놓는 태도가 동일하다는 것을 알 수 있다. 이는 주거공간에서의 실의 위치가 길과 진입부의 방향에 영향을 받기보다는 방위를 더 중시한 것이 아니었을까 하는 생각을 하게 한다.

반면에 옥외 화장실의 위치는 동측에 면한 집들은 동측에 위치한 반면 길○○씨 댁의 경우에는 서측으로 배치하였다. 재래식화장실을 만들었던 초

기의 도시주거의 경우에는 화장실이 대문 바로 옆 길가에 면해서 만드는 경우가 많다. 그것은 화장실의 분뇨를 수거할 때 퍼내기가 쉽기 때문에 합리적인 이유가 된다. 하지만 여기에서는 대문의 위치와는 아주 반대쪽에 깊숙한 곳에 옥외화장실을 두었다. 이는 입구에서 화장실을 멀리 두는 전통적인 배치관습과 관련이 있어 보인다. 초기의 문화주택이라는 신식의 주거양식에서도 이러한 관습은 이어지고 있었던 것이다.

라. 홍중로21번길 14

홍중로21번길 14 주택의 현재 거주자인 유ㅇㅇ씨는 1997년부터 주택을 임차하여 살고 있어 건물이 준공된 당시의 모습을 정확히 알지는 못한다고 하였다. 다만 기억에 남는 것은 서귀포에서 택시를 타고 문화주택을 가자고 하면 택시기사가 쉽게 찾을 정도로 당시에는 꽤 잘 사는 집으로 알려져 있었다고 했다.

> [여기를 사람들이 부를 때는 그냥 문화주택 하면…] 문화주택. [서홍동 문화주택 하면 알아마씨?] [이ㅇㅇ:아니, 택시기사들도 오래 나이드신 분들은 문화주택 가게 마씸 하면 알아먹는데 젊은 분들은 잘 몰라예. 거난 신라타운 밑에 가게마씨하면 아는데, 그냥 문화주택은 잘 몰라예.] [나이든 사람은 문화주택하면 알아마씨?] [이ㅇ ㅇ: 알아마씨.] [그러면 서홍동 근처에 문화주택하면 여기?] 여기 뿐이우다. 이 서귀포 시내 안에는 여기뿐이 어수다. 문화주택.
>
> [여기를 사람들이 부를 때는 그냥 문화주택이라고 하면…] 문화주택. [서홍동 문화주택이라고 하면 알아듣는가요?] [이ㅇㅇ: 아니, 택시기사들도 나이 드신 분들은 문화주택가요라고 하면 알아듣는데 젊은 분들은 잘 모릅니다. 그러니까 신라타운 아래로 가시죠 하면 아는데 그냥 문화주택 하면 잘 모르죠.] [나이 든 사람은 문화주택 하면 알아듣나요?] 여기뿐입니다. 서귀포 시내 안에서는 여기뿐입니다. 문화주택.
>
> ─ 유ㅇㅇ(여, 1948년생), 이ㅇㅇ(여, 1972년생), 2019년 11월 05일 채록

현재 주택 모습을 보면 2층을 증축하는 등의 대대적인 개조는 하지 않음을 알 수 있다. 중동로 집단주거지의 경우 1978년경에 대부분 2층으로 증축하였는데 그와는 대조적이다. 다만 천정에 보이는 수벽이 예전에 있었던 공간이 변형되었음을 보여주는데, 이에 대해서 유○○씨는 전에는 마루 뒤편으로 작은 방이 있었고, 안방 뒤에 부엌이 있어서 방이 네 개인 집이었다고 한다.

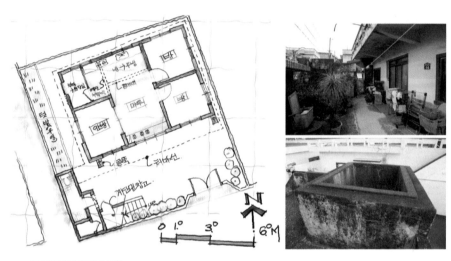

현재의 주택 평면과 현황

이 집도 물부엌과 같은 부엌에 딸린 허드레 공간을 따로 만들지는 않았던 것으로 보인다. 다만 서측 편으로는 화단이 아닌 텃밭이 있었는데 예전의 부엌 위치와 인접해서 우영을 만들었던 전통적 삶의 태도가 남아있었다. 여기에서도 화장실은 외부에 두었다.

홍중로 집단주거지의 평면이 중동로 집단주거지와 달리 보이는 부분은 진입부의 처리방식이다. 중동로의 경우에는 현관처럼 볼 수 있는 부분이 명확한데 반해 홍중로 집단주거지의 집에서는 마치 전통 초가의 낭간을 통해 안으로 들어가듯이 마루 앞으로 길게 신발 벗는 공간이 있다. 평면구성도 가운데 상방을 두고 양쪽으로 구들을 두는 3칸초가의 겹집구성과 거의 다

제주 삼촌들에게 들어보는 집과 마을 이야기

르지 않다. 다른 점은 마루의 뒤편으로 지금은 철거된 방이 추가된 점이다.

중동로 집단주거지에서는 임대용 방을 만들면서 주인세대와의 분리와 결합을 고민한 흔적이 있었다. 두 개의 방 사이에 미서기문을 두고 공간의 변용을 고민한 반면, 이 집에서는 임대를 고민한 흔적을 찾을 수 없다. 이 뿐만 아니라 방의 숫자도 4개나 되고 방과 방 사이에 미서기문을 달지도 않는 등 공간구성에 있어서 매우 다른 태도를 보여준다. 두 집단주거지 모두 1972년에 준공되었음에도 불구하고 공간구성에서 이처럼 분명한 차이를 보이는 것에 주목할 필요가 있다.

같은 시기에 이렇게 다른 개념의 평면이 만들어진 이유는 무엇일까? 두 주거지를 개발하고 분양한 개발자들의 전략적 의도의 차이, 그리고 변화에 대한 시대의 요구 등이 영향을 주었을 것으로 추정된다. 그것을 확인하기 위해서는 당시 상황, 즉 기획과 시공을 담당했던 개발자와 최초 입주자에 대한 조사가 필요하지만 본 조사연구가 그 단계에 미치지 못한 점은 큰 아쉬움으로 남는다. 다만 동시대에 이렇듯 서로 다른 성격의 평면은 당시에 사회계층의 의식이나 자본 축적의 정도에 따라 주거공간에 대해서 다양한 요구가 있었다는 것을 말해준다고 볼 수 있다. 비슷한 평면구성을 갖는 혈연 중심의 전통적 사회에서 골목형 집단주거지의 등장은 경제적으로 비슷한 사회계층이 모이는 공동체와 같은 공간이 만들어지기 시작했다는 것을 의미한다.

5. 결론

서귀포 동洞지역에 지어진 두 군데의 문화주택이라고 하는 것은 1970년 초반에 이루어진 주택사업의 형태였다. 문화주택이라는 이름은 서울에서는 1960년대에 아파트와 같은 공동주택을 분양하기 위한 홍보용으로 만들어낸 이름이었다. 일시적이지만 1970년대 초반에 서귀포에서도 이러한 이름이

주택지를 홍보하기 위해 사용되었고 또한 그 집들이 그 당시의 앞서가는 주거유형을 표방하고 있다는 의미도 갖고 있었다.

1970년대 초반의 서귀포에서 선호된 신흥주택지의 개발 방식은 골목길을 끼어서 길의 양쪽으로 택지를 만들어 가는 길 중심의 선형계획이라고 할 수 있다. 그러한 신흥주택에서도 1970년 초반에는 화장실과 욕실을 실내에 설치하는 것이 어려웠다. 또한 난방은 연탄아궁이로 취사와 난방을 겸하는 방식이었고 거실은 난방을 하지 않아서 전면에서 보면 집의 양쪽으로 굴뚝이 올라오기도 하였다. 굴뚝을 기둥 삼아 전면에 깊은 처마를 만드는 것은 제주도에서는 널리 볼 수 있는 근대식 주거의 풍경이었다.

그럼에도 불구하고 1970년대의 주거 평면의 유형은 소유계층에 따라 형식이 다양해지기 시작한 단계로 여겨진다. 중동로에 지어진 신흥주택지에 있는 단독주택들은 방을 세 개를 만들면서도 임대와 가변성을 고려한 평면으로 융통성에 집중하여 계획되었다. 반면 같은 시기에 홍중로에 지어진 신흥주택지는 미서기문을 이용하여 두 개의 방을 연결하는 방식도 없거니와 작은 방을 포함해서 네 개의 방을 가진 공간분화에 집중한 평면으로 구성되었다. 같은 시기에 이렇게 다른 개념의 평면구성이 이루어질 수 있는 것은 사회계층이 다양하게 등장하고 있다는 점을 반영하기도 한다.

또한 현관 부분을 만드는 태도에서도 차이를 보이고 있다. 물론 아직 독립된 현관을 만들지는 못하였지만 중동로의 집의 경우에는 마루 전면을 모두 현관으로 사용하지 않고 일부는 창으로 하고 일부만을 신발을 벗는 진입공간으로 다루고 있다. 반면 홍중로의 집의 경우에는 마루폭만큼의 미서기문을 달고 마치 초가의 낭간과 같이 전면을 출입구로 사용하고 있다. 이러한 태도의 차이 역시 주거공간의 다양성을 만들어내는 과정으로 여겨진다.

정리해본다면 홍중로 집단주거지의 경우에는 과거 초가의 평면유형을 유지하면서 새로운 기술을 적용하려고 하였다고 한다면 중동로 집단주거지의 경우에는 변화하는 사회현상에 맞추어서 변형된 공간구성을 만들려는 고민의 흔적을 찾을 수 있다고 할 것이다.

1970년대 초기 서귀포의 두 개의 집단주거지를 이전의 주거형식과 비교하여 다음과 같은 특징들을 가지고 있다.

첫째, 전통 초가에서의 낭간을 통해 진입하는 방식은 일식주택에서의 아마도雨戸, 풍우를 막기 위한 덧문를 만드는 방식과 결합되면서 근대화의 과정 속에서도 유효하게 받아들여지고 있다.

둘째, 일식주택에서 보이는 미서기문을 이용하여 공간의 가변성을 높이는 방식은 근대화의 과정 속에서도 부분적으로 수용되었지만 이러한 방식은 한동안 유행되다가 점차 줄어들게 된다.

셋째, 일식주택의 실내화된 욕실과 화장실은 1970년대 초기에도 쉽게 받아들여지지 않았으며, 지금처럼 실내로 들어오게 된 것은 일식주택의 영향보다는 기술의 발전과 인식의 변환과정을 거치면서 현실화된 것으로 보인다.

넷째, 목조와 결합하여 외벽을 돌로 쌓는 방식은 초가의 축담이 발전한 것으로 전통 초가보다 더 튼실한 주거형태로 받아들여졌으나, 근대 초기의 분양을 목적으로 하는 상품화된 주거형태에서는 돌을 이용하여 외벽을 구성하는 방식은 선호되지 않은 것으로 보인다.

다섯째, 1950년의 사회적 혼란기에 나타난 임대공간에 대한 고려는 1970년대 초기에도 지속되어 다가구 주거형식의 초기모습이 나타나고 있다.

여섯째, 중동로와 홍중로 집단주거지에서 보이는 공간구성의 공통적인 특징 중 하나는 3칸겹집 초가의 구성에 대한 사고의 흔적이 남아있다는 것이다. 가구식 구조에서 조적식 구조로 변하면서 공간구성이 훨씬 자유로워졌음에도 불구하고 집을 전면 3칸과 측면 2칸의 공간구성을 기본 골격으로 삼고있다. 이는 재료와 기술의 변화에 의해서 축조방식이 바뀌었어도 과거의 주거공간에 대한 유형이 이어지고 있음을 보여준다.

본 연구를 통해서 서귀포에서 이루어진 전통 초가 이후에 등장하는 주거형태의 다양한 모습과 근대 초기 집단주거지 개발의 초기 단계 변화과정을 개략적으로 살펴보는 기회를 가졌다. 다만 조사대상의 양적인 한계로 인해 제시할 수 있는 근대 시기의 주생활 공간의 변화를 명확하게 설명할 수 있을 만한 수준에 이르지 못했음은 이 연구의 한계일 것이다. 전통사회에서 근대로이어지는 주거양식의 변화를 명확하게 설명하기 위해서는 지속적으로 자료를축적하는 과정이 필요할 것이다. 그리고 초창기 분양형 집단주거지의 건축물들이 남아있음에도 불구하고 그것을 기획하고 개발한 주체를 확인할 수 없어서 구체적인 의도와 방식에 대한 연구가 이루어지지 못하고 있는 것 또한 아쉬운 점으로 차후에 진행되어야 할 주거사 연구의 숙제로 여겨진다.

참고문헌

* 제주특별자치도, 『사진으로 보는 제주역사 1, 1900-2006』, 2009.
* 제주특별자치도, 제주발전연구원, 『제주 상수도 50년』, 2012.
* 서귀포시, 『서귀포시지(하)』, 2001.

웹사이트

* 한국민족문화대백과사전, https://encykorea.aks.ac.kr
* 한국민속대백과사전, https://folkency.nfm.go.kr

07

한경면의 길

07 한경면의 길

1. 제주인의 길

현대 도시에서의 길은 자동차의 통행을 위주로 만들어진 도로를 연상하게 된다. 도로와 길은 어떻게 다를까? 길과 도로는 같은 대상을 가리키는 말이기는 하지만 오래전부터 사용해 왔던 '길'이라는 말은 자동차의 통행을 연상시키는 도로와 사람들이 걸어 다는 보행로를 포괄하고 있는 듯하다.

최근에 올레길이나 둘레길과 같이 보행로를 상품화하여 이름을 붙인 경우들을 보게 된다. 하지만 길에 이름을 붙이는 관례가 우리에게는 그리 친숙한 행위는 아닌 듯하다. 시골의 어느 곳을 가더라도 지명이라는 게 있기 마련이지만 그렇게 많은 길이 있음에도 길에다 고유한 이름을 붙여 부르는 경우가 우리에게 그리 흔한 일이 아님은 아이러니하다.

한경면에서 먼저 눈에 들어왔던 길의 모습은 고산육거리였다. 어쩌다가 여섯 개의 길이 교차하는 그런 특이한 형태가 되었는지 궁금하기도 했지만 왜 그 길에 고유한 이름을 붙이지 않았는지 새로운 의문이 들었다. 포구로 가는 길, 농로길, 묵은 한질, 일주도로, 신일주도로 등 이런 식의 이름이 길을 부르는 이름이었다. 이러한 길 이름들은 조수에서도 마찬가지였다. 길마다 이름이 있지만 고유명사라기보다는 한양동 가는 길, 조수 가는 길, 고산 가는 길 등 이런 식으로 설명하였다. 고유한 지명이 아니라 어디로 가는 길이라는 식으로 부르고 있다.

[또 요레 가는 건 이름 어수과?] 그건 사장밧길이렌 허고. 또 저기서 낙천더레 가는 건 물주렌동산길이렌 허고. [청수로 가는 길이지예?] 예. [그게 무슨 길 마씨?] 물죽은동산. [물죽은동산길도 막 오렌 길이꽈?] 예. 저쪽더렌 무슨 길이엔 헷저마는. [요 큰길 잇지 않으꽈? 동서로 난길] 예. 게난 이걸 중심으로 헹 이레 고리치렌 허민 사장밧길이엔 허고, 저딘 한양동길이엔 허고. [아, 한양동이엔 헌 동이 이수과?] 예. 요 농협으로 저쪽 더레 한양동 마씨. [요 사장밧길하고 한양동 길도 오래된 길이우꽈?] 예게. [포장은 언제쯤 헌거마씨?] 포장이 저것이 멧 년도에 헤시? 84년도에 헤신가 5년도에? [84, 5년도 정도에?] 예. [요 고산으로 가는 길은 이름이 뭐마씨?] 고산으로 가는 길이 그디가 물죽은 동산이라마씨. [아, 청수쪽이 아니고?] 예. 청수는 낙천으로 헹 가는 길이고. [게민 청수, 낙천쪽으로 가는 길은 이름이 뭐마씨?] 아니, 그건 모르쿠다마는.

[또 이쪽으로 가는 길은 이름이 없나요?] 그것은 사장밧길이라 하고. 또 저기서 낙천 쪽으로 가는 길은 말주렌동산길이라 하고. [청수로 가는 길이지요?] 예. [그게 무슨 길이라고요?] 말죽은동산. [말죽은동산길도 많이 오래된 길인가요?] 예. 저쪽으로는 무슨 길이라고 했는데. [요 큰길 있지 않아요? 동서로 난 길] 예. 그러니까 이걸 중심으로 해서 이쪽을 가리키면 사장밧길이라고 하고, 저곳은 한양동길이라고 하고. [아, 한양동이라고 하는 동이 있나요?] 예. 요 농협으로 저쪽 방향으로 한양동입니다. [요 사장밧길 하고 한양동길도 오래된 길인가요?] 그렇죠. [포장은 언제쯤 한 거예요?] 포장이 저것이 몇 년도에 했지? 84년도에 했는가 5년도에? [84, 5년도 정도에?] 예. [요 고산으로 가는 길은 이름이 뭐예요?] 고산으로 가는 길이 그곳이 말죽은동산이라고 해요. [아, 청수 쪽이 아니고?] 예. 청수는 낙천으로 해서 가는 길이고. [그러면 청수, 낙천 쪽으로 가는 길은 이름이 뭐예요?] 아니, 그건 모르겠습니다만.

──────── 김○○(1958년생, 남, 조수리) 2019년 07월 12일 채록

그렇다면 길은 무엇일까? 고유한 이름을 붙여주지 않아도 되는 하찮은 것인가? 그것은 아니다. 우리에게 길이라는 것은 마을의 역사와 마찬가지로 오래도록 친숙한 것이 아닌가. 그런데 왜 고유한 이름을 붙이는 데는 인색하였을까? 그것은 길이라는 것이 그 자체로 중요한 것이 아니었기 때문이

아닐까 하는 생각을 해 보았다.

길은 그야말로 관계성의 표현이다. 고산과 조수를 이어주는 길은 고산과 조수의 관계성을 보여주는 것으로 의미가 있는 것이다. 다시 말해서 고산이 없다면 혹은 조수가 없다면 그 두 마을을 이어주는 길은 의미가 없는 것이다. 조수 사람들이 고산가는 길이라고 부르는 것은 길에 대한 이름이 없는 것이 아니라 그것이 그 길의 존재 이유를 설명하는 가장 정확한 표현이기 때문이다. 길은 어딘가로 가기 위해서 만들어진 것이기 때문이다.

통행의 목적이 없는데 이유 없이 길을 만든다는 것은 생각하기 어렵다. 소 풀을 먹이기 위해 목장으로 가는 길이 있고, 장터를 꾸준히 다니다 보면 길이 생기기도 한다. 이 때문에 특정의 길이 있다는 것은 그 길을 이용하는 생활문화가 존재한다는 의미로 볼 수 있다. 또한 길이 있다는 것은 그 연결망을 통해 문화 역시 전파된다는 의미로 볼 수가 있다.

도시라는 것은 공공의 공간과 개인의 집, 그리고 그것들을 연결하는 길로 이루어졌다. 길은 애초부터 개인적인 사유물로 만들어진 것이 아니다. 그렇기 때문에 전통적인 길은 언제 누구에 의해서 만들어진 것인지 알 수 없는 경우가 허다하며 누구에 의해서 만들어졌는지는 그리 중요하지 않을 수도 있다. 개인적인 소유물인 집과는 달리 길은 온전히 공공의 재산이며 공공의 의식이 반영된 것이라고 할 수 있다.

제주도에서 가장 특징적으로 보이는 길의 형태는 소위 일주도로라고 하여 섬을 빙 둘러서 있는 길을 생각해 볼 수 있다. 일주도로는 일제강점기에 자재 수탈을 위한 길로 이용되기도 하였고 본격적으로 포장되어 길의 형태를 이룬 것은 1970년을 전후한 개발정책의 실행으로 도로가 확장되고 포장되어 지금과 같은 길의 형태를 갖추었다고 할 수 있다.

하지만 이러한 일주도로도 조선시대의 많은 지도를 통해서 보면 아주 오래전부터 해안을 따라 제주도 전체를 잇고 있다. 1861년철종12에 제작된 대동여지도에는 제주해안을 따라 둘러있는 일주도로와 제주목과 대정현, 그리고 정의현을 이어주는 반듯한 길이 있다. 이렇게 오래전부터 해안마을을 이어온 일주도로와 새로이 생겨난 신일주도로 그리고 해안도로와의 관계를 이해하는 것도 여기에서는 유의미한 비교가 될 것이다.

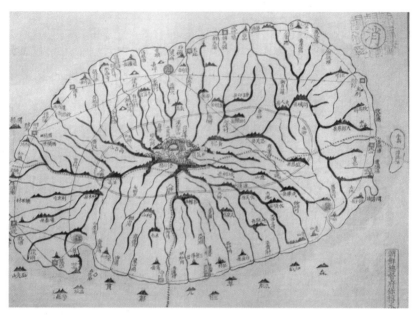

대동여지도에 표현된 제주의 길

좌측: 하가리의 먼올레의 모습 / 우측: 고산리의 먼올레의 모습

큰길 가까이에 있는 골목길을 말하는 먼올레[1]는 제주의 특징적인 길이다. 먼올레는 몇 개의 집들이 각자의 집에 들어가기 위해 공유하게 되는 막다른 골목을 말한다. 먼올레에 이어서 각자의 집으로 들어가는 입구에는 또다시 올레가 만들어지게 된다. 먼올레는 제주의 길을 이해하고 설명하는 중요한 소재이다.

길은 늘 우리와 친숙하게 곁에 있어 왔다. 하지만 길이 언제 어떻게 무엇 때문에 생겨났는지를 설명하는 것은 쉽지가 않다. 단순히 살다 보니 자연스럽게 생겨났다고 할 수 있는 길이 있는가 하면 특정의 목적을 가지고 일부러 만든 길도 있다. 오랜 시간에 걸쳐서 만들어진 길의 역사를 논리적으로 증명하는 것은 어렵다. 그런 만큼 이 글은 길에 대한 원리를 말하거나 논증을 하려는 것이 아니다. 길을 중심으로 우리가 살아온 시간을 되짚어보려는 것일 뿐이다. 부분적으로 의견을 제시한다고 하여도 그것은 논증의 과정이 아니라, 아직은 길을 통해서 과거를 돌아보려고 시도하는 것에 불과하다.

2. 마을길

가. 길과 마을의 역사

새로운 길이 난다는 것은 때로는 그곳에 새로운 마을이 형성되는 계기가 되기도 한다. 새로운 길이 생겨났기 때문에 새로운 마을이 생겼다는 이야기는 고산육거리에서 들을 수 있었다.

고산육거리 인근에는 원래 집들이 없었다고 한다. 고산육거리에서 수월봉으로 이어지는 길은 토지대장을 살펴보면 1938에 지목 변경한 기록과

---

1 제주문화예술재단, 『증보. 제주어사전』, 제주특별자치도, 2009, 356쪽.

1973년에 확장된 도로로 지목 변경한 기록이 있다.

> 육거리는 그전에는 사거리쯤 됐었죠. 사거린데. 수월봉으로 가는 해안도로는 1968년도에 관광도로라고 헤가지고 새로 뽑은 거고. 그 다음 또 요길, 요쪽으로 뽑은길도 새로 빠분 도로고, 지도를 보며는 여기로 수월봉가는 길이잖아요. 건 68년도에 새로뽑은 길이고.
>
> 이 동네도 생긴지가, 동네 자체가 60년대 이전에는 사람이 안 살았어요. 영도라고 헤서. 영도동이라고. 왜 그러느냐. 고산에 살던 부산 영도에 살던 고산출신이 요 농협 앞에 와서 집을 하나 짓고 식당을 하나 한거예요. 영도칩이라고. 영도에서 온 사람이. 그래서 이 동네 영도동이라고 불러. [그게 1970년 정도?] 응. 그때에 집을 짓기 시작헌거라. 그 전에는 저쪽 삐끼 없었어요. 육거리 앞에도 물통이었어요. [그러니까 여기도 새로 생긴 동네구나.] 새로 생긴 동네. 60년도 이후에 새로 생긴 동네. 저 관광도로 빼면서 부락이 형성되기 시작했지.

> 육거리는 그전에는 사거리쯤 됐었죠. 사거린데. 수월봉으로 가는 해안도로는 1968년도에 관광도로라고 해서는 새로 뽑은 거고. 그다음 또 요 길, 요 쪽으로 뽑은 길도 새로 뺀 도로고, 지도를 보면 여기로 수월봉 가는 길이잖아요. 그건 68년도에 새로 뽑은 길이고.
>
> 이 동네도 생긴 지가, 동네 자체가 60년대 이전에는 사람이 안 살았어요. 영도라고 해서. 영도동이라고. 왜 그러느냐. 고산에 살든 부산 영도에 살든 고산 출신이 요 농협 앞에 와서 집을 하나 짓고 식당을 하나 한 거예요. 영도칩이라고. 영도에서 온 사람이. 그래서 이 동네를 영도동이라고 불러. [그게 1970년 정도?] 응. 그때 집을 짓기 시작한 거야. 그 전에는 저쪽밖에 없었어요. 육거리 앞에도 물통이었어요. [그러니까 여기도 새로 생긴 동네구나.] 새로 생긴 동네. 60년도 이후에 새로 생긴 동네. 저 관광도로로 빼면서 마을이 형성되기 시작했지.

───── 진○○(1942년생, 남, 2019. 07. 06 채록)

고산육거리에서 수월봉으로 이어지는 길은 1968년에 건설하였다. 실제로 1914년 지적원도에도 고산육거리에서 해안으로 바로 연결되는 길은 보이지 않는다. 고산육거리에서 수월봉 방향으로 길은 수월봉 해안을 관광지로 만들고 고산육거리에 점차 마을이 형성되도록 하는 역할을 하였다. 새로운 길이 생김으로써 새로운 마을이 생긴 것이다.

때로는 원래 있는 길을 따라서 마을이 생기기도 한다. 길이 구체적인 모습으로 드러나기 시작한 것은 지적정리 과정과 관련이 있다. 토지의 사유화는 일제강점기에 지적정리가 이루어지면서 본격적으로 이루어지기 시작하였다. 지적을 정리하여 전 국토를 지적도로 정리한다는 것은 모든 토지의 주인을 확인하는 작업이라고 할 수 있다. 토지를 사유화한다는 것은 다시 말해서 그 이후에는 자연스럽게 길을 새로이 낸다는 것이 어려워진다는 것을 의미하기도 한다. 그리고 사유화할 수 없는 공공의 토지인 길을 행정적으로 인정하기 시작했다는 것을 의미하기도 한다. 그런 점에서 최초의 지적도인 지적원도가 작성된 1914년은 자연 발생적인 가로와 계획에 의해서 만들어진 가로를 구분 짓는 이정표가 되는 해라고 할 수 있다.

한경면의 전통적인 가로를 이해하기 위해서는 1914년의 지적원도를 살펴볼 필요가 있다. 제주 전통 가로의 특징으로 많이 거론되는 것은 막힌 골목 형태의 '먼올레'라고 불리는 길이다. 통상적으로 '올레'라고 하는 것은 골목의 형태를 하고 있지만 개인 주거지에 들어가는 과정적 공간으로서 지극히 사적인 공간이지만, 이와는 달리 공용으로 이용하는 막힌 골목의 형태를 하고 있는 먼올레의 경우에는 공공의 성격을 띠는 길로서의 역할을 하고 있다.

본 연구에서는 마을과 길의 관계를 살펴보기 위해서 두모리頭毛里와 신창리新昌里 그리고 한원리漢原理의 길을 비교해 보기로 한다. 세 마을의 관계를 보면 신창리와 한원리가 두모리에서 분리되었다. 따라서 두모리가 세 마을 중 마을의 역사가 가장 오래되었다. 현재 두모리 마을의 규모는 크지 않지만 마을길은 오랜 역사의 흔적을 가지고 있다.

신창리의 경우는 두모리 지역에 살던 주민들이 이주해 살면서 마을이 형성된 것으로 보고 있다. 그 시기를 정확하게 특정하기는 어려우나 17세기 초반 이후에 나온 고지도와 읍지류 등에서 '송포'[松浦]라는 이름으로 표기된 것으로 보아 최소한 1600년 이전의 일로 추정할 수 있다.[2] 다만 신창이라는 이름은 1910년에 새로이 창성한 마을이라는 의미로 사용되기 시작하였다.[3]

일주도로에 면한 두모리의 길을 보면 마을길과 일주도로의 시간적 관계를 확인할 수 있다. 제주도를 환상형으로 연결하는 일주도로는 그 길의 역사가 짧지 않다. 두모리의 경우에 마을길의 형상을 통해서 일주도로에 면해서 마을이 형성된 것인지 두모리라는 마을이 있는 곳에 일주도로가 만들어진 것인지를 추정하는 것은 어렵지 않다. 일주도로라는 마을을 관통하는 간선도로의 형상과 마을길의 관계를 도식적으로 살펴보면 이해가 쉽다.

두모리 마을길 그림을 보면 길과 마을의 형성 과정 그림의 A와 같이 기존의 그물 모양의 마을길에 일주도로라는 길이 덧씌워졌음을 알 수 있다. 일주도로의 좌우로 마을길이 서로 자연스럽게 연결된다. 이것은 기존의 마을길을 가로질러 나중에 일주도로가 생겼음을 의미하는

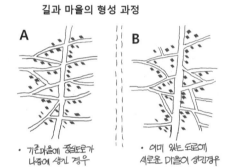

길과 마을의 형성 과정

A
B

- 기존마을에 중심도로가 나중에 생긴 경우
- 여미 있는 도로에 새로운 마을이 생긴경우

일주도로와 마을길의 관계도식

것이다. 1914년 지적원도에 표현된 일주도로는 자연스럽게 생겨난 길이 아니라 의도를 가지고 마을을 관통시킨 길이라고 추정할 수 있다. 대동여지도에 나타난 제주도의 주요 행정구역을 연결하고 있는 길들이 자연 발생적인 길이 아니라 인위적으로 만든 길이었음을 짐작하게 한다.

반면에 신창리 마을길을 보면 길과 마을의 형성 과정 그림 B와 같이 일주도로에서 다시 환상형의 길이 뻗어 나갔음을 볼 수 있다. 신창리 마을 내

---

2 김일우(2007), 261쪽.

3 오창명, 『제주도 마을 이름의 종합적 연구Ⅰ』, 2007, 361쪽.

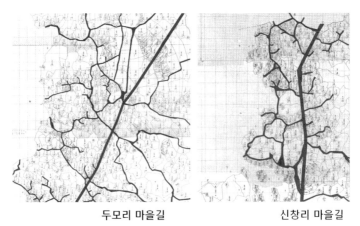

두모리 마을길   신창리 마을길

두모리와 신창리의 일주도로와 마을길(1914년 지적원도)

의 환상형 길과 일주도로의 관계를 보면 일주도로가 먼저 있었던 길이고 그 도로에서부터 길이 뽑히면서 환상형의 길이 생기는 것을 확인할 수 있다. 즉 일주도로가 나중에 생긴 길이었다고 한다면 두모리처럼 마을 안길인 환상형 도로를 절단하듯이 관통하는 형상이 나타나야 하는데 그런 형상은 별로 없고 일주도로에서 출발해서 다시 일주도로의 다른 쪽에서 길이 끝나는 모습을 하고 있는 것이다. 두 마을의 길을 들여다보는 것만으로도 서로 인접해있는 두모리와 신창리 마을의 역사의 길고 짧음을 추정할 수 있다. 두모리에 마을이 형성되고, 이후에 일주도로가 만들어졌으며 그 일주도로를 따라서 신창마을이 확장되었다는 것을 두 마을길의 모습을 통해서 확인할 수 있다.

나. 마을 안길

두모리의 마을 안길을 살펴보자. 1914년 일제강점기에 제작된 지적원도를 보면 두모리의 경우에는 특이하게도 여러 가구가 공유하고 있는 먼올레의 모습이 잘 보이지 않는다. 두모리의 길은 그물망처럼 얼기설기 얽혀 있는 것처럼 보이지만 일반적으로 길은 환상형의 통과도로이다. 반면 앞서서 언급했던 제주의 전통적 길인 먼올레는 막힌 도로이다. 두모리의 마을 안길은 제주도의 일반적인 길과는 다른 양상을 보이고 있다.

반면 신창리 마을 안길은 크게 환상형으로 마을을 휘어 감고 있는 큰길에서 먼올레가 연결되어 있는 것을 볼 수 있다. 환상형의 길은 마치 마을을 커다란 블록 형태로 만들고, 먼올레는 블록의 안쪽으로 연결되는 통로의 모습을 하고 있다.

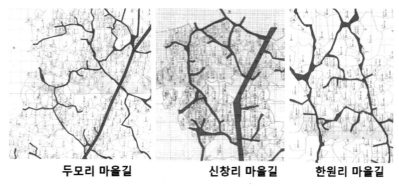

두모리 마을길　　**신창리 마을길**　　**한원리 마을길**

두모리, 신창리, 한원리의 마을 안길(1914년 지적원도)

한원리의 경우에는 마을을 관통하는 우물 정#자 모양으로 교차되는 길이 있다. 교차하는 길들에서 마치 큰 줄기에서 뻗어 나온 잔가지처럼 먼올레가 뻗어 나오는 형태를 하고 있다. 한원리를 동서로 잇는 길은 동쪽의 조수리와 서쪽의 용당리를 이어주는 길이다. 1914년 지적을 보면 이 동서로 이어주는 길은 지금처럼 연결이 자연스럽지 않았다. 반면에 남북으로 이어주는 길은 신창리와 조수2리로 이어지는 길인데, 이 길은 신창에서 중산간으로 올라가는 자연스러운 경로 속에 한원리가 자리 잡고 있음을 보여준다.

한원리의 길들은 지적원도와 비교해 봐도 크게 달라지지 않았다. 마을의 규모는 크지 않지만 마을 내의 길은 크게 두 개의 환상형의 길로 이루어져 있다. 기본적으로 환상형의 길이 적정하게 만들어지고 그 길에서 먼올레가 만들어지는 방식은 신창과 비슷하게 보인다.

두모리와 신창리 그리고 한원리, 세 마을의 마을길을 살펴보고 나서 마을 내의 길을 만들어 가는 방식이 초기에는 환상형의 마을길을 통해서 블록과 같은 구역이 먼저 만들어지고 거기에서부터 주거지로 접근하는 먼올레가 만들어진다는 가설을 세울 수 있었다.

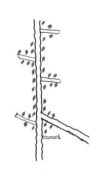 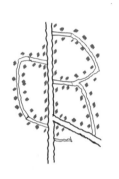 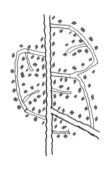

1단계: 기존의 길을 따라서 정착을 하고 길이 부족 할 때 작은 골목길을 만든다

2단계: 통행이 편리하게 길을 연결하여 환상형의 길이 생기면서 일정 블럭이 만들어진다

3단계: 블록 내부의 필지를 활용하기 위해 먼올레를 만들고 밀집화가 시작된다

마을길 형성순서의 추론

마을의 주요 안길의 역사가 마을의 역사보다 길다는 것은 마을의 주요 안길과 올레와 같은 가지 길은 그 형성과정을 나누어서 보아야 한다는 의미가 된다. 즉 모든 길은 같은 과정을 통해서 이루어지는 것이 아니라, 공동체의 주거지보다 먼저 만들어지는 길과 주거지가 형성되는 과정에서 나중에 만들어지는 길이 있다는 의미가 될 것이다. 주로 통과도로의 형식을 갖고 다른 마을과 연결해주는 성격을 갖는 길들의 경우에는 주거지보다 먼저 만들어지게 되며 거기에서 갈라져 나와 주거지로 들어가는 진입로의 성격을 갖는 길들은 주거지보다 나중에 만들어질 가능성이 클 것으로 여겨진다.

통상적인 판단에서는 마을의 역사가 오래된 두모리의 경우에 신창리와 한원리보다 전통적인 제주의 길의 형태인 먼올레가 많이 만들어졌을 것으로 생각할 수 있다. 하지만 실제의 현황에서 두모리에서는 면올레가 상대적으로 적게 나타난다. 이는 면올레라는 길의 형성이 단지 마을의 역사가 오래되었다는 시간적인 문제이기보다는 마을의 규모와 관련이 있다고 여겨진다. 즉 면올레라는 것은 환상형 마을안길 체계에서 진입로의 문제를 다 해결하기 어려울 때 등장할 수 있는 나름대로의 도시적인 접근방식이었다고 볼 수 있다.

3. 목적을 갖는 길

가. 일주도로와 해안도로

자연적으로 생겨난 길과는 달리 길을 내는 뚜렷한 목적을 가지고 도로를 개설하는 경우가 있다. 이를 계획도로라고 한다면 신일주도로와 해안도로가 최근에 등장한 대표적인 계획도로에 해당된다.

고산리를 지나는 일주도로와 신일주도로

계획도로 중 신일주도로는 오래전부터 이용해 왔던 일주도로와 구별하기 위해 붙인 이름이다. 일주도로와 신일주도로는 제주의 해안마을을 잇는다는 동일한 목적으로 만들어졌다. 하지만 일주도로가 마을을 관통하면서 도로가 만들어진 것과는 달리 신일주도로는 마을을 둘러 가도록 되어 있다.

글로만 다녀낫주. 버스가. 지금도 다니고 있지. [새로 중간 일주도로가 빠지면서] 중간 일주도로는 한 70년대쯤 새로 생긴거주. 큰길은 이천 한 십년. [중간일주도로가 빠지면서 육거리로 와서 모슬포로 가는 건 계속 연결되잖아요?] 게난 그 도로를 확장할려고 헷었는데. 주민들이 반대 헤가지고 그 윗길로 뺐거여. [무사 반대 헨마씨?] 이 지역 사람들이 마을 총회를 허니까. 투표를 헌거라. 그러니까 아랫동네 사람들은 알로 하자. 웃동네 사람은 우로 하자. 그래서 투표하니까. 몇 표 차이로 헤 가지고.

그리로만 다녔었지. 버스가. 지금도 다니고 있지. [새로 중간 일주도로가 나면서] 중간 일주도로는 한 70년대쯤 새로 생겼어요. 큰길은 2010년경. [중간일주도로가 나면서 육거리로 와서 모슬포로 가는 것은 계속 연결되잖아요?] 그러니 그 도로를 확장하려고 했었는데. 주민들이 반대해서 그 윗길로 뺀 거야. [왜 반대했지요?] 이 지역 사람들이 마을 총회를 하니까. 투표를 했어요. 그러니까 아랫동네 사람들은 아래로 하자. 웃동네 사람은 위로 하자. 그래서 투표하니까. 몇 표 차이로 해서.

—— 진○○(1942년생, 남, 고산리) 2019년 07월 06일 채록

[저 큰길 뽑아질 때는 반대 허거나 그러진 안헤수과?] 이 마을 안길을 넓히젠 허니까. [아, 처음에는?] 예. 이 마을 안길을 넓히젠 허니까. 신창 같은 데가 땅이 적었어예. 작아마씨. 집들을 몬딱 뜯어야 허잖아. 거난 그거를 안허기 위해서는 두모도 마찬가지고 신창도 마찬가지고, 위로 우회 시켜부럿주게 길을. [처음에는 마을길 넓혀보려고 시도는 햇었구나예?] 그 당시 지도자들이 우리는 곧 학교 졸업할 때난. 고등학교. 잘 모르는디. 하여간 그 당시부터 들어보면 하젠 햇는데 마을. 왜냐믄 신창 같은데는 땅 하나에 집 앉아부니까. 만약에 이집을 틀어불며는 집을 지을 땅이 없는 것들이 많아마씨. 거니까 그 사람들이 반대 허는 겁주. 거난 차가 좀 글로 좀 많이 다녀부니까, 지역주민들이야 좋겠주마씨. 버스는 알로 다니고. 다른 화물들 몬딱들.

만약에 마을 안길로 다 들어가 왔으면 상당히 복잡헐 건데 그거는 상당히 잘 됐다고 봐마씨.

[저 큰길 뽑게 될 때는 반대 하거나 그러지는 않았나요?] 이 마을 안길을 넓히려고 하니까. [아, 처음에는?] 예. 이 마을 안길을 넓히려고 하니까. 신창 같은 데가 땅이 적었어요. 작아요. 집들을 전부 뜯어야 하잖아. 그러니 그걸 안 하기 위해서는 두모도 마찬가지고 신창도 마찬가지고, 위로 우회시켜버렸지 뭐 길을. [처음에는 마을길 넓혀보려고 시도는 했었군요, 그죠?] 그 당시 지도자들이 우리는 곧 학교 졸업할 때니. 고등학교. 잘 모르는데. 하여간 그 당시부터 들어보면 하려고 했는데 마을. 왜냐하면 신창 같은 데는 땅 하나에 집 앉아버리니까. 만약에 이 집을 뜯어버리면 집을 지을 땅이 없는 것들이 많아요. 그러니까 그 사람들이 반대하는 거지요. 그러니 차가 좀 그리로 좀 많이 다녀버리니까, 지역주민들이야 좋겠지만요. 버스는 아래로 다니고. 다른 화물들 전부들. 만약에 마을 안길로 다 들어가 왔으면 상당히 복잡할 건데 그거는 상당히 잘 됐다고 봅니다.

──── 강○○(1963년생, 남, 신창리) 2019년 05월 21일 채록

제주를 환상으로 연결한다는 목적을 가짐에도 이 두 개의 일주도로의 성격이 다르다고 보는 이유는 무엇인가? 그것은 길에 대한 인식의 변화 때문이다. 신창리와 고산에서 일주도로를 확장하여 편이성을 높이려고 할 때 두 마을에서는 기존의 일주도로를 확장하지 말고 마을을 우회하여 새로운 길을 내어달라고 요구하였다.

그렇게 요구한 이유는 두 가지가 있다. 하나는 마을을 통과하는 차량으로 인해서 마을 안길이 복잡하고 위험해질 수 있다는 이유이다. 이는 일주도로의 역할이 마을로 접근하기 위한 것만이 아니고 간선도로처럼 이용되는 비율이 높아졌음을 반영한다.

1980년대까지 일주도로는 사람들이 버스를 이용해서 제주도를 이동하도록 하는 주요한 역할을 했었다. 그 당시까지는 주로 대중교통을 이용했기 때문에 교통량은 현재보다는 현저히 적었고 횡단보도와 같은 교통안전시설

은 있으나 마나 한 것이었다. 점차 렌트카를 이용해서 도 일주를 하는 관광객이 증가하고 도민들의 이동수단도 버스보다는 자가용을 이용하는 경우가 많아져 도로의 교통량이 늘어났다. 협재와 중문처럼 마을 내에 주요한 관광지가 있는 마을은 매해 방문자의 증가로 혼잡이 가중되었다. 이러한 이유로 일주도로는 점차 마을 사람들이 이용하는 도로가 아니라, 마을을 지나가는 차량으로 혼잡한 도로가 되면서 새로운 도로의 필요성이 대두되었다. 마을 사람들이 신일주도로는 마을을 우회할 것을 요구했던 이유는 이러한 교통 수단과 교통량의 변화와 깊은 연관이 있었다.

신일주도로의 우회 설치를 요구한 두 번째 이유로는 토지보상을 들 수 있다. 마을 안길을 확장하기 위해 토지수용을 하는 과정에서 모든 사람들의 동의를 받는 것이 어려웠다고 한다. 신창의 경우에는 처음에는 기존의 일주도로를 확장하는 것으로 사업이 추진되었다. 하지만 일부의 반대에 의해서 마을길의 확장이 어려워지게 되었다. 과거 70년대의 관 주도 개발방식으로

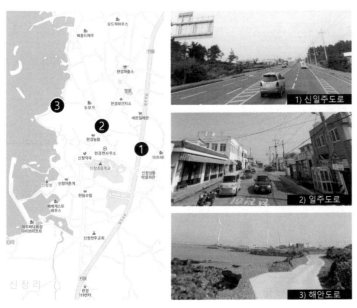

신창에서의 신일주도로와 일주도로, 해안도로의 모습

제주 삼촌들에게 들어보는 집과 마을 이야기

는 도로의 확장을 하는 것이 쉽지 않은 것이다. 이는 사유재산에 대한 권리를 강하게 주장할 수 있게 된 시대적 배경의 변화를 보여준다.

마을을 우회하는 신일주도로의 모습이 앞으로도 계속 유효할 것인지는 두고 보아야 한다. 도로에 대한 사람들의 인식은 또 바뀔 수 있는 것이기 때문이다. 도로의 모습은 분명히 마을의 성장에 영향을 준다. 도로는 도시 간의 소통을 의미하며 소통은 새로운 경제활동의 중요한 수단이기 때문이다.

> [도로 확장한다고 하니까 마을에서 반대하거나 하진 안해수과?] 예. 도로 확장 헌댄 허니까, 아스콘 포장하고 좋았죠. 우리가 해안이 좀 커예. 게니까 톳 같은 거 헤 그네 그 당시는 길 나빠불민 막 저 등대 이신 디서 이까지 정 오고. 도로자체가 포장을 혜낫는데, 아스팔트 새마을 사업으로 세멘포장 허다보니까 세멘은 요만큼 해야 헐껀디 이만큼 해부난 길이 나빠져서. 성창식으로 다 되나서 마씨. 자갈로 다 헷단 거를 세멘허영. 처음에 세멘 나올 때.

> [도로 확장한다고 하니까 마을에서 반대하거나 하진 않았나요?] 예. 도로 확장한다고 하니까, 아스콘 포장하고 좋았죠. 우리가 해안이 좀 큽니다. 그러니까 톳 같은 거 수확해서는 그 당시에는 길이 나빠서 널면 막 저 등대 있는 데서 여기까지 져서 오고. 도로 자체가 포장을 했었는데, 아스팔트 새마을 사업으로 시멘트 포장 하다 보니까 시멘트는 요만큼 해야 할 건데 이만큼 해버리니깐 길이 나빠져서. 성창식으로 다 됐었어요. 자갈로 다 했었던 것을 시멘트를 하여서. 처음에 시멘트 나올 때.

— 강○○(1963년생, 남, 신창리) 2019년 05월 21일 채록

계획도로 중 제주해안을 따라 개설된 해안도로는 1995년에 공사를 시작하였다.[4] 신창에서 고산으로 이어지는 해안도로는 2002년에 개설되었다. 해안도로의 개설 이유는 제주해안을 관광지로 부각하기 위한 것이었다. 하

---

4 연합뉴스, 「제주, 8백97억원 들여 해안관광도로 개설」, 1995년 3월 6일 기사.

지만 일부 구간에서 해안형태의 변화, 자연환경 파괴 등의 부작용이 거론되기도 하였다.[5]

그러나 신창에서는 해안도로의 다른 활용도에 대한 이야기를 들을 수 있었다. 해녀들의 작업통로로 중요한 역할을 한다는 것이다. 제주 해안에는 바다로 향하는 해녀의 길이 해녀들의 노력에 의해서 만들어졌었다. 해녀의 물질을 통해 얻어지는 미역과 모자반과 같은 수확물들의 운반에 길의 개설은 매우 중요한 것이었다. 무거운 수확물 등짐을 지고 해안의 돌길을 걸어 다니던 해녀들은 바다로 이어진 시멘트 포장길을 통해 운반의 고통을 덜었을 것이다. 또한 해안도로의 개설은 그 짐을 운반하기 위한 산업도로의 역할을 한 것이다. 애초의 기대목적과 다른 새로운 기능이 해안도로에 부가된 것이다.

나. 포구로 가는 길

해안가의 모든 포구와 마을은 길로 연결된다. 마을 내의 자연 발생적인 길과 비교하면 포구로 향한 길은 상당히 기능적이고 목적이 분명한 것이라고 할 수 있다. 마을의 모든 길들이 포구를 향하여 방사형으로 모이는 해안마을도 있다. 포구의 생산활동이 마을 전체의 생산활동과 연관이 있음을 보여주는 것이다.

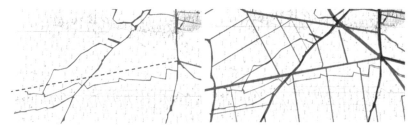

고산육거리에서 수월봉 가는 길. 왼쪽: 1914년 지적원도 / 오른쪽: 현재의 길을 추가하여 겹쳐 그린 것

---

5 제주신보, 「제주매력 훼손하는 확장형 도시개발」, 2012년 8월 2일 기사.

고산의 고산육거리와 고산포구를 잇는 길은 처음부터 산업적인 필요에 의한 것이 아니고 관광객 유치를 목적으로 개설되었다. 고산포구는 수월봉 해안 절경과 차귀도의 석양과 같은 좋은 관광조건을 갖추고 있어서 이러한 자연여건을 활용하려는 의도가 다분하였다.

> 육거리는 그전에는 사거리쯤 됐었죠. 사거린데. 수월봉으로 가는 해안도로는 1968년도에 관광도로라고 헤가지고 새로 뽑은 거고. 그 다음 또 요 길, 요 쪽으로 뽑은길도 새로 빠분 도로고. 지도를 보며는 여기로 수월봉가는 길이잖아요. 건 68년도에 새로 뽑은 길이고. [작은 길도 원래는 있었나요?] 응. 족은 길이 있었는데, 확장 헷고 관광도로라고. [68년도에 뽑은 거는 관광을 목적으로?] 관광도로라고 명칭을 붙여가지고, 저 수월봉에 육각정을 새로 지으면서. [68년도에 굉장히 많은 변화가 있었네예?] 많이 변헷지.

> 육거리는 그전에는 사거리쯤 됐었죠. 사거린데. 수월봉으로 가는 해안도로는 1968년도에 관광도로라고 해서 새로 뽑은 거고. 그다음 또 이 길, 이쪽으로 뽑은 길도 새로 뺀 도로고. 지도를 보면 여기로 수월봉 가는 길이잖아요. 그건 68년도에 새로 뽑은 길이고. [작은 길도 원래는 있었나요?] 응. 작은 길이 있었는데, 확장했고 관광도로라고. [68년도에 뽑은 거는 관광을 목적으로?] 관광도로라고 명칭을 붙여서, 저 수월봉에 육각정을 새로 지으면서. [68년도에 굉장히 많은 변화가 있었네요?] 많이 변했지.

───── 진ㅇㅇ(1942년생, 남, 고산리) 2019년07월6일 채록

고산육거리에서 포구로 가는 길은 1968년에 수월봉해안을 관광지로 개발하려는 목적을 가지고 개설되었다고 한다. 그 이전에도 포구로 가는 길은 있었을 것이다. 하지만 그때의 길은 마을 사람들만 이용하는 길이었기 때문에 마을 안에서 포구로 연결된 좁은 길이었다. 관광객을 위한 길은 굳이 마을 안을 관통할 이유가 없었을 것이다. 일부 구간은 새로이 길을 내었고 일부 구간은 기존의 길을 확장하면서 꽤 넓은 관광도로가 만들어졌다.

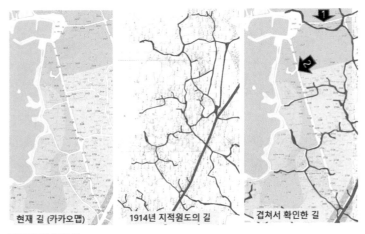

현재 길 (카카오맵)　1914년 지적원도의 길　겹쳐서 확인한 길

두모포구로 향한 길

두모리의 두모포구와 마을을 잇는 길의 과거 일제강점기1914년 지적원도와 현재를 비교해 보면 위 그림의 1번과 2번, 두 개의 길이 추가로 생겼음을 알 수 있다. 2번 길은 지적원도에 없던 길이 새로이 생긴 것으로 보이나 고산리의 관광도로와는 달리 관광개발을 목적으로 개설된 것으로 보이지는 않는다. 길의 형태가 반듯한 직선이어서 인위적으로 개발하였을 것으로 추정될 뿐 개발 시기를 기억하는 마을주민도 없고 대부분의 마을 사람들은 원래 있었던 작은 길을 확장하면서 반듯한 길로 만든 것으로 이해하고 있었다.

새로 헌 디는 한 5-6년 되고, 8메다 헌 디는. 4메다 짜리를 8메다로 늘려서. [5-6년 전에 8미터로 늘린 거마씨?] 어. [처음에 길 난건? 그러면] 처음에 길 난건 우리 어린 때. 우리 막 어린 때. 원래 족은 길 이서난디. [삼춘은 일제시대 때는 기억 안나실건데? 42년생이시니까.] 아니, 길이 요번 두 번째. 옛날 골목 영 영 된걸 빼고. 우리 어린 땐 몰르고. 그 이후로 4미터 짜리가 8미터로 늘랐주게. [그래도 이 길이 일부러 뺀 길이라예. 무사 이 길을 빼신고예?] 몰라. 이거 일제시대 때 늘린거 닮아. 축항이 우리 축항이 일제 강점기 때 헷더던. 사람 불러당 돌들 날랑. 그거 헌거 보니까 그때 질 뺀거 닮아.

새로 한 데는 한 5-6년 되고, 8m짜리 한 데는. 4m짜리를 8m로 늘렸어. [5-6년 전에 8m로 늘린 거예요?] 어. [처음에 길 낸 것은? 그러면] 처음에 길 낸 것은 우리 어릴 때. 우리 아주 어릴 때. 원래 작은 길이 있었는데. [삼촌은 일제시대 때는 기억이 안 날 텐데 요? 42년생이니까.] 아니, 길이 이번이 두 번째. 옛날 골목 이렇게 이렇게 된 것을 빼고. 우리 어린 때는 모르고. 그 이후로 4m짜리가 8m로 늘렸지 뭐. [그래도 이 길이 일부러 뺀 길이지요. 왜 이 길을 뺐지요?] 몰라. 이거 일제시대 때 늘린 길 같은데. 축항이 우리 축항이 일제강점기 때 했거든. 사람 불러다가 돌들 날라서. 그거 한 것을 보니까 그때 길 뺀 거 같네.

— 고○○(1942년생, 남, 두모리) 2019년 07월 29일 채록

2번 길은 길과 필지의 형상 그림의 설명처럼 지적정리 이후에 필지를 나 누면서 정리된 분명한 의도와 목적을 갖고 만들었을 것으로 추정된다. 고○ ○씨의 기억에 의한다면 길의 개설 시기도 포구를 만들었던 일제강점기로 짐작할 수 있다.

만약에 원래 있던 작은 길을 확장한 것이라면 길을 사이에 두고 좌우의 지적선이 연결되는 형태가 나타날 것이다. 일주도로의 경우 길의 형성이 오

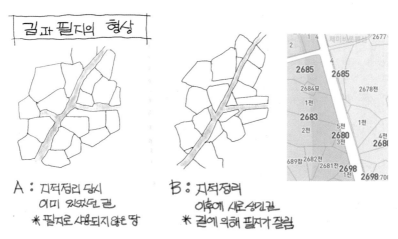

길과 필지의 형상

A : 지적정리 당시
어미 있었던 길
＊ 필지로 사용되지않은 땅

B : 지적정리
이후에 새로생긴길
＊ 길에 의해 필지가 잘림

길과 필지의 형상의 관계. 두모포구로 향한 길에는 B에서와 같이 필지를 가르면서 길이 만들어진 형상 을 하고 있다

래되었다고 할 수 있는 이유는 길로 인해서 토막 난 필지가 별로 보이지 않기 때문이다. 반면에 두모포구로 가는 길을 보면 그 길로 인해서 토막 난 토지가 무척 많이 보인다. 이는 분명히 지적원도를 작성한 1914년 이후에 새로이 개설된 도로라는 의미이다. 고○○씨와 같이 김○○씨도 이 도로가 일제강점기에 개설된 것으로 추측하고 있었다.

> [멘 처음에 그 길은 게믄 폭이 어느 정도 되언마씨?] 폭이야 소로길이지. 이거 새로 뺀 새로 뺀. [새로 빼기 전에 소로 길은? 한 2미터쯤 폭이?] 2미터 되나마나 헐 꺼우다. 그건 나 새로 뺀줄 아는디. [소롯길이 잇엇다멘서?] 이서낫디. 어릴 때난 모르쿠다 확실히. [새로 뺏다는 건 언제쯤에 새로 뺏다는 거 마씨?] 그게 왜정시대 일꺼라. [왜정시대 때?] 포구로 가는 길은 저추룩 넓은 길이 아니고, 좁은 길. 저게 왜정 말엽에, 그 늘춘 길은 축항 새로 만들어놓고 거기서 모든 농산물 공출을 일본으로 싯꺼 갈려고 헷어. 그렇게 해서 길을 늘콰댄 헙디다게. 일본놈들 공출 헌거 다 일로 싯껑 갓덴 헙디다. 들은 바에는.

> [맨 처음에 그 길은 그러면 폭이 어느 정도 되었나요?] 폭이야 소로 길이지. 이거 새로 길을 낸 거 새로. [새로 길을 내기 전에 소로 길은? 한 2미터쯤 폭이?] 2미터 되나마나 했을 겁니다. 그건 내가 알기로 새로 낸 길인 줄 아는데. [소로길이 있었다면서요?] 있었는데. 어릴 때니까 모르겠네 확실히. [새로 길을 냈다는 건 언제쯤에 새로 길을 냈다는 것인가요?] 그게 일제강점기일 거라. [일제강점기에?] 포구로 가는 길은 저렇게 넓은 길이 아니고, 좁은 길. 저게 일제 말엽에, 그 늘린 길은 포구 새로 만들어 놓고 거기서 모든 농산물 공출을 일본으로 실어가려고 했어. 그렇게 해서 길을 늘렸다고 말하더라고. 일본놈들 공출한 거 다 여기로 실어갔다고 하더군요. 들은 바로는.

── 김○○(1936년생, 남, 두모리) 2019년 09월 16일 채록

두모포구로 향해 있는 이 길은 개설 목적을 분명하게 단정하기는 어렵지만 일제강점기에 만들어진 것은 분명해 보인다. 구체적인 자료로 입증할 수는 없지만 제주의 포구들이 일제 수탈의 역사를 간직하고 있다는 것을 부정

할 수는 없을 것이다. 두모포구와 그 포구로 향한 길도 예외는 아닐 것이다.

다. 묵은한질, 보성으로 가는 길

고산에는 말 그대로 6개의 길이 교차되는 고산육거리로 불리는 특이한 교차로가 있다. 교차로에 면한 6개의 길은 각각 기존의 농로, 수월봉, 고산 포구, 고산리 마을, 마을을 우회하는 신일주도로, 그리고 대정읍 보성리로 연결된다.

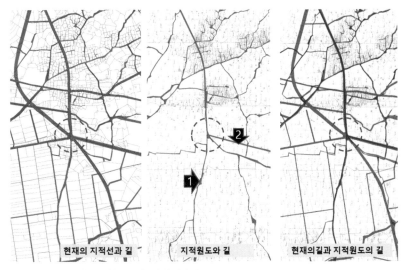

고산육거리의 지적원도와 현재 지적에서의 길의 비교

두모포구로 향한 길 그림의 2번 길은 보성으로 연결된 이 길은 직선의 형태를 하고 있어서 근대기에 개설된 계획도로처럼 보인다. 하지만 이 길은 묵은한질현재 도로명 칠전로로 불리는 매우 오래된 길이다. 고산에서 보성을 이어 주는 아주 중요한 간선도로다. 두모포구로 향한 길 그림의 지적원도의 1번 길은 일주도로이고, 2번 길이 묵은한질이다. 일주도로는 물론 묵은한질도 1914년 이전에 이미 있었던 길이라는 의미이다. 지적원도에 있었던 1번 길은 지금은 단순한 농로로 변하였고 고산육거리에서 남측으로의 일주도로는 이후에 새로 개설된 길임을 알 수 있다.

1918년 총독부제작 제주지도   대동여지도

1918년 조선총독부 제작 제주지도와 대동여지도

묵은한질은 1861년에 작성된 대동여지도와 1918년에 제작된 제주지도에도 뚜렷이 표현되어 있다. 비교적 작은 길들은 생략되어있는 지도에서 명확히 표시된 것은 그만큼 길로서의 인지도가 높았다는 의미이다. 일제강점기 이전에 개설된 도로라는 의미라고 할 수 있다. 상당히 긴 거리를 직선으로 길을 낼 수 있다는 것은 계획도로를 만들 수 있는 기술이 축적되어 있었음을 의미한다.

　중학교 뒤옛길, 그 길이 젤 오렌 길이여. '묵은한질'이라고 헤서. 어. 옛날에 거기 목탄버스 다녀서, 해방당시까지도. 어디까지 가냐 하면 것이. 인성, 안성, 보성까지 가는 길이여. 왜 그러냐허며는 인성, 안성, 보성에 대정현이 있었거든. 옛날 여기 한경면이 판포까지는 대정현이엇다 말이여. 대정현. 대정현이니까.

　중학교 뒤에 있는 길, 그 길이 제일 오래된 길이야. '묵은한질'이라고 해서. 어. 옛날에 거기 목탄버스 다녔어, 해방 당시까지도. 어디까지 가냐 하면 그것이. 인성, 안성, 보성까지 가는 길이야. 왜 그러냐면 인성, 안성, 보성에 대정현이 있었거든. 옛날 여기 한경면

해안을 따라 마을을 연결하는 일주도로 이외에 중산간으로 마을을 연결하는 길을 김정호의 대동여지도에서 몇 개를 확인할 수 있다. 물론 지금처럼 넓은 길은 아니었지만, 정의와 제주 그리고 대정과 제주를 근거리로 연결하는 계획도로였을 것이다. 19세기에 김정호도 대동여지도를 만들기 위해서이 길들을 걸으면서 거리를 측량했을 것이다. 지도에 분명하게 표현된 중산간을 잇는 여러 길 중 하나가 고산과 보성을 연결한 묵은한질이다.

조선시대에 대정현은 1416년태종 16년부터 1910년까지 제주도 서부지역의 행정중심지 역할을 하였으며 당시에 정의현과 차귀현을 소속현으로 포함하고 있었다. 현재의 고산과 보성은 모두 과거의 대정현에 속하는 지역이었다.

차귀현은 예전부터 왜구의 침입이 잦은 지역이었다. 이 때문에 차귀현의 방어를 위해서는 대정현과의 신속한 연락망을 갖추고 있어야 했을 것이다. 해안을 따라있는 일주도로를 통해서 대정에 이르는 길보다 빠른 길이 필요했을 것이다. 묵은한질은 이렇게 같은 행정구역의 역사적 배경과 군사적 목적 등의 복합적인 이유가 배경이 되어 계획된 도로였을 것이다.

근대 이후에도 고산은 한림보다는 보성과 가까운 관계를 유지하고 있다. 현재 고산육거리 인근에 위치한 농협 자리에서 예전에 오일장이 섰었다고 한다. 시외버스정류장도 그 오일장 인근에 있어서 이용하기 좋았다고 한다. 하지만 오일장 자리에 농협이 들어서고 오일장이 새로운 자리로 이동하면서 교통이 불편해지자 오일장이 쇠퇴하게 되었다. 이후 고산 사람들은 모슬포로 장을 보러 다녔다. 고산 사람들이 한림장보다 모슬포장을 더 많이 이용했던 이유 중 하나가 '묵은한질'이었을 것이다.

그렇다면 지금 다니고 있는 묵은한질이 조선시대에 이용하였던 그 한질이

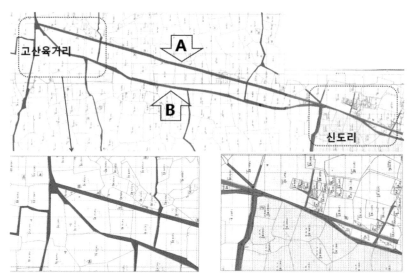

고산육거리에서 대정으로 연결된 묵은한질의 지적원도

맞는 것일까? 일제강점기의 지도를 살펴보면 지금의 묵은한질이 원래의 길을 곧게 펴기도 하고, 없는 구간은 새로이 만들기도 하면서 다시 만들어진 길임을 알 수 있다. 지적원도를 보면 곧게 뻗은 묵은 한질 아래로 구불구불한 길이 나란하게 이어져 있는 것이 보인다. 지적도를 주의 깊게 보면 위쪽에 있는 곧게 뻗은 길은 계획에 의해 새로 난 길임이 지적선의 모양으로 확인된다.

그렇게 보는 첫 번째 이유는 위아래로 내려오는 길을 관통하는 형태로 알 수 있고, 두 번째는 필지를 확대해보면 위쪽에 위치한 반듯한 도로[A]는 필지를 토막 내면서 만들어졌음을 알 수 있다. 이는 새로이 만들어진 길의 특징을 보여주는 것이다.

반면에 아래에 구불구불한 길[B]는 다른 길이 연결되어 나가고, 필지를 자르는 형태가 보이지 않는다. 이것은 길[B]가 오래전에 이미 있었던 것을 말해주고 있다. 이 형상은 묵은한질을 따라서 계속 이어진다. 본래 고산과 대정을 이어주는 길이 있었고 지금 곧게 만들어진 길 역시 원래의 길을 덧씌우거나 구부러진 구간을 반듯하게 새로이 길을 만들어서 개설되었다는 것은 분명해 보인다. 현재 길[B]는 지적원도에 지목이 도[道]로 분명하게 기입이 되어 있으나 농지개량사업을 하면서 사라진 상태이며, 신도리에 보이는 아래 길은 내창으로만 남아있다. 아마도 원래는 내창을 따라서 길도 있었을 것이다. 물론 계획에 의한 길일 수도 있지만 이름으로 남아있는 조선시대의 묵은한질의 원모습은 지금과 달랐을 것이다.

4. 마을의 성쇠(盛衰)와 길

한경면의 도로구조를 보면 해안을 따라 마을길이 연결되는 도로가 있고, 모든 해안의 마을에서 중산간으로 모여지는 길이 있는데, 그 길의 중심에는 조수리가 있다. 도로의 구조만으로 본다면 조수리는 한경면에서 중심적인 역할을 하는 것으로 보인다.

> [길이 여디 오젠 허민 지도에서 보면 예. 판포여 어디여 다 요쪽으로 옵디다예. 길이 연결된 게.] 예. 길이 문어발식으로 되어가지고, 다 문어발식. 문어발식. 아이고, 옛날에야 한경면에서 최고 커난 마을이주. [한경면에서?] 고산 다음 조수랏주. 우리 어릴 때 초등학교 다닐 때 만 헤도 학생수가 350명, 400명 되낫는디.

> [길이 여기 오려고 하면 지도에서 보면 있잖아요? 판포며 어디며 다 이쪽으로 오더라구요. 길이 연결된 게.] 예. 길이 문어발식으로 되어가지고, 다 문어발식. 문어발식. 아이고, 옛날에야 한경면에서 최고 컸던 마을이죠. [한경면에서?] 고산 다음 조수였지. 우리 어릴 때 초등학교 다닐 때 만 해도 학생 수가 350명, 400명 됐었는데.

— 김○○(1958년생, 남, 조수리) 2019월 07월 12일 채록

실제 조수리는 한동안 한경면의 중심 마을이기도 했다. 조수리의 번창함

은 폐교된 조수초등학교를 보면 알 수 있다. 중산간마을의 중심이었던 조수리에 1939년 사립조수교가 설립되었고, 1948년 4·3사건 이후 소개령이 내려지면서 중산간 유일한 소학교인 조수교가 폐교되고 1948년 11월에는 교실건물을 해체하여 고산의 임시거처를 짓는 데 사용되었다.[6]

> 이 산간 4개리가 임시정착지가 조수랏습니다. 조수. 예. 청수, 저지, 산양, 모두 여기 있다가 다 나갔어요. [아, 그럼 윗동네에 있는 사람들은 다 조수 여기 살다가.] 거의 그렇게 봐야죠. 어디 갈 수 없는 사람들. 조수가 이상한 마을이우다 양. 자연부락도 아니우다. 무슨 말인지 알암수과? 한 울타리 안에 4개동이 전부 이렇게 되이수다. 한 가지 안에. 이게 3개동이었는데, 이 한양동이 생기면서 4개동이 되엇주. 여기는 그래서 올라가지 못 헌 사람들. 여타 또 사람들. 또 조수 잇는 사람들이 모여 살앗는데, 당시에 양. 토지분할을 이장을 중심으로 헤서. 부락 유지들이 양. 조금 현재 가격 보담도 호끔 싸게 헤서 그냥 전부 시켜줘수게. 경헹 살아수게.

> 이 산간 4개리의 임시정착지가 조수였습니다. 조수. 예. 청수, 저지, 산양, 모두 여기 있다가 다 나갔어요. [아, 그럼 윗동네에 있는 사람들은 다 조수 여기 살다가.] 거의 그렇게 봐야죠. 어디 갈 수 없는 사람들. 조수가 이상한 마을입니다. 자연마을도 아니에요. 무슨 말인지 알겠어요? 한울타리 안에 4개 동이 전부 이렇게 되었습니다. 한 가지 안에. 이게 3개 동이었는데, 이 한양동이 생기면서 4개 동이 되었지요. 여기는 그래서 올라가지 못한 사람들. 여타 또 사람들. 또 조수 사람들이 모여 살았는데, 당시에. 토지분할을 이장을 중심으로 해서. 마을 유지들이. 조금 현재 가격보다도 조금 싸게 해서는 그냥 전부 나누어 줬어요. 그렇게 해서 살았어요.

—— 고○○(1935년생, 남, 조수리) 2019년 7월 12일 채록

4·3사건으로 인해 한경면의 중심마을이었던 조수리 마을이 해체되기는 했지만 그 이후의 재건과정 중에는 중산간에 살았던 많은 사람들이 조수리

---

6 조성윤, 「교육」, 『한경면 역사문화지』, 제주특별자치도, 2007, 501쪽, 520쪽 참조.

에 정착하게 되었다. 그렇게 된 이유는 조수리가 당시 한경면에서 큰 마을이었고, 주변의 모든 마을과 문어발식의 도로망 구조로 잘 연결되어 있어서 어느 곳을 가려고 해도 갈 수 있는 교통의 중심지였기 때문이다.

> 이 길이 포장되고 늘롸야 한림서 이레 버스를 놔주켄 허니까 그때 혜십주게. [아, 버스 오게 할려고.] 그때는 신창서만 버스 왔다갔다 허니까. 나가 알기로는 여기 사람들이 한림장에 가젠 허민 걸엉갓어. 게난 한림장날 가게끔 허게라도 허니까 이 길을 넓혀야 버스를 놔지켄 헨에 그때 넓힌거주. [여기는 대개 장은 한림에 강 봐수과?] 예. [고산에서는 거의 모슬포 강 봤댄 허던데.] 여기 한림도 가곡, 모슬포도 가곡. 고산은 모슬포권이고 여기는 한림권. [게민 예전에는 이 도로가 주도로였겠다 예?] 아, 옛날에는 주도로가 저디라나신디 이 버스 노니까 주도로가 이거 되부럿주. [그러니까 새마을 운동 전에는 저쪽이 주도로였는데, 새마을 운동하멍 포장허니까 여기가 주도로가 됫고?] 그렇죠.
>
> 이 길이 포장되고 폭을 늘려야 한림에서 이쪽으로 버스를 다니게 해준다고 하니까 그때 했지요. [아, 버스 오게 하려고.] 그때는 신창에서만 버스가 왔다 갔다 하니까. 내가 알기로는 여기 사람들이 한림장에 가려고 하면 걸어서 갔어. 그러니까 한림장날 갈 수 있게라도 하려니까 이 길을 넓혀야 버스를 다니게 한다고 해서 그때 넓힌 거지. [여기는 대개 장을 한림에 가서 보나요?] 예. [고산에서는 거의 모슬포 가서 봤다고 하던데.] 여기 한림도 가고, 모슬포도 가고. 고산은 모슬포권이고 여기는 한림권. [그러면 예전에는 이 도로가 주도로였겠네요?] 아, 옛날에는 주도로가 저기였었는데 이 버스 다니게 되니까 주도로가 이게 되어버렸지. [그러니까 새마을운동 전에는 저쪽이 주도로였는데, 새마을운동 하면서 포장하니까 여기가 주도로가 되었고?] 그렇죠.

───── 김○○(1958년생, 남, 조수리) 2019년 07월 12일 채록

조수리가 한경면의 모든 마을과의 연결로가 잘 되어 있음에도 불구하고 더 이상 성장하지 못한 이유는 무엇일까? 그것은 두 가지 정도의 요인으로 생각해 볼 수 있다. 제주도가 근대 이후에 관광산업에 주력하는 과정에서 중산간마을보다는 해안마을 위주로 진행되면서 중산간마을은 상대적으로

발전이 더뎌졌다. 이것은 한경면뿐 아니라 제주의 중산간마을 대부분이 이러한 경우에 해당될 것이다. 제주도의 중산간마을은 농업중심 경제에서 관광중심의 경제로 넘어가면서 사람들의 관심에서 점차 멀어져갔다. 해안에는 신일주도로와 해안도로가 추가적으로 개발되는 동안에도 조수리의 길은 여전히 새마을운동 당시의 폭을 유지하고 있을 뿐이다.

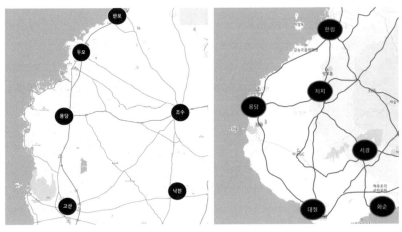

좌: 한경면의 중심인 조수리의 가로망 / 우: 제주의 서부지역을 연결하고 있는 저지리의 가로망

　두 번째 이유는 조수리의 가로는 한경면의 마을들과는 잘 연결되어 있으나 한경면 외의 타 지역과는 적극적으로 연결된 도로망을 구축하고 있지 못한 점이다. 제주도민들의 경제활동이 점차 보행중심에서 차량 중심으로 전환되고 그 범위도 점차 확대되어 가고 있는 점을 고려하면 조수리의 도로망은 불리한 상황이다. 조수리와 저지오름을 사이에 두고 인접한 저지리의 경우를 비교해 보면 이러한 점이 더 확실하게 보인다. 저지리를 지나는 도로는 한림과 대정을 연결하는 도로망을 가지고 있다. 저지리의 도로망은 평화로와 더불어 제주 서부지역의 남과 북을 효과적으로 연결하고 있고 도로에 면하여 각종 관광편의 시설물들이 들어서 있다. 한림에서 저지를 지나 대정으로 연결된 길에 면한 주요 관광시설물로는 문화예술인마을, 방림원, 생각하

는 정원, 오설록 등이 있다. 도로의 폭은 넓지 않으나 제주의 여행자들이 남과 북을 잇는 이동통로로 선택할 여건이 충분한 것이다.

> 그땐 여기는 형성이 안 되니까, 여기는 완전히 외져가지고 낙후마을 되엇는데, 관광 관광 허다보니까. 한림권으로 이렇게 다 뚤리다 보니까. 이도로가 이거 우리 살려준거게. 저 분재원. 분재원은 우리 저지에서는 공로자라. [이 길이 난건 언제쯤이꽈?] 아, 이거는 옛날 우리 부모님 얘기 들을 때 보며는 한림, 한경이 분면되면서 56년도. 김○○ 면장 당시에 이걸 뚤른 모양이라. 공동묘지로 간 게 모슬포 가는 길이랏주게 옛날은. 근데, 한림, 한경 분면하면서 여길 뚤루고, 우리 저 문도지쪽으로 뚤러간거라. 지적정리 안 되가지고 헌디 요거는 버스 다니면서 지적 정리 된 거주게. [버스 다닌 거는 언제쯤?] 64년도? 아침저녁 다녓주게.

> 그땐 여기는 형성이 안 되니까, 여기는 완전히 동떨어져서 낙후된 마을이었는데, 관광 관광 그러다 보니까. 한림권으로 이렇게 다 뚫리다 보니. 이 도로가 이거 우리 살려준 거지. 저 분재원. 분재원은 우리 저지에서는 공로자라. [이 길이 난건 언제쯤인가요?] 아, 이거는 옛날 우리 부모님 얘기 들을 때 보면 한림, 한경이 분면(分面)되면서 56년도. 김○○ 면장 당시에 이걸 뚫은 모양이라. 공동묘지로 간 게 모슬포 가는 길이었지 옛날은. 근데, 한림, 한경 분면하면서 여길 뚫고, 우리 저 문도지 쪽으로 뚫어간 거라. 지적정리 안 돼서 그랬는데 요거는 버스 다니면서 지적정리 된 거지. [버스 다닌 거는 언제쯤?] 64년도? 아침저녁 다녔지.

— 변○○(1953년생, 남, 저지리) 2019년 06월 09일 채록)

5. 길이란 무엇일까?

이제까지 길이라는 것을 이야기한다는 것은 늘 공학적인 차원에서 다루는 것이 일반적이었다. 그래서 도시의 발전을 이야기하거나 건설기술의 발전을 이야기할 때에는 도로와 가로체계라는 것이 이야기의 소재로 거론되었다. 늘 다니던 길이었음에도 마을의 역사를 이야기할 수 있는 소재로 길을 선택하고 보니 길에 대해서 아는 것이 전무하였다. 토지대장 등의 행정기록을 검토하고 어르신들과의 면담을 통해서도 길의 정체를 밝히는 것은 너무도 어려운 작업이었다.

단순하게 언제 무슨 이유로 길을 만들었을까 하는 질문에도 대답을 보류해야만 할 것 같은 길들이 대부분이었고, 어떤 원리에 의해서 길이 만들어지는 것일까 하는 질문에도 논증보다는 적당한 추론을 하지 않고는 논리의 공백을 메울 수가 없었다. 하지만 막연하게나마 말할 수 있는 것은 길의 형상에는 과거의 시간과 공간에 대한 기록이 담겨 있다는 것이다. 다만 그것을 읽어내는 능력이 아직은 필자에게 매우 부족하다는 것을 느낀다.

본 연구에서는 길의 형상과 필지의 형상을 통해 마을의 형성과 길의 목적 등을 같이 추론하고 살펴보는 것을 시도했고 길에 대한 연구를 시작했다는 점에서 의미를 찾을 수 있을 것 같다. 또한 길의 형상이 마을의 발전과 어떤 식으로든 영향을 준다는 것을 확인한 것으로 앞으로의 도로계획과 관리 측면에서도 고려해 볼 만한 성과라고 할 수 있다.

길에서 행해졌던 각종 놀이와 다양한 기억들을 발굴하지 못한 것은 이번 조사에서 하고 싶었으나 하지 못했던 내용이었다. 그것은 한경면의 지리정보를 깊이 있게 알고 있지 못했던 필자의 한계에 기인한 것이었다. 다음의 연구에서는 길을 소재로 한 보다 더 인문학적인 연구가 진행되기를 기대해 본다.

참고문헌

* 김일우, 「마을의 형성과 변천」, 『한경면 역사문화지』, 제주특별자치도, 2007.
* 오창명, 『제주도 마을 이름의 종합적 연구』, 제주대학교 출판부, 2007.
* 제주문화예술재단, 『[증보] 제주어사전』, 제주특별자치도, 2009.
* 조성윤, 「교육」, 『한경면 역사문화지』, 제주특별자치도, 2007.
* 제주신보, 「제주매력 훼손하는 확장형 도시개발」, 2012년 8월 2일 기사.
* 연합뉴스, 「제주, 8백97억원 들여 해안관광도로 개설」, 1995년 3월 6일 기사.

08

장전리의 길

08 장전리의 길

1. 시작하며

길은 일상에서 늘 접하는 공간이긴 하지만 구체적으로 길에 대해서 생각해 볼 기회는 많지 않다. 아마도 그것은 길이 특정목적을 갖는 공간이기보다는 하나의 장소와 또 다른 장소를 연결하는 중간자적인 성격을 가지고 있기 때문일 것이다. 길을 바라본다는 것은 길 자체를 바라보는 것이 아니라 길들이 이어주고 있는 공간들의 연결망을 바라보려고 하는 것일 것이다.

그러면 길은 무엇을 연결하고 있는 것일까? 가장 넓게 본다면 길은 도시와 도시를 연결해 주는 성격을 갖는다. 조금 더 가깝게는 마을과 마을 그리고 집과 집을 연결한다. 이렇게 도시 공간을 서로 연결해 주는 성격이 있는 반면 길은 집과 농지 혹은 목장과 같이 생산활동을 하는 곳과 연결해 주는 성격도 있다.

이렇게 공간을 연결하는 성격뿐 아니라 길은 공간의 위계를 결정하기도 한다. 어떤 길은 마을 내에서 인지도가 높아 누구에게나 개방적으로 이용되기도 하지만 어떤 길은 특정의 몇 가구만이 이용하는 길이 되기도 하고 어떤 길은 정말 한 집에서만 이용하는 사유화된 형태가 되기도 한다. 많은 사람이 같이 이용하는 길은 그 지역에서 높은 중요도를 가지게 될 것이다.

길의 위계와 중요도는 현실적으로 길에 면한 토지의 가치와 가격형성에도 영향을 미치기 때문에 길에 대해 우리는 점점 더 민감해지고 있다. 때론 지역사회의 변화를 예견할 때 중요한 요소로 길의 형태를 중심으로 이야기를 하기도 한다.

이 글에서는 장전리의 길에 대한 성격과 인식의 변화가 어떻게 이루어지고 있고 마을 공간과는 어떠한 관계를 가지면서 변화하여 왔는지 살펴보고자 한다.

2. 길과 마을 공간의 구조

장전리 마을길의 성격을 도시계획 이론을 배경으로 한 간선도로, 집산도로 그리고 국지도로의 세 가지로 구분해서 살펴보고자 한다.

간선도로는 도시와 도시를 연결하는 도로로 보통 고속도로와 같은 도로를 말한다. 제주도라는 좁은 지역에서는 마을과 마을을 연결하는 도로가 그런 역할을 하며 그런 길을 '한질'이라고 부르기도 한다. 장전리를 지나가는 대표적인 간선도로는 장전리의 북쪽을 지나고 있는 '중산간서로'를 들 수 있다. 중산간서로는 무수천에서 시작해 제주도 서쪽 중산간마을들을 지나 서귀포 종합경기장까지 연결되는 길로 최근에 제주도 도로정책에 의해서 정비된 길이긴 하지만 예전에도 있던 길이다.

집산도로는 마을 안의 공간을 연결하여주는 도로다. 장전리에는 알동네와 웃동네, 그리고 샛동네와 알벵디, 그리고 벳밧이라고 불리는 동네가 있다. 이 동네들을 연결하고 있는 마을안길이 집산도로가 된다.

그리고 국지도로는 마을길에서 집까지 이어주는 도로를 말한다. 제주도에는 막다른 골목길의 형태를 한 독특한 국지도로가 있다. 이것을 올레와 구분하여 먼올레[1]라고 부르며 하나의 먼올레 길은 여러 가구가 그 길을 공

---

1 제주어사전, 356쪽.

유하는 것이 가장 큰 특징이다.

가. 먼올레/국지도로

마을길에서 집으로의 접근을 가능하게 하는 길을 국지도로라고 한다. 이러한 역할을 하는 길 중에서 제주도에서 볼 수 있는 먼올레는 여러 가구가 함께 이용하는 막다른 도로이다. 장전에서는 제주의 다른 마을과 마찬가지로 집과 집을 연결하고 있는 먼올레 형태의 길을 확인할 수 있다. 마을의 공간구조를 이해하기 위해서 먼올레의 분포를 살펴보는 것은 의미가 있다. 먼올레의 특성상 그러한 길의 형태가 많이 보인다는 것은 현재는 집이 없다고 해도 과거에는 주거지가 있었다는 것으로 이해할 수 있기 때문이다.

장전리 마을의 공간구조를 이해하기 위해서 1914년에 제작된 지적원도에서 먼올레의 위치를 가늠해 보았다. 지적원도를 보면 현재도 주거지가 밀집된 A와 B 구역 외에 C구역에도 먼올레가 다수 분포되어 있는 것을 볼 수 있다. 이는 C구역도 주거지가 형성되었던 곳임을 뒷받침해주는 근거가 될 수 있다.

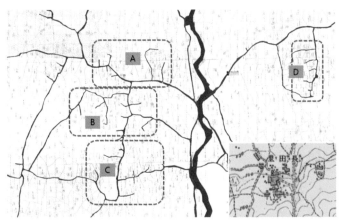

마을 안에 먼올레가 집중되어있는 곳을 표시하면 주거지의 구성을 이해할 수 있다
우측 하단의 지도는 1918년 작성된 제주지도에서 장전마을의 모습이다

　제주 삼촌들에게 들어보는 집과 마을 이야기

마을주민들은 C구역을 예전에 사람들이 살았던 지경으로 알고 있었다. 현재 포제청과 도가터 등이 그 위치에 있다는 것을 이유로 말하지만 지적원도에서 보이는 길의 형상으로도 그 지역에 상당한 집들이 있었을 것으로 보인다.

A구역은 현재 알동네로 불리는 지경이다. 그러면 C구역을 웃동네로, B구역을 샛동네[2]라고 부르는 것이 이해가 된다. 그렇게 장전리 본동은 알동네, 샛동네, 웃동네로 공간이 북-남 방향으로 구성되어 있었다.

알동네의 동쪽에 위치한 알벵디에는 4.3사건 당시 소개되어 마을을 떠났던 장전 사람들이 올라오면서부터 집들이 들어서기 시작했다. 그 이전에는 알벵디의 토질이 좋지 않아서 사람들이 별로 살지 않았다고 한다. 그러다가 어려운 시절에 오히려 사람들이 장전리 위쪽으로 올라가지 않고 그곳을 택지로 선택하면서 지금처럼 동네규모가 커지게 되었다.

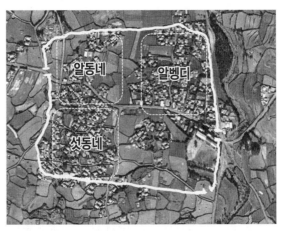

4·3성의 위치와 마을 안 주거지의 모습, 1967년 항공지도에 표시

지금의 장전마을은 4.3사건을 전후하여 웃동네의 집들이 대부분 사라지

2 『애월읍 역사문화지』, 제주특별자치도 제주문화원연합회, 2013, 433쪽.

고 4·3성의 안쪽으로 주거지가 형성된 것으로 보인다. 먼올레는 마을 사람들 간의 결속력을 높이는 중요한 역할을 한 것으로 보인다. 먼올레를 같이 이용하는 사람들은 대개 같은 인척 관계를 이루기도 했는데, 이것은 의도적이었다기보다는 자연스러운 거주지의 선택과정에서 이루어진 것이다.

나. 마을안길/집산도로
1) 장전리 안의 동네 이름과 마을안길

장전리 동네 이름

동네 이름만으로도 동네의 위치와 방위를 가늠할 수 있다. 대표적인 이름이 동카름[3]과 서카름[4], 그리고 알동네와 웃동네이다. 한라산을 방위의 기준으로 삼고 살아온 제주의 사람들에게는 산이 가까우면 높고 바다가 가까우면 낮은 곳이라 여기며 지형을 이해해 왔다. 그래서 남촌이나 북촌과 같은 이름보다는 지형의 높고 낮음에 따라 웃동네와 알동네로 이름을 붙여 동네 지경을 구분했다. 반면에 대개의 동서방향으로는 지형이 높낮이가 없는 경우가 많다. 그래서 동서방향으로는 방위를 따라서 동카름과 서카름이라는 이름을 사용한다. 장전리에도 웃동네와 알동네가 있고, 서카름은 없어도 동서의 방위개념이 들어가 있는 동카름은 있다.

방위를 근거로 지경을 구분하는 방식 외에 그 지역의 특성을 붙여서 마을 이름을 붙이기도 한다. 벳밧과 알뱅디라는 지명은 그 지경의 인상적인 특

---

3 한 마을에서 동쪽에 자리하여 이루어진 동네. (출처:WORDROW, https://wordrow.kr)
4 한 마을에서 동쪽에 자리하여 이루어진 동네. (출처:WORDROW, https://wordrow.kr)

징으로 이름을 붙인 경우라고 할 수 있다. 늘 햇볕이 잘 드는 동네라는 의미의 벳밧과 아래 지경의 편평한 지형이라고 해서 붙여진 이름인 알벵디는 그 장소의 지형적인 특징으로 이름을 붙인 경우이다. '벵디'는 넓은 벌판이라는 의미이며 '밧'은 밭이라는 의미이다. 일반적으로 밧은 개간이 되어 농사짓기에 적당한 곳을 말하지만 벵디는 아직 개간되지 않은 지경을 말한다. 따라서 벵디와 밭은 땅의 성질이 서로 다르다고 할 수 있겠다.

이름으로만 보아서는 밭이라는 이름이 있는 곳이 주거환경이 더 좋아서 많은 집들이 밀집될 것으로 여겨지고 벵디라는 이름이 있는 곳은 주거환경이 나빠서 집이 적을 것으로 추측할 수 있겠지만 실제로는 벳밧보다는 알벵디에 더 많은 집들이 밀집되어 있었다. 토질이 좋은 곳에 사람들이 밀집해서 살지 않았다는 것은 농지와 택지를 선택하는 기준이 서로 달랐음을 말해준다.

벳밧 지경의 다른 이름인 동카름은 마을 동쪽이라는 의미로 마을의 공간지리적인 인식을 보여준다. 내창의 동쪽에 동카름이 있다면 서쪽 마을은 서카름으로 불러야 마땅하지만 서카름이라는 지명은 사용되지 않았다. 붉은 내 서쪽은 4·3 이전에는 주로 웃동네에 마을이 형성되어 있었고, 알동네와 알벵디에는 별로 살지 않았다는 것이 어른들의 이야기였다. 붉은 내의 서쪽을 통칭하여 지금은 장전본동이라고 부르지만 아마 4·3이전에는 붉은 내 서쪽은 알동네와 웃동네라는 이름이 아닌 서카름으로 불렸을지도 모른다.

제주사람들이 마을 공간을 인식하는 방법으로 위와 아래, 그리고 동쪽과 서쪽 이렇게 이해하는 방식은 매우 보편적이다. 그래서 어느 마을이건 동카름과 서카름, 웃동네와 알동네라는 마을 내의 지경 이름은 쉽게 찾을 수 있다. 내천 서쪽의 알동네와 웃동네라는 이름은 근자에 붙여진 것일까 아니면 오래전부터 사용된 이름일까? 장전마을에 웃동네와 알동네로 지경을 나누어 부른 것은 4·3 이후에 알동네와 알벵디에 정착주민이 많이 늘어나면서 그리된 것으로 생각할 수도 있다. 1914년에 제작된 지적원도를 보면 몇 개의 필지가 같이 공유하는 막다른 골목길이 웃동네에 집중되어있는 것을 볼 수 있다. 점선으로 표시된 지역이 그 당시에는 택지가 많은 지역이었음은 충분히 짐작할 수 있다. 하지만 지금의 알벵디와 알동네에도 웃동네보다는 적지만 막다른 골목길인 먼올레가 분포되어 있다. 이 정도면 웃동네와 알동네라는 공간 구분은 충분히 가능한 정도이다.

내창의 서쪽 지경에는 '샛동네'라고 하는 지경이 있다. 장전에는 섯동네와 샛동네가 있어서 간혹 이를 서로 혼동하기도 한다. 섯동네는 알동네의 서쪽 편에 있는 동네이며 한질에 면해있어서 한질동네라고도 한다.[5] 이와 비슷하게 들리는 샛동네는 웃동네와 알동네 사이에 있는 지경으로 '샛'은 사이를 뜻하는 것으로 여겨진다. 즉 웃동네와 알동네 사이에 있는 동네라는 의미이다. 샛동네라는 지명은 흔히 사용되지 않는 이름으로 '사이'라는 의미가 실제로 적합한 것인지 지리적으로 확인해 볼 필요가 있다.

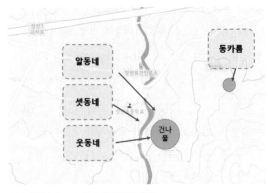

동네 이름으로 보는 마을의 공간구성도

내천 서쪽 지경의 마을에는 마을을 동서로 연결하는 세 개의 길이 있다. 이 길들은 '건나물'[6]로 연결되어 마을 사람들은 건나물과 목장을 오가면서 같은 길을 이용하는 공동체 의식을 가졌을 것이다. 세 개의 길 중 가운데

5   애월읍 역사문화지(2013), 339쪽.
6   마을 연못.

건나물. 상수도가 없던 시절에 장전리 주민들이 식수와 빨래 등의 생활용수로 활용되었던 물통이다. 중산간마을의 제주인들은 물이 잘 고이는 지형을 이용하여 못과 같은 물통을 만들어 생활용수를 구하였다

길은 현재 장전초등학교 뒤를 지나는 길로 윗길과 아랫길의 사이에 끼어있는 모습이다. 그래서 주로 가운뎃길을 이용하던 주민들이 살던 동네에 '샛동네'라는 이름이 붙여진 듯하다. 웃동네와 알동네 그리고 샛동네가 예전 장전리 서카름의 마을 구성이었을 것이다.

마을안길은 마을 안의 공간들을 연결해 주는 길이다. 마을은 작은 동네로 이루어졌지만 동네는 서로 마을안길로 연결되어 있다. 마을의 친구들을 만나 회포를 풀고 동네 제사를 먹으러 가고 마을 일을 같이 도모하기도 하는 등의 일들이 마을안길로 연결되었다.

동네와 동네를 연결하는 대표적인 마을안길은 '구린질'이다. 구린질은 알동네와 샛동네, 웃동네를 연결하는 길이며 예전에는 가장 중요한 마을안길이라고 할 수 있다. 지금은 장전마을이 섯동네와 알동네, 그리고 알뱅이로 이어지는 횡방향의 모습을 하고 있지만 예전에는 구린질을 따라서 종방향의 모습을 하고 있었을 것이다.

동네를 연결하는 길은 아니지만 마을 내의 중요한 보행로인 '물 길러 가는 길'도 주민들이 일상생활에서 늘 이용하던 중요한 마을안길이었다. 알동네에는 지금의 장전로인 아래한질, 샛동네에는 어귀동산으로 이어지는 길, 그리고 웃동네에는 웃한질이 있었다. 이 세 개의 길은 건나물을 향해 이어진다. 세 개의 동네는 각각 세 개의 길을 이용하였을 것이다.

1973년경 옛길은 정비되고 확장되었다. 구린질은 비가 많이 올 때는 내창처럼 물이 불어서 흐르고는 하였다. 지금은 길 아래로 우수관 공사가 되어 그런 일이 없어졌지만 물길은 소길리 좌랑못으로 이어져 있다고 한다.

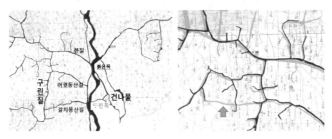

왼쪽: 건나물과 세 개의 마을을 잇는 마을안길 / 오른쪽: 짧았던 길이 연장되어 다시 마을안길이 생긴 모습, 붉은색은 옛길이고 노란색은 현재의 길이다

마을안길은 평소에 늘 이용하는 길로 주로 이용하는 사람들은 길 주변의 동네 사람들이다. 어귓동산을 지나는 길은 오래전부터 있던 옛길이다. 샛동네 공동수도를 지나 장전안길로 이어지는 길은 도로대장에 등록된 시기가 1968년으로 되어 있지만 1967년 항공사진에서도 도로가 확인되는 것으로 보아 1967년 이전에 개설된 도로이다. 적극적인 도로 개설이 1970년 이후에 이루어진 것을 감안해 본다면 꽤 일찍 길이 만들어진 셈이다. 이는 횡방향의 중요한 마을안길이 만들어진 것이라고 할 수 있다.

2) 한질

'한질'은 현대 도시계획에서 말하는 도시와 도시를 연결하는 간선도로라고 할 수 있다. 제주에서는 넓은 길이라는 의미로 한질이라는 말을 사용하여 왔다. 따라서 '한질'이 간선도로의 의미를 갖고 있는 말로 생각할 수 있을 것이다.

아래 그림에서와 같이 1872년에 제작된 제주지도를 보면 마을의 위치와 이름을 표기하고 마을을 연결하는 길을 중산간 쪽에는 '상대로上大路'로, 해안 가 쪽으로는 '하대로下大路'로 표기하고 있다. 여기서의 대로는 마을과 마을을 연결하는 길을 의미한다. 장전에서도 한질은 장전과 다른 마을을 연결하는 큰길이라는 의미로 사용하였다.

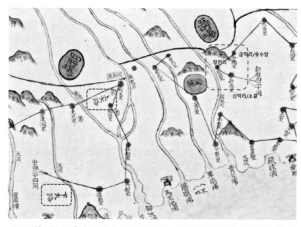

1872년(고종 9년)에 제작된 제주목 지도, 중산간의 마을간 연결로는 '上大 路', 해안가 마을간 연결로는 '下大路'로 표기되어 있다

제주지도를 살펴보면 장전마을과 한질로 연결된 마을은 금덕리유수암와 신덕리소길이다. 유수암과 소길은 4·3사건 이후 재건 당시에 장전에서 같이 함바집을 만들고 지냈던 마을이다. 제주지도를 보면 유수암을 통해서 장전 을 지나 소길로 이어지는 길이 한질大路로 되어 있다. 그만큼 예전부터 소길 과 유수암은 장전과 마을간 연관성이 깊은 곳이라고 할 수 있다. 지금은 고 성과 수산이 가까운 지경에 있는 마을이지만, 제주지도에서 보이는 것은 고 성과 수산과는 연결되어 있지 않고 중산간 마을로만 길이 연결되어 있다.

지금 장전과 다른 마을을 연결하는 길은 장전로, 하소로, 장소로, 장유

길, 광상로가 있으며 길의 이름은 길의 기종점에 있는 마을 이름을 따서 붙인 것이다. 이렇게 이름을 붙이는 방식은 두 개의 마을을 표상하다 보니 한편으로는 장소적인 특성이 희석되는 부작용도 생기게 되었다.

장전로는 1968년에 처음으로 도로가 확장되었다. 중산간서로가 개설되기 전까지 장전로는 간선도로 역할을 하는 길이었다. 장전로의 처음 도로명이 신귀로였던 것도 신제주와 귀덕을 이어주는 길이라는 의미였을 것으로 여겨진다. 장전로 변에 있는 앞밧 역시 마을 앞이라는 의미인 것은 지금의 장전로가 한질로서 외지로 드나드는 통로이기 때문에 붙은 이름일 것이다. 앞밧에는 비가 오면 구린질과 구명으로 내린 물이 모여서 큰 물통을 이루었는데, 1991년경에는 앞밧의 물을 붉은 목잇내로 흘려보내는 배수공사를 해야 할 정도였다.

> 이 사업이 우리 밧뎌레 가는디예. 우리 동네에. 물이 그냥 예. 비만 크게 오면 무조건 우리 독까지 올라와부려수다게. 어떻게 집에만 물이 안 들어갈 정도로 헤그네. 백골이어수다게. 그게 문제가 아니고예. 저기 자랑물이 자락물이 넘쳐가지고, 그 물이 우리 그쪽으로 옵니다게. 앞밧디로. 소길리. 그 물들이 사방에서 모이니까. 그걸 넘치니까 이쪽으로 와버리는 거라. 나중에 앞밧으로 헤영 우리 과수원으로, 지금 공사허는 이쪽 어염에 물이 흘러가는거라마씸. [알뱅디는 다 물바다였구나예] 물바답주게. 배수개선사업이라해서. 제일 커수다게. 애월읍에서도 제일 큰 공사여수다게.
>
> 이 사업이 우리 밭으로 가는 데. 우리 동네에. 물이 그냥 예. 비만 크게 오면 무조건 우리 독까지 올라와 버렸어요. 어떻게 집에만 물이 안 들어갈 정도로 해가지고. 백골(골짜기)이 있었어요. 그게 문제가 아니고예. 저기 자락물이 자락물이 넘쳐가지고, 그 물이 우리 그쪽으로 와요. 앞밧디로. 소길리. 그 물들이 사방에서 모이니까. 그게 넘치니까 이쪽으로 와버리는 거라. 나중에 앞밧으로 해서 우리 과수원으로, 지금 공사하는 이쪽 가까이에 물이 흘러가는 거예요. [알뱅디는 다 물바다였군요] 물바다지요. 배수개선사업이라 해서. 제일 컸습니다. 애월읍에서도 제일 큰 공사였어요.

——— 진○○(1946년생, 남, 장전리) 2020년 11월 07일 채록

중산간서로는 1999년부터 토지분할이 이루어져서 2015년에 도로로 지목이 변경되었다. 도로가 계획되고 완성되기까지 15년 이상의 시간이 걸린 것이다. 중산간서로가 마무리되면서 제주시나 한림방향으로의 이동은 중산간서로를 이용하게 되었다. 장전초등학교와 장전마을회관을 지나는 장전로는 지금도 장전에서는 중요한 도로이지만 간선도로가 아닌 마을안길로서의 비중이 커졌다.

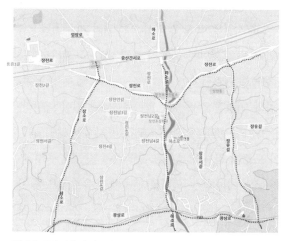

장전리 주변 마을과 연결되는 길의 도로명

장전마을 안을 관통하는 중요한 한질은 보건진료소와 초등학교를 지나는 하소로이다. 하소로는 하귀와 소길을 연결하는 길이라는 의미로 지어진 이름이다. 하지만 기점과 종점을 따진다면 하귀와 소길을 연결하는 길이라고 하는 것이 맞겠지만 실제로 소길 보다는 유수암으로 향한 길이라고 보는 것이 인지認知상으로는 맞다. 지명이라는 것을 기점과 종점을 기준으로 하는 것이 옳을지 지역민의 인지구조에 들어있는 기억을 중심으로 하는 것이 맞을지는 고민해 볼 필요가 있다. 하소로는 붉은목잇내를 따라서 길이 형성되어 있으며 예전에는 귀일중학교를 다니는 학생들이 북쪽 방향으로 늘 걸어 다녔고 남쪽으로는 장전목장과 형제오름노꼬메을 향하여 걸어 다니던 길이었다. 장전 주민들의 생업과 관련해서 가장 중요한 길이었다고 할 수 있다.

하소로 역시 1974년 처음 길이 확장되고 수차례 도로가 정비되었다. 1982년에는 장전보건진료소 앞길이 확장되었는데, 항상 도로확장의 과정에서는 주민들의 협조가 가장 큰 어려움이었다. 당시에만 해도 도로확장은 무상기부를 전제로 하는 경우가 많았다. 토지주가 마을을 위해서 자기의 땅을 선뜻 내놓을 수 있었던 것도 당시에는 사익私益보다는 공익公益을 우선하는 인심이 있었기에 가능한 것이었다. 도로대장에 따르면 1983년에 도로 확장이 마무리되었고 지금의 폭으로 다시 확장되어 마무리된 것은 1995년이다. 고○○의 증언에는 1986년에 포장이 시작되었다고 하였는데 확장과 포장이 반복되었던 것으로 여겨진다.

다른 마을과 연결된 길 중에는 기존에 있던 길이 아니라 새로이 개설된 길도 있었다. 동카름 벳밧은 1914년 제작된 지적원도에는 다른 마을과 연결된 길이 없이 오로지 장전리 본동으로만 길이 있었다. 장유길은 장전에서 유수암으로 이어지는 길이라는 의미로 벳밧에서 유수암으로 이어지는 길이다. 토지대장에 따르면 유수암으로 연결된 이 길은 1973년에 처음으로 토지분할과 지목변경이 이루어졌다.

광상로의 경우에는 1989년에 확장과 포장공사가 되었는데 공사구간이 다른 마을과 연관이 있어서 이해관계가 다른 이웃 마을의 협조를 얻는 것도 당시에는 큰일이었다. 장전에서 중요한 길 중 하나는 마을목장으로 이르는 길이다. 평화로에서 마을목장으로 가는 길이 확포장된 것은 1972~1974년 경의 일이다.

1970년에서 1980년대에는 국내의 전반적으로 경제발전이 가장 큰 관심사였고 그 중에는 도로개설이라는 것이 가장 중요한 문제였다. 지금은 개인 재산권에 대한 보호가 우선시되지만 당시에는 공공성을 이유로 도로에 포함되는 땅을 당연히 무상으로 내줘야 하는 것으로만 여겼었다. 그런 상황에서 도로개설을 추진하였던 지도자층의 고충은 이루 말할 수 없는 것이었다.

이러한 공익에 대한 배려와 헌신이 지금과 같이 편리한 교통망을 만드는 데 크게 일조하였다는 것은 부정할 수 없다.

3. 마무리

길은 우리에게 목적이 아닌 과정에 불과하였다. 학교를 가기 위한 길, 집에 가는 길 등, 길이라는 것은 어딘가로 인도하는 과정이다. 따라서 길게 선형으로 놓인 길은 그래서 늘 관심의 중심에 있지 않았다. 집으로 가는 길은 걸어 다니는 정도면 족하였고 목장 가는 길은 소와 말이 함께 걸어갈 수 있는 정도면 족하였다.

제주에서는 올레길이 열리면서 길을 중심으로 지역을 말하기 시작하였다. 최근에는 도로명 주소를 정리하면서 길에 이름을 붙이기 시작하였다. 어쩌면 길이 점차 공간을 이해하는 중심적인 위치에 서게 되었다고 할 수 있다.

참고문헌

* 『제주의 옛지도』, 제주민속자연사박물관, 1997.
* 『애월읍 역사문화지』, 제주특별자치도 제주문화원연합회, 2013.
* 오창명, 『제주도 마을 이름의 종합적 연구Ⅰ』, 2007.
* 제주문화예술재단, 『[증보]제주어사전』, 제주특별자치도, 2009.

웹사이트

* 제주특별자치도 공간포털(https://gis.jeju.go.kr/bm/index.do)
* 카카오맵(https://map.kakao.com/)
* 국토정보맵(http://map.ngii.go.kr/ms/map/NlipMap.do)
* 지적아카이브(https://theme.archives.go.kr//next/acreage/viewMain.do)
* 제주부동산정보조회(http://lmis.jeju.go.kr/)
* WORDROW (https://wordrow.kr)

09

시장으로 보는
서귀포 도시 공간

09 시장으로 보는 서귀포 도시 공간

1. 들어가며

우리는 왜 역사를 공부할까? 과거를 들여다본다는 것은 단지 지나간 향수를 돌아본다는 의미에 그치지 않는다. 일반적으로 역사 공부를 할 때는 시간의 흐름을 따라 살피게 된다. 그래서 역사탐구를 할 때는 고대-중세-근대와 같은 시간의 흐름을 따라서 공부를 하게 된다. 하지만 이미 탐구된 역사를 학습하는 것이 아니라, 현시점을 역사 흐름의 결과라고 한다면 지금의 결과가 있게 된 원인을 탐구하는 과정은 과거로부터 시작하는 것이 아니라, 현재에서부터 시작하는 것도 의미가 있을 것이다.

생활사 탐구를 현재에 대한 궁금증에서 출발해보는 것은 어떨까? 지금 우리의 식습관은 어디서부터 시작된 것일까? 현재 우리의 대학입시제도는 무엇이 원인이 되어서 정착하게 된 것일까? 현재의 결혼관은 무엇의 영향을 받은 것일까? 등의 질문으로부터 시작하는 것이다. 즉 원인으로부터 결과를 도출하는 것이 아니라, 이미 알고 있는 현재, 즉 결과로부터 원인을 따져 들어가는 것이다. 이는 과거를 돌아봐야 하는 이유를 현재의 결과를 설명하기 위한 것에서부터 찾는 것이다. 필자가 시장을 통해서 바라보려는 과거는 이러한 관심에서 시작된다. 지금의 서귀포올레시장의 모습은 어떠한 과정을 통해서 이루어진 것일까?

생활사라는 것은 일상생활과 밀접하게 관계된 근시안적인 것들의 변화를 집중적으로 살펴보는 것을 통해서 정치 경제와 같은 거시적인 문제를 다른 시각으로 바라보는 단서를 제공한다. 일상사의 대상은 매우 다양하다. 그 중에 언제나 생활 속에서 부딪혀왔던 전통시장은 대형 유통업체들의 등장 이전까지 전통사회의 경제를 움직이는 살아있는 상권의 역할을 담당했었다. 또한 백화점과 대형마트의 등장에도 여전히 시장이 주는 활력은 사람들의 발길을 끌어들이고 있다.

시장의 역사는 한편으로는 서민의 삶을 보여주는 역사이지만 다른 한편으로는 경제의 역사이며, 또 다른 면에서는 도시 공간의 역사이기도 하다. 서귀포의 도시 공간의 변화가 어떻게 이루어졌는지를 이해하는 과정에서 도시의 경제활동의 핵인 시장이 어떻게 달라지고 인식되고 있는지를 바라보는 것은 매우 중요하다.

서귀포매일올레시장 주 출입구

시장은 시민들의 삶이 복합적으로 반응되어 이루어진 상권商圈이라고 할 수 있다. 물건이 잘 팔릴 것 같은 곳에 모여서 장사를 한다는 간단한 원리를 충실하게 실천하고 있는 것이기도 하다. 그러한 원리는 계획되지 않은 사회의 성장이 어떻게 유기적으로 이루어지는지를 충실하게 보여주기도 한다.

서귀포의 대표적인 전통시장 공간인 '올레시장'은 동문로터리와 중앙로터리, 그리고 중앙파출소사거리 안쪽의 삼각형의 지대 안에 자리 잡고 있다. 지금의 올레시장이라고 하는 명칭이 만들어진 것은 올레길이 시장을 관통

서귀포에서 오일장이 이동한 자리. 매일시장이 자리 잡은 곳도 항상 그 전에는 오일장이 열리던 곳이었다

하게 된 2010년이다. 그러면 서귀포시장의 역사에는 올레길이라는 독특한
관광패턴의 역사가 관통하고 있다는 것을 알 수 있다.

올레시장이라는 이름이 사용되기 전에 그 지역을 지칭하는 것은 '매일시
장'이었고 다른 한편으로는 '상설시장'으로 불렸다. 매일시장이라는 이름은
오일장과 비교되는 이름이다. 서귀포에는 전통시장으로 매일시장과 오일장
이 같이 있었다. 오일장은 이름 그대로 오 일마다 열리는 장이고 매일시장은
항상 상권이 형성되어있는 지역이다. 서귀포 오일장은 매월 4일, 9일, 14일,
19일, 24일, 29일에 열린다. 이렇게 오 일마다 장이 열리는 오일장은 제주도
지역마다 있는데, 지역별로 그 열리는 날을 달리하므로 상인들은 날짜별로
장이 서는 곳을 돌아다니며 장사를 하게 된다.

반면에 매일시장은 매일같이 열리는 장이기 때문에 이리저리 장터를 찾

아 이동하면서 장사를 하는 것이 아니다. 이동이 주된 장사 형태인 오일장은 그래서 좌판이 많지만, 매일시장에는 좌판 중심이 아닌 점포를 가지는 상인들이 중심이 되는 시장이라고 할 수 있다. 별 차이가 아닌 것처럼 보이지만, 매일장과 오일장이라는 이름은 상행위가 어떻게 달리 이루어지는지를 설명하는 근거가 된다. 그것은 '올레시장'도 마찬가지다.

지금의 올레시장은 매일시장처럼 점포를 가지고 있는 상인들 중심의 시장이다. 그런 면에서는 매일시장과 올레시장은 이름만 바뀐 것이지 같은 시장이라고 생각할지도 모른다. 하지만 같은 장소 그리고 같은 방식의 점포 위주의 상행위를 하고는 있지만 올레시장과 매일시장은 다른 성격의 시장이다. 그 민감한 변화의 시간을 들여다보자.

2. 뒷벵디 오일장과 매일시장

지금 올레시장이 있는 지역을 예전에는 '뒷벵디'라고 불렀다. 글자 그대로 하면 뒷벵디는 '뒤쪽에 있는 너른 평지'라는 의미이다. 서귀포 사람들은 '뒷벵디에는 아니 지나가는 바람이 없다'는 말을 하곤 한다. 이 정도로 바람이 거세서 사람이 살기에는 적합하지 않은 곳이라는 뜻이다. 실제로 60년대를 기억하는 주민들은 뒷벵디가 버려진 땅과 같은 곳이라고 여기는 사람이 많다. 지금은 상설시장의 모습을 하고 있지만 예전에는 이곳에 오일장이 열렸었다. 하지만 그마저도 서귀포의 시장이 처음 형성된 곳은 아니다.

제주도에는 오일장 상권이 있다. 오일장이라는 것은 오 일을 주기로 열린다는 것인데, 날짜의 뒤 숫자를 따라서 장이 서게 된다. 서귀포는 그 날자의 끝 숫자가 4와 9인 날에 장이 열리고, 가까운 중문과 남원은 끝 숫자가 1과 6인 날에 장이 열린다.

[오일장 다니는 장사꾼들은 서귀포 오일장 말고는 어디 다닙니까?] 오일장 뭐허민 중문리. 남원리하고. 남원리도 다가. 어떤 사람은 제주시까지 가. 제주시엔 강 폴곡 사곡 행 오고. [장날은 옛날에도 서귀포는 4일, 9일인가요?] 응. 제주시는 2일, 7일. 남원이나 중문리는 6일. 변함이 없고. [오일장 장사하는 사람은 거기를 왔다 갔다 하겠네요?] 응. 돌멩 이렇게. 어떤 사람들은 도일주 허멍 다니는 사람도 이서. [제주도를 뺑 도는 사람들은 물건들이 작은 사람들이겠네요?] 그니까 그런 사람들은 작기도 허거니와 제주시가면 제주시에다 맡겨두고, 또 여기 오면 자기가 고망이 찔르는디가 다 이서. [주로 어떤 사람들이 전 도를 돌아다녔나요?] 상점 어신 사람들. 노점 장사들. 옷장사도 있고, 양말장사도 있고. 히어특 헌 장사 다 이서.

[오일장 다니는 장사꾼들은 서귀포 오일장 외에는 어디 다닙니까?] 오일장 때로는 중문리. 남원리하고. 남원리도 다가. 어떤 사람은 제주시까지 가. 제주시엔 가서 팔고 사고 해서 오고. [장날은 옛날에도 서귀포는 4일, 9일인가요?] 응. 제주시는 2일, 7일. 남원이나 중문리는 6일. 변함이 없고. [오일장 장사하는 사람은 거기를 왔다 갔다 하겠네요?] 응. 돌면서 이렇게. 어떤 사람들은 도를 일주하면서 다니는 사람도 있어. [제주도를 빙 도는 사람들은 물건들이 작은 사람들이겠네요?] 그니까 그런 사람들은 작기도 하거니와 제주시 가면 제주시에다 맡겨두고, 또 여기 오면 자기가 구석에 숨겨놓는 데가 다 있어. [주로 어떤 사람들이 전 도를 돌아다녔나요?] 상점 없는 사람들. 노점 장사들. 옷장사도 있고, 양말장사도 있고. 별의별 장사 다 있어.

─── 현○○(여, 1931년생) 2017년 05월 27일 채록

오일장은 전통사회의 민속으로 바라보는 시각도 의미가 있지만, 독특한 경제적인 의미도 생각해볼 필요가 있다. 매일같이 장사를 하는 것이 아니라 5일을 주기로 하여 장이 선다는 것은 그 자체가 독특한 시장경제이다. 구매력이 약하고 소비자가 많지 않은 시절에 오일장을 돌아다니면서 장사를 한다는 것은 다섯 군데의 점포를 체인점처럼 가지고 있는 효과가 있다. 소비시장이 작을 때는 고정된 점포보다 소비시간에 여유를 줌으로써 안정된 소비자를 확보할 수 있는 것이다. 게다가 오일장터에서 장사를 하는 데는 특별히

점포임대료와 같은 비용을 지출하지 않아도 되기 때문에 자금력이 없는 소상인들에게는 매우 매력적인 여건이라 할 수 있다.

서귀포에는 피난민들이 자구리 인근과 오일장이 있는 뒷벵디 인근에 임시가옥을 지어서 살기도 하였다. 사람이 살기에 적합지 않다는 뒷벵디에 오일장이 열린 이유도 그곳이 경제력이 약한 사람들이 임대료 부담 없이 장사할 수 있는 지경이기 때문이었을 것이다. 누구나 부담 없이 장사를 할 수 있었던 뒷벵디 오일장은 점포를 가지지 못한 소상인들에게는 최소한의 삶의 방편을 제공하는 역할을 하기도 하였다.

1960년대에는 서귀포의 중심은 지금 나포리 호텔이 있는 서귀동 587번지 일대였다. 앞에 예시한 지도에서 1번 위치이다. 그때는 읍민관이 옆에 있었고, 남군농협과 전매청도 근처에 있었다. 그곳에 시장이 형성되고 그야말로 서귀포의 중심가라고 할 수 있었다. 그곳은 오일장과 다르게 매일시장이라고 불리던 곳이다. 매일장은 고정된 점포를 가지고 있는 상인들이 장사를 하는 곳이었다. 중요한 관공서와 공공건물이 근처에 있었기 때문에 좋은 상권을 형성하고 있었다. 당시의 매일장에는 오일마다 좌판을 벌여 장사를 하는 상인들도 같이 장사를 하였다. 초기의 시장은 오일장과 상설시장으로 나뉘지 않은 모습이었다.

서귀포 매일장이 있었던 현 나포리호텔 인근의 1960년대 모습.
자료: 김홍인, 『제주의 옛모습』, 94쪽

나포리호텔이 매일시장이고, 여기가 생활의 중심이주, 솔동산 일대가. 바다까지. 그리고 이중섭거리 헌데는 듬성듬성 집을 지어가지고, 다 밭이고, 동산 올라가서는 뒷뱅디라고 해서. 지금 이 거리가 뒷뱅디 아니가. 그때 얘기는 여기가 '안 볼른 바람이 없다'해서. 마파람, 하늬바람, 샛바람 어느 바람이든지, 바람을 막아주는 지대가 하나도 없어. 그래서 뒷뱅디는 안 볼른 바람이 없고, 곡식이 안돼. 그때 차부는 지금 천주교 있자녀. 성당터 거기가 차고여. 차고. 제주시 왔다갔다하는 차고. 거기서 동쪽으로 가서 거기 또 차부엔 허고.

나포리호텔이 매일시장이고, 여기가 생활의 중심이지, 솔동산 일대가. 바다까지. 그리고 이중섭거리라 하는 데는 듬성듬성 집을 지어서, 다 밭이고, 동산 올라가서는 뒷뱅디라고 해서. 지금 이 거리가 뒷뱅디야. 그때 얘기는 여기가 '안 지나가는 바람이 없다' 해서. 마파람, 하늬바람, 샛바람 어느 바람이든지, 바람을 막아주는 지대가 하나도 없어. 그래서 뒷뱅디는 안 밟은 바람이 없고, 곡식이 안 돼. 그때 정류소는 지금 천주교 있잖아. 성당 터 거기가 차고여. 차고. 제주시 왔다 갔다 하는 차고. 거기서 동쪽으로 가서 거기 또 정류소라고 하고.

———— 현○○(여, 1931년생) 2017월 05월 27일 채록

오일장은 소비자들이 날짜에 맞추어서 일부러 찾아가야 하지만 매일장은 이미 그 위치가 구매력이 좋은 장소였다. 하지만 이 매일장터도 본래는 오일장이었다고 한다. 오일장과 매일장이 같이 있었다고 하는 것은 사실은 오일장터에 장사가 잘 되니까 상권이 형성되면서 고정된 상가들이 많이 생겨난 것이라고 볼 수도 있고 반대로 상권이 잘 형성되어 있는 곳이어서 보따리장사꾼들이 찾아오다 보니 오일장이 형성되었다고 볼 수도 있을 것이다. 어느 행태가 먼저 이루어졌는지 초기의 장터에서는 선후를 따지기가 어렵다.

서귀포 옛 오일장의 모습. 자료: 서귀포시지(하), 2001, 90쪽

지금 나포리호텔 자리가 처음 오일장 자리주. 읍사무소(읍민회관)가 있었고, 오일장이 있었고. 오일장에 주로 오는 것이 무엇이 오냐면, 강정 나룩쌀이 오주게. 강정 어른들이 나룩쌀 혼말씩 져그네 팔러와. [나포리호텔자리의 오일장이 위로 올라간 것이 언제쯤인지 알 수 있나요?] 나, 중3 때가 맞을거라. [그때 오일장이 왜 올라갔을까요?] 너무 좁짝허니까. 오일장이 허다가 매일장이 된거.

지금 나포리호텔 자리가 처음 오일장 자리지. 읍사무소(읍민회관)가 있었고, 오일장이 있었고. 오일장에 주로 오는 것이 무엇이 오냐면, 강정 나룩쌀이 오고. 강정 어른들이 나룩쌀 한 말씩 져서 팔러와. [나포리호텔 자리의 오일장이 위로 올라간 것이 언제쯤인지 알 수 있나요?] 나, 중3 때가 맞을 거라. [그때 오일장이 왜 올라갔을까요?] 너무 비좁으니까. 오일장을 하다가 매일장이 되어 버린 거지.

— 강○○(여, 1951년생) 2017년 08월 20일 채록

다만 강○○씨의 기억이 맞는다면 예시한 지도의 1번 위치인 서귀동 587번지 일대에 있던 오일장 상인들이 예시한 지도의 2번 위치인 지금 동명백화점 인근으로 장사 터를 옮기기 시작한 것은 1966년경이다. 그리고 서귀동 587번지 일대에 상설시장으로 서귀포 매일시장이 인가를 받은 것은 1965년

¹ 으로 확인되는 것으로 보아, 오일장이 올라갔다고 하는 시기와 서귀포 매일시장이 인가를 받은 시기가 어느 정도 일치한다.

서귀포시지에 실려 있는 옛 오일장의 사진은 1960년대의 모습이라고 하고 있다. 그런데 서귀포 오일장이 1960년대 상반기에는 서귀동 587번지 일대에 있었고, 하반기에는 지금 올레시장인 서귀동 273번지 일대에 있었으므로, 그 두 곳 중 한 곳의 모습으로 추정할 수 있다. 사진의 배경으로 보아서는 솜반내 인근(서홍동 477번지 일대)으로 보인다. 짐작건대 이 사진은 1970년대 초중반에 오일장이 솜반내로 옮겨졌을 당시의 모습이 아닌가 생각된다.

매일장이 상설시장으로 인가를 받은 시기에 오일장이 뒷벵디로 자리를 옮겨갔다는 것은 단순히 장사할 자리가 좁아서 올라간 것으로 보이지 않는다. 나포리호텔이 있는 매일장터도 본래는 오일장터였는데 상설시장으로 매일시장이 인가를 받게 되면서 오일장 상인들은 서서히 그 자리를 내주게 된 것이 아닐까 한다. 이러한 오일장과 매일장 상권의 자리바꿈은 1970년대 초반에 다시 반복된다.

3. 1953년 중정로 길을 내다

서귀포 시내의 중심도로인 중정로는 1953년경[2]에 <small>허민, 서귀면장, 1953.09.~1955.07.</small>
개설되었다. 서귀포를 동서로 지나는 이 길은 지금도 예전의 좁은 폭을 유지하고 있지만 여전히 시내를 관통하는 중요한 교통로의 역할을 하고 있다. 처음 개설될 당시에는 지금처럼 서귀포 내에서 교통의 중심 역할을 하지는 않았다. 중정로가 서귀포에서 중요한 의미를 가지게 된 것은 1965년에 고

---

1   강기춘, 「시장」, 『제주생활문화 100년』, 제주문화원, 2014, 764쪽.
2   서귀포시, 『서귀포시지』, 2001, 434쪽.

시되어 1967년에 확정된 도시계획으로 인해 토지구획사업이 시작되면서부터다. 도시계획을 보면 중정로의 개설은 서귀포시가지의 중심이 지금 이중섭미술관이 있는 알자리동산의 아래에서 그 위로 이전될 조짐을 보이는 사건이었음을 알 수 있다.

고은희산부인과 머릿돌. 1967년 준공

일주도로가 옛날엔 알로 있었주게. 알로 있단. 솔동산 윗길로. 저 성당(혜성성당)이신디. 지금 중학교로. 그것이 일주도로라나서. 서중 앞으로 솔동산 더레. 이 도로를 강성익 군수때 남제주군수 때 이걸 빳다말이야. [그때는 서귀읍이었나요?] 읍도 아니고, 면. [그때도 동문로타리는?] 어서서. 이걸 빼 가지고, 일주도로를 일로 옮겼어. 그 후에이. 구획정리 사업으로 해서 동문로터리가 만들어졌어. 이거는 서귀읍때. 남제주군수가 누구냐 허며는 권동주. 계엄령하에 권동주. 구획정리사업으로, 1호광장으로 동문로터리로 이 안에를 구획정리 사업이라고 해서. 수익자부담으로 했다 말이여. 초원다방으로 요 안에 삼각형으로. 요 밑에 있던디가 군청이었주게. 군청 허당 읍사무소로 승격되고, 군청은 1호 광장 위쪽에 군청을 옮겼주게. 처음에 군청 옮긴 땐 서쪽 어디 옮겼당 두 번째 간거라. 일주도로가 위로 올라가고… 이게 올라간 후에 군사정부에서 5·16 도로를 빼었단 말이여. 일주도로가 올라간 건 51·6 생기기 전에.

일주도로가 옛날엔 아래로 있었어요. 아래에 있다가. 솔동산 윗길로. 저 성당(혜성성당) 있는데. 지금 중학교로. 그것이 일주도로였었어. 서중 앞으로 솔동산 방향으로. 이 도로를 강성익 군수 때 남제주군수 때 이걸 내었다 말이야. [그때는 서귀읍이었나요?] 읍도 아니고, 면. [그때도 동문로터리는?] 없었어. 이걸 내어가지고, 일주도로를 여기로 옮겼어. 그 후에, 구획정리 사업으로 해서 동문로터리가 만들어졌어. 이거는 서귀읍 때. 남제주군수가 누구냐면은 권동주. 계엄령하에 권동주. 구획정리사업으로, 1호 광장으로 동문로터리로 이 안에를 구획정리 사업이라고 해서. 수익자부담으로 했단 말이여. 초원다방으로 요 안에 삼각형으로. 요 밑에 있던 것이 군청이었지. 군청 하다가 읍사무소로 승격되고, 군청은 1호 광장 위쪽에 군청을 옮겼지. 처음에 군청 옮긴 땐 서쪽 어디 옮겼다가 두 번째로 간 거라. 일주도로가 위로 올라가고. 이게 올라간 후에 군사정부에서 5·16 도로를 빼었단 말이여. 일주도로가 올라간 건 5·16 생기기 전에.

———— 오○○ (남, 1942년생) 2017년 07월 24일 채록

중정로의 개설과 더불어 서귀포시가지 교통에 영향을 준 도로공사는 제주시를 잇는 5·16도로의 개통이었다. 제주시와 서귀면을 잇는 도로인 5·16 도로는 1962년 3월에 착공하여 1966년 6월에 완공되었다.[3] 하지만 실제 개통은 1969년 10월에 이루어졌으나 공사가 완전히 끝난 것이 아니라 70%의 진척상태였다고 하니[4], 실제 공사 기간은 7년 이상으로 보아야 할 것이다. 5·16도로의 개통은 서귀포를 제주도에서 중요한 교통중심지의 역할을 하는 도시로 만들었다.

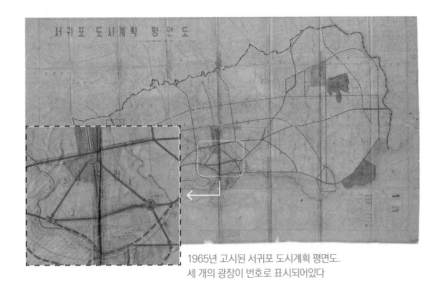

1965년 고시된 서귀포 도시계획 평면도.
세 개의 광장이 번호로 표시되어있다

---

3   김중근, 『제주건설사』, 반석인쇄사, 2017, 111쪽.
4   서귀포시, 『서귀포시지』, 2001, 426쪽.

1967년에 도시계획사업이 시작되었다.[5] 1호, 2호, 3호 광장을 기점과 종점으로 하면서 방사형 중심도로에 격자형 집산도로를 골격으로 하는 도시계획을 통해 토지구획사업이 시작된 것이다. 이 토지구획사업으로 인한 토지보상의 문제는 한동안 서귀포 주민들 사이에 뜨거운 논쟁거리였었다. 여기에서는 당시의 토지구획사업에 대해서 자세히 언급하기 어려우나, 도시계획의 집행에 있어서 토지수용과 보상에 관한 우리만의 독특한 과거사에 대해서는 또 다른 전문가의 객관적인 정리와 해석이 필요할 것이다.

새로운 도로가 개설되던 1960년대 말의 분위기는 토지구획사업이 이루어지는 뒷벵디 일대에 새로운 시가지가 형성되는 것을 부추겼다. 당시의 도시계획도면에는 1호, 2호, 3호 광장으로 표시되었으나, 흔히 사람들 사이에는 중앙로터리, 동문로터리, 서문로터리라는 이름으로도 불리었으며 또한 혼용되기도 하였다. 1호 광장의 경우는 중앙로터리라는 이름보다는 1호 광장이라는 이름이 더 애용되었으나, 2호와 3호 광장은 동문로터리와 서문로터리라는 이름이 훨씬 더 일상적으로 사용되었다. 이러한 이름의 혼용으로 인해, 2000년에는 도로의 이름을 제정하면서 광장의 공식적인 명칭 역시 당시에 애용되는 로터리라는 이름을 사용 고시하였다.[6]

토지구획정리사업은 1970년 12월 30일에 동문로와 서문로가 개설되면서 거의 마무리 되었다. 또한 1973년 2월에는 일주도로확장 정비사업도 완공된다.[7] 읍민관이 지금의 소방서 옆인 동홍동 시민회관이 있는 자리에 신축하여 올라간 것도 1972년이다. 이러한 변화로 인해 점차 주민들도 당시의 서귀포 중심지였던 솔동산에서 사람이 살기 어렵던 뒷벵디로 거처를 옮기기도 하였다. 그런데 토지구획에 의한 변화보다도 서귀포의 상권에 중요한 영향을 준 것은 일주도로를 다니던 시외버스종점이 당시 매일장 인근에서 동

5 상게서, 1196쪽.
6 상게서, 436쪽.
7 상게서, 1206쪽.

명백화점 맞은편인 현재 고은희산부인과가 있는 서귀동 407번지 공터로 올라간 것이었다. 시외버스종점의 이전과 토지구획정리사업의 시기가 맞물리면서 서귀포의 1970년대 초반은 도시구조의 중요한 변화의 시기가 되었다.

4. 시외버스 정류장이 올라오다

토지구획정리사업이 마무리되고 1973년 일주도로확장 정비사업이 마무리되면서 일주도로를 다니던 시외버스의 노선도 달라졌다. 시장의 입지변화를 이해하는 데 시외버스 노선의 변경은 매우 중요한 변화라고 할 수 있다. 그것은 관공서들이 자리를 옮긴 것과는 상권商圈에 미치는 영향의 차원이 다르다. 더욱이 1970년대에는 개인차량이라는 것은 생각할 수가 없고, 장사에 필요한 모든 물건의 운반은 시외버스에 의존했기 때문에 더욱 그러했다. 물건을 사러 오는 소비자도 시외버스를 이용했지만, 판매해야 할 물건들도 시외버스를 이용해야 했다.

> 그때 차부는 지금 천주교 있자녀. 성당터 거기가 차고여. 차고. 제주시 왔다 갔다 하는 차고. 거기서 동쪽으로 가서 거기 또 차부엔 허고. 내가 읍장 헐 때 (1970.03~1973.01)는 오일장이었어. 차부가 올라간 것은 읍장 퇴임한 후에, 그때 버스회사는 남일, 제주차, 조흥.

> 그때 차고지는 지금 천주교 있잖아. 성당 터 거기가 차고여. 차고. 제주시 왔다 갔다 하는 차고. 거기서 동쪽으로 가서 거기를 또 차고지로 하고. 내가 읍장 할 때 (1970.03~1973.01)는 오일장이었어. 차고지가 올라간 것은 읍장 퇴임한 후에, 그때 버스회사는 남일, 제주차, 조흥.

— 오○○ (남, 1935년생) 2017년 08월 10일 채록

시외버스 종점이 고은희산부인과 자리로 올라간 것은 1974년경이다. 시외버스 종점이 아랫동네에 있을 때는 매일시장에 있는 상인들이 장날에 물건을 챙겨서 오일장으로 올라오는 수고를 마다치 않았다. 하지만 시외버스 노선이 지금의 중정로로 옮겨지면서 상황은 달라졌다. 당시에 시외버스는 상인들에게 너무나도 중요한 교통수단이었다. 매일시장에서 장사를 하던 현○○씨가 지금의 올레시장이 있는 곳으로 거처를 옮기고 점포를 개설한 것도 그 이유였다.

> [아래 매일장은 어찌해서 없어지게 되었나요?] 좁고. 아래는 발전할 데가 없는데, 우에가 사람 많이 살아가나네. 일주도로도 그땐 어실 때에 우리가 장사를 해시난. 길도 나고 해버리니까게. [그럼, 오일장이 올라올 때는 이 길이(중정로) 났는가요?] 그 길이 올라올 때 나난에 오고. 버스가 거기서 요기. 지금 고은희산부인과 자리에 버스가 세왔주게. 시외로 가는 버스들이 거기 왕.

> [아래 매일장은 어찌해서 없어지게 되었나요?] 좁고. 아래는 발전할 데가 없는데, 윗동네가 사람 많이 살아가니까. 일주도로도 그땐 없을 때 우리가 장사를 했으니까. 길도 나고 하니. [그럼, 오일장이 올라올 때는 이 길이(중정로) 났는가요?] 그 길이 올라올 때 나 애기 태어나서 오고. 버스가 거기서 요기. 지금 고은희산부인과 자리에 버스를 세웠지. 시외로 가는 버스들이 거기 와서.

—— 현○○(여, 1931년생) 2017년 05월 27일 채록

토지구획정리 사업이 마무리되면서 당시 오일장이 있던 지역은 새로운 건물들이 지어지기 시작하였다. 중앙시장보다 앞서 지어진 상설시장은 1970년대 초반에 지어진 것으로 여겨진다. 삼일빌딩이 1972년에 준공되었고, 중앙시장이라는 이름의 상가건물과 동명백화점은 1975년에 완공되고, 녹원빌딩과 목화백화점이 1977년에 지어졌다. 지금의 중정로 가까운 지경에 있는 이 건물들은 그때뿐만이 아니라 1980년대 초반까지도 서귀포에서는 규모가

큰 건물들이었다. 공사 기간을 감안할 때 1970년대 초반 서귀포의 뒷벵디에
는 활발한 투자가 이루어지기 시작했다.

맞아 그쯤에 건축해서(1976년) 그 당시에는 길을 넓힌다고 해서, 집을 들어강
지었주게. 그때에 주민들이 반대헌 때문에 길을 넓히진 못했주게. 반대했다기 보다
는 돈이 부족 했주게. 보상을 못하니까. 경행 막 늦추단에 거의 한 15년에서 17년 사
이쯤에 여기 아예 안할걸로 확정 해실꺼라. [그러니까 이 앞의 길은 넓혀 본 적은 없
는 거지요?] 어신거. 그러니까 저집도 새로 올리고 싶어도 새로 건축 허젠 허민 거기
다 들어가 버리니까 못 헌 거.

맞아 그쯤에 건축했어(1976년). 그 당시에는 길을 넓힌다고 해서, 집을 안으로 들여
서 지었어요. 그때에 주민들이 반대해서 길을 넓히진 못했지. 반대했다기보다는 돈이 부
족한 거지. 보상을 못 하니까. 그래서 막 늦추었다가 거의 한 15년에서 17년 사이쯤에 여
기 아예 안 할 걸로 확정했을 거야. [그러니까 이 앞의 길은 넓혀 본 적은 없는 거지요?]
없는 거. 그러니까 저 집도 새로 올리고 싶어도 새로 건축하려면 거의 다 들어가 버리니
까 못 한 거지.

───── 강○○(1949년생, 남) 2017년 11월 02일 채록

뒷벵디의 중정로를 확장하려는 계획은 일찍이 있었다. 그래서 1976년에
완공한 고은희산부인과 건물은 차후에 길이 확장될 것을 대비해서 한참 길
안쪽에 지어졌다. 하지만 관공서에서 예상했던 것보다 상권은 더욱 빠르게
형성되었고, 중정로를 확장하려는 계획은 지가상승이라는 현실 속에서 실현
하기 어려운 계획으로 남게 되었다. 고은희산부인과가 완공되면서 잠시 그
곳을 이용하였던 시외버스 종점도 자리를 지키지 못하고 다른 곳으로 옮겨
야 했다. 뒷벵디는 사람 살지 못하는 한적한 동네가 아니라 서귀포 상권의
중심지로 변모해 갔다.

5. 오일장터에 매일시장이 형성되다

점포를 가지지 못하고 제주도의 장터를 떠돌아다니는 장사꾼에게 오일장은 중요한 삶의 터전이라고 할 수 있다. 오일장은 장사하기 위한 자리에 비용을 지불해야 하는 상권이 아니고 누구든지 먼저 오면 자리를 잡고 장사를 할 수 있었다. 누구에게나 개방된 시장의 상업공간은 제주뿐만 아니라 우리나라 대부분의 장터에서 볼 수 있다. 또한 넓게 본다면 그러한 장사형태는 어느 나라에서든 볼 수 있는 가장 원초적인 상행위의 형태라고 할 수 있다. 그것은 애초에 땅에는 주인이 없다고 생각하였기 때문이다.

> 그러니까 바로 점포 앞에는 점포 주인들이 뭐가 텃세 비슷하게 해서. 자기네 상점 가려지는 만큼 자릿세를 받고 하는거 같더라고. 점포에서 한 일미터, 일점오. 그러니까 그 당시에도 아스팔트가 있었으니까. 어쨌든 점포 앞에 하수구가 있으니까 거기까지는 지배를 하는데, 일단 거길 지나서 도로가 되며는 자기 관할이 아니기 때문에 말 빨 센 사람들 차지주. [그러면 길 가운데에서는 공짜로 장사를 하는 건가요?] 공짜로 해도 누가 경 말리지 않대. 왜냐하면 시청에서도 많은 사람이 장사하는 걸 원하는거 같더라고, 그 당시에는.
>
> 그러니까 바로 점포 앞에는 점포 주인들이 뭐가 텃세 비슷하게 했어. 자기네 상점 가려지는 만큼 자릿세를 받고 하는 거 같더라고. 점포에서 한 1미터, 1.5미터. 그러니까 그 당시에도 아스팔트가 있었으니까. 어쨌든 점포 앞에 하수구가 있으니까 거기까지는 지배를 하는데, 일단 거길 지나서 도로가 되면 자기 관할이 아니기 때문에 입담 센 사람들 차지지. [그러면 길 가운데에서는 공짜로 장사를 하는 건가요?] 공짜로 해도 누가 말리지 않아. 왜냐하면 시청에서도 많은 사람이 장사하는 거 같더라고, 그 당시에는.

— 강○○(1949년생, 남) 2017. 11. 02 채록

아무것도 없는 뒷벵디 일대가 토지구획사업이 진행되고 건물이 들어서

기 시작하면서 서서히 상점을 갖고 있는 상인들이 상점 앞 도로에 대한 권리를 주장하기 시작하였다. 주인이 없는 자리라고 생각하였던 장사 터는 이제 주인이 생기게 되었고, 그곳은 누구나 쉽게 장사할 수 있는 자리가 아니었다. 이러한 상황에서 오일장의 상인들이 장사 터를 옮길 수밖에 없는 것은 당연한 결과였다. 이제 뒷뱅디는 주인 없는 땅이 아니었다. 땅의 가치가 오른다는 것은 경제적으로는 성장의 의미이지만, 경제성장이라는 것은 그것에 편승할 수 있을 때만 기회로 다가오는 것이었다. 결국 오랫동안 그곳에서 장사를 하였던 상인들은 장사 터를 옮겨야 했다. 그렇게 옮겨져서 새로이 장터가 만들어진 것은 솜반내 지경이었다. 장터를 그쪽으로 옮기게 된 이유도 그곳이 개발되지 않은 지역이기 때문이다.

[삼촌이 여기 올라올 때에 원래 매일시장은 없어져 버렸나요?] 한 두어 사람은 있었지. 한 서너 사람은 이서실 꺼라. [그럼 여기서 오일장 허던 사람들은 솜반내 쪽으로 갔는가요?] 응. [가분 이유는 여기가 자기네 집이 아니라서 그런 건가요?] 그렇지. [속된 말로 하면 쫓겨난 건가요?] 그렇지. 그땐 읍사무소냐? 오일장을 글로 만들엉 보낸 거. [그럼 삼촌네도 여기 땅을 사서 온건가요?] 아니, 빌언. [그때 매일장 하던 다른 사람들도 여기 점포를 빌령 올라왔군요?] 그렇지. 나가 젤 먼저 올라와서. 도매를 하면 많이씩 가져가기 때문에. 버스정류장에 올라오질 못해서. 그냥 올라와서 했지. [여기 올라온 이유는 버스정류장이 젤 크겠네요?] 응. 멀어부난. 우리는 아래서는 이녁집에서 했는데. 올라와서는 세 냉 했주. 살림집도 올라오고. 그 집은 빌려주고.

[삼촌이 여기 올라올 때 원래 매일시장은 없어져 버렸나요?] 한 두어 사람은 있었지. 한 서너 사람은 있었을 거야. [그럼 여기서 오일장 하던 사람들은 솜반내 쪽으로 갔는가요?] 응. [간 이유는 여기가 자기네 집이 아니라서 그런 건가요?] 그렇지. [속된 말로 하면 쫓겨난 건가요?] 그렇지. 그땐 읍사무소냐? 오일장을 글로 만들어 보낸 거. [그럼 삼촌네도 여기 땅을 사서 온 건가요?] 아니, 빌렸어. [그때 매일장 하던 다른 사람들도 여기 점포를 빌려서 올라왔군요?] 그렇지. 내가 젤 먼저 올라왔어. 도매를 하면 많이씩 가져가기 때문에. 버스정류장에 올라오질 못해서. 그냥 올라와서 했지. [여기 올라온 이유는 버스정류장이 젤 크겠네요?] 응. 멀어서. 우리는 아래서는 자기 집에서 했는데. 올라

제주 삼촌들에게 들어보는 집과 마을 이야기

와서는 집세 내서 했지. 살림집도 올라오고. 그 집은 빌려주고.

———— 현○○(1931년생, 여) 2017년 08월 22일 채록

상점의 주인들이 자신의 점포 앞에 주차를 하거나 장사를 하지 못하게 하는 것은 당연하다. 그래도 사람의 인심이 그렇게 야박한 것은 아니어서 꽤 오랫동안은 보따리를 들고 오는 행상들이 매일시장에서 장사하는 것을 어찌하지는 못하였다. 다만 언제부터인가 자릿세라는 이름으로 점포 주인과 행상과의 작은 거래가 있다는 이야기가 있었다. 그것은 정상적인 거래는 아니었지만 상권이 활성화될수록 남의 점포 앞에서 장사하는 것이 점차 어려워져갔다. 이제 매일시장은 누구나 쉽게 자리를 펴고 장사할 수 있는 시장이 아니었다.

초기 매일시장 상권의 모습은 지금과는 많이 달랐다. 지금은 남쪽에서 북쪽으로 이어지는 길이 주요상가들이 면한 길처럼 조성되어있지만, 1970년대의 매일시장은 중정로와 나란한 한 블록 안쪽 동서방향의 길이 주요 상가가 면한 길이었다.

[시장이 올라왔을 때 어떤 장사하는 사람들이 있었나요?] 대강 식품가게지. [여기에서 집짓고 사는 사람도 있었나요?] 산 사람도 이섯주. 상설시장 2층에는 가정집이 이서부난. 그디 살멍도. 이층이 아니고 삼층. 우리도 그 앞에서 장사해서. 여기는 (지금 올레안내소 자리) 다 밭. [장삿길이 동서로 길게 되어있었나요?] 네. [그때는 수산물장사는 없었나요?] 수산물장사도 다 이섯주게. 식품가게도 있고, 도나스가게도 있고. 닭도 있고 다 이서서. [닭은 생닭?] 아니, 튀경도 팔고. 하효통닭 게 거기 이서나고. [군데군데 장사하는 종류가 있잖습니까?] 막 하난. [특별히 장사끼리 모여 있진 않았나요?] 그렇진 않안. 옷가게는 상설시장에. 상설시장 이층엔 옷가게.

[시장이 올라왔을 때 어떤 장사하는 사람들이 있었나요?] 대체로 식품가게지. [여기에서 집 짓고 사는 사람도 있었나요?] 산 사람도 있었지. 상설시장 2층에는 가정집이 있

었으니까. 거기 살면서도. 이층이 아니고 삼층. 우리도 그 앞에서 장사했어. 여기는(지금 올레안내소 자리) 다 밭. [장삿길이 동서로 길게 되어있었나요?] 네. [그때는 수산물장사는 없었나요?] 수산물장사도 다 있었지. 식품가게도 있고, 도넛 가게도 있고. 닭도 있고 다 있었어. [닭은 생닭?] 아니, 튀겨서도 팔고. 하효통닭이라고 거기 있었고. [군데군데 장사하는 종류가 있잖습니까?] 막 많았지. [특별히 장사끼리 모여 있진 않았나요?] 그렇진 않았고. 옷가게는 상설시장에. 상설시장 이층엔 옷가게.

―――― 현○○(1931년생) 2017년 08월 22일 채록

당시의 매일시장에는 야채를 도매하는 가게와 수산물을 파는 가게, 그리고 옷을 파는 가게가 주를 이루었고, 중간중간에 통닭집과 빵 가게, 그리고 떡집 등이 있는 모습이었다. 상설시장이라는 이름의 건물에서는 주로 옷가게가 많았고, 중앙시장이라는 건물에는 수산물이 많았다.

[상설시장 말고 중앙시장이라고 있었지예?] 응. 여기. 괴기장사만 있는데. [그것도 지금 있는 건가요?] 응. 있지. 중앙시장은 올라온 후제 지은거. 거 어물시장으로 지은거. 어물시장이 어시나네. [중앙시장보다 동명백화점은 더 나중에 생겼나요?] 그렇지. 물고기장사도 지금으로 치면 영일수산, 그 정도까지 밖에 어서서. 다라이 놓고 다 장사허는거. 물고기장사, 닭튀기는거. 하효통닭 같은데가 튀김통닭. 들어오는 입구에 쌀 장시해난 사람 네. 거기 딸이 닭장사하고, 닭장사 많이 해서. 상설시장 입구에서는 닭튀김장사가 너댓 명 돼서. [옷가게가 있었고.] 옷가게는 시장 2층에. 아래층에는 대강 먹을거. 양말 같은거나. 튀김도 허는 사람 있었고, 오뎅도 허는 사람 있었고. 아래층에는 옷가게 안허는 사람들 흐지부지 양말장사나 내복장사나. 그릇집도 있고, 종류가 막 많안. 그땐 그쪽이 커서. 동문로타리에 버스가 세울때니까. 위미리쪽이나 남원리쪽에서 오는 사람은 다 글로 내려내 거기가고. [고은희산부인과 자리에서 내린게 아니고?] 고은희산부인과에서는 종점으로 내리는 디, 거기서는 배랑 안 내려서.

[상설시장 말고 중앙시장이라고 있었지요?] 응. 여기. 생선장사만 있는데. [그것도 지금 있는 건가요?] 응. 있지. 중앙시장은 올라온 후에 지은 거. 거 어물시장으로 지은 거.

어물시장이 없으니까. [중앙시장보다 동명백화점은 더 나중에 생겼나요?] 그렇지. 생선 장사도 지금으로 치면 영일수산, 그 정도까지밖에 없었어. 고무대야 놓고 다 장사하는 거. 물고기장사, 닭 튀기는 거. 하효통닭 같은 데가 튀김통닭. 들어오는 입구에 쌀장사 했던 사람네. 거기 딸이 닭장사 하고, 닭장사 많이 했어. 상설시장 입구에서는 닭튀김 장사가 네댓 명 돼서. [옷가게가 있었고.] 옷가게는 시장 2층에. 아래층에는 대체로 먹을 거. 양말 같은 거나. 튀김도 하는 사람 있었고, 오뎅도 하는 사람 있었고. 아래층에는 옷가게 안 하는 사람들은 이래저래 양말장사나 내복장사나. 그릇집도 있고, 종류가 막 많았지. 그땐 그쪽이 커서. 동문로타리에 버스를 세울 때니까. 위미리 쪽이나 남원리 쪽에서 오는 사람은 다 거기로 내려서 거기를 가고. [고은희산부인과 자리에서 내린 게 아니고?] 고은희산부인과에서는 종점으로 내리는 데, 거기서는 별로 안 내려서.

───── 현ㅇㅇ(1931년생, 여) 2017년 08월 22일 채록

서홍리 477번지에서 오일시장이 독립된 시장으로 인가를 받은 것은 1974년이다.[8] 오일장이 인가를 받은 그 시점이 시외버스종점이 올라온 시기이며, 매일시장이 동명백화점 인근 지역으로 상권을 잡은 시기로 보아도 될 것이다. 1970년대 초반 뒷벵이 오일장이 매일시장으로 변해가는 과정에는 최근 제주에서 주목하고 있는 사회현상인 젠트리피케이션[9]의 모습과도 닮은 사회변화의 모습을 감지할 수 있다. 새로운 도시개발과 도시의 확장이라는 것이 모든 사람들에게 혜택으로 돌아가는 것은 아니다. 경제성장의 과정이라고 해도 기회는 누구에게나 공평하게 주어지는 것은 아니었다. 오히려 토

---

8 제주문화원,『제주생활문화 100년』, 2014, 793쪽.
9 재건축 등으로 인해 도시 환경이 변하면서 중·상류층이 낙후됐던 구도심의 주거지로 유입되고, 이에 따라 주거비용이 상승하면서 비싼 월세 등을 감당할 수 없는 원주민들이 다른 곳으로 밀려나는 현상을 이른다. '도시회춘화현상(都市回春化現像)'이라고도 한다. 이 현상은 1964년 영국의 사회학자 루스 글래스(R. Glass)가 노동자들의 거주지에 중산층이 이주를 해오면서 지역 전체의 구성과 성격이 변하는 것을 설명하면서 처음 사용했다. 본래 신사 계급을 뜻하는 '젠트리'에서 파생된 말로 본래는 낙후 지역에 외부인이 들어와 지역이 다시 활성화되는 현상을 뜻했지만, 최근에는 외부인이 유입되면서 본래 거주하던 원주민이 밀려나는 부정적인 의미로 많이 쓰이고 있다. [네이버 지식백과] 젠트리피케이션 (시사상식사전, 박문각)

지에 대한 가치가 올라감에 따라 오일장에서 노점을 하던 상인들은 다시 새로운 장소를 찾아서 상권을 옮겨야 했다.

6. 올레시장이 열리다

처음부터 서귀포 매일시장이 그렇게 활성화된 것은 아니었다. 물론 서귀포라는 도시 내에서야 중심상권을 이루기는 하였지만 작은 도시가 갖는 상권이라는 것은 한계가 있게 마련이었다. 단지 서귀포 시내에서는 그나마 다양한 물건들을 구입할 수 있는 시장일 뿐이었다. 매일시장에서 활성화된 상권은 지금 올레시장이라고 불리는 전 지역이 아니라, 중정로와 나란하게 동서로 연결된 두 번째 가로에 한정되었다.

그곳에는 의류매장인 상설시장이 있었고 주로 수산물을 위주로 장사하는 중앙시장이 있었다. 그 지역을 벗어나서는 시장이라고 하여도 지금의 북적대는 모습과는 차이가 있는 상가가 많은 거리일 뿐이었다.

지금의 올레시장은 동서방향이 아닌 남북방향이 주 가로로 변화되었다. 정확히는 아케이드가 덮힌 공간이 시장상가가 활성화된 곳이라고 할 수 있다. 서귀포 매일시장의 변화는 1999년에 시장상인과 건물주들이 조합을 결성하여[10] 아케이드를 만들자는 구상을 하면서부터다. 2004년에는 시장가로를 왕王자 형태로 덮어서 620미터의 가로를 실내의 공간처럼 만들자는 구상이 마무리되었고, 2005년에는 서귀포 매일시장이 재래시장으로 시청에서 인가를 받게 된다.[11]

물론 이전에도 상인회는 있었지만 시장의 가로를 대형 아케이드로 덮은

---

10 서귀포시, 『서귀포시-창간호』, 2008, 221쪽 참조.
11 제주문화원, 『제주생활문화 100년』, 2014, 764쪽.

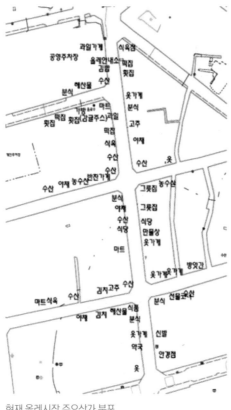

현재 올레시장 주요상가 분포

후에 시장의 모습과 상인회의 역할이 이전과는 달라졌다.

[지붕을 덮으니까 많이 좋은가요?] 아이고 이거야 좋은 거를 말로 해게. 그땐 이 거 비 오민 파라솔. 파라솔 치곡, 날 좋아도 볕 나도 치곡. 난리 났주 난리 나. [그러면 이거 안 씌워진 데는 더 씌워주라고 하겠네요?] 집주인들이 허가하면 씌우고, 허가 안하면 못 씌우는 건데.

[지붕을 덮으니까 많이 좋은가요?] 아이고 이거야 좋은 거를 말로 못 해. 그땐 이거 비 오면 파라솔. 파라솔 치고, 날 좋아도 볕 나도 치고. 난리 났지 난리 나. [그러면 이거 안 씌워진 데는 더 씌워주라고 하겠네요?] 집주인들이 허락해주면 씌우고, 허락 안 해주

면 못 씌우는 건데.

──────── 현○○(1931년생, 여) 2017년 05월 27일 채록

[아케이드를 몇 번 증축한 거지요?] 예 계속 증축 한 마씨. 우리가 작년 제작년에 예산을 중기청(중소기업청)에서 받으려고. ○○사거리에서부터 여기까지. 그거를 공사를 허젠예. 그런데 두사람이 반대를 헌 거라예. 건물이 망가진다 이렇게 해가지고. 그 당시에는 사람이 이렇게 오지를 않아서예. 씌운 데하고 안 씌운 데하고 엄청나게 차이가 나 마씨. 삼사년 됐지 예. 내가 동의서 다 받고예. 상인들이 거의 50명 되거든 마씨. 그 사람들 동의 받았고. 건물주까지 동의를 받는데 두 사람이 싸인을 안 해분거라예. 그러면 하지말자. 경행 치워 버렸거든 예. 지금은 아마 많이 후회를 하고 있을 겁니다.

[아케이드를 몇 번 증축한 거지요?] 예 계속 증축했어요. 우리가 작년 재작년에 예산을 중기청(중소기업청)에서 받으려고. ○○사거리에서부터 여기까지. 그거를 공사를 하려니까요. 그런데 두 사람이 반대를 한 겁니다. 건물이 망가진다 이렇게 해서. 그 당시에는 사람이 이렇게 오지를 않았어요. 씌운 데하고 안 씌운 데하고 엄청나게 차이가 나지요. 삼사 년 됐지 예. 내가 동의서 다 받고. 상인들이 거의 50명 되거든요. 그 사람들 동의받았고. 건물주까지 동의를 받는데 두 사람이 사인을 안 해준 겁니다. 그러면 하지 말자. 그렇게 해서 포기했거든요. 지금은 아마 많이 후회를 하고 있을 겁니다.

──────── 현○○(1964년생, 남) 2017년 07월 04일 채록

아케이드가 씌워진 이후에 재래시장으로 인가를 받으면서 시장상인회에서는 시장 활성화를 위한 방안을 만들려는 새로운 구상을 하기 시작했다. 시장상인회에서 새로운 활로로 접근한 것이 올렛길 코스를 시장으로 끌어들이자는 생각이었다.

[올레시장이라는 이름은 언제부터 썼나요?] 2010년 5월. [그럼, 이게 조합 만든 이후군요.] 예. 2010년 5월에 매일시장에서 매일올레시장으로 상호를 바꾸고, 상표등록을 마쳐수다게. 상표등록 그때 해갓고. 상표등록 접수하니까 동문시장이여 한림시장이여 해 갓고, 한림올레시장이여 동문올레시장으로 바뀐거. [이렇게 이름을 바꾸게 된 계기가 있었나요?] 그 계기는 예. 우리가 제주올레 있잖우꽈예. 제주올레가 사실 제주도경제를 많이 살렸던 생각해마씨. 그걸 염두에 뒀어요. 그 당시 3월에 올레코스가 여기까지 안 들어와수다. 동명백화점으로 해서 절로 빠져부렀는데, 부탁을 해갓고 쭈욱 들어와서 사무실앞에서 욜로 나가게. 연장 시켰주마씨. [그건 상인조합에서 요청을 하였군요] 네. 6-2코스로 해갓고. 그러면 그 명칭을 쓰자. 그런 계기라예.

[올레시장이라는 이름은 언제부터 썼나요?] 2010년 5월. [그럼, 이게 조합 만든 이후군요.] 예. 2010년 5월에 매일시장에서 매일올레시장으로 상호를 바꾸고, 상표등록을 마쳤어요. 상표등록 그때 해가지고. 상표등록 접수하니까 동문시장이여 한림시장이여 해서, 한림올레시장이여 동문올레시장으로 바뀐 거. [이렇게 이름을 바꾸게 된 계기가 있었나요?] 그 계기는 예. 우리가 제주올레 있잖습니까. 제주올레가 사실 제주도 경제를 많이 살렸다고 생각합니다. 그걸 염두에 뒀어요. 그 당시 3월에 올레 코스가 여기까지 안 들어왔어요. 동명백화점으로 해서 저쪽으로 빠져버렸는데, 부탁을 해서 쭈욱 들어와서 사무실 앞에서 이쪽으로 나가게. 연장시켰거든요. [그건 상인조합에서 요청을 하였군요] 네. 6-2코스로 해가지고. 그러면 그 명칭을 쓰자. 그런 계기죠.

─── 현○○(1964년생, 남) 2017년 07월 04일 채록

올레시장이라는 이름으로 상표등록을 했다는 것은 지역주민 위주의 시장에서 관광객을 중요한 소비자로 염두에 두었다는 것을 의미한다. 지금 올레시장의 특성을 보면 그것이 얼마나 유효한 것인지는 확인할 수 있다.

바뀐 패턴에 따라 상인회의 역할과 비중이 중대해지고 있다. 단순한 개별 상인들의 집합장소였던 시장은 이제 하나의 큰 조직으로 변화하는 것을 느끼게 된다. 상인회는 시장 내에 규율을 만들고 서로 지키도록 하기도 한다. 상인들은 개별적으로 건물주와의 계약을 통해 자유로이 장사를 하는 것

시장 가운데 수공간과 벤치는 방문객들에게는 좋은 쉼터가 되고 있다

소비패턴의 변화에 따라 상품의 형태도 다양하게 변화하는 모습

이지만, 올레시장 안에서의 상업활동은 주어진 규정을 지키면서 해야 한다. 시장상인들이 누리는 가장 큰 혜택은 도로의 일정 부분을 상가의 매대 공간으로 사용할 수 있는 점이다. 그것은 전통적으로 시장에서 해오던 상행위의 방식이다. 상인회에서는 그것을 밖에 내놓을 수 있는 한계지점을 약속하고 그 이상의 공간을 차지하지 않도록 규제를 한다. 또한 서비스에 대한 불만이 접수되었을 때 개별 상인에 대한 주의조치와 규정된 벌칙을 주기도 한다.

관광객이 많이 오는 시간에는 시장 내부의 차량출입을 통제한다. 차량을 이용해서 물건을 반입과 반출하는 것도 그 시간을 준수해야 한다. 그것을 관리하는 것도 상인회의 몫이다. 또한 공용주차장의 관리 또한 상인회의 중요한 역할 중 하나이다.

지금의 올레시장은 지역주민이 이용하는 전통적인 시장의 모습이 아니라, 외지의 관광객들이 여행지로 즐겨 찾는 명소로 변했다. 서귀포 올레시장의 이러한 변화는 보행자 위주의 문화 밀착형 관광패턴을 만들어낸 올레센터의

차량통제용 차단구조물

올레코스 개발에 직접 영향을 받았다. 매일시장 상가회에서는 시장 활성화를 위해서 올레 코스를 시장 안으로 끌어들이자는 제안을 하였고, 이를 적극적으로 수용하기 위해서 시장의 공식명칭마저 '올레시장'으로 개칭하였다. 시장상인의 활로를 관광객을 유입하여 찾아보자는 이 시도는 매우 성공적이었다.

반면에 서귀포 시민들의 생필품을 구입하던 장소로서의 전통시장의 모습은 점차 멀어져 가고 있다. 올레시장을 찾는 관광객은 늘어가는 반면 오히려 전통시장을 찾던 서귀포 시민들의 발길은 점차 줄어들고 있다.

> 과일로 바꾼 지는 한 사년? 올레시장으로 막 활성화되면서. 어머니가 그때는 여기를 창고처럼 사용하고. [그러면 사장님네 과일장사로 바꿀 때 즈음해서 다른 분들도 과일장사로 많이 바꿨나요?] 과일장사가 아니고, 한라봉 그런 위주로. 예. 그런. 관광객 상대 위주로 많이 바꿨주 마씸. 한 사오년 전. 올레시장 활성화되면서. [다른데들도 업종을 많이 바꾸었겠네요?] 배추장사 하다가, 우도 수산 같은 경우는 옥돔 집. 거기도 옛날에는 배추 장사였주 마씸게. 여기 ○○상회도 조그만 야채가게 였어예. 옛날 이름은 잘 모르쿠다마는 거기도 ○○상회랜 해가지고 한라봉하고 쵸코렛 완전 전문으로. [A: 의상실이 만두집으로 바뀌고.] 우도수산 옆에 불기사 같은 데가 다 바뀌고 예.
>
> 과일로 바꾼 지는 한 사 년? 올레시장으로 막 활성화되면서. 어머니가 그때는 여기를 창고처럼 사용하고. [그러면 사장님네 과일장사로 바꿀 때 즈음해서 다른 분들도 과일장사로 많이 바꿨나요?] 과일장사가 아니고, 한라봉 그런 위주로. 예. 그런. 관광객 상대 위주로 많이 바꿨지요. 한 사오년 전. 올레시장 활성화되면서. [다른 데들도 업종을 많이 바꾸었겠네요?] 배추장사 하다가, 우도수산 같은 경우는 옥돔 집. 거기도 옛날에는 배추장사 했었거든요. 여기 ○○상회도 조그만 야채가게였어요. 옛날 이름은 잘 모르겠지만 거기도 ○○상회라고 해가지고 한라봉하고 초콜릿 완전 전문으로. [A: 의상실이 만듯집으로 바뀌고.] 우도수산 옆에 불기사 같은 데가 다 바뀌고 예.

─── 오○○(1969년생, 여) 2017년 07월 07일 채록

과거의 시장은 일상생활에 필요한 식재료와 용품 등을 구입할 수 있는 곳이었다. 지금의 올레시장에는 관광객의 방문이 늘어난 만큼 서귀포 시민들의 발길은 오히려 줄어들었다. 시장에는 관광객들이 주문한 물건을 배달하기 위한 택배 기사의 오토바이가 수시로 드나든다. 어물시장도 배달이 용이한 건옥돔과 같은 생선이 주를 이루고, 과일가게도 특산물로 즐겨 찾는 한라봉과 천혜향과 같은 종류가 주를 이룬다. 시장의 패턴이 바뀌고 있는 것이다.

시장에서는 이동의 편의를 위해 오토바이를 이용하는 경우가 많다

7. 시장과 경제활동의 의미

이 글은 서귀포의 시장사市場史를 체계적으로 정리하기 위한 초고에 불과하다. 서귀포라는 좁은 지역의 시장사를 도시의 흐름과 맞물려서 정리해보려는 시도만으로도 이렇게 혼란스러운데 강점기 상인들의 모습과 지금의 오일장의 모습까지 다 담으려면 한도 끝도 없는 작업이 될 것이다.

글을 쓰면서 아쉬웠던 것은 이런 작은 조사에서도 정확한 자료를 수집하는 것이 어렵다는 점이다. 도로가 언제 개설이 되었고, 주요 건물들이 언제 완성되었고, 무엇이 우리에게 절실한 사회적 문제였는지를 탐구하기 위해 기록물을 찾고 조사하는데 많은 한계를 느꼈다. 정확한 원천자료가 중요하

　　제주 삼촌들에게 들어보는 집과 마을 이야기

지만, 자료가 부족할수록 비어있는 공백은 추측으로 메워갈 수밖에 없었다.

서귀포다움이 무엇인가라는 질문이 막연하고 어색한 것은 우리 스스로를 돌아보는 시간을 가지지 못했기 때문이다. 자기반성 없이 성숙해질 수는 없기 때문에 서귀포다움에 대한 성숙한 답을 찾기 위해서는 원천자료의 수집과 발굴을 통한 연구가 중요하다. 이제라도 각종 자료를 목록화하고 공유할 수 있는 체계적이 관리가 필요하다. 수집하고 정리된 자료는 시민들에게 투명하게 공개해서 이용하고 새로운 자료가 생산될 수 있도록 관리해야 할 것이다. 서귀포의 아카이브를 구축하는 것이 개인의 노력만으로 이루어지는 것이 아니기 때문에, 서귀포도시건축포럼에서 이를 위한 한 걸음을 내디딜 수 있었으면 한다.

시장을 통해서 도시생활사를 들여다보는 것은 서귀포 시민으로서 서귀포를 돌아보는 시간을 가져보자는 것이었다. 시장의 변화와 상인들의 활동을 조사하고 직접 들어보면서 느낀 점은 단지 시장이 서귀포 사람들의 소비활동 혹은 상인들의 장사하는 장소로만 이해하는 것으로는 도시의 변화를 충분히 이해할 수 없다는 것이다. 시장의 변화는 서귀포시의 경제활동 범위가 어떻게 변하고 있는지를 볼 수 있는 직접적인 배경이 된다. 따라서 경제활동을 이해하기 위해서는 시장이 중요한 연구소재로 다루어져야 함을 의미하는 것이다.

시장만이 갖는 특수한 경제활동의 모습을 통해서 도시의 성장방향을 가늠하는 것도 가능하다. 무엇을 고민해야 할 것인지, 그리고 상업공동체라는 것이 무엇인지를 생각하게 한다. 상업공동체는 수익의 문제뿐만 아니라 이익분배의 규칙을 생각하게 하는 것이다. 시장 속에는 상가의 중심이 옮겨지면서 일어나는 변화가 현대사회에서는 어떤 점을 시사하고 있는지도 생각할 수 있다.

하지만 시장을 통해서 볼 수 있는 것은 또한 그런 경제적 활동에 국한되는 것이 아니다. 일단은 서귀포시의 도시성장의 과정을 시장의 변화를 통해서 이해할 수 있다. 즉 도시의 변화를 이해하는 데에 시장의 반응을 통해서도 바라볼 수 있다는 것이다. 그리고 시장을 통해서 소비패턴의 변화도 볼 수 있다. 세상이 변한다는 것이 무엇을 의미하는지 구체적인 형태로 시장은 보여준다. 사람과의 관계는 어떻게 이어지고 있는지, 경제권력의 구조는 어떻게 변화하는지를 보여준다. 시장은 어쩌면 그 자체가 그 도시의 정보가 집약된 장소라고 할 수 있다.

참고문헌

* 김중근, 『제주건설사』, 반석인쇄사, 2017.
* 김홍인, 『제주 옛모습』, 제주시, 2009.
* 서귀포시, 『서귀포시지』, 2001.
* 서귀포시, 『서귀포시-창간호』, 2008.
* 제주문화원, 『제주생활문화 100년』, 2014.

10

문전제와
경계의 의미

10 문전제와 경계의 의미

1. 들어가는 글

장소의 신성함은 어디에서 오는 것일까? C.N.슐츠는 어느 장소이든 그 장소를 지키는 신적인 존재가 있다는 믿음을 통해 장소의 의미를 알게 된다고 한다. '지니어스로사이'라는 고대어에는 특정 장소에는 그곳을 지키는 신이 있다는 의미가 담겨 있다. 하지만 특정의 공간에 특별한 의미를 부여하고 다른 곳과 다른 장소라고 하기 위해서는 전제되어야 할 조건이 있다. 이는 다른 장소와 구분하기 위한 '경계'를 만들어냄을 전제해야 한다는 것이다. 이러한 경계의 의미에 주목한 것이 마을 입구마다 세워져 있는 천하대장군과 같은 상징물이라고 할 수 있다. 제주에서는 읍성의 정문 앞에는 돌하르방으로 알려져 있는 '우석목'을 세워서 경계의 의미를 강화하기도 하였다.

공간을 구획하는 경계가 없이 특정 장소에 대해 이야기할 수 있는가? 특정의 장소를 만들어내기 위해서 경계는 반드시 필요하다. 하지만 장소가 아닌 경계 그 자체의 의미에 대해서는 그다지 진지한 물음을 던져보지 못했던 것 같다. 여기서는 장소의 의미를 강조하기 이전에 그 장소를 있게 하기 위한 경계에 대한 생각을 해 보려고 한다. 이는 어쩌면 장소에 대한 신성성에 의존하여 공간의 의미를 부여하려는 막연한 신앙과 같은 태도가 어디에서부터 비롯되는 것인지 구체적인 공간구성의 방법으로 이야기를 해 보려는 것이다.

현재도 이어져오는 문전제를 지내는 모습

　제주도에서는 조상신에게 제사를 지내기 전에 문전신門前神에게 예를 올리는 '문전제'를 지내는 풍속이 있다. 제주의 속담에는 '문전 모른 제사 없고, 주인 모른 나그네 없다'는 속담이 있다. 제사를 지내기 위해서는 반드시 문전신을 위해야 한다는 말이며, 더 심하게는 문전신을 조상신보다 더 주인으로 여긴다는 의미로도 읽힌다. 어릴 때는 현관문을 살짝 열고는 작은 제상을 들고 가서 절을 하는 이 풍속이 누구를 위한 것인지 생각해보지도 않고 제사는 원래 그런 거려니 하고 문전제를 지내는 것을 지켜보았었다. 지금 생각해보면 제주에 남아있는 문전제에는 주거공간의 소중한 의미가 담겨있음을 깨닫게 해 준다.

　최근에는 들어서는 문전제를 의미 없는 유습으로 여겨져서 생략하는 경우가 많아졌다. 심지어는 문전신을 잡신雜神의 일종으로 말하는 것을 듣기도 하였다. 조상을 대상으로 하지 않는 이 문전제가 유교적인 의미가 없는 제사라는 말을 하기도 하였다. 물론 문전신은 당연히 유교적인 대상은 아니다. 한동안 우리의 무속신앙을 가리켜 미신迷信으로 여겨 터부시하였는데 문전신을 잡신으로 말하는 것은 아마도 그러한 믿음과 같은 근거일 것이다. 종교적인 믿음이나 유교적인 근거로 문전제를 평가하는 시선이 곱지 않을 수 있다는 것은 이해할 수 있으나 제주인들의 심성心性에 들어있는 집에 대한 의미를 상상하기 위해서는 문전신의 존재와 성격에 대해서 진지한 접근을 할 필요가 있다.

제주의 신화에서 문전신은 '남선비신화', 소위 '문전본풀이'라는 신화에서 등장하게 된다. 남선비신화는 집을 짓고 상량식을 할 때 구송되기 때문에 통상 육지부의 '성주신화'와 같은 격格을 가지고 있는 신화로 이해된다. 신화의 이야기 구조로 볼 때는 호남지역의 '칠성풀이'와 내용적 연관성이 있어서 제주만의 독자적인 것이라고 강하게 주장 할 수는 없을 것이다. 하지만 이는 어느 지역의 문화이든지 그 지역만의 독자적인 것으로 설명하는 것이 대부분 가능하지 않다는 의미로 받아들이는 것이 옳을 것이다. 심지어는 문전본풀이의 내용이 일본 북해도의 소수민족인 아이누족의 신화와 내용적으로 비교할 만하다는 근거 있는 주장도 있다. 이 역시 제주도와 인근 지역의 문화적 연관성을 따져 물을 때 근거 있는 자료가 될 수도 있는 것이다.

하지만 단편적인 내용만을 가지고 전체를 판단하기에는 문화현상이라는 것이 그리 단순하지가 않다. 신화의 다층적인 성격을 고려해 볼 때 독특하게 전해지는 신화의 내용은 신화가 구송되어 전해오는 지역의 가치관이 반영되어지는 것이라는 점에서는 거의 반론의 여지가 없다. 때문에 제주인의 주거관을 이해함에 있어서도 문전본풀이가 매우 중요한 틀을 제공하고 있다는 믿음은 근거 없는 주장일 수 없다.

문전본풀이의 의미를 해석함에 있어서 표면적으로는 유교적 가치관에 의한 가부장적인 사회의 모습을 보여준다고 하거나 첩의 악행을 징치하는 모습을 통해서 사회적으로 계도적인 의미를 가지고 있다고 보아왔다. 다만 여기서는 문학적인 의미나 사회적인 의미를 보려는 것이 아니라 문전본풀이에서 엿볼 수 있는 주거공간에 대한 가치관을 중심으로 제한적인 이야기를 하려고 한다. 건축공간을 다루는 건축학도의 입장에서만 신화의 내용을 제한적으로 들여다보고 있다는 의미이다.

2. 문전본풀이

그러면 문전본풀이의 간략한 내용을 먼저 소개해본다. 이는 여러 연구자들에 의해서 채록된 채록본이 있으며 인터넷 자료에서도 쉽게 접할 수 있는 신화여서 아마도 관심 있는 독자들이 문전본풀이의 내용을 접하는 것은 그리 어렵지 않을 것이다. 아래의 내용은 현용준에 의해 정리된 내용이다.

옛날 옛적 남선고을의 남선비와 여산고을의 여산부인이 부부가 되어 살았다. 집안은 가난하여 살림이 궁한데, 아들이 일곱이나 태어났다. 여산부인은 살아갈 궁리를 하다가 남편에게 무곡貿穀장사를 하도록 권유하였다. 남선비는 부인의 말대로 배 한 척을 마련하여 남선고을을 떠났다.

배는 오동나라에 닿았는데, 오동나라 오동고을에는 간악하기로 소문난 노일제대귀일의 딸이 있었다. 귀일의 딸은 남선비의 소식을 듣고 선창가로 달려와 남선비를 유혹하였다.

그 홀림에 빠진 남선비는 귀일의 딸과 둘이서 장기판을 벌여 놓고 내기를 시작하였다. 하루 이틀 지나면서 남선비는 타고 간 배도 팔고, 쌀을 살 돈도 모조리 빼앗겼다. 갈 수도 올 수도 없는 신세가 된 그는 귀일의 딸을 첩으로 삼아 끼니를 얻어먹었다.

새살림이 시작되었는데, 집이라고는 나무 돌쩌귀에 거적문을 단, 수수깡 외기둥의 움막이 전부였다. 이 집에서 남선비가 하는 일이란 첩이 끓여준 겨죽 단지를 옆에 끼고 앉아 개를 쫓다가 꾸벅꾸벅 조는 것이었다. 이런 생활을 이어가니 몇 해 안 가서 눈까지 어두워져 버렸다.

한편, 여산부인은 남편이 돈을 벌어 돌아오기를 기다렸으나 소식이 없자, 아들들을 불러 배를 한 척 지어 주면 아버지를 찾아오겠다고 하였다. 아들들이 배를 지어 내놓으니, 여산부인은 남편을 찾아

오동나라로 떠났다.

배가 오동나라에 닿자, 여산부인은 오동나라의 이곳저곳을 찾아 헤매다가 기장밭에서 새 쫓는 아이의 도움으로 남편을 찾았다. 남편은 과연 나무 돌쩌귀에 거적문을 단 움막에 앉아 겨죽을 먹으며 살고 있었다. 부인이 하루 저녁 재워 달라고 사정하며 움막으로 들어갔으나, 눈이 어두운 남선비는 부인을 알아보지 못하였다.

하루 저녁 묵을 허락을 받고 움막에 들어간 여산부인은 겨죽이 눌어붙은 솥을 씻고 쌀밥을 지었다. 말끔히 상을 차려 남선비에게 들여가니, 남선비는 첫술을 뜨고는 자신도 여산부인과 살 때는 이런 쌀밥도 먹어 보았다고 탄식하며 눈물을 흘렸다. 이어 여산부인이 신원을 밝히자 남선비는 부인의 손목을 잡고 만단정회를 나누었다.

이윽고 귀일의 딸이 들어와서 야단을 치다가 본처가 찾아온 것을 알고는 어리광을 부려가며 큰부인 대접을 하였다. 날이 더우니 목욕이나 하고 와서 놀자며 여산부인을 꾄 귀일의 딸은 목욕을 하러 가서 등을 밀어주는 척하다가 여산부인을 물속으로 밀어 넣어 죽였다. 그리고는 큰부인인 체하여 남선비에게 돌아와서는, "노일제대귀일의 딸의 행실이 괘씸하여 죽였다"고 하였다.

이 말을 곧이들은 남편은 고향으로 돌아가자고 하였다. 남선비와 귀일의 딸은 남선고을로 향하였다. 마중 나온 일곱 형제가 보니, 어머니가 아무래도 본 어머니 같지가 않았다. 앞장서서 집으로 가는 어머니가 길을 몰라 이리저리 헤매고, 집으로 들어가서도 살림이 전과 같지 않았다. 아들들의 의심은 날로 깊어갔다.

아들들의 의심을 눈치챈 귀일의 딸은 일곱 형제를 죽일 계략을 꾸몄다. 배가 아파 죽어 가는 시늉을 하면서, 당황해하는 남편에게 점을 치라고 하였다. 점을 치러 남편이 나가니, 귀일의 딸은 지름길로 달려가 기다리다가 점쟁이인 척하면서, 일곱 형제의 간을 내어 먹어야 낫는다고 하였다.

부인을 사랑하는 남편은 "아들이야 다시 낳으면 된다"는 부인의 말을 듣고 칼을 갈았다. 이것을 알아차린 똑똑한 막내아들이 아버지 대신 형들의 간을 내어 오겠다고 하고는 칼을 가지고 형들과 함께 산으로 올라갔다.

도중에 지쳐 잠을 자는데, 어머니의 영혼이 꿈에 나타나 노루의 간을 내어가라고 가르쳐 주었다.

잠을 깨니 과연 새끼 노루 일곱 마리가 내려오고 있었다. 여섯 마리를 잡아 간을 내고 계모에게 가져갔다. 계모는 먹는 체하며 간을 자리 밑으로 숨겼다. 문틈으로 엿보던 막내아들이 들어가 자리를 걷어치우자, 형들도 왈칵 집으로 달려들었다.

흉계가 만천하에 드러나자, 노일제대귀일의 딸은 측간으로 도망가 목을 매고 죽어 측간신 측도부인厠道婦人이 되었고, 남선비는 달아나다 정낭집의 출입구에 대문 대신 걸쳐 놓는 굵은 막대기에 목이 걸려 죽어, 주목지신柱木之神이 되었다. 일곱 형제는 서천꽃밭에 가서 환생꽃을 얻어다가 물에 빠져 죽은 어머니를 살려 조왕신으로 앉혔다.

이후, 일곱 형제는 각각 자기의 직분을 차지하여 신이 되었다. 첫째는 동방청대장군, 둘째는 서방백대장군, 셋째는 남방적대장군, 넷째는 북방흑대장군, 다섯째는 중앙황대장군, 여섯째는 뒷문전뒷문의 신, 영리한 막내는 일문전앞쪽 문신이 각각 되었다.[1]

사람에게 직업이라는 것은 특이해서 오랫동안 같은 일을 하다가 보면

---

1 한국민족문화대백과사전에서 재인용: 원전, 제주도무속자료사전(현용준, 신구문화사, 1980) (http://encykorea.aks.ac.kr/Contents/Index?contents_id=E0019655)

세상의 다양한 것들이 그 직업적인 입장으로 보이게 된다. 대개 신화의 해석은 문학전공자에 의해 이루어지지만 신화가 갖는 다양한 층위를 분석함에 있어서 때로는 건축전공자의 눈으로도 해석의 여지가 있을 것이다. 신화의 해석은 신기하게도 해석자의 관심에 따라서 다양한 이야기를 만들어내기도 한다.

3. 질침놀이에서의 세계관

문전본풀이를 들여다보기 전에 제주인의 공간적 상상에 대해서 이야기하기 위해 '천지왕신화'를 들여다보는 것은 의미가 있다. '천지왕신화'에서는 세계의 공간구조에 대한 상상이 신화에서 구체화되어있는 것을 볼 수 있기 때문이다.

천지왕신화의 내용에는 아래와 같은 내용이 나온다.

> 태초, 천지가 혼합되어있는데, 〈중략〉 그 모습은 한 덩어리가 되어 암흑으로 휩싸인 천지가 시루떡의 층계처럼 금이 나서 떨어지는 것이었다. 그래서 하늘에로는 청 이슬이 내리고, 땅으로는 흑 이슬이 솟아나 서로 합수하여 만물이 생겨나기 시작했다.[2]

천지왕신화는 세상이 어떻게 창조되었는지를 설명하는 독특한 내용을 담고 있는 신화이다. 천지왕신화에서 들려주는 세상이 창조되는 모습은 초기의 혼돈 형태로 되어있던 세상이 점차 시루떡처럼 층지어 떨어지게 된다고 하고 있다. 이러한 상상은 인문적으로는 무질서한 자연적 삶의 형태에서

---

2 현용준, 『무속신화와 문헌신화』, 집문당, 1992, 321쪽.

체계와 질서가 갖추어진 사회로의 변화를 이야기한다고 할 수 있을 것이고, 공간적인 의미로는 우주의 구조가 여러 개의 세계로 층층이 분리되어 있다는 공간적 상상력을 보여준다. 같은 내용을 바라보면서 인문학도의 관심과 건축학도의 관심은 여기에서부터 차이가 난다.

이러한 세계의 공간구조에 대한 구체적인 모습은 망자의 혼을 이승에서 저승으로 끌어주는 내용을 담고 있는 차사본풀이에서 의례화되어 나타나는 질침놀이에서 더욱 구체적으로 보인다. 제주어에서는 '길'을 '질'이라고 흔히 부른다. 질침놀이라는 것은 신 혹은 영혼이 찾아오는 길을 치우고 닦는다는 의미를 가지는데 차사본풀이뿐 아니라 시왕맞이나 영등굿을 할 때도 연출되는 중요한 놀이이다.

귀양풀이의 현장. 바닥에 꽂힌 댓가지는 이승에서 저승 사이에 있는 대문을 상징한다. 필자 촬영

질침놀이를 할 때 심방무당은 땅바닥에 댓가지를 꽂고 저승사자가 저승에서 이승으로 와서는 망자를 데리고 저승으로 돌아가는 내용을 연출하게 된다. 이 과정에서 망자의 이승에서의 삶이나 애환을 심방이 구송하면서 상주의 심적인 아픔을 달래주기도 한다. 이러한 모습은 단순한 민속의 현장으로만 볼 것이 아니라 진정한 종교적 의미에서의 성직자의 직능을 실현하는 것

으로 볼 수 있다.

이승과 저승의 경계를 표현함에 있어서 자주 등장하는 소재는 물이나 강과 같은 소재이다. 제주의 차사본풀이의 내용에서는 저승사자가 되는 강님이가 이승에서 저승으로 가는 과정을 '행기못'에 빠져서 공간이동을 하는 내용이 나온다. 물을 건넌다는 소재는 바다에 면한 제주의 경우에는 신화에서 너무도 자주 등장하는 소재이다. 특히 삼성신화에서 바다 건너 떠내려 온 석함 속에서 여성들이 등장하는 소재는 많이 알려져 있다. 삼승할망본풀이에서는 대별상이 삼승할망을 모시고자 할 때 서천강에 명주로 다리를 놓는다는 이야기가 나온다.

이렇게 물을 건넌다는 것은 전혀 다른 세계로 이동한다는 의미를 갖고 있으며 제주에서는 매우 강한 공간적 경계로 물을 이용하고 있는 것이다. 문전본풀이에서 남선비가 배를 끌고 무곡장사를 떠난다는 설정 또한 여산부인이 있는 공간과 노일저대 귀일이 있는 공간이 서로 다른 세계임을 상징하고 있다고 할 수 있다.

다시 차사본풀이에서 행해지는 질침놀이의 모습을 보면 저승사자가 열 군데의 수문장의 허락을 받아 망자의 영혼을 이승에서 저승으로 데리고 간다는 모습을 구체적으로 볼 수 있다. 수문장守門將이란 성문城門을 지키는 이를 말한다. 이는 이승과

질침놀이에서 보여주는 세계의 공간구조에 대한 상상

저승을 포함하는 우주에 대한 공간적 상상력을 보여주는 것으로 이 세상이 수 겹의 세계로 중첩되어 있다는 사고를 보여주는 것이라고 할 수 있다.

이승과 저승의 사이에 있는 세계를 중간계라고 한다고 해도 이 중간계의 성격이 어떠한 세상인지는 중요하지 않다. 어차피 중간계는 우리가 머무를

세상이 아니기 때문이다. 하지만 그렇기 때문에 더더욱 망자가 저승까지 안전하게 도달하기 위한 기원이 필요한 것이다. 때문에 질침놀이의 중간에 대문을 건너가기 위해서 상주喪主는 수문장으로부터 노잣돈을 요구받게 되며 이때 성의를 보여야 무사히 망자는 저승까지 무사하게 저승사자와 함께 기나긴 여행을 할 수 있는 것이다.

이러한 공간적 상상력은 서로 다른 세상과 구분 짓는 경계와 이를 연결하고 있는 문門의 중요성을 강조하면서 수문장신守門將神이 그 사회를 지키는 중요한 역할을 하고 있다는 것을 암시한다. 문을 지키는 수문장신을 여기서는 '경계의 신'이라고 불러보겠다. 이는 특정 장소에 좌장 하는 '장소의 신'과 구분하기 위한 명칭이다.

4. 남선비신화 속 남성의 속성

문전본풀이에 대한 이야기를 끄집어내기 전에 경계에 대한 이야기를 주절주절 말하는 것은 제주에서는 육지의 성주신과 같은 격을 갖는 집안의 최고의 신이 장소의 신이 아니라 문을 지키는 경계의 신이기 때문이다. 성주신이라는 것은 집안에서는 가장 위계가 높은 신이며 육지에서의 성주신은 대개 대청위에 성주단지의 모습으로 신체神體를 모시는 경우가 많이 있다. 육지부의 보편적인 성주신화의 내용을 보면 성주는 가장家長의 모습을 하고 있으며, 한번은 위기의 순간을 맞이하기도 하지만 부인의 도움을 통해 위기를 극복하고 집을 짓고 가정을 이룬다는 설정을 하고 있다.

이에 비교한다면 제주도의 문전본풀이에서의 가장家長은 특이하게도 제주도 살림집의 대문이라고 할 수 있는 정낭에 걸려 죽으면서 정살지신이 된다. 가장인 남선비가 집을 지키는 가장 중요한 신으로 남지 못하는 특이한 설정이기도 하거니와 결국 성주신이 되지도 못한다. 어쩌면 문전본풀이의 이명을 '남선비신화'라고 한 것은 잘못된 명칭일지도 모르겠다. 신화의 내용에서 성주격인 집 지킴이의 신격神格은 가장인 남선비가 아닌 막내아들인 녹디생인에게 주어지기 때문이다. 육지의 성주신화에서는 일탈을 하였던 가장이 나중에는 후회하고 참회하고 가정으로 돌아오는 모습과는 대조적으로 제주의 남선비는 참회하는 과정이 없이 죽어버림으로써 신화는 끝이 난다. 상량식에서 구송되는 문전본풀이는 격은 육지의 성주신화와 같은 격이지만 내용은 사실 육지부의 성주신화와는 거의 관련이 없다.

다음은 문전본풀이의 내용의 긴 내용을 간략하게 정리해본 것이다.

[남선비신화문전본풀이][3]

1. 옛날 옛적 남선고을의 남선비와 여산고을의 여산부인이 부부가 되어 살았다. 아이들은 일곱 형제나 되었다.
2. 집안이 가난하여 하루는 여산부인이 남선비더러 무곡장사를 나서기를 권하였고, 이에 남선비는 쌀 밑천을 마련하여 배를 끌로 남선고을을 떠난다.
3. 남선비의 배는 오동고을에 닿았는데 거기에는 간악하기로 소문난 노일제대귀일의 딸이라는 여인이 있었다.
4. 귀일의 딸은 아양을 떨어 남선비의 재산을 가로채었고, 남선비는 귀일의 딸을 첩으로 삼아 끼니를 얻어먹으면서 살았다.
5. 한편 여산부인은 남선비가 돌아오지 않자, 아들들을 남겨둔 채 배를 지어 남선비를 찾아 떠나 마침내 오동고을에 도착한다.
6. 여산부인이 남선비를 만나보니, 남선비는 눈이 멀어서 부인을 알아

3 현용준, 『제주도신화』, 서문문고, 1996. 참고.

보지도 못하고 겨죽 단지를 끼고 거적문을 단 움막에 살고 있었다.

7. 여산부인은 부엌에 가서 가지고 간 쌀로 밥을 지어 남선비에게 밥상을 차려주니, 남선비는 옛 생각을 하며 눈물을 흘리고, 이에 여산부인은 정체를 밝히고 회한을 나누었다.

8. 마침 노일저대귀일의 딸이 왔는데, 여산부인이 왔다고 하니, 목욕한 후에 저녁 먹고 같이 놀자고 청하여, 여산부인을 주천강 연못으로 데리고 나간다.

9. 노일저대 귀일의 딸은 여산부인을 주천강 연못에 밀어서 죽여버리고, 여산부인의 옷을 입고 남선비에게 돌아가 자기가 큰부인_{여산부인}행세를 하면서 귀일의 딸을 주천강 연못에 빠뜨려 죽이고 왔다고 거짓말을 한다.

10. 남선비는 잘됐다 하고 귀일의 딸과 같이 남선고을로 돌아온다.

11. 배가 선창에 도착하니, 아들들은 정성 들여 제각기 다리를 놓아 부모를 맞이한다. 그런데 일곱 형제 중에 막내아들인 녹디생인은 칼날을 세워 다리를 놓으면서, 아무래도 어머니가 우리 어머님 같지 않다고 의심하는 말을 한다.

12. 가만히 보니, 어머니라고 하는 이는 집에 가는 길도 몰라서 헤매고, 밥상을 차려도 부모 상과 자식 상을 구분도 하지 못하여 더욱 의심이 깊어지게 된다.

13. 노일저대귀일의 딸도 아들들이 눈치채고 있음을 알고는 아들들을 없애고자, 배가 아프다고 하면서 남선비에게 점쟁이에게 물어보라고 하고는 점쟁이로 분장하여 아들들의 간을 내어 먹어야 병이 나을 거라고 말을 한다.

14. 남선비가 그 말을 믿고, 칼을 갈고 있는데, 뒷집의 청태산마구할망이 불을 얻으러 왔다가 상황을 이해하고는 일곱 형제들에게 이 계략을 알리게 된다.

15. 막내아들이 남선비에게 가서 형들의 간을 자기가 내어올 테니 마지막으로 자기 간만 아버지 손으로 내어놓으면 된다고 하고는, 형제들을 데리고 구미굴산 깊은 곳으로 가게 된다.

16. 그곳에서 노루의 도움을 받아 어린 산돼지 여섯 마리를 잡아 간을 내고는 집으로 돌아와서 형들의 간이라고 속여서 노일저대귀일의 딸에게 주게 된다.

17. 녹디생인이 몰래 거동을 살피다, 노일저대귀일의 딸은 간을 먹지 않고 자리 밑에 숨기는 것을 보게 된다. 이를 본 녹디생인이 달려들어 귀일의 딸의 머리채를 잡아끌고는 마을 사람들에게 죄를 밝히게 된다.

18. 이를 본 남선비는 겁이 나서 달아나다가 정낭에 목이 걸려 죽어서 주목지신정살지신이 되었다.

19. 귀일의 딸은 달아나다가 변소로 도망쳐 측도부인변소의신이 되었다.

20. 일곱 형제가 달려들어 귀일의 딸을 갈기갈기 찢어버리니, 두 다리는 디딜팡이 되고, 입은 솔치, 손톱 발톱은 쇠굼벗, 돌굼벗딱지조개류이 되고, 배꼽은 굼벵이가 되고, 항문은 전복이 되고, 육신은 각다귀, 모기가 되었다.

21. 일곱 형제는 서천꽃밭으로 가서 환생꽃을 구하고, 오동고을의 주천강 연못으로 가서 어머니 신체를 찾아 되살리게 된다.

22. 일곱 형제는 물에서 죽은 어머니를 불의 신인 조왕할망으로 모시기로 하고, 위로 오 형제들은 중앙과 각 방위의 장군신이 되었고 여섯째는 뒷문전신이 되었다.

23. 막내아들 녹디생인은 일문전신이 되었고, 이후로 부엌과 변소는 가까이 두지 않게 되었다.

남선비신화는 내용도 짧지 않거니와 남녀 갈등의 문제뿐 아니라, 불의 신조왕신과 물의 신칙도부인, 농경문화의 흔적무곡장사, 말자본위末子本位의 이야기 구조녹디생인의 등장, 가옥신들의 구체적인 좌정 위치에 대한 해설 등, 다양한 내용을 담고 있다. 그러한 다양한 내용 속에서 공간과 경계에 대한 이야기를 중심으로 남선비신화를 읽어보도록 하겠다.

가옥의 공간구조와 신화의 이야기에 대한 해설로는 처와 첩의 갈등구조로 인해서 정지부엌와 통시변소는 가까이 두지 않는다는 이야기가 있다. 물론 이는 위생상의 이유를 들어서도 합리적으로 설명될 수 있는 내용이기도 하다. 실제로 제주의 초가를 살펴보면 정지와 통시가 서로 반대쪽에 위치하거나 일정한 거리를 두는 것을 흔하게 볼 수 있다. 또한 이러한 관습으로 인해 근대화의 과정에서 화장실을 집안에 설치하는 데 무척이나 애를 먹었다는 이야기는 심심찮게 들을 수 있다.

그 외에도 문전본풀이에서 매우 특이하게 여겨지는 점은 왜 가장인 남선비가 정작 집을 지키는 문전신이 되지 못하고 정낭을 지키는 신이 되었는가 하는 점이다. 다른 육지부의 성주신화에서는 성주인 가장이 가옥의 최고신이 되는 것이 당연한 것으로 여겨지는데 말이다. 신화의 내용에서 보는 것처럼 남선비의 가정을 지킨 것은 막내 녹디생인을 중심으로 하는 아들들이다. 정작 가장인 남선비는 장사를 하러 집을 나갔다가 노일저대귀일의 딸의 꼬임에 넘어가 외도를 하게 되고 정작 자기를 찾아온 부인도 못 알아보고, 자식들의 간을 약재로 쓰려고 하기도 하고, 게다가 위기의 순간에는 두려움에 도망까지 가는 등, 아주 나약하고 어리석은 존재로 끝이 난다. 문전본풀이가 가장이 아닌 막내아들을 중심으로 전개된다는 것은 육지의 성주신화와는 매우 다른 이야기 구조임에는 분명하다. 성주신화와 문전본풀이의 이야기 구조가 다르다는 것은 그 둘 사이의 관계가 단순히 변형이 아니라 근본적으로 다른 이야기라는 것을 말하는 것이다.

여기서 부분적인 내용에 매몰되기 전에 크게 신들의 성격이 아니라, 신들의 직능을 남성신과 여성신으로 구분해서 이해해 보자. 육지부의 남성신

성주와 여성신 옥녀부인은 속(俗)/성(聖)이라는 대비구조가 있었다. 육지부의 성주신화에서 성주는 세속에 물들거나 실패를 경험하는 반면 여성은 집을 지키면서 세속에 물들지 않는 모습을 보여주고 있다. 물론 어떤 면에서는 문전본풀이에서의 남선비와 여산부인의 관계도 기본적으로 속(俗)/성(聖)의 구조를 가지고 있다고 할 수 있을 것이다.

또한 문전본풀이에서 남성신과 여성신의 직능을 비교해보면 그 공간적 점유방식에서도 성격을 달리하고 있음을 볼 수 있다. 여산부인과 노일저대귀일의 딸인 칙도부인은 정지와 변소라는 장소를 지키는 신이 된다. 가옥신으로의 여성신은 특정 장소의 대표성을 갖는 신으로서의 성격을 갖는다. 반면 남선비는 정낭이라는 마당의 입구의 신이 된다. 7형제인 아들들은 더욱 경계를 지키는 신격이 더욱 특징적으로 나타난다. 막내인 녹디생인은 육지 살림집의 대청마루에 해당하는 상방의 전면 출입구인 일문전신이 되고 큰형은 상방의 뒷문인 뒷문전신이 되고, 나머지 다섯 아들은 마당의 중앙과 사방을 지키는 오방토신이 된다. 부엌과 변소라는 특정의 장소를 지키는 여성신과는 달리 남성신들은 장소가 아닌 특정 공간을 드나드는 입구를 지키는 신이 된 것이다. 이는 수문장신과 같은 경계의 신으로서의 성격을 갖는다고 할 수 있다.

특정 공간을 점유하는 신들의 이야기는 주변에서 많이 찾아볼 수 있다. 반면에 수문장의 역할을 하는 신의 이야기는 실은 그리 흔치 않다. 천하대장군이나 우석목과 같이 마을의 경계를 지켜주는 상징물을 주변에서 흔하게 볼 수는 있지만 이들의 유래를 알려주는 신화는 접하기 어렵다. 제주의 문전본풀이는 이러한 수문장신에 대한 유래를 이야기하는 것으로 집과 바깥세상과의 경계를 강화해야 하는 의미를 알려주는 신화라고 할 수 있다.

5. 집에서의 경계

제주의 집에서 장소의 신이라고 할 수 있는 신격은 큰구들에 '삼신할망', 정지에 '조왕', 변소에 '칙도부인' 그리고 고팡에 '안칠성', 안뒤공간에 '밧칠성' 등이 있다. 이러한 장소의 신은 그 공간의 성격과 신격이 같이 규정된다. 고팡이라는 곡물 저장창고의 안칠성은 부를 일으키는 신격을 하고 있으며, 큰구들에 있는 삼신할망은 아이를 점지하고 건강을 관장하는 신격을 하고 있다. 이렇게 신격은 그 공간의 성격과 무관하지 않다. 특이하게도 이러한 공간을 차지하고 있는 제주의 가옥신들은 대개 여성신으로 등장한다.

반면에 경계의 신은 특정 공간의 성격과 관련이 있는 것이 아니라 특정 공간을 지키는 것이 주된 역할이다. 제주의 문전본풀이는 집안 지킴이로서의 신의 역할의 중요성이 강조된 모습이 남아있는 것이라고 할 수 있다. 문전본풀이에서 섬김의 대상이 되는 것은 막내아들인 녹디생인이지만 모든 남성신들은 각 경계에 좌정함으로써 집의 경계를 지키는 신의 역할을 하고 있다. 정낭에 걸려 죽었다는 남선비 역시 제사 때 따로 모셔지지는 않으나 거기에는 가장이 먼저 집안을 지켜야 한다는 의무감이 반영되어있는 것이다.

주거공간에서 찾아볼 수 있는 경계의 최소단위는 윗목과 아랫목의 구분에서 시작된다고 말할 수 있을 것이다. 작은 방 안에 실제로 구획된 경계선은 없지만 분명히 옛 어른들은 윗목과 아랫목을 구분하여 지칭하였다. 사실 제주의 민가에는 윗목과 아랫목이라는 것이 본래 없다. 제주민가에는 고래와 굴뚝이 없기 때문이다. 제주의 시골 마을을 돌아보면 굴뚝이 시설된 민가들을 볼 수 있으나 민속자료로 보존되어있는 초옥에는 굴뚝이 없다.

아랫목은 불을 지피는 아궁이 쪽이 가장 아래쪽이고, 연기가 빠져나가는 굴뚝이 있는 쪽이 가장 위가 되기 때문에 붙여진 기능적인 이름이다. 그런데 제주민가의 난방에 그런 고래가 만들어진 것은 매우 근대적인 일이었고, 굴묵에서 불을 지피던 민가의 난방구조에는 그런 고래가 없이 일부 구간에만 열이 닿을 수 있는 공간이 있었을 뿐이다. 제주민가에서 고래와 굴뚝이 보편화되기 시작한 것은 강점기 혹은 그 이후일 것으로 여겨진다. 강점기 이전의 제주사회는 출륙금지령으로 인해 섬 밖으로 자유로이 드나들 수가 없었으며, 기술적인 변화에 제약이 있었을 것이라는 것이 고래의 보급이 늦어진 이유로 회자되는 하나의 가설이기도 하다.

그래도 아랫목이라는 말은 사용하였다. 아랫목은 열기가 올라오는 따뜻한 부위이고, 가장 웃어른들이 앉을 수 있는 높은 자리였다. 이 높은 자리를 제주에서는 다른 말로는 '안자리'라고도 하였다. 윗목과 아랫목이라는 이름이 구들이 갖고 있는 기술적인 형태를 반영한다고 한다면 어른들이 앉는 '안자리'라고 하는 것은 공간의 안쪽을 인문사회적인 위계가 높은 곳이라는 의식을 반영한 말이다. 반대로 윗목처럼 온기가 미치지 못하는 문 쪽의 공간을 '밧밖자리'라고 하였으니, 두 가지의 용어는 비슷한 말처럼 보이지만 실

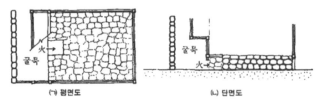

제주도 굴묵의 구조. 자료: 신석하(1996),538쪽

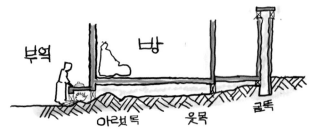

육지부 아궁이와 고래의 단면구조

은 그 이름을 붙인 기준을 따져본다면 전혀 다른 가치 기준에 의해 붙여진 이름이다.

'안자리'와 '밧자리'라고 하는 경계는 높은 자리와 낮은 자리를 구분하는 의미는 있지만 눈에 보이는 물리적인 장치로서의 실질적인 경계가 있는 것은 아니다. 하지만 보이는 물리적인 구획이 없다고 경계가 없다고 할 수는 없다. 그러기엔 분명히 그 방안에서 누군가는 앉을 수 있고 누군가는 앉을 수 없는 심리적인 공간 구분이 있기 때문이다.

경계의 발생과 사람과의 관계는 이렇게 매우 중요하다. 여러 채의 집이 입구를 공유하는 올레의 맨 첫 번째의 집을 '올렛칩'이라고 하여 조금 낮추어보기도 하였고, 올레의 맨 안쪽에는 그 골목에서는 가장 서열이 높은 집안이 산다고 하였다. '안자리'라는 말에서도 보이듯이 어떤 공간의 바깥쪽보다는 안쪽을 높은 자리로 보는 생각은 매우 오래된 인식이라고 할 수 있다.

일제강점기 시절 일본인 학자인 아끼바秋葉隆는 '조선무속의 현지연구'에서 조선에서 남자는 유교적 교육을 받고 여자는 무속적 생활에 익숙해지면서 남자는 바깥공간을 점유하고, 여자는 안쪽공간을 점유하게 되어 한 집에 두 개의 공간으로 분리되어 살고 있다고 하였다.[4] 계명대 최길성 교수는 이를 안과 밖을 구분하는 오래된 우리의 의식이라고 하기도 하였다.

경계의 의미에 대해서 인문적으로 매우 의미 있는 해석을 했다고 여겨지는 것은 반 게넵에 의해 '통과의례'로 정의된 성인식에 대한 관찰과 기술이다. 반 게넵은 야생에서의 성인식의 형태가 죽음의 형식을 빌려서 새로이 태어난다는 방식이 많이 채택된다고 하고 있다. 이를 그가 통과의례라고 명칭한 것은 이 의례의 형태가 무언가를 통과하는 형태로 이루어지기 때문이다. 예를 들어 성인식의 경우에도 그들은 통과의 과정을 통해서 미성년의 존재가 성년의 존재로 바뀌게 된다는 것을 의식화한다고 한다. 여기에서의 경계

---

4 아끼바, 『조선무속의 현지연구』, 계명대출판부, 1989, 118-119쪽.

는 '미성년/성년'의 경계라고 할 수 있다.

다양한 경계는 위/아래, 안/밖, 귀/천, 성/속, 미성년/성년을 구분 짓는 형태로 존재한다. 이는 담장과 같은 눈에 보이는 경계구조물로 만들어지기도 하지만 보이지 않는 형태로도 얼마든지 만들어낸다. 그 경계의 안쪽과 바깥쪽에는 서로 다른 존재가 살고 있고 그게 경계가 필요한 의미라고 할 수 있다.

경계란 무엇일까? 신화세계에서의 경계는 단지 공간을 구획한다는 의미 이상의 것이다. 행기물이라는 경계를 통해서 이승과 저승이 공간적으로 구분되듯이 경계는 서로 다른 세계를 구분하기 위한 장치이다. 양반가옥에서 남자와 여자를 구분하기 위한 내외담이 만들어졌듯이 양반과 상민을 구분하기 위한 마당의 경계는 마당의 높낮이의 차이로도 구분이 되었다. 집에서 담장을 두르는 이유는 집안의 성스러운 공간을 세속적인 외부세계와 구분 짓기 위한 것이라는 것은 분명하다.

경계를 만들어내는 이유를 공간을 구획하기 위한 것이라고 한다면 또한 공간을 구획하려는 이유가 그 공간을 점유하는 사람의 속성을 타인과 구분하기 위한 장치라고 할 수도 있다. 공간의 성격을 누가 만드는가? 신화에서는 그 공간에 좌정하는 신이 만들어낸다고 할 수 있다. 조왕, 칠성, 칙도부인, 삼신할망과 같은 존재이다. 현실의 세계에서는 그 공간을 차지하는 사람이 만들어낸다고 할 수 있다. 할아버지, 아버지, 또는 식모, 운전기사, 손님 등 공간을 점유하는 사람들의 성격에 따라 적절한 성격의 공간이 주어진다. 그리고 그 공간을 다른 공간과 구분하기 위해서 경계를 만드는 것이다.

공간을 구분하고 사람을 구분한다는 것은 무엇을 의미할까? 그것은 지식의 체계를 세우는 방법을 말한다고 할 수 있다. 경계의 성격이 세상을 인지하는 지식의 체계를 설명하고 있는 것이다. 마치 책꽂이에 책들을 꽂을 때 책의 내용에 따라서 분류를 하는 기준을 세우는 것과 같은 행위이다. 남선비와 막내아들과 큰아들이 차지한 정낭과 상방대문과 뒷문은 외부세계로

부터 집안을 지키는 두 겹의 경계를 보여주며 세속과의 거리 두기를 의미한다. 다섯 아들이 차지한 다섯 개의 방위는 온갖 신들의 세계로부터 집안을 지키는 경계를 의미한다. 집안을 온전히 지키기 위해서 철저한 방어막을 만들고 그 경계를 집안의 남자들로 하여금 지키도록 한 것이다.

6. 마무리

문전본풀이를 통해서 경계에 대한 생각을 해 보았다. 경계를 만드는 것은 생각을 구조화하는 방식이고 세계에 대한 체계를 세우는 방식이라고 할 수 있다. 우리는 여전히 문지방을 밟으면 안 된다는 의식이 있고, 여전히 집안에 들어서면 모자를 벗고 신발을 벗어야 한다는 생각을 가지고 있다. 이는 안과 밖을 구분하는 정신이며 경계를 신성시하게 하는 사고의 배경이다. 이러한 경계에 대한 의식은 집안의 공간을 세속의 공간과 구분하여 성스러운 공간으로 여기고 있다는 증거라고 할 수 있다. 그러한 성聖/속俗을 구분하고 경계를 신성시하는 정신이 제주에서는 문전제門前祭로 남아있는 것이다.

조상에 대한 본 제사를 지내기 전에 지내는 문전제는 가정을 지키는 경계의 신에 대한 의례라고 할 수 있다. 경계를 존중하는 제주인의 사고는 세계를 소위 '곱 가르는[5]' 지식의 체계를 세우는 방식이며 그 곱가름의 첫 단추는 집안을 세상과 구분하여 신성한 공간으로 만들려는 의지에서 출발한다.

---

5 제주어로 엄격하게 구별 짓는다는 의미로 '곱가르다'는 말을 쓴다. 서로 내 것과 너의 것을 냉정하게 구분
   짓거나, 서로 편을 가른다는 의미로 사용하기도 한다.

* 신석하, 「제주도 민가」, 『제주의 민속 IV』, 제주도, 1996.

* 현용준, 『제주도 무속자료사전』, 신구문화사, 1980. 한국민족문화대백과사전에서 인용
  (http://encykorea.aks.ac.kr/Contents/Index?contents_id=E0019655)

* 현용준, 『무속신화와 문헌신화』, 집문당, 1992.

* 현용준, 『제주도신화』, 서문문고, 1996.

* 아끼바 (秋葉隆). 「조선무속의 현지연구」. 최길성 역. 계명대 출판, 1989.

11

해양제주인의
건축공간

11 해양제주인의 건축공간

1. 섬과 섬의 건축공간

　우리나라의 남해에 위치한 제주도는 단순히 한반도의 남쪽 바다 끝을 차지하고 있는 섬이 아니다. 제주도는 태평양을 돌아서 대만과 오키나와 사이를 흘러들어오는 쿠로시오 해류의 길목에 있는 것이다. 그리고 쿠로시오 해류는 제주인에게 삶을 가로막는 장벽이 아니라 다른 세계와 통하는 길이었다. 이러한 시각으로 제주를 바라본다면 제주도는 한반도의 남해에 위치한 섬에서 그치는 것이 아니고 대만과 중국 그리고 한국과 일본이라는 네 개의 서로 다른 문화권의 접점에 위치해 있는 섬이라고 할 수 있다.

제주도와 주변 영역(구글지도에서 거리측정)

1,000km반경

동양의 지중해라고 하는 동중국해에 면한 섬들 사이에서는 어떠한 문명적 교류가 있었을까? 제주도와 주변 섬들의 문화적 연관성을 생각해 보는 것은 국가별로 한정된 영역으로 국한했던 문화현상을 더 확장된 차원에서 바라보는 기회가 될 것이다. 이런 시도는 어떤 결론에 이르기 위한 여행이 아니라 오랫동안 단절되어온 이웃의 문화와 공간을 들여다보고 본래 우리가 멀지 않은 이웃이었음을 확인하고 싶은 것일지도 모른다.

동중국해에는 국가라는 개념으로 서로의 경계를 공고히 하기 이전에 바다를 왕래하던 수많은 사람들이 있었다. 신안 앞바다에서 발견된 중국 화폐와 도자기, 규슈에서 확인할 수 있는 백제 도공의 이야기, 신라 장보고의 이야기를 비롯해 제주 서복의 전설 등, 동중국해를 배경으로 하는 수많은 이야기들이 있다. 이러한 이야기 속에서 우리는 과거의 해양인류들의 건축 공간에 대해서 무엇을 찾을 수 있을까? 대륙과 국가를 배경으로 해오던 공간과 장소에 대한 이야기를 해류로 연결된 인접한 섬들의 건축공간으로 배경을 바꾼다면 다른 시야가 열릴 수 있을까? 제주인의 건축에 대한 이야기를 섬이라는 배경을 주제로 풀어본다면 어떤 방식의 건축 이야기가 펼쳐질까.

2. 제주인의 시간(時間)

우리는 시간을 어떻게 정의하며 살고 있을까? 지금은 익숙한 시간이라는 개념이 모두에게 똑같이 적용할 수 있는 보편적인 대상이었을까? 사람들은 일상의 약속을 지키기 위해서 매번 시간을 확인하면서 살아간다. 하루를 24등분하여 정의된 시간은 누구에게나 똑같이 적용되는 객관적인 대상이 되었다. 하지만 시간은 신에게서 받은 자연의 산물이라기보다는 인간이 만든 것이다. 물론 그것은 시간이라기보다는 시간을 측정하는 방식이겠지만 인위적으로 하루를 등분하여 계량할 수 있도록 함으로써 우리는 시간을 쉽게 지각할 수 있게 된 것이다.

그런데 섬사람에게 시간이라는 것은 객관화하기에 어려운 대상이었다. 해양적 삶을 살아온 섬사람에게는 그들만의 감성적 시계가 있었다. 농업을 주업으로 살아왔던 내지인에게 추석이 중요한 명절이듯 제주인도 절기와 계절마다 중요하게 여기는 기간이 있다. 대표적인 것은 신구간新舊間이다. 신구간이란, 글자 그대로 낡은 것과 새로운 것의 사이를 의미한다. 그런데 여기에서 낡은 것과 새로운 것은 사물이나 공간을 말하는 것이 아니라 시간을 말하는 것이다. 낡은 시간이 지나가고 새로운 시간이 도래한다는 것은 중요한 전환점이라는 의미이다.

신구간을 모르는 사람에게는 신구간에 제주인이 이사를 많이 하기 때문에 보통 '이사철'이라는 말로 신구간을 설명하기도 한다. 제주인이 신구간에 이사를 하는 이유는 그 기간 지상에 있는 신들이 지난 일 년의 일을 보고하기 위해 하늘로 올라가서 자리를 비우기 때문이라고 한다. 평소에는 신들과 같이 살고 있는 제주 사람들은 동티나는 것을 두려워해서 이사는 물론이거니와 집수리나 못 하나 박는 것도 조심했다고 한다. 그러다가 신구간이 되면 그동안 동티날까 두려워서 하지 못했던 일들을 신들이 자리를 비운 이 기간에 일제히 해야 한다. 이사도 런 일들 중 하나였던 것이다. 따라서 신구간이 되었다는 것은 일 년이라는 시간적 흐름의 매듭을 짓는다는 의미가 있다. 그래서 이름도 신구간이며 과거의 시간을 정리하고 새로운 시간을 준비한다는 의미도 있는 것이다.

신구간 못지않게 제주인에게 시간적으로 중요한 행사는 음력 2월 초하루에 찾아오는 영등신을 맞이하는 '영등제靈登祭'라고 할 수 있다. 영등신은 음력 2월 초하루에 찾아와서는 바다에 온갖 해산물의 씨를 뿌리고 2월 15일이 되면 다시 돌아간다고 한다. 이 기간에는 영등바람이 불어서 춥기도 하거니와 새로운 바다의 생명들이 자라나는 기간이므로 해녀들은 물질을 금하기도 한다. 그것이 해양인인 제주 사람들이 지켜야 할 규범과 같은 것이다. 제주인은 신구간과 영등제를 통해서 새로운 한 해를 시작하게 된다.

추석은 음력으로 8월 15일이지만 일반적으로 일 년을 주기로 정해진 24절기는 음력이 아닌 양력을 기준으로 정해져 있다. 농경사회에서는 태양을 기준으로 하는 절기의 변화를 중시하였던 것이다. 하지만 물질을 하는 해녀들은 손바닥에 음력 달력을 달고 살아간다. 손바닥에는 14개의 마디가 있는데 물때는 15일을 주기로 반복되기 때문에 손가락의 마디를 이용해서 날짜를 세기가 편리한 것이다. 바다가 주 활동영역이었던 제주인에게 음력이 양력보다 중요했던 것은 달이 차고 기우는 것에 맞추어 바닷물이 들어오고 나가는 정도가 달랐기 때문이다.

해녀의 물질을 위해서는 조금[1]과 사리[2]를 정확히 알고 있는 것이 일상에서 매우 중요했다. 해녀들에게는 한 달 중 14일 동안 물질을 못 하는 기간이 있다. 보름과 망[3]처럼 조수간만의 차가 큰 기간에는 아무리 욕심이 나더라도 매우 위험한 일이기 때문에 물질을 하지 않는다. 해녀들은 자연의 시간에 대해서 잘 알고 있었으며 자연의 법칙에는 관용이라는 것이 없다는 것도 잘 알고 있었다. 이 때문에 물때를 이해한다는 것은 단순한 시간을 안다는 의미를 넘어서 생계와 직결된 것이었다.

물때와 관련한 자연의 시간을 잘 알아야 하는 것은 비단 해녀만이 아니었다. 우물물보다 해안의 용천수를 생활용수로 사용하던 제주사람 누구나 물때를 알고 있어야 했다. 제주에서는 식수를 우물을 파서 얻는 것은 매우 어려웠다. 돌이 많은 제주는 표심이 깊지 않아 중장비를 사용할 수 없던 과거에 지하수위까지 우물을 파는 것은 엄두도 내지 못했다. 제주의 빗물은 암반 밑

---

1 조수(潮水)가 가장 낮은 때를 이르는 말. 대개 매월 음력 7, 8일과 22, 23일에 있다(출처: 네이버사전, https://ko.dict.naver.com).

2 만조, 간조의 수위차가 높고 조류흐름도 가장 빠른 시기로 음력 15일, 30일 전후임.

3 태양, 지구, 달의 순으로 일직선으로 놓여 있어서 달이 둥글게 보이는 보름달일 때이며 음력으로는 15일 경이다(출처: 네이버사전, https://ko.dict.naver.com).

음력	말일망	1	2	3	4	5	6	7	8 조금	9	10	11	12	13	14
음력	15 보름	16	17	18	19	20	21	22	23 조금	24	25	26	27	28	29
물때	일곱	여덟	아홉	열	열하나	열둘	막물	아끈죄기	한죄기	한물	두물	세물	네물	다섯	여섯
물질	×	×	×	×	×	×	물질시작	2일	3일	4일	5일	6일	7일	8일	×

안미정, 제주잠수의 바다밭, 2008, p.120표 재구성(김녕). × 표시된 날은 물질을 할 수 없는 날이다

으로 침투된 뒤 지하로 스며들었다가 해안가의 틈으로 솟아나게 된다. 제주에는 해안 가까운 저지대 곳곳에 솟아나는 물통을 볼 수 있다. 연구자들은 대개 이를 용천수라고 통칭하지만 실제로 제주 사람이 즐겨 부른 이름은 '산물'이었다. '산물'은 산에서 내려온 물이라는 의미가 있는데 그렇다면 제주 사람들 모두는 한라산에서 내려온 같은 물을 먹는 공동체라고 할 수 있다.

그런데 해안 산물통 중에는 바닷물이 빠져서 물통이 모습을 드러내야 물을 길을 수 있는 곳이 적지 않다. 해안가의 산물은 중력과 수압의 영향을 동시에 받는데 바닷물이 빠질 때는 중력의 영향으로 물이 솟게 되고, 바닷물이 들 때는 해수압이 밀어내는 힘으로 물이 솟게 된다.

김녕의 '청굴물'의 경우에는 용수량은 많지만 바닷물이 들어오면 물이 나는 곳이 잠겨서 물을 뜰 수가 없게 된다. 반면 마을 가운데에는 '개웃샘물'이라는 물통이 있다. 바닷가에 있는 청굴물과 마을 안의 개웃샘물은 서로 물이 솟는 시간이 다르다. 이를테면 바닷물이 빠져서 청굴물로 물이 솟아날 때는 마을의 개웃샘물에서는 중력의 영향으로 수량이 현저히 줄어들게 된다. 반대로 청굴물이 바닷물에 잠길 때가 되면 바닷물의 수압이 높아져 개웃샘물에는 물이 가득하게 된다. 따라서 김녕 사람들은 물이 빠질 때는 바닷가의 청굴물로 물을 뜨러가고, 물이 들 때는 마을 안에 있는 개웃 샘물로

물을 뜨러 가야 하는 것이다. 바닷물이 들고 빠지는 움직임에 따라서 사람들도 바다로 갔다가 위로 올라갔다가 하면서 파동을 몸으로 느끼면 살았던 것이다. 유기적으로 살았다는 의미가 무엇이냐고 묻는다면 이렇게 정확히 자연의 흐름에 몸이 반응하면서 사는 것이 유기적인 삶이 아닐까.

청굴물. 물을 긷기 위해서는 물이 잠기지 않는 물때를 알고 있어야 한다

이러한 의미에서 제주인에게 바다는 삶의 기준이 되는 시계이다. 그림자를 보고 시간을 짐작하고 달이 차고 기우는 것을 보고 시간을 짐작하듯이 제주인은 물이 들고 빠지는 모습을 보면서 시간을 이해하고 있었던 것이다. 손바닥 안에 있는 시계, 그것은 해녀에게는 생명을 지켜주는 시계였으며 제주인에게는 물과 같이 호흡하는 맥박과 같은 박동이었던 것이다.

3. 제주인의 공간(空間)

동중국해 바다의 한편에 살고 있는 해양 제주인은 자신들의 공간을 어떻게 이해하고 있었을까? 1629년인조 7년에는 제주인은 먼 바다로 나갈 수 없다는 출륙금지령이 내려진다. 탐라순력도에 실려있는 한라장촉이라는 제주도 지도는 1702년숙종28에 제주목사 이형상이 화공 김남길에게 지시하여 그려진

지도이다. 출륙금지령이 내려진 지 73년이 지난 시기이기 때문에 제주인에게 먼바다에 관한 지식이 없을 것으로 여겨진다. 하지만 한라장촉에는 제주의 남쪽으로 오키나와 베트남 그리고 필리핀까지 표현되어 있고 거리도 적혀있다. 물론 이러한 지식은 육지에서 온 이형상 목사에게서 나온 것이 아니다. 분명히 제주 사람들에게 물어서 그렸을 것이다. 먼바다로 나가는 것은 금지되었지만 오랫동안 익숙했던 바다 너머의 세계에 대한 지식은 그 후손들에게도 전해졌던 것이다.

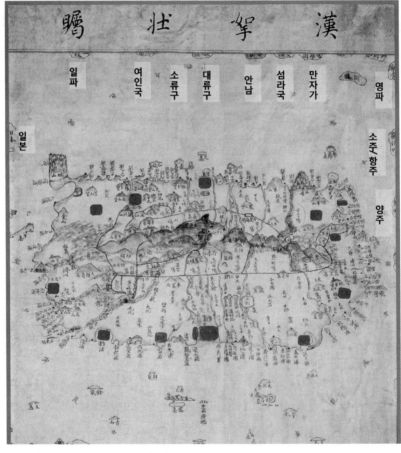

탐라순력도에 기록된 제주도 주변의 지리정보

제주 삼촌들에게 들어보는 집과 마을 이야기

제주 해안에는 섬 전체를 빙 둘러서 현무암으로 쌓은 돌담이 있다. 바다를 따라서 쌓여 있다고 해서 환해장성環海長城이라고 부른다. 섬을 빙 둘러서 쌓은 환해장성이 언제부터 쌓기 시작한 것인지 정확하게는 알 수 없다. 장성은 해상 약탈자의 침략을 방어하기 위한 목적으로 쌓은 것으로 추측하고 있다. 그리고 고려 말 삼별초의 항쟁과정에서 더욱 분명하고 견고한 형태로 쌓게 되었을 것이라고 추측하기도 한다. 하지만 인구 5~6만 정도였을 고려시대를 생각하면 제주섬 전체를 빙 둘러서 장성을 일시에 쌓는다는 것은 상상하기 어렵다. 아마도 이는 한꺼번에 조직적으로 이루어진 것이기보다는 필요에 의해서 돌담을 쌓는 일이 지속되다 보니 제주섬 전체에 성을 쌓듯이 돌담을 쌓게 된 것이 아닐까 생각을 해 본다.

어떤 이유에서든 섬 전체가 하나의 담장으로 둘러싸여 있다는 것은 커다란 하나의 집을 만든 것과 같다는 생각을 할 수 있다. 섬이라는 것이 이미 바다로 인해 그 경계가 분명한데 다시 돌담으로 경계를 만들었다는 것은 외부의 적을 생각하면 긴장되기도 하지만 내부적으로는 흥미로운 일이라고 할

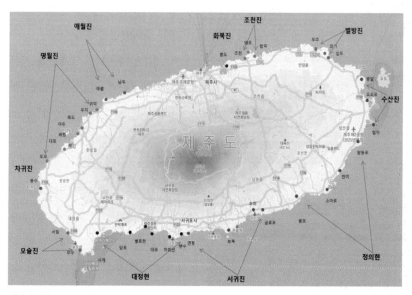

해안의 연대와 소속 관청

수 있다. 경계를 만드는 행위는 분명히 공동체 내부의 결속을 강화시키는 행위이기도 하니까.

외부에 적이 있다는 가정은 삶을 매우 긴장하게 만들었을 것이다. 물론 그것은 단순한 상상이 아니라 실제로 그러했다. 조선왕조실록에는 해양에서 약탈을 일삼았던 왜구라는 조직에 대해서 자주 나온다. 이러한 외부의 침입을 막기 위해 38군데의 연대烟臺와 25군데의 봉수대烽燧臺를 설치하였다. 봉수대는 멀리 해안을 볼 수 있는 오름과 같은 높은 지형에 설치하였고 마을에서 가까운 곳에 인위적인 구조물로 만든 연대에는 해양경계를 위한 군인을 상시 근무하게 하였다. 멀리 볼 수 있는 봉수대에서 먼저 이상 징후를 발견하고 연기를 올리면 연대의 근무자들이 불을 피워서 해당 관아에 외부의 침입을 알리는 방식이었다. 그것을 제주섬의 전 지역에 표시를 하고 경계망을 연결해보면 제주섬이 하나의 신호체계 속에서 잘 연결되어있음을 알 수 있다. 이러한 환해장성과 연대는 제주섬을 방어하는 수단으로 공간적인 형상을 만들어왔으며 제주인들의 머릿속에는 그 공간구조가 각인 되어있었을 것이다.

신흥리 방사탑. 물이 들면 전혀 다른 공간이 된다

제주의 해안에는 왜구와 같은 적을 방어하기 위한 공간뿐만 아니라 무형의 대상을 방어하기 위한 구조물이 세워져 있다. 풍수적인 이유이거나 자연을 이해하는 방식에 따라 제주 사람들은 '거욱대'라 불리는 방사탑을 쌓았다. 조천읍 신흥리에는 물이 들면 바다에 잠기는 독특한 방사탑을 볼 수가 있다. 이 방사탑은 1898년고

제주 삼촌들에게 들어보는 집과 마을 이야기

종 35년에 북쪽 방위가 허하여 이를 보완하기 위해 네 개의 탑을 쌓았다고 한다. 탑을 쌓기 2년 전인 1896년고종 33년에 일본 전복채취선이 마을로 물을 구하러 왔다가 마을 사람들과 무력 충돌이 있었는데 방사탑을 쌓은 것은 이 사건과 무관하지 않을 것이다.[4] 현재는 5개의 방사탑이 세워져 있다.

신흥리의 방사탑은 바닷물이 들면 물속에 잠겨버리는 형상으로 방사탑을 쌓으면서도 물이 빠지는 시간을 기다려서 쌓았을 것이다. 외부인은 물속에서 고개를 내밀고 있는 방사탑이 환해장성보다 더 위협적으로 보였을 것이다. 이곳에서의 방사탑은 보이지 않는 장벽을 만들고 바다에서 다가오려는 상대방을 향해서 주인이 있는 땅임을 분명하게 선언하고 있는 것이다.

바다는 경계의 장소만은 아니다. 바다에 의존해서 살아온 제주 사람들은 매월 음력 7일이 되면 가족의 건강을 기원하기 위해 '일뤳당[5]'을 찾는다. 그리고 수시로 바닷가에 있는 해신당, 돈짓당을 찾아서 가족의 안녕을 빌고는 하였다. 신당들은 방사탑이나 연대와 같이 도드라진 지형에 있는 것이 아니라 아주 애쓰지 않고는 보이지 않는 은밀한 공간에 만들어지게 된다. 이러한 신성한 공간을 찾아서 기원을 올리는 것은 문명을 이룬 인간이라면 누

해녀길. 제주해안에서 흔히 볼 수 있는 바다로 잠기는 길

---

4 북제주문화원, 『신흥리지』, 2007. 94~104쪽.
5 매달 이레에 찾아가는 당집(출처:WORDROW, https://wordrow.kr).

구에게나 있는 공통된 욕구이며 심성이기도 하다.

돈짓당[6]은 해녀와 어로를 관장하는 해신을 모시는 당이다. 제주의 해안 마을에는 돈짓당, 개당 혹은 해신당을 흔하게 볼 수 있는데 때로는 이러한 구체적인 형태의 신당이 없이 바닷가에서 기원을 올리는 특정한 장소만 있기도 한다. 거대하고 기념비적인 성소를 중시하는 기성 종교들과는 달리 이들은 매우 소박하고 작은 공간에 불과하다.

사람들은 보통 삶의 배경으로서의 땅을 중요하게 생각한다. 건축에서 흔히 장소라고 말하는 것도 실은 땅을 배경으로 하는 이야기이다. 물속에 잠기는 길과 물속에 있는 밭과 물속에 있는 삶의 터전을 장소론으로는 어떻게 설명할 수 있을까? 해녀들은 소라와 전복을 캐는 바다의 영역을 바다밭이라고 한다. 그들에게 바다는 육지에서 농사짓는 밭과 다름이 없다. 또한 바다밭에서 캐어낸 미역과 우미와 같은 해조류를 실어 나르기 위해서 길을 내기도 하였다. 바다로 들어가는 길은 해양인에게는 흔히 볼 수 있는 장면이지만 아직도 우리에게 이런 길은 도로의 정의에 포함되지 않는다. 해녀에게는 이 길이 자가용과 트럭이 다니는 육지의 길과 똑같은 길인 것이다.

바닷속에 잠겨 있는 세계는 우리의 삶과는 유리된 곳이라고 생각하기 쉽다. 하지만 해안을 따라서 육지와 바다의 경계에 속한 지역은 어느 순간에는 바다가 되기도 하지만 어느 순간에는 땅이 되기도 한다. 언제나 고정된 자연경관에 익숙해져 있는 사람들에게는 대단히 넓은 면적이 땅이 되었다가 다시 바다가 되기도 하는 이런 모습을 두고 마치 모세의 기적에 비유하기도 한다. 하지만 제주 해안마을에서는 일정하게 주기적으로 일어나는 일이다.

이렇게 물이 들고 나는 현상을 이용해 제주 사람들은 '원담'을 만들었다. 원담을 이용한 고기잡이는 태안반도와 같은 서해안에서도 많이 볼 수 있다.

---

6   제주도 민간신앙의 하나로 어부, 해녀, 어선 등 해상의 일들을 관장하여 수호하는 신을 섬기는 당을 일컫는다(출처: 네이버사전, https://ko.dict.naver.com).

육지부에서는 원담을 돌살 혹은 독살이라고 부르는데 자연의 경관마저 바꾸어놓는 이러한 원초적인 어로기법은 태평양의 섬들에서도 흔히 볼 수 있다고 한다.

해양인의 공통된 지식의 한 형태인 원담을 보면 보편적인 문화와 문명이라는 것이 반드시 전파되는 방법으로만 이루어지는 것이 아니라는 생각을 하게 한다. 원담 기술이 남방에서 온 것인지 북방에서 온 것인지 따질 수도 있지만 어쩌면 어느 지역이든지 바다의 조수간만의 모습을 보면서 가장 쉽게 시도해 볼 수 있는 고기잡이 기법이 아니었을까 생각한다. 낚싯바늘도 없

외도 연대마을의 원담과 주변 경관. 물의 드나듦에 따라 수시로 변하는 땅의 지형

해녀들의 쉼터인 불턱

고 그물도 없던 시절에 무거운 돌을 날라서 물고기를 가두어놓고 잡아보겠다는 시도는 조수간만의 차가 느껴지는 해안이라면 어느 곳에서든 시도해볼 수 있는 생각인 것이다. 이러한 원초적인 바다에 대한 해석은 아직도 유효하며 해안마을에서는 지금도 원담을 공동자산으로 여기고 관리하고 있다.

원담은 개인의 것이 아니다. 물론 공유수면에 있는 것이기 때문에 토지대장에도 없는 것이다. 물론 바다밭도 마찬가지이다. 해안마을 사람들은 그들만의 규약을 통해 원담과 바다밭을 관리한다. 이는 해안마을 공동체 형성에 중요한 사회적 배경이 된다고 할 것이다.

이렇듯 해안에는 길도 있고 밭도 있다. 그리고 일을 하다가 잠시 불을 쬐면서 쉴 수 있는 공간인 불턱이 있다. 불턱의 구조를 간단하게 설명하자면 가운데 불을 피우는 곳을 중심으로 둥글게 바람을 막기 위한 돌담이 있고 담의 안쪽 아래에는 앉기 좋게 돌을 깔아놓는다. 특히 불턱의 입구가 바람 방향을 등지게 만들어 놓는 것은 그 목적상 중요하다.

4. 출륙금지(出陸禁止)와 동중국 해양 공간

조선왕조실록 중 성종실록을 살펴보면 성종 8년1477년에 남해안에 출몰하는 해적이 육지에 와서 살고 있는 제주사람으로 의심된다는 기사가 나오며, 실제로 제주관리에게 제주사람이 육지를 마음대로 나오지 못하도록 하게 해달라는 취지의 기사가 나온다.[7] 이외에도 제주사람들의 왜구를 가장한 해

---

7   영사(領事) 한명회(韓明澮)가 아뢰기를, "신이 듣건대, 제주(濟州) 사람들 2백여 명이 사천(泗川)에 와서 사는데, 그 구실[役]을 정하고자 한다면 반드시 도망하여 흩어질 것입니다. 신의 생각으로는, 근래에 해적(海賊)으로서 살인(殺人)한 자들이 바로 이 사람들이 아닌가 의심하고 있습니다. 제주의 관리들이 살펴서 들춰내지 못하여 마음대로 육지로 나오게끔 하였으니, 청컨대 그 사유를 묻도록 하소서. 근일에 경차관(敬差官) 이손(李蓀)이 경상우도(慶尙右道)로 돌아갔으니, 청컨대 추쇄(推刷)하도록 하소서" 하니, 임금이 말하기를, "좋도다" 하였다. 성종실록, 성종 8년(1477년) 10월 15일 기사.

적행위가 의심된다는 기사가 여러 번 기록되어 있다. 중앙정부의 이러한 입장이 결국에는 출륙금지라는 극단적인 선택을 한 것으로 볼 수 있다. 다른 한편으로는 일정한 장소에 정착하지 않는 제주인의 유민流民적인 경향을 통제하기 어려웠기 때문으로 추측하기도 한다.

제주의 출륙금지의 배경으로 같이 생각해 볼 수 있는 일본학자의 연구가 있다. 아미노 요시히코의 일본역사 연구에는 12~13세기에 일본에서 시행되었던 '장원공령제'라는 토지기반의 조세제도에 대해서 말하고 있다. 이 연구에서는 장원공령제가 쌀 생산을 기반으로 한 농경민을 고려한 조세제도라는 기존학설로는 설명할 수 없는 내용들이 발견된다고 주장한다.[8] 아미노의 주장에 의하면 장원공령제는 농업보다는 무역을 기반으로 한 조세제도로 이해된다는 것이다. 경작지에서 생산한 농산물과 자연에서 채취한 산물 그리고 수공업제품뿐만 아니라 비단, 무명, 삼베 그리고 종이나 말, 소금 등 농산물 이외의 다양한 품목이 조세대상이었다는 것이다. 다시 말해서 비단과 철 등을 조세대상으로 하고 있다는 것은 당시 농업뿐만이 아니고 다른 나라와 교역이 성행하였던 사회였음을 말하고 있는 것이다.

이를 입증하는 중요한 유물로 아미노는 1976년 신안 앞바다에서 발견된 침몰선에서 다량의 청자와 백자 그리고 중국의 동전과 함께 발견된 유물에 달려있는 나무로 만든 꼬리표 목간木簡[9]을 사례로 들고 있다. 배의 침몰 시기는 목간을 통해서 1323년임을 확인할 수 있으며, 목간에 적혀있는 일본 사찰과 승려의 이름 등을 통해서 이 선박이 중국과 일본을 왕래했던 무역선이었음을 추정할 수 있게 해주고 있다. 이를 통해 14세기 초반에 중국과 일본의 교역이 활발했음을 알 수 있다는 것이다.

그러면 17세기 이후 일본에서는 왜 활발했던 해상교역을 금지시키고 농

---

8 아미노 요시히코(2016), 283쪽.

9 글을 적은 나뭇조각. 종이가 없던 시대에 문서나 편지로 쓰였다(출처: 네이버 사전, https://ko.dict.naver.com).

업을 장려하였던 것일까? 재미있는 것은 이 상황이 단지 일본만의 상황이
아니었다는 점이다. 일본은 도요토미 히데요시가 16세기 말인 1590년 오다
와라성을 정복하면서 실질적인 통일의 시대를 열게 된다. 1592년에 일어난
임진왜란은 일본을 실질적으로 장악한 도요토미가 세력을 내륙으로 확장하
고자 하는 야심을 펼친 것임은 이미 알려진 사실이다. 이후 일본은 1603년
에 도쿠가와 이에야스에 의해 통일되고 도쿠가와 막부를 수립하게 된다. 이
런 과정에서 통일된 일본에서는 기존의 중상주의적 가치로는 강력한 조세
정책을 시행할 수 없다는 판단을 하게 된다.[10] 당시의 제도로는 한 곳에 정
착하지 않고 살던 상인들을 통제하기가 어려웠다. 즉, 통일된 국가의 강력한
통제를 용이하게 하기 위해서는 토지를 기반으로 정착하여 살아가는 사회
구조가 필요했던 것이다.

　일본에서의 쇄국정책은 이러한 통일을 배경으로 하고 있다. 도요토미 히
데요시와 도쿠가와 이에야스는 일본을 완전히 통일하기 위해서 토지를 기초
로 한 과세방식을 취해야 했는데, 이는 바다를 무대로 한 상업과 유통 네트

복원된 데지마 거리와 데지마의 모형

10　위의 책, 336쪽.

워크를 만들어 일본열도 바깥까지 세력을 확장하고 있던 상인세력과 정면으로 배치되는 것이었다. 이 극심한 충돌은 노부나가, 히데요시 그리고 이에야스의 승리로 끝나고 일본은 바다를 국경으로 하여 토지를 기반으로 하는 통일체가 만들어지는데 이것이 아미노 요시히코가 말하는 일본 근세국가의 성립과정이다.

일본은 에도시대 264년1603~1867 중 241년간 도쿠가와 막부가 쇄국정책을 강력하게 단행하게 된다. 그럼에도 불구하고 일본은 1636년에 나가사키에 네덜란드인의 상행위가 허용되는 '데지마'라는 인공섬을 만들었다.

제주도에는 1629년에 출륙금지령이 내려졌으니까 해상활동을 금지시킨 시기는 일본과 조선이 거의 비슷하다. 1653년에 일본 나가사키로 가려던 하멜이 제주에 표착했던 것으로 보면 당시 일본은 서구에 알려졌지만 조선은 거의 알려지지 않았다는 것을 알 수 있다.

조선은 건국 이후 유교적 교육을 통하여 지방세력을 장악하려고 하였다. 조선왕조실록에는 중종 5년1510년에 제주인들이 농업에는 힘쓰지 않고 장사에 매달리는 것을 비판하는 기사를 비롯하여 여러 기사를 통해서 제주에는 말 교역으로 생계를 유지하는 사람이 많았음을 알 수 있다고 이영권은 주장한다.[11] 이는 제주 사람들이 수산업이나 농업을 기반으로 생활하였을 것이라는 기존의 생각, 그리고 교역은 근대화된 산업구조에서나 나타나는 것이라는 기존의 경제이론 상식과는 다른 견해인 것이다. 해양을 무대로 교역활동을 활발히 하였던 제주 유민들은 인조 7년1629년 강력한 출륙금지정책[12]으로 교역을 점차 줄이게 된다.

---

11 이영권(2013), 75쪽.

12 濟州居民流移陸邑, 三邑軍額減縮。備局請嚴禁島民之出入, 上從之。
   제주(濟州)에 거주하는 백성들이 유리(流離)하여 육지의 고을에 옮겨 사는 관계로 세 고을의 군액(軍額)이 감소되자, 비국이 도민(島民)의 출입을 엄금할 것을 청하니, 상이 따랐다(인조 7년(1629년) 8월 13일, 인조실록 21권 기사).

해상교역을 주업으로 삼았던 제주인들은 바다와 배를 집으로 삼았다고 할 만큼 해상활동에 적극적이었다. 한라장촉에 표현된 제주도 주변의 지명들은 제주인들이 이미 쿠로시오 해류에 면한 동중국의 해양환경에 대해 충분한 지식을 가지고 있었다는 것을 의미한다. 임진왜란 당시의 난중일기에는 제주의 포작인들이 배를 잘 다루어 수군으로서의 중요한 역할을 하였다는 기록들이 있다. 여러 가지 정황으로 볼 때 제주인과 일본인, 그리고 중국인까지도 근세 이전에는 동중국해를 자유롭게 드나들면서 교역을 하였을 것이다.

중종 5년1510년 조선왕조실록 기사를 보면[13] 출륙금지 이전의 제주사람들의 모습을 상상할 수 있는 '창해위가滄海爲家'라는 글귀가 나온다. 글을 풀어보면 너르고 큰 바다를 마치 집으로 삼아서 살았다는 것이다. 이는 제주인들이 일정한 곳에 정착하지 않고 선상에서 생활하는 것을 표현한 글이다. 이후 해상활동을 금지하자 생활고에 시달려서 도산逃散하였다고 한다. 일정한 장소에 정착하여 생활하는 농경사회를 지향하고 상인을 천시하였던 조선의 중앙정부에서 보기에는 한 곳에 정착하지 않고 바다를 떠도는 제주인의 모습이 의아한 삶의 형태였을 것이다.

제주인에게 출륙금지령은 매우 고통스러운 요구였을 것이다.[14] 아무것도 의지할 데 없는 망망대해에서 별을 보며 잠을 청했던 선조들을 상상해본다.

---

13 柳順汀啓曰: "臣見南方備倭事, 防禦各浦, 其勢不得不合水陸之兵. 請以兵使, 兼帶水使之銜.【卽職銜】頭無岳,【卽泅人】以海採爲業, 船載妻子, 滄海爲家. 今因倭變, 官拘其船, 無以聊生, 至欲逃散. 若海外絶島, 則可禁, 若人所候望處, 則勿禁其往來。
유순정(柳順汀)이 아뢰기를, "신이 남방의 왜적 방비하는 일을 보건대, 각포(各浦)를 방어하자면 형세가 부득불 수륙의 군사를 합하여야 하니, 청컨대 병사(兵使)로 수사(水使)의 직함을 겸하게 하고, 두무악(頭無岳)【곧 잠수하는 사람】은 해채(海採)로 업을 삼아 배에 처자를 싣고 창해(滄海)로 집을 삼는데, 지금 왜변으로 인하여 관가에서 그 배를 구류하자 살아갈 수가 없어 도산(逃散)하려고까지 하니, 바다 밖 절도(絶島) 같은 데는 금해야겠지만, 사람이 척후(斥候)하여 바라볼 수 있는 곳은 왕래를 금하지 마소서"라고 했다(중종실록, 중종 5년(1510년) 6월 25일 기사).
14 장혜련, 「조선중기 제주유민의 발생과 대책」, 제주대학교 석사학위 논문, 2006, 50-51쪽 참조.

그들에게 공간과 장소라는 것이 무슨 의미였을까? 그들에게 집이란 어떤 의미였을까? 르코르뷔제는 새로운 건축이념을 이야기하면서 곧잘 비행기와 배가 보여주는 단순하고 경쾌한 디자인을 예를 들고는 하였다. 거기에는 기능을 보여주는 아름다움이 있다고 하였다. 오래전부터 선상에서 살아왔던 이들에게도 그러한 미학이 있었을까? 매우 뛰어난 조선술을 가지고 있었다는 해양인이 추구한 건축공간은 어떤 것이었을까?

5. 해양 제주인의 건축공간

섬은 사방이 바다로 막혀있는 폐쇄된 공간이다. 섬이라는 의미의 'INSULA'라는 고대 로마어에는 고립되고 차단되었다는 의미를 내포하고 있다. 섬은 그렇게 고립된 공간이라는 이미지가 강하다. 그렇다면 제주라는 섬은 폐쇄된 공간이었는가? 사실 제주인에게 바다라는 공간은 섬을 고립시키는 대상이 아니었다. 섬이 고립된 공간이라고 생각한 것은 바다를 두려워했던 사람들의 관점일 뿐 해양인의 눈에 바다는 어디로든 갈 수 있는 개방된 길과 같은 것이었다.

집으로 들어가는 진입부에서 만나는 올레공간, 비와 바람의 영향으로 인한 집의 배치와 형태, 돼지가 있는 화장실인 돗통시, 마루 중앙에 놓인 돌로 만든 화로인 봉덕, 그리고 안거리 밖거리로 불리는 세대 분가를 기초로 하는 분동형 가옥구조와 별동정지 등은 제주의 독특한 공간구조의 대표적 사례이다. 이러한 제주인의 건축공간을 정의하기 위해서는 제주를 폐쇄된 섬으로 판단하여 독특하고 고립된 환경에서 만들어진 것으로 여길 것이 아니라 주변에 있는 모든 지역의 건축문화와 환경을 같이 볼 필요가 있을 것이다. 하지만 아직은 제주인의 건축공간을 설명하기 위해 주변 지역의 건축물을 같이 거론하기에는 자료가 많이 부족하다. 앞으로 제주건축을 연구함에 있어서 중요한 과제라고 할 수 있다.

건축을 중심으로 제주사회를 바라본다면 어떤 해석을 할 수 있을까? 지금 우리가 알고 있는 상식적인 집의 개념이 과연 고유하고 지속적으로 유지되어온 생각일까? 이를테면 '창해위가瘡海爲家' 하였다는 제주인에게는 집이란 어떤 것이었을까? 글자 그대로 이해한다면 집이라는 것은 오랜 해양생활 중에 잠깐 쉬어가는 곳에 불과했을지도 모른다. 건축설계를 주업으로 하고 있는 건축사에게는 섭섭한 이야기지만 제주인들의 삶에서 집은 그리 중요한 공간이 아니었을지도 모른다.

이제까지 알던 집이라는 개념을 다시 한 번 생각해보는 것도 좋을 듯하다. 평상시 우리가 이야기하던 장소론의 개념이 일정한 토지에 정착한 머무름을 전제로 논증해왔다는 것을 상기해 볼 필요도 있다. 매일 저녁 집으로 돌아오는 것이 익숙한 우리의 현재 삶이 아니라 어제의 잠자리와 오늘의 잠자리가 다른 곳이 되어야 했던 유민의 삶에는 장소론에서 주장하는 인간적 공간이라는 것이 별로 의미가 없었을지도 모른다. 매일 바라보는 해양의 모습이 시시각각 다르게 읽히는 그런 곳에서의 삶은 안정적인 삶을 추구하는 현대 사회와는 매우 다른 의미였을지도 모른다.

해양을 주유하던 제주사람에게 고정된 장소적 성격을 가진 것은 무엇일까? 상상해보면 그것은 별과 한라산이 아니었을까. 탐라의 지배자를 '성주星主'라고 지칭했는데 그렇게 칭한 이유를 선상의 삶에서 가장 의지하는 지도자의 자격요건 중 별자리를 읽는 능력을 가장 중요하게 여겼기 때문으로 추론하기도 한다. 그들은 방위를 가늠하기 위해 밤에는 별에 의지하고 낮에는 한라산에 의지하여 살았을 것이다.

나가사끼 짬뽕을 먹으면서 이 음식의 정체가 무엇인가 생각을 해 보았다. 일본에 사는 중국인들이 만든 중국 음식이면서 중국에는 없고 일본에는 있는 중국 음식. 이 음식을 정의하는데 국가라는 개념 혹은 지역이라는 개념이 무슨 의미가 있을까? 근세를 지나면서 세계는 공간적 특수성이 희석

되는 현상들이 나타나고 있다. 국제화라는 이름으로 시작된 이러한 현상은 지역적 특성의 의미를 희석하고 있다. 짬뽕뿐만이 아니라, 이제는 퓨전이라는 이름으로 다양하고 색다른 음식들이 생겨나고 있다. 그것은 음식에서만 그런 것이 아니라 일상생활에서 만나는 모든 분야에서 일어나는 현상이다. 이런 사회에서 한정된 지역에서의 건축을 이야기하는 것의 의미를 찾을 수 있을까?

지금 우리가 국제화를 지향할 것인지 아니면 지역주의 건축을 옹호해야 할 것인가와 같은 질문은 어쩌면 그 자체가 유효하지 않은 것일 수도 있다. 국제니 지역이니 하는 용어를 우리는 고정된 공간이라는 개념 속에서 사용해 왔다. 한정된 지역에 특징지을 수 있는 특화된 건축과 세계 어느 곳에서나 통용될 수 있는 보편적인 건축이 마치 대립되는 개념인 것처럼 생각하여 왔다. 하지만 그것은 매일 변하는 공간 그리고 매일 변하는 시간 속에서 살아온 이들에게는 의미 없는 질문일 수 있다. 어디까지가 나의 지역이고 어디까지가 내 영역을 벗어난 지역인가? 고정된 공간과 고정된 시간에서 살고 있지 않았던 해양인에게 이 질문 자체가 의미 없는 우문으로 받아들여질지도 모른다. 그들은 이미 태생이 세계인이었으며 한곳에 머무르는 고정된 세계관을 가지고 있지 않은 자유인이었다.

이미 우리는 세계가 하나의 문화권으로 묶이지 않는다는 것을 알고 있다. 모두가 다른 삶을 살아가고 있다는 것을 알고 있다. 그렇지만 서로를 단절하고 자신의 공간을 고집하며 살아갈 이유가 없다는 것도 알고 있다. 점차 세계의 공간은 작아지고 소통이 쉬워지고 있다. 큰 결심을 하고 한 달을 항해해야 갈 수 있었던 오키나와를 몇 시간이면 도착할 수 있다. 세계가 하나의 문화권이 될 수는 없지만 그동안 극복할 수 없었던 거리의 개념은 극복 가능한 공간개념으로 변하고 있다. 우리는 새로운 연결을 기다리고 있는 또 다른 형태의 바다를 마주하고 있다.

참고문헌

* 북제주문화원, 『신흥리지』, 2007.
* 장혜련, 「조선중기 제주유민의 발생과 대책」, 제주대학교 석사학위 논문, 2006.
* 아미노요시히코, 임경택역, 『일본의 역사를 새로 읽는다』, 돌베개, 2016.
* 이영권, 조선시대 해양유민의 사회사, 한울, 2013.
* 이형상, 김남길, 『탐라순력도』, 제주특별자치도,1994.

웹사이트

* 조선왕조실록, http://sillok.history.go.kr

집을 디자인하는 직업을 가진 것은 나의 복이기도 하지만, 때로는 참으로 무거운 숙제를 안고 살아간다는 생각이 든다. 집을 디자인하고 구상하는 것이 한편으로는 즐거움을 주기도 하고 때로는 무거운 짐이 되기도 한다. 집은 그렇게 다루기 쉽지 않은 대상이어서 그런지 글로 쓴다는 것이 아무리 쉽게 쓰려고 노력해도 쉽게 써지지 않는다.

집을 바라보는 것은 흥미롭고 재미있는 일이다. 사람이 만들어낸 많은 사물들 중에서 집처럼 사람과 많이 닮아있는 것도 드물 것이다. 사람은 그 안에서 울고 웃으면서 삶을 이어왔기 때문이다. 돌이켜보면 집을 통해 필자가 기술하려고 했던 것은 집이라는 사물이 아니라 그것을 만들어왔던 사람들의 모습이었던 것 같다. 하지만 사람의 삶을 기록하는 것 역시 쉬운 일이 아니다. 그저 욕심처럼 되지 않는 결과물을 보면서 약간의 너그러움을 바랄 뿐이다.

조사를 마치고 글을 쓸 때면 늘 읽기 쉽게 쓰고 싶었다. 하지만 필자의 글이 이해하기 쉽지 않다는 말을 자주 듣는다. 그것은 어떤 질책보다도 무거운 질책이었다. 무엇인가 아직 충분히 이해하지 못한 상태에서 정리에 쫓기는 모습을 들켜버린 느낌이다. 빼기엔 아쉽고 넣기에는 부담스러운 이야기들 속에서 필자가 말하고자 하는 주제를 놓치는 경우가 한두 번이 아니다.

살림집을 기록하면서 늘 고민하는 부분 중 하나는 개인정보와 관련된 문제이다. 미흡한 글이지만 그래도 집에 관심 있는 이에게 도움을 주기 위해서는 조사대상 건물과 인터뷰 대상자를 밝혀주는 것이 좋으련만 개인정보를 밝히는 것이 혹 거주자에게 불편한 일이 될까 하는 걱정이 앞서게 된다. 이런 이유로 가급적 살림집은 필자가 설계를 하는 경우에도 자료를 공개하는 것이 망설여진다. 집은 보여주고 자랑하는 대상물이 아니라고 생각하기 때문이다. 이 글에서도 조사대상 건물의 주소를 비공개로 처리할까 고민하다가 폐가가 아님에도 주인을 만날 수 없었던 경우를 제외하고는 주소를 공개하였다. 이는 다음의 연구자에게 도움이 되기를 바라는 마음에서이다.

여기에 실린 대부분의 글은 필자의 개인적인 성과물이 아니라 주위의 권유로 현장조사에 참여할 기회가 주어진 조사의 결과물이다. 일일이 밝히지는 못해도 모든 글에는 조사에 참여할 기회를 준 많은 분들의 따뜻한 손길이 있었다. 일도동과 서귀포의 조사에는 관계 공무원의 협조가 큰 도움이 되었다. 이름을 밝히긴 어려우나 돌아보면 부족한 시간을 쪼개서 적극적으로 도와주신 담당 공무원들의 협조가 글을 작성하는 밑거름이 되었다. 장전리 조사에서는 뜨거운 관심을 보여주었던 마을 삼촌들의 모습이 지금도 생생하다. 그리고 필자의 부족함에도 불구하고 연구 조사의 기회를 주신 연구기관의 관계자들에게도 고마움을 전한다. 보잘것없는 결과지만 이런 주변 분들의 도움으로 이 작은 글들이 만들어졌다.

대부분의 조사는 인터뷰를 통해서 진행되었다. 자신이 살고 있는 집을 열어주고 인터뷰에 흔쾌히 응해주신 제주의 삼촌들이 아니었다면 이런 조사는 불가능하다. 가장 필자가 고마워해야 할 분들은 바로 그분들이다. 그리고 혹 제주의 집에 관심이 있는 분이 있다면 꼭 이런 인터뷰의 과정을 거치기를 권하고 싶다. 분명 눈으로 볼 수 있는 내용보다 더 많은 숨겨진 내용을 찾을 수 있을 것이다. 다만 그분들의 이름을 모두 익명으로 처리해야 하는 것은 앞서 말한 대로 개인정보와 관련된 불편함 때문이다.

구술자료는 현장의 목소리를 가급적 그대로 옮기는 것이 옳으나 지난번 졸고 〈신화와 건축공간〉에서는 그리하지 못했다. 제주어를 이해하기 어려운 독자들을 고려해야 했기 때문이다. 이번에는 제주어와 더불어 표준어를 병기하기로 하였다. 외국어도 아닌데 마치 외국어인 양 표준어를 병기하는 작업은 국문학과는 전혀 관련이 없는 필자에게는 참 불편한 일이었다. 또한 제주어 표기법이 있지만 그를 일일이 확인하여 기록할 수 없는 능력의 한계에도 독자의 이해를 구한다. 그나마 산만한 글들을 조금이라도 정돈하여 글답게 다듬는 데는 일일이 정독을 하고 잘못된 표현을 잡아준 한선미 씨의 노력과 도움이 있었다. 이에 감사의 뜻을 전한다.

아마 제주도의 문화와 지리를 이해할 수 없는 독자에게는 여기에 실린 글들 대부분이 참으로 읽기 불편한 글일 것이라고 짐작이 된다. 게다가 제주살림집의 특이함은 주생활의 보편적인 이해를 기대하기엔 어려움이 있다. 그래도 어렴풋이나마 제주인의 집과 제주인의 삶을 이해하고 사랑하게 되는 데에 조금이라도 보탬이 되기를 바란다.

2021년 4월

양성필

제주 삼촌들에게 들어보는

집과 마을 이야기

펴낸날 2021년 5월 4일

지은이 양성필
펴낸이 주계수 | **편집책임** 이슬기 | **꾸민이** 김소은

펴낸곳 밥북 | **출판등록** 제 2014-000085 호
주소 서울시 마포구 양화로 59 화승리버스텔 303호
전화 02-6925-0370 | **팩스** 02-6925-0380
홈페이지 www.bobbook.co.kr | **이메일** bobbook@hanmail.net

© 양성필, 2021.
ISBN 979-11-5858-776-5 (03810)